dtv

Wenn der Wanderer kommt, sterben Menschen. Elf in Tannenstein, einem abgelegenen Ort nahe der tschechischen Grenze. Ein Tankwart im Harz, eine Immobilienmaklerin aus dem Allgäu. Der Killer kommt aus dem Nichts, tötet ohne Vorwarnung und verschwindet spurlos. Der Einzige, der sich ihm in den Weg stellt, ist Alexander Born, ein kriminell gewordener Ex-Polizist. Einst hatte der Wanderer seine Geliebte getötet, jetzt will Born Rache – und wird Teil einer Hetzjagd, die dort endet, wo alles begann: Tannenstein.

Linus Geschke, 1970 in Köln geboren, arbeitet als freier Journalist für ›SPIEGEL ONLINE‹, das ›Manager Magazin‹ und die ›Frankfurter Allgemeine Sonntagszeitung‹. Für seine Reisereportagen hat er zahlreiche Journalistenpreise gewonnen. Mit ›Tannenstein‹ gelang ihm auf Anhieb der Sprung auf die Bestsellerliste.

LINUS GESCHKE

TANNEN STEIN

Thriller

dtv

Ausführliche Informationen über
unsere Autoren und Bücher
www.dtv.de

Von Linus Geschke
ist bei dtv außerdem erschienen:
Finsterthal (dtv premium 26251)

Ungekürzte Ausgabe 2020
© 2019 dtv Verlagsgesellschaft mbH & Co. KG, München
Umschlaggestaltung: Wildes Blut, Atelier für Gestaltung,
Stephanie Weischer unter Verwendung von Fotos von
Arcangel Images und plainpicture
Satz: Fotosatz Amann, Memmingen
Gesetzt aus der Sabon 10,35 / 13,6
Druck und Bindung: Druckerei C.H.Beck, Nördlingen
Gedruckt auf säurefreiem, chlorfrei gebleichtem Papier
Printed in Germany · ISBN 978-3-423-21824-5

Es sind die Tage der Dunkelheit, der fallenden Blätter und der länger werdenden Schatten. Tage, in denen das Licht verzweifelt gegen die aufkommende Finsternis kämpft, das Gute gegen das Böse.

Herbsttage.

TANNENSTEIN,
NAHE DER DEUTSCH-TSCHECHISCHEN GRENZE

Niemand kam in das Dorf, zumindest nicht zufällig. Es lag dreißig Kilometer südlich von Dresden, kurz vor der tschechischen Grenze, und es gab hier keine Touristenattraktion, keine Ausflugsorte und keine Bundesstraße, die zu bekannteren Zielen führte. Tannenstein lag am Ende eines lang gezogenen Tals, dicht umschlossen von dunklen Wäldern. Hier kam man nur hin, weil man hier wohnte oder jemanden besuchen wollte, der hier wohnte. Und wenn man kam, kam man mit dem Auto.

Der Wanderer kam zu Fuß, an einem kalten Spätherbstmorgen und zu einer Zeit, als der Nebel gerade von den ersten zarten Sonnenstrahlen vertrieben wurde. Er trug klobige Schuhe und eine dunkelblaue Jeans, dazu ein Flanellhemd mit Karomuster und einen großen Rucksack, wie ihn Backpacker benutzen. Die Einwohner Tannensteins, die gerade ihre Frühstücksbrötchen beim Bäcker holten, schauten ihn aus zusammengekniffenen Lidern misstrauisch an. Ihre Gesichter erinnerten ihn an Ratten, die man ins Freie gescheucht hatte und die jetzt schnell wieder zurück ins Dunkle wollten, wo sie sich weiterhin ein Leben in Sicherheit vorgaukeln konnten.

Niemand sprach ihn an.

Dem Wanderer war das nur recht. Er wollte nicht reden. Nicht über sich und nicht über seine Vergangenheit. Seine Erfahrungen trug er sowieso stets bei sich, gebündelt in einem zweiten, unsichtbaren Rucksack, dessen Last seine Schultern nach unten zog.

Auf dem in der Sonne liegenden Dorfplatz blieb er stehen und schaute sich um. Die kleinen Straßen, die alten Häuser, die umliegenden Wälder. Er sah unebenes Kopfsteinpflaster und über Fassaden verlaufende Elektroleitungen. Keine bunten Farben, keine Blumen vor den Fenstern, nur schmutziges Weiß und eintöniges Grau. Der Ort wirkte wie ein vom restlichen Deutschland abgekapselter Kosmos, verloren gegangen zwischen gestern und heute.

Drei Tage lang wohnte er in dem einzigen Haus des Dorfes, das Fremdenzimmer vermietete, dann hatte er etwas Besseres gefunden. Eine Blockhütte am Ortsrand, die irgendwelche Städter verkaufen wollten, nachdem sie festgestellt hatten, dass diese Gegend nichts bot, was einen mehrtägigen Aufenthalt lohnte. Sie und die Vermieterin des Fremdenzimmers waren anfangs auch die Einzigen, die seinen Namen kannten, zumindest den, der in den Papieren stand.

Der Wanderer verbrachte die Tage damit, durch dunkle Wälder zu streifen, über Hügel und Täler hinweg bis in eine Gegend, in der die Fahrzeuge schon tschechische Nummernschilder hatten. Er las viel, mindestens zwei Bücher pro Woche, und ein Kopfnicken genügte ihm zur Begrüßung, wenn er in dem kleinen Supermarkt des Ortes Lebensmittel kaufte. Ansonsten hielt der Fremde sich von allem fern. Er aß nichts in der Dorfkneipe und ging dort auch nichts trinken. Anfangs hatten die Einheimischen ihn noch interessiert beobachtet; diesen Mann, der weder alt noch jung war, dessen Schultern und Brustkorb muskulös wirkten und dessen dunkelblonde Haare bereits von den ersten grauen Strähnen durchzogen waren. Sein Gesicht war hinter einem Vollbart verborgen, und Erika

Pohl, die pensionierte Dorfschullehrerin, meinte später, dass er ein wenig wie der Hauptdarsteller aus der Serie *Der letzte Bulle* ausgesehen habe.

Dann war der Winter gekommen, anschließend ein Frühling und ein Sommer, und die Aufmerksamkeit der Einwohner hatte nachgelassen. Er war zu einem Teil des Dorfes geworden, aber nicht der Gemeinschaft. Fast wie ein Straßenschild, das die Behörden aufgestellt hatten und das man anfangs noch beachtete, bis man sich irgendwann so an seinen Anblick gewöhnt hatte, als wäre es schon immer da gewesen.

Der Mann zahlte seine Einkäufe stets in bar, und manchmal verschwand er für mehrere Tage, was allerdings kaum jemandem auffiel. Die Dorfbewohner ließen ihn gewähren, und als ein Jahr vergangen war, betrat er zum ersten Mal die Kneipe am Markplatz, in der sich das soziale Leben abspielte.

Es war wie ein Donnerschlag.

Die Gespräche verstummten, und die Köpfe drehten sich in seine Richtung. An der Tür hatte *Geschlossene Gesellschaft* gestanden, es war der Stammtischabend des Kulturvereins, aber keiner machte ihn darauf aufmerksam, dass er nicht dazugehörte.

Der Wanderer nickte den elf Gästen wortlos zu, dann stellte er sich an die Theke und ließ sich ein Pils kommen. Als der Wirt das Bier vor ihm abstellte, nahm er das Glas in die Hand, trank einen großen Schluck und wischte sich den Schaum von der Oberlippe.

Die anderen Gäste beobachteten ihn fasziniert, als wären sie gerade Zeugen eines Wunders geworden, als hätten sie soeben ein Fabeltier gesehen. Sieben illusionsfreie Männer und vier desillusionierte Frauen, und jeder von ihnen hatte eine eigene Theorie, was es mit dem Fremden auf sich hatte. Einige mutmaßten, er sei ein Verbrecher. Ein Krimineller, der aus dem Gefängnis entlassen sei und hier ein neues Leben beginnen wolle. Nein, sagten sich die anderen, wahrscheinlich hat er nur eine tragische Ehe hinter sich und will jetzt, enttäuscht von der Liebe und den Menschen, sein Dasein als Einsiedler fristen. Es waren besonders die Frauen des Dorfes, die zu dieser Version neigten, wahrscheinlich auch, weil sie ihn attraktiv fanden.

Den Wanderer scherte dies nicht. Er trank sein Bier und bestellte anschließend ein zweites. Dann sah er sich um. Die Wände der Kneipe waren holzvertäfelt, die Tische in Fensternähe von der Sonne gebleicht. Plastikblumen in kleinen Vasen standen darauf, ebenso gläserne Streuer für Pfeffer und Salz.

Direkt vor ihm, über der vor der Längswand stehenden Theke, baumelten Lampen mit Keramikschirmen, die mit ländlichen Motiven bemalt waren und aus denen das Licht seitlich aus kleinen Löchern fiel. Nichts hier erinnerte an die Gegenwart, selbst die Zapfanlage war alt, und natürlich hatte man in der Kneipe keinen Handyempfang, wie der Wanderer mit einem Blick auf sein Smartphone feststellte – für die Anwesenden der erste Beweis, dass der Fremde noch mit einem anderen Leben verbunden war.

Das zweite Bier trank er dann langsamer, genussvoller, und ihm wurde bewusst, dass er diese Gegend vermissen würde. Besonders die Nachmittage, wenn die untergehende Herbstsonne das Land zum Glühen brachte. Er genoss die Abgeschiedenheit, wenn er in der Natur unterwegs war, der Waldboden unter seinen Füßen knirschte und die Eichhörnchen höher gelegene Baumbereiche aufsuchten, von wo aus sie ihn aus sicherer Entfernung beobachten konnten. Mehrmals schon hatte er Rehe und Hirsche gesehen, einmal sogar einen Wolf, und der Anblick hatte ihn erfreut. Das Raubtier war ihm ebenso stark wie scheu vorgekommen – fast erinnerte es ihn an sich selbst.

Dann zahlte er.

Er stand auf, nickte den Gästen zu und schritt langsam zur Tür. Es war jetzt kurz nach zweiundzwanzig Uhr, und wie immer steckte der Schlüssel von innen im Türschloss, obwohl der Wirt noch nicht abgeschlossen hatte.

Der Wanderer erledigte dies für ihn.

Trennte die Welt im Inneren der Kneipe mit einer knappen Umdrehung von ihrer Umwelt ab und griff in die Jackentasche. Als seine Hand wieder zum Vorschein kam, hielt sie eine Glock 17 umschlungen, Halbautomatik, Kaliber neun Millimeter, Magazin mit siebzehn Schüssen.

Genug.

Er hatte die Waffe zuvor mit Bedacht gewählt. Der eingebaute Kompensator machte sie bei schnellen Schussfolgen leichter kontrollierbar, was ein exakteres Trefferbild ermöglichte. Pistolen waren etwas, das ihm völlig natürlich vorkam; über die Jahre waren sie zu einem verlängerten Teil seines Arms geworden.

Dann drehte er sich um, und die Hölle öffnete ihre Pforten.

Sein erster Schuss traf mitten in die Stirn des Mannes, der der Tür am nächsten saß. Die folgenden Schüsse die beiden Männer dahinter. Knochensplitter flogen durch die Luft, Gehirnmasse trat aus, ein warmer Sprühnebel färbte das Gesicht einer etwa vierzigjährigen Frau rot.

Sie starb als Vierte.

Erst jetzt brach in dem Lokal Panik aus. Erst jetzt begriffen die anderen Gäste, was gerade geschah. Sie sprangen auf, schrien und flehten und suchten verzweifelt nach Deckung.

Es gab keine.

Nummer fünf starb, als er in Richtung der Toiletten lief. Der sechste Schuss des Wanderers ging daneben und blieb in der Holztheke stecken. Dann stürmte ein Mann Anfang fünfzig, kurz rasierte Haare, das Gesicht wie eine Bulldogge, auf ihn zu. Vielleicht sah er keinen anderen Ausweg; vielleicht dachte er, er hätte eine Chance.

Er hatte keine.

Der siebte Schuss traf ihn seitlich in den Hals, genau auf Höhe des Adamsapfels. Er stürzte zu Boden. Das Blut pumpte in Wellen aus der Wunde. Unter seinem Körper breitete sich eine rote Pfütze aus, in die seine komplette Lebensenergie floss.

Der vorletzte Mann hatte sich hinter einer Bank versteckt und wimmerte. Unter ihm: eine nach Ammoniak riechende Pfütze Urin, die schnell größer wurde. Der Wanderer ging näher, setzte ihm die Waffe an den Hinterkopf und drückte ab. Sah, wie der Schädel explodierte, dann erledigte er den letzten Mann an der Theke.

Anschließend schaute der Fremde sich um und zog Bilanz. Sieben Männer waren tot, drei Frauen waren noch übrig. Er war gnädig und tötete sie schnell. Mit peitschenden Schüssen, abgefeuert ohne Zaudern.

Dann wendete der Mann sich dem Wirt zu, der ihn mit Augen ansah, in denen nichts als Angst und Unverständnis stand. Er rührte sich nicht. Stand stumm an die Wand gedrückt, war wie paralysiert.

»Haben wir ein Problem miteinander?«, wollte der Wanderer wissen. Seine Stimme klang rau, fast schon heiser.

Benommen schüttelte der Wirt den Kopf.

»Gut«, sagte der Fremde. »Das ist gut.«

Dann drehte er sich um und ging.

Der Wanderer wusste, dass es sicher zehn, wahrscheinlich jedoch zwölf bis fünfzehn Minuten dauern würde, bis der erste Streifenwagen den Ort erreichte. Mehr als genug Zeit für das, was er noch tun musste.

Er lief lockeren Schrittes zu seiner Hütte, wo er alles, was ihm gehörte, zuvor gesammelt und mit Benzin übergossen hatte. Als er dort angekommen war, griff er nach dem Sturmfeuerzeug in seiner Hosentasche, knipste es an und warf es durch die offen stehende Tür ins Innere. Verfolgte die bogenförmige Flugbahn mit einem Lächeln im Gesicht.

Kurz darauf züngelten die Flammen wie gierige Mäuler empor. Es würde nur Minuten dauern, bis die Hütte vollständig im reinigenden Feuer aufging und dann zusammenfiel wie das letzte Monument einer untergehenden Kultur.

Einige Sekunden lang genoss der Wanderer die Hitze auf dem Gesicht, dann drehte er sich um und lief auf den nahe gelegenen Waldrand zu. Abgefallene Äste knackten unter seinen Füßen, kleine Steinchen knirschten. Er bewegte sich ebenso zügig wie vorsichtig durch die Nacht. Wurzeln und Löcher stellten Stolperfallen im Unterholz dar, und ein verstauchter Fuß war das Letzte, was er jetzt gebrauchen konnte.

Zwanzig Minuten später war er sich sicher, dass er die tschechische Grenze überquert hatte. Fünfzehn weitere Minuten, und er würde auch den kleinen Ort erreicht haben, in dem er vor mehr als einem Jahr einen Stellplatz gemietet hatte. Seitdem war er alle zwei Wochen hier gewesen, um das dort geparkte Fahrzeug zu bewegen, damit er sicher sein konnte, dass die Batterie geladen war und der Wagen problemlos ansprang, wenn er ihn brauchte.

Er lief immer weiter, ohne sich ein einziges Mal umzudrehen. Hielt den Blick konzentriert auf den Boden gerichtet, auf die dicht stehenden Bäume vor ihm. Er dachte nicht mehr an das, was hinter ihm lag.

Warum auch?

Es war getan.

JUSTIZVOLLZUGSANSTALT BERLIN-TEGEL
DREI JAHRE SPÄTER, GEGENWART

Der Tag, der alles veränderte, begann mit einem Klopfen gegen die Zellentür. Alexander Born schwang die Füße von der Matratze und setzte sich auf. Sein Zuhause auf Zeit war zwei Meter sechzig lang, zwei Meter zehn breit und zwei Meter vierzig hoch. Ein Tisch, ein Stuhl und glatt verputzte Wände, aus denen die Toilette und ein Waschbecken wie Geschwüre aus Keramik ragten.

Er hatte sich seit Stunden nicht bewegt und nur den Geräuschen gelauscht, die in jedem Gefängnisbetrieb zum Alltag gehörten: das Scheppern der Stahltüren, das Rasseln der Schlüssel, das Rauschen der Toilettenspülungen. Er hatte Libanesen gehört, die sich durch die Fenstergitter unterhielten, einen voll aufgedrehten Fernseher und das Weinen des Jungen in der Zelle nebenan.

Nichts, was ihn kümmerte.

Das Schlimmste an einem Gefängnisaufenthalt waren nicht die Langeweile oder der Lärm, der einem permanent in den Ohren hallte. Was ihm wirklich zu schaffen machte, war die Abgeschiedenheit von der Außenwelt. Er war handlungsunfähig, und die Welt draußen drehte sich, während seine eigene stillstand. Innerhalb der Betonmauern diktierten gelangweilte Wärter seinen Alltag. Leute, die ihn mit tonloser Stimme ansprachen und ihm nie in die Augen sahen, als befürchteten sie, ihm nur durch einen Blickkontakt eine gewisse Menschenwürde zuzugestehen.

Die meiste Zeit passierte in diesem abgeschlossenen Kosmos gar nichts. Kurz nach seiner Inhaftierung hatten ihn drei Albaner zusammenschlagen wollen, nachdem sie erfahren hatten, dass er Polizist gewesen war. Er hatte dem ersten das Jochbein gebrochen, dem zweiten die Kniescheibe, woraufhin der dritte die Flucht ergriff, bevor er sich auch um ihn kümmern konnte. Seitdem war Ruhe. Kein Ärger mehr mit anderen Insassen, keine sexuellen Annäherungsversuche unter der Dusche.

Nur noch Warten.

Anfangs hatte Born sich noch Gedanken gemacht, auf was genau er eigentlich wartete, dann war ihm klar geworden, dass es immer nur die nächste Mahlzeit war, der nächste Gang zur Toilette oder die nächste Hofrunde, bei der er den Blick heben und zu einem der Bäume blicken konnte, die stolz hinter den Gefängnismauern aufragten. Irgendwann wusste er nicht mehr, welcher Wochentag gerade war, dann war es ihm mit den Monaten genauso ergangen.

Bis es gegen die Zellentür hämmerte.

Bis er das Klappern von Schlüsseln hörte, das Schnaufen eines Mannes.

Die Tür öffnete sich, und ein glatzköpfiger Beamter forderte ihn auf, mitzukommen. Sie folgten endlosen Gängen, deren Farbe Born an frisch Erbrochenes erinnerte, während Türen und Gitter geöffnet und nach ihnen wieder geschlossen wurden. Vor einem Raum, der normalerweise für Anwaltsgespräche bestimmt war, blieb der Justizbeamte stehen und wischte sich etwas Imaginäres von der Schulter. Es konnten weder Haare noch Schuppen sein, da er beides nicht hatte. Dann löste er seinen Schlüssel vom Gürtel, öffnete die Tür und bedeutete Born, einzutreten.

Borns Blick fiel auf eine Frau, die mit dem Rücken zum

Fenster saß und ihn neugierig musterte. Sie war noch jung, Ende zwanzig vielleicht. Schulterlange blonde Haare, eine zarte Gestalt und dunkelblaue Augen. Irgendwie erinnerte sie ihn an die Lieblingspuppe eines kleinen Mädchens, mit der nie gespielt wurde, weil man Angst hatte, sie könnte dabei kaputtgehen.

Bekleidet war die Blondine mit einer dunklen Jeans und einer hellblauen Bluse. Ein sandfarbener Blazer hing hinter ihr über der Stuhllehne, und Born wusste sofort, dass sie Polizistin war. Als wenn ein Geruch von ihr ausgehen würde, den er immer noch wittern konnte.

Bis jetzt hatten seine ehemaligen Kollegen stets einen Mann geschickt – vielleicht wollten sie ja mal etwas Neues ausprobieren.

Langsam ging er auf sie zu und setzte sich auf den Stuhl gegenüber. Betrachtete sie intensiver. Sie sah gut aus, selbst im kalten Glanz des Neonlichts – ein Eindruck, der allerdings der langen Haftzeit geschuldet sein konnte, die hinter ihm lag.

Auch die Polizistin blickte ihn wortlos an, und der Raum mit den nackten Betonwänden schien die Stille noch zu vergrößern, die zwischen ihnen herrschte. Vielleicht wusste sie nicht, wie sie anfangen sollte, vielleicht war sie zu unerfahren, um mit einer solchen Situation souverän umzugehen.

Er beschloss, ihr auf die Sprünge zu helfen.

»Nachdem wir uns jetzt ausgiebig betrachtet haben: Was kann ich für Sie tun?«

»Ich bin Polizeioberkommissarin Norah Bernsen«, sagte sie mit einer Stimme, die eine Nuance dunkler klang, als er erwartet hatte. »Wir haben wieder eine Postkarte erhalten. Wie an jedem Jahrestag der Morde in Tannenstein.«

»Und?«

»Sie und Peter Koller waren damals die Leiter der Sonderkommission. Man hatte sie nach Dresden geschickt, um den Mann zu fassen, den sie den Wanderer nennen.«

»Da frage ich doch noch einmal: Und?«

Ihre Augenlider zuckten. Anstatt zu antworten, griff sie in ihre Umhängetasche und holte eine Postkarte heraus, die in einer durchsichtigen Plastikhülle steckte.

Er nahm sie entgegen und betrachtete sie. Wie in den Jahren zuvor war auf der Vorderseite ein Wanderer abgebildet – der Grund, warum die Ermittlungsbehörden den unbekannten Killer intern so genannt hatten. Auf der Rückseite stand wie immer nur ein Wort: Tannenstein. Den verschmierten Poststempel konnte er nicht entziffern.

»Wo wurde die Karte abgeschickt?«, fragte er.

»In Elbingerode. Ein kleiner Ort im Harz.«

Er gab sie ihr wieder. Die erste Karte war in Karlsruhe abgestempelt worden, die zweite in Frankfurt am Main. Diese hier war die dritte. Allesamt Orte, die mit der Tat nichts zu tun hatten und die der Täter wahrscheinlich nur zufällig ausgewählt hatte.

»Das ist alles, was Sie haben?«

Sie nickte.

»Was ist mit Lydia?«

Eine kurze Pause. Dann: »Leider kann ich Ihnen nichts Neues erzählen. Die Ermittlungen stocken. Tut mir leid.«

Anfangs war Lydia Wollstedt seine Kollegin gewesen, später seine Geliebte, bis der Wanderer ihr Leben im Berliner Tiergarten ausgelöscht hatte. In einer unheilvollen Nacht, einfach so. Sie war der Grund, warum er hier drinnen war, und ihr Tod der Grund, warum er hier rauswollte.

Neben ein paar anderen, vielleicht.

»Was ist mit Ihrem Vorgänger?«, wollte er dann wissen.

»Bitte?«

»Mit dem älteren Beamten, der die letzten Jahre hier war. Der war gut. Sie dagegen sind schlecht. Plump und wenig empathisch. Hat man Ihnen auf der Polizeischule nicht beigebracht, wie man Verhöre führt?«

Wieder das Zucken der Augenlider. »Wolfgang Liebknecht wurde vor drei Monaten pensioniert«, sagte sie dann. »Tut mir leid, wenn ich Ihren Ansprüchen nicht genüge, aber vielleicht tröstet es Sie ja, dass es mir umgekehrt genauso geht.«

Anschließend schaute sie sich um, als wenn es in dem Raum etwas Besonderes zu sehen gäbe. »Scheußlich hier – aber wenn man die Jahre gemeinsam mit den besten Kumpeln verbringt, vergeht die Zeit wahrscheinlich wie im Flug.«

Schau an, dachte er: Sie versucht, mich zu provozieren. Vielleicht war sie doch nicht so untalentiert, wie er anfangs vermutet hatte.

»Was wollen Sie?«, fragte er dann. »Ich habe mit Peter Koller die Ermittlungen geleitet und alles, was wir herausgefunden haben, steht in den Akten. Lesen Sie sie. Mich interessiert Tannenstein nicht mehr.«

»Ich dachte, Sie wären zumindest an der Festnahme von Lydias Mörder interessiert. Oder ist Ihnen Ihre ehemalige Partnerin auch egal geworden?«

Übertreib es nicht, dachte er. Fang mit mir keine Spielchen an, die du nicht beherrschst.

»Lydia ist tot, und Sie wissen rein gar nichts über sie«, erwiderte er. »Der Wanderer hat sie zu einer Zeit getötet, als ich bereits im Gefängnis saß, und hätten Sie und Ihre Kollegen Ihren Job besser gemacht, könnte sie immer noch leben.«

»Sie meinen diese Russengeschichte, von der sie kurz vor ihrem Tod gesprochen hat? Ich habe davon gehört. In meinem ersten Jahr im Kommissariat, als Sie ... nun ja, schon nicht mehr da waren. Lydia und ich kannten uns nicht besonders gut, aber sie war eine Kollegin, und ihr Tod hat mich nicht ungerührt gelassen.«

Er erwiderte nichts.

»Okay«, sagte sie nach einer kurzen Pause. »Ich wollte nur, dass Sie das wissen.«

Wieder sagte er nichts. Dann: »Passen Sie auf, Frau ...?«

»Bernsen ist mein Name. Norah Bernsen.«

»Gut, Frau Bernsen. Wir machen jetzt Folgendes: Ich gehe wieder in meine Zelle und sitze die letzten Wochen auf einer Arschbacke ab. Sie trollen sich in Ihr armseliges Büro und versuchen, das zu tun, wofür Sie bezahlt werden. Wenn Sie Lydia gekannt haben, sollte es Ihnen ja nicht an Motivation mangeln. Was halten Sie davon?«

Er rechnete damit, dass sie aufstehen und das Gespräch beenden würde. Sie tat es nicht. Stattdessen starrte sie auf die Tischplatte und sagte leise: »Darf ich Ihnen noch eine persönliche Frage stellen?«

Sie waren alle gleich. Alle diese Beamten, die sie bislang geschickt hatten. Immer ging es letztendlich um das Warum.

Bevor Norah Bernsen weiterreden konnte, schüttelte er den Kopf. »Sie würden es nicht verstehen.«

»Versuchen Sie's«, forderte sie ihn auf. »Lydia hat Sie immer in den höchsten Tönen gelobt, und Sie sind nicht der erste Polizist, der kriminell geworden ist.«

»Gilt das auch für Sie?«

»Nein«, sagte sie entschlossen. »Aber auch ich habe schon Dinge getan, die sich mit den Dienstvorschriften nicht vereinbaren ließen.«

»Ach ... Dann glauben Sie also, dass der Unterschied zwischen uns ein gradueller und kein kategorischer ist?«

Jetzt schwieg sie.

Natürlich konnte sie es nicht verstehen.

Wie auch?

Für seine ehemaligen Kollegen war Born nur ein krimineller Ex-Polizist, der denen das Geld abgenommen hatte, die er sowieso für den Abschaum der Gesellschaft hielt. Er hatte Dealern das Koks geraubt, Einbrechern die Beute und Zuhältern das Bargeld. Das Einzige, was er bereute und was ihn innerlich zerriss, war der Umstand, dass er Lydia nicht hatte helfen können, als sie drei Monate nach seiner Verhaftung auf den Wanderer traf. Als dieser das Leben der einzigen Frau auslöschte, die Born je geliebt hatte.

Seit er von seinem Ex-Partner die Nachricht über Lydias Tod erhalten hatte, war alles anders geworden. Früher war er ein Mann mit Zielen gewesen, mit Wertvorstellungen und Träumen. Er hatte Filme mit Sean Penn geliebt, war gerne Rad gefahren und hatte gutes Essen zu schätzen gewusst. Jetzt war sein Leben auf ein einziges Ziel reduziert, und nichts und niemand würde ihn aufhalten können, wenn es so weit war. Schon gar nicht diese unerfahrene Polizistin.

Norah Bernsen schaute ihn weiterhin fragend an, wohl immer noch auf eine Antwort hoffend. Er dagegen konzentrierte sich auf das laute Ticken der Bahnhofsuhr, die an der beigefarbenen Wand hing. Vielleicht, so dachte er, hing sie nur dort, damit ihr Geräusch den Insassen klarmachte, dass auch ihre Zeit irgendwann abgelaufen war.

Bevor das Schweigen peinlich wurde, sagte er: »Ich glaube, wir sind hier fertig.«

Norah Bernsen öffnete den Mund, als wollte sie antworten, und schloss ihn wieder. Ordnete anschließend ihre Unterlagen und packte sie in die Tasche, ohne ihn noch einmal anzusehen.

Born schaute ihr ein paar Sekunden lang zu, dann erhob er sich und signalisierte dem Vollzugsbeamten hinter der Glasscheibe, dass er zurück in die Zelle wollte.

»Herr Born?«

Ihr Ruf erreichte ihn im letzten Moment.

»Ich glaube nicht, dass Sie all dem so gleichgültig gegenüberstehen. Sie haben hier jede Menge Zeit gehabt, um über den Fall nachzudenken. Ist Ihnen denn gar keine Idee gekommen, hinter wem Ihre Kollegin her war? Haben Sie gar keinen Verdacht, wer oder was hinter den Morden in Tannenstein stecken könnte?«

Er legte den Kopf schief und sah sie an. Die blonden Haare, glänzend und weich wie Honig. Das Blau ihrer Augen, das so perfekt zu dem Oberteil passte. Die Körperhaltung, in der gleichzeitig Energie und Kraft zum Ausdruck kamen.

»Suchen Sie nach einem russischen Killer«, antwortete er. »Halb menschlich, halb göttlich und ganz und gar tödlich.«

»Was soll das denn jetzt heißen?«

»Sie sind die Polizistin. Finden Sie's raus!«

Zwanzig Tage später schlossen sich die Türen der Haftanstalt endgültig hinter Born. Der Pförtner wünschte ihm zum Abschied alles Gute, wobei er mit einem dümmlichen Grinsen betonte, dass er aus gegebenem Anlass lieber auf die Floskel »auf Wiedersehen« verzichten würde.

Dann war Born allein.

In Freiheit.

Die ersten Minuten waren irritierend. Zu viele Geräusche, zu viele Möglichkeiten. Er brauchte einen Moment, um sich zu orientieren, und ließ den Blick über einen Himmel streifen, der tiefblau wie das Mittelmeer war. Keine

Betonmauern mit NATO-Draht mehr, die den Blick auf alles verstellten, was das Leben ausmachte. Keine Zellentür, die ihn von seinem Weg abhalten konnte. Auf eine sonderbare Art begannen sich die Erinnerungen an die Haftzeit schon aufzulösen. Nicht so, als würden sie langsam verblassen, sondern so, als hätte es sie nie gegeben. Als wären die letzten Jahre nur ein Albtraum gewesen, aus dem er jetzt Stück für Stück erwachte.

Dann schulterte er seine Tasche und schlug den Weg zur Holzhauser Straße ein, von wo aus er mit der U6 bis zur Haltestelle Friedrichstraße fuhr.

Berlin Mitte.

Seine alte Heimat.

Keine hundert Meter entfernt hatte er die Grundschule besucht, als Dreizehnjähriger das erste Flaschenbier in einem Kiosk gekauft. Er war nach einem wilden Fahrradsturz in der Notaufnahme des nahe gelegenen St.-Hedwig-Krankenhauses zusammengeflickt worden, hatte auf dem Sportplatz Fußball gespielt und als Jugendlicher nachts mit Freunden im Hinterhof gekifft, während sie gemeinsam auf den Sonnenaufgang warteten.

Das hier war sein Kiez, sein Revier. Es gab keinen besseren Ort, um sein Leben wieder auf Anfang zu stellen.

Er ließ sich mit den Massen treiben und roch den Abgasgeruch vorbeifahrender Busse, den Parfümduft der gut gekleideten Frauen. Alles kam ihm neu und gleichzeitig vertraut vor. Wie ein Film, den man einst geliebt und dann jahrelang nicht mehr gesehen hatte.

Mitten auf dem Gendarmenmarkt blieb er stehen und zündete sich eine Zigarette an. Dachte nach. Die letzte Spur des Wanderers hatte es hier gegeben, in Berlin. Der Mord an Lydia lag drei Jahre zurück, und der Killer konnte mittlerweile überall sein. Born wusste, dass es schwierig sein würde, ihn jetzt noch aufzuspüren. Schwierig, aber nicht gänzlich unmöglich. Für Lydia hatte er damals viele Grenzen überschritten, und jetzt würde er noch weitergehen. Er würde den Mann jagen, der es gewagt hatte, ihm das Wertvollste zu rauben, das er je besessen hatte.

Ihn hetzen und aufspüren.

Ihn fühlen lassen, was wahres Leid bedeutete.

Norah Bernsen riss sich die Schuhe von den Füßen und schleuderte sie stöhnend in die Ecke. Dann schaltete sie die Kaffeemaschine ein und ließ sich mit Borns Personalakte, die sie unerlaubterweise aus dem Präsidium mitgenommen hatte, auf die Couch fallen. Zupfte nachdenklich an den roten Gummibändern, mit denen die Akte zusammengehalten wurde. Sie goss sich eine Tasse Kaffee ein, schlug die Akte auf und begann zu lesen.

Laut den Unterlagen war Born ein exzellenter Polizist gewesen, ein brillanter Ermittler. Jemand, der zwar unorthodox agierte, damit aber Erfolg hatte. Weiterhin entnahm sie der Akte, dass er vor Jahren einen Zuhälter erschossen hatte, als er noch bei der Sitte gewesen war. In Notwehr, sagten die einen, vorschnell, meinten die anderen. Man hatte ihn anschließend einer Reihe von psychologischen Tests unterzogen, bei denen der Psychologe zu dem Urteil gekommen war, dass sich Born »gegenüber körperlicher Gewalt in hohem Maße desensibilisiert zeigt, was vor allem dadurch zum Ausdruck kommt, dass er von Gewalt als normalem Teil des täglichen Lebens spricht. Die Tötung eines anderen Menschen löst bei ihm keine erkennbaren Gewissensbisse aus. Wenn er erneut in eine Situation geraten würde, in der er sich oder andere mit einer Tötungswaffe verteidigen müsste, würde er ohne Zögern abdrücken, ohne dass es anschließend zu psychologischen Spätfolgen des Vorfalls kommen würde.«

Vor ihr entstand das Bild eines Polizisten, der am liebsten auf eigene Faust gehandelt hatte, sowohl bei der Sitte wie auch später bei der Mordkommission. Er war ein Desperado mit Dienstmarke gewesen, und Norah konnte nicht verstehen, wie er so lange damit durchgekommen war.

Sie schaute sich sein Dienstfoto an und rief sich die Begegnung mit ihm in Erinnerung. Er war ein gutaussehender Mann Ende dreißig, knapp eins neunzig groß, mit dunklen Haaren und breiten Schultern. Er hatte kräftige Hände und eine kleine Narbe auf dem linken Jochbein, die von einer Schlägerei aus seiner Jugendzeit stammte. Insgesamt wirkte er wie jemand, der wusste, was er wollte, und der alles tat, um es zu bekommen.

Sie fragte sich, ob Born damals tatsächlich geglaubt hatte, er würde mit seinem Doppelleben durchkommen. Ob er wirklich davon ausgegangen war, über dem Gesetz zu stehen und straffrei verraten zu können, wofür er von Rechts wegen einstehen sollte. Eigentlich war er ihr bei ihrem Besuch in der JVA nicht naiv vorgekommen, aber was wusste sie schon?

Norah Bernsen stand selbst auf dem Abstellgleis, zumindest kam es ihr so vor. Tannenstein lag rund zweihundertfünfzig Kilometer von Berlin entfernt, und alles, was sie mit dem Fall verband, war Alexander Born, der damals die Sonderkommission geleitet hatte – gemeinsam mit Peter Koller, der jetzt ihr Chef bei der Mordkommission war und in dieser Funktion alles tat, um sie beruflich kleinzuhalten.

Koller hatte ihr nur aufgetragen, Born über die neue Postkarte des Wanderers zu informieren, »der Ordnung halber«, und ihr klargemacht, dass sie mit dem Fall weiter nichts zu tun haben würde, obwohl er wusste, wie unterfordert sie sich fühlte. Schon seit Kindertagen hatte Norah Polizistin werden wollen, am liebsten bei der Kriminalpolizei. Sie wollte Verbrecher verhaften, die Welt ein Stück weit besser machen. Als sie vor anderthalb Jahren endlich ihr Ziel erreicht hatte, musste sie schnell feststellen, dass die meisten Mörder gar keine Verbrecher waren – zumindest nicht solche, wie man sie aus Filmen kannte.

In der Realität wurden Tötungsdelikte meist von armen Schweinen begangen, die anschließend heulend neben der Leiche hockten und immer wieder »Ich habe es nicht gewollt ...« stammelten. Häufig waren es Alkoholiker oder Drogenabhängige, oftmals auch Leidtragende zerrütteter Ehen oder eines Streits, der jedes Maß verloren hatte. Ganz andere Gestalten als der Mann, der für die Tat in Tannenstein verantwortlich war. Er hätte ebenso gut einem Hollywoodfilm entspringen können: ein ominöser Täter, ein elffacher Mord, kein erkennbares Motiv. Norah schämte sich fast dafür, aber ... es faszinierte sie auch.

Sie legte Borns Personalakte auf den Tisch und konzentrierte sich auf die sonderbare Entwicklung des Falls. Soweit sie dies beurteilen konnte, hatte die Sonderkommission damals gute Arbeit geleistet. Man war sämtlichen Spuren nachgegangen und hatte nichts unversucht gelassen, auch wenn sich jeder Ansatz als Schlag ins Leere entpuppte. Motiv und Täter lagen bis heute im Dunkeln, und die einzig verbleibende Spur – welch lächerlicher Begriff für einen Haufen Nichts – bestand aus den Postkarten, die der Mörder regelmäßig schickte und auf deren Rückseite immer nur ein Wort stand: Tannenstein. Als Absender

war stets die Adresse angegeben, an der die niedergebrannte Hütte gestanden hatte, sowie der Name ihres
letzten Mieters – ein falscher Name, den die Polizei den
Medien nie mitgeteilt hatte, was darauf schließen ließ,
dass der Absender Täterwissen besaß.

Die ganze Sache war unfassbar. Sieben Männer und
vier Frauen waren innerhalb weniger Minuten ausgelöscht
worden. Das jüngste Opfer war siebenunddreißig Jahre
alt gewesen, das älteste zweiundsechzig. Nur zwei der Getöteten waren zuvor mit dem Gesetz in Konflikt geraten,
beides Nichtigkeiten, und beide Verfahren waren gegen
die Zahlung eines Bußgelds eingestellt worden.

Und der Täter? Nichts als ein Schatten. Undeutlich und
verschwommen nur, nichts Greifbares. Es gab keine Fotos
von ihm, keine Fingerabdrücke und keine DNA-Spuren.
Selbst das Bierglas, aus dem er in der Wirtschaft getrunken hatte, hatte er nach der Tat mitgenommen, und die
Ermittler gingen davon aus, dass es in dem Feuer vernichtet wurde, das der Mörder anschließend in der Hütte ge-
legt hatte.

Natürlich, es gab Beschreibungen von ihm, eine ganze
Reihe von Phantombildern. Aber die unterschieden sich
so stark voneinander, dass der Wanderer praktisch jeder
Dritte sein konnte. Wahrscheinlich musste er sich nur den
Vollbart abrasieren, und die Zeugen würden ihn noch
nicht einmal erkennen, wenn er auf der Straße an ihnen
vorbeiging. Einig waren sie sich nur, dass er zwischen
fünfundvierzig und fünfzig Jahre alt war, groß gewachsen
und dunkelblonde Haare hatte.

Klasse, dachte Norah, und das, nachdem er ein Jahr
lang in dem Ort gelebt hatte.

Dann trank sie einen weiteren Schluck Kaffee und verzog angewidert das Gesicht. Spuckte das bitter gewordene

Gesöff wieder in die Tasse und überlegte, was es wohl über ihre Stellung in der Behörde aussagte, wenn man ausgerechnet sie zur Befragung eines Mannes schickte, der die letzten drei Jahre garantiert keine neuen Informationen über den Fall erhalten hatte.

Es war zum Kotzen.

Sie wusste natürlich, dass ihr persönliches Interesse an den Vorgängen in Tannenstein ein Fehler war, spürte aber gleichzeitig, dass sie nicht dagegen ankam. Sie ahnte, dass sie keine Ruhe finden würde, solange der Fall durch ihren Hinterkopf spukte. Seit sie das erste Mal von den Morden gehört hatte, hatte es sie zu diesem abgelegenen Ort gezogen, der von dunklen Wäldern umschlossen war. Sie hatte mit eigenen Augen sehen wollen, worüber sie bislang nur gelesen hatte. Die Häuser, die Menschen, den Tatort und den Platz, an dem die niedergebrannte Hütte gestanden hatte.

Außerdem war da noch Lydia. Es stimmte, was sie Born erzählt hatte: Sie hatte ihre erfahrenere Kollegin gerne gemocht, vielleicht sogar bewundert. Als die Nachricht von Lydias Tod sie erreichte, war es wie ein Faustschlag – wie immer, wenn eine Kollegin oder ein Kollege im Dienst den Tod fand.

Norah war klar, dass die Chance, Lydias Mörder zu fassen, Jahre später nur noch minimal war, aber damit konnte sie leben. Und wenn ihr Chef sie beruflich nicht ermitteln ließ, dann würde sie es eben privat tun. Direkt morgen würde sie einen Urlaubsantrag einreichen.

Warum auch nicht?

Überstunden hatte sie weiß Gott genug.

NISCHNI NOWGOROD, RUSSLAND

Die Zwillinge entstiegen dem See wie Überlebende einer Apokalypse. Ihre Brustwarzen waren hart, die Penisse verschrumpelt. Sie schüttelten sich kurz und ließen das eiskalte Wasser an sich abtropfen. Gut zehn Minuten hatten sie in dem halb gefrorenen Gewässer ausgeharrt. Nicht, weil sie es mussten. Weil sie es konnten. Der beste Grund von allen.

Optisch glichen die Männer sich wie ein Ei dem anderen, was nicht nur an den genetischen Gemeinsamkeiten lag, sondern auch an ihren bartlosen Gesichtern und den blonden Haaren, die sie auf die gleiche Art und Weise trugen. Ein strenger Seitenscheitel, die Nacken millimeterkurz ausrasiert. Sie waren Mitte dreißig, Veteranen des Tschetschenienkrieges, und nur wenige Menschen kannten sie gut genug, um sie anhand der Unterschiede in ihrem Wesen auseinanderzuhalten.

Es war noch keine achtundvierzig Stunden her, dass Andrej und Sergej Wolkow in Russland angekommen waren. In dieser Zeit hatten sie drei Männer getötet, zweimal gegessen und die beiden Prostituierten gefickt, die in der nahe gelegenen Datscha auf sie warteten. Die beiden Nutten waren eine zusätzliche Belohnung für die Morde gewesen, neben dem Geld, das sie später von Koslow bekommen würden.

Keiner von ihnen war je zuvor in Nischni Nowgorod

gewesen, jener Millionenstadt an der Wolga, die bis 1990 Gorki hieß. Zu Zeiten der Sowjetunion galt sie als Drehscheibe des russischen Handels und als bedeutende Industriemetropole, dann kam der Zusammenbruch des Imperiums, und die Stadt veränderte ihr Gesicht. Sie wurde zu einem der wichtigsten wissenschaftlichen und kulturellen Zentren Russlands, zu einem der Hauptziele des Flusstourismus.

Und wo es Tourismus gab, gab es Geld. Wo es Geld gab, gab es Prostitution. Warum die drei Mitglieder eines verfeindeten Kartells sterben mussten, wussten die Zwillinge nicht. Sie hatten einfach Koslows Befehl ausgeführt. Waren mit Maschinenpistolen zu dem angegebenen Hotel gefahren, hatten die Zimmertür aufgebrochen, in die schreckerstarrten Gesichter der Männer geblickt und abgedrückt. Ein schneller, harter Abgang. Den Koffer mit dem Geld hatten sie auf dem Tisch stehen gelassen, weil es nicht zu Koslows Auftrag gehörte, ihn mitzunehmen.

Nachdem der Großteil des Wassers von ihren nackten Leibern getropft war, trockneten sie sich gegenseitig mit den mitgebrachten Frotteehandtüchern ab. Sie taten es fast schon zärtlich, wie Liebende. Zuerst die Brust, dann den Rücken, anschließend die Genitalien und Beine. Zuletzt zogen sie ihre Schlappen und die weichen Bademäntel an. Der eine sagte etwas, das den anderen zum Lachen brachte.

Durch die hereinbrechende Nacht liefen sie Arm in Arm zu der Datscha zurück, um sich nochmals an den beiden Nutten auszutoben. Sie blieben bis zum Morgengrauen, dann verließen sie das Blockhaus wieder.

Nur sie.

BERLIN

Als Borns Eltern vor acht Jahren bei einem Flugzeugabsturz in Honduras ums Leben gekommen waren, hatten sie ihm neben unzähligen Erinnerungen auch eine Eigentumswohnung im Berliner Stadtteil Charlottenburg hinterlassen, nicht weit vom Olympiastadion entfernt. Drei Zimmer, Küche, Diele, Bad, dazu ein Gäste-WC und ein Balkon, vom dem aus man einen schönen Blick in den efeuumrankten Garten hatte, der hinter dem Haus lag.

Es war eine ruhige und friedliche Straße, wenig Verkehr, kaum Lärm, und dennoch konnte Born in dieser Nacht lange nicht einschlafen. Er lag stundenlang im Bett und starrte die Decke an, während er darüber nachdachte, wie alles begonnen hatte.

Der Tag, an dem Born die Polizeiausbildung abgeschlossen hatte, war ein Frühlingstag gewesen, der Berlin in ein goldenes Licht tauchte. Einer dieser Tage, an denen alles zum Leben erwachte und aufblühte, in dieser ebenso herrlichen wie dreckigen Stadt, die wie ein einziges Versprechen wirkte. Er war so jung gewesen, so unbeschwert und voller Zutrauen in seinen Beruf. Er hatte tatsächlich gehofft, sich dem Bösen ein Stück weit in den Weg zu stellen.

Aber die Anfänge kannten das Ende nicht, und das Gute konnte sich das Böse nicht vorstellen.

Niemals wäre ihm in den Sinn gekommen, dass diese

Stadt ihn irgendwann zermürben, der Job ihn verschleißen würde, dass seine Wertvorstellungen vom Irrsinn, vom Leid und vom Unglück, von all dem Zynismus um ihn herum zerrieben wurden. Auf den Straßen gab es so viele Verlockungen, überall, und als dann der richtige Auslöser kam, hatte er ihnen nachgegeben.

An das erste Mal konnte er sich noch bestens erinnern. Ein libanesischer Koksdealer in Spandau, hundertfünfzig Gramm, die einfach auf dem Tisch lagen. Ein unbeobachteter Moment. Das innere Zwiegespräch, dass die Drogen in der Asservatenkammer niemandem nützten, dass sowieso immer neue produziert wurden, die immer irgendwelche Leute verkauften, solange andere sie konsumierten. Warum sollten nur Verbrecher von diesem Kreislauf profitieren? Warum nicht er, Lydia oder Menschen, die es mehr verdienten als jene, die er beraubte?

Ihm war klar gewesen, dass Geld ein wichtiger Grund für sein Handeln war, aber beileibe nicht der einzige. Gib es zu, sagte er sich, du hast auch den Kick gebraucht, wenn du Kriminelle abgezockt hast, die Gefahr und die Angst, ertappt zu werden. Regeln haben dir immer weniger bedeutet, Gesetze ebenso. Du hast dich wie Superman gefühlt, unbesiegbar, unangreifbar. Ständig hat es eine neue rote Linie gegeben, die du überschritten hast, nur um dir dann selbst zu versichern, vor der nächsten stehen zu bleiben.

Dennoch war er immer weiter und weiter gegangen.

Und wofür?

Für sie. Für sich selbst.

Er riss sich von seinen Gedanken los und schaute wieder an die Decke. Wenn vor dem Fenster ein Auto vorbeifuhr, zogen die Scheinwerfer Lichtkreise darüber. Muster bildeten sich und verschwanden wieder. So monoton, dass

er irgendwann das Denken einstellte und in einen hauchdünnen Schlaf fiel. Eine Art Dämmerzustand nur, der sich
anfühlte, als läge er mit den Ohren unter Wasser in der
Badewanne.

Als könnte er alles vergessen.

Am nächsten Morgen hämmerte hinter seinen Schläfen
ein Kopfschmerz, den er mit zwei Aspirin und einem Glas
Orangensaft in den Griff bekam. Dann duschte er, zog
sich eine Jeans und ein weites Polohemd an und machte
sich auf den Weg in den Grunewald – ein ausgedehntes
Naherholungsziel, das von unzähligen Fuß- und Rad-
wegen durchzogen war.

Zunächst folgte er der Havel in Richtung Süden, bis er
das Waldhaus Havelchaussee erreichte. Dort setzte er
sich auf eine Bank und streckte die Beine aus. Trotz des
immer noch warmen Herbstwetters war es im Schatten
der Bäume frisch, fast schon kühl. Nur vereinzelt drangen Sonnenstrahlen durch das nach wie vor dicht stehende Blätterdach, und Lichtformationen tanzten über
das Erdreich. Das Herbstlaub breitete sich in leuchtenden
Farben aus, eine Sinfonie in Rot, Gelb und Gold. Er genoss einen Moment lang die Stille und schaute den vor-
beiziehenden Radfahrern nach, den Läufern und frisch
verliebten Pärchen.

Auch mit Lydia hatte er hier schon gesessen und einen
einfachen Filterkaffee getrunken, den sie sich in einer
Thermoskanne mitgebracht hatten. Den ganzen Fein-
schmecker-Scheiß, den Menschen, die sich *Baristas* nannten, in irgendeiner Gourmetbude servierten, konnten sie
eh nicht ausstehen. Immer musste man dort hinter irgendeinem Idioten in der Schlange stehen, der zehn Minuten
brauchte, um den perfekten Latte macchiato zu bestellen.

Meist irgendein vollbärtiger Hipster, der aussah wie ein Taliban mit gezupften Augenbrauen.

»Du bist so ruhig geworden«, sagte Lydia, als sie ihren Kopf gegen seine Schulter legte. »Was geht in dir vor?«

»Hast du schon einmal daran gedacht, dein bisheriges Leben aufzugeben und am anderen Ende der Welt neu anzufangen? Alles hinter dir zu lassen und bei Null zu beginnen?«

»Klar, wer hat das nicht? Aber das ist ein Gedanke, der nur in der Theorie funktioniert. In der Praxis nimmst du dein bisheriges Leben mit. Deine Erinnerungen, deine Erfahrungen. Du kannst nicht so tun, als hätte es sie nie gegeben, weil sie aus dir gemacht haben, was du heute bist.«

»Und wenn ich nur das Gute mitnehme und das Schlechte hinter mir lasse?«

»Ach, Baby!« Jetzt lächelte sie. »Wenn wir nur einen Teil von uns ausleben – was passiert dann mit dem Rest?«

Als Born die Augen wieder aufschlug, hatte der Besucherandrang nachgelassen. Es war stiller geworden. Minutenlang hörte er nur noch das Zwitschern der Vögel und das Rauschen der Blätter. Dann stand er auf und ging los. Hundert Meter hinter dem Waldhaus und abseits des Fußwegs stand der große Monolith, zu dem er wollte. Er war von dornigen Büschen umgeben, seine Form erinnerte an einen überdimensionalen Grabstein. Kein Fußgänger war mehr zu sehen, kein Radfahrer und auch kein Läufer.

Born bückte sich und befreite eine der Längsseiten des Steines vom Laub, woraufhin ein schmaler Spalt zum Vorschein kam. Zielstrebig grub er weiter, schaufelte die Erde Hand für Hand zur Seite und sah den Spalt größer werden. Als er ihm ausreichend erschien, griff er hinein und spürte ganz am Ende die Plastiktüte. Vorsichtig zog er daran, doch immer wieder verkeilte sich ihr Inhalt in dem Felsen. Er grub so lange, bis er die Tüte in Händen hielt. Sie war mit dem Logo eines bekannten Discounters versehen und mit stabilem Klebeband luftdicht verschlossen.

Wieder schaute er sich um, um sicherzugehen, dass niemand ihn beobachtete. Die einzigen Lebewesen, die er sah, waren kleine helle Vögel, die wie hochgewirbeltes Konfetti über den Tannen aufstiegen. Dann riss er die Tüte auf. Darin lagen, eingeschlagen in Ölpapier, eine matt glänzende P220 und vier Magazine. Die halbautomatische Pistole des deutschen Herstellers SIG Sauer hatte er vor Jahren einem Zuhälter abgenommen und behalten, nachdem er festgestellt hatte, dass sie bei keiner Behörde registriert war. Angst, dass der Zuhälter den Diebstahl anzeigte, hatte Born nicht gehabt, es sei denn, der Kerl wollte den diversen Anklagepunkten unbedingt noch einen weiteren wegen unerlaubten Waffenbesitzes hinzufügen.

Nachdem er den Spalt wieder geschlossen hatte, schob er die Pistole in den Hosenbund, steckte die Magazine ein und machte sich auf den Rückweg. Keine drei Meter entfernt hielt er plötzlich inne, drehte sich um und kehrte zurück. Hob die liegen gelassene Plastiktüte auf, um sie später in einem Abfalleimer zu entsorgen. Fast hätte er dabei über sich selbst lachen müssen; über die Merkwürdigkeiten menschlicher Handlungsweisen. Er hatte kein Problem damit, eine Waffe zu holen, mit der er einen Menschen töten wollte, aber ein achtlos in der Landschaft liegen gelassenes Stück Plastik bereitete ihm Gewissensbisse.

Nachdem er die Tüte im nächsten Mülleimer entsorgt hatte, verließ er den Grunewald, überquerte die B5 und erreichte auf der anderen Straßenseite die S-Bahn-Haltestelle Pichelsberg, wo er sieben Minuten später einen Zug bestieg, der ihn nach Spandau bringen sollte. Er löste einen Fahrschein, fand einen Platz am Fenster, setzte sich und sah die altbekannte Welt an sich vorüberziehen. Frauen, die Einkaufstüten trugen, Kinder, die Fußball spielten, und Männer, die von einem langen Arbeitstag ermüdet auf dem Weg nach Hause waren.

Die ganze Zeit über spürte er die Pistole unter seinem Polohemd. Ein gutes, vertrautes Gefühl, wenn auch ein wenig irritierend. So, als begegnete man einer ehemaligen Geliebten, deren Leidenschaft einen geradewegs ins Verderben führte.

Er war soeben den ersten Schritt auf einer langen Reise gegangen, auf der es kein Zurück gab. Weitere Schritte würden folgen, und sie würden ihn immer dichter ans Ziel führen, bis er endlich dem Mann gegenüberstand, der der Fixstern seines Handelns war. Um diesen Mann nach Jahren noch zu finden, würde er Informationen brauchen, die in keiner Dienstakte standen.

Und Born wusste, woher er sie bekam.

In einem Punkt hatte Norah Bernsen recht: Einen Großteil seiner Haftzeit hatte Born damit verbracht, über die Morde in Tannenstein nachzudenken – und darüber, dass das letzte Treffen mit seiner großen Liebe im Streit geendet hatte.

Drei Tage, bevor sie im Tiergarten erschossen wurde, hatte Lydia ihn im Gefängnis besucht. Er erinnerte sich immer noch an jede Einzelheit ihrer Begegnung, als wenn es gestern gewesen wäre: ihre leuchtenden Augen, ihre vor Aufregung geröteten Wangen. Lydias Stimme hatte ebenso enthusiastisch wie beschwörend geklungen, als sie ihm ihre Theorie mitteilte, die im Wesentlichen aus einem einzigen Satz bestand: Der Täter war ein Russe.

Aus ihrer Sicht gab es jede Menge Hinweise, die dafürsprachen. Beispielsweise ein unweit der Hütte gefundenes Buch, geschrieben in Kyrillisch. Die Reste einer Wodkaflasche, die die Spurensicherung in den niedergebrannten Überresten bergen konnte. Auch die Munition, die der Täter verwendet hatte, stammte aus russischer Produktion, und die Verkäufer der Hütte hatten angegeben, der Mann habe mit osteuropäischem Akzent gesprochen.

Born hörte sich ihre Argumente mit verschränkten Armen an und unterbrach Lydia nicht. Dann äußerte er seine Zweifel. Vielleicht mit Worten, die barscher klangen, als er beabsichtigt hatte. Es gab keinen Beweis dafür, dass das gefundene Buch auch wirklich vom Besitzer der Hütte stammte. Wodka war kein russisches Vorrecht, und Munition, die aus Russland stammte, konnte man im Osten Deutschlands auf nahezu allen Flohmärkten kaufen.

»Und was ist mit dem Akzent des Täters?«, wollte Lydia wissen.

Born zuckte mit den Schultern. »Die Verkäufer der Hütte glauben also, er sei osteuropäisch. Andere Dorfbewohner verorten ihn in Südeuropa. Der Wirt der Kneipe meinte, er hätte überhaupt keinen Akzent gehört. So ist das manchmal mit Zeugenaussagen: drei Personen, drei Meinungen.«

Sie schaute ihn zornig an. »Du klingst jetzt schon wie Koller, aber bei ihm habe ich noch gedacht, es läge an seiner generellen Abneigung Polizistinnen gegenüber. Von dir dagegen hätte ich mehr Unterstützung erwartet.«

»Lydia, ich ...«

»Vergiss es einfach – ich mache jetzt auf eigene Faust weiter, und wenn ich das nächste Mal komme, wirst du dich entschuldigen müssen! Du wirst sehen, dass ich recht hatte. Oder glaubst du, nur du wärst in der Lage, Spuren auszuwerten und Schlüsse zu ziehen?«

»Das habe ich nicht gesagt. Ich glaube nur ...«

Er argumentierte noch eine Zeit lang, aber sie ließ sich nicht beirren. Ein Wort gab das andere, und als sie wütend aufstand, tat er nichts, um sie zurückzuhalten. Er war von ihrer These einfach nicht überzeugt – bis die Kugeln des Wanderers ihre Glaubwürdigkeit erhöhten.

Nach der Mitteilung über Lydias Tod war seine Welt in sich zusammengebrochen, und es hatte lange gedauert, bis er sich eine neue aufgebaut hatte. In dieser würde er keine Richter und Staatsanwälte mehr brauchen, keine gerichtsverwertbaren Beweise und keine Suche nach mildernden Umständen.

Das Urteil stand jetzt schon fest.

Nur der Täter fehlte noch.

Dimitri Saizew betrieb ein russisches Spezialitätenrestaurant im Stadtteil Köpenick, keine fünfzig Meter von der Spree entfernt. Die Vergangenheit des Neunundfünfzigjährigen war ebenso schillernd wie geheimnisvoll. Sicher war nur, dass Saizew bis 1989 für den KGB gearbeitet hatte und in den Westen kam, als die Grenzen der DDR geöffnet wurden. Seitdem hatte der Verfassungsschutz mehrmals gegen ihn ermittelt, ebenso das für Organisierte Kriminalität zuständige Dezernat der Berliner Kriminalpolizei. Er war insgesamt siebenmal festgenommen worden, wurde aber nie unter Anklage gestellt.

Born hätte Saizew nicht als Freund bezeichnet, aber als Geschäftspartner, dem er sich kameradschaftlich verbunden fühlte, obwohl ihr Verhältnis stets ambivalent geblieben war. Unter anderem war es Saizew gewesen, der Born die Waffen und Drogen abkaufte, die er Kriminellen entwendet hatte.

Jetzt saßen sie an einem der eingedeckten Tische im *Pasternak*, eine Stunde, bevor das Restaurant öffnete, und Born lehnte sich erschöpft zurück. Gerade hatte er dem Russen alles erzählt, was er über die Morde in Tannenstein wusste, inklusive der Schlussfolgerungen, die Lydia daraus gezogen hatte.

»Tja, mein Freund«, sagte Saizew und faltete die Hände wie zum Gebet zusammen, »das ist eine üble Geschichte. Warum, glaubst du, hat der Mann all diese Menschen getötet?«

»Ich weiß es nicht.«

»Es muss eine Ursache geben. Niemand tötet grundlos elf Menschen.«

»Manche tun es.«

Saizew lachte, wobei sich seine Augen zu schmalen Schlitzen zusammenzogen. »Wenn du einen Wahnsinnigen suchst, bist du bei mir an der falschen Adresse.«

»Der Mann lebt ein Jahr lang in dem Dorf, ohne aufzufallen. Dann geht er eines Abends in die Kneipe und bringt elf Gäste mit gezielten Schüssen um, die Hinrichtungen gleichen. Ruhig, kalt, ohne die geringsten Anzeichen von Nervosität. Anschließend vernichtet er sämtliche Spuren und verschwindet, als hätte es ihn nie gegeben. Ich denke nicht, dass das nach einem Wahnsinnigen klingt.«

»Warum gerade dieser Ort?«

Born zuckte die Schultern.

»Warum hat er ein Jahr lang gewartet, bevor er sie tötete?«

»Keine Ahnung.«

»Wie kam er dorthin?«

»Ich-weiß-es-nicht!«

»Es gibt viel, was du nicht weißt, mein Freund.«

»Für genau diese Erkenntnis habe ich dich gebraucht!«

Wieder lachte Saizew, und ein unbeteiligter Beobachter hätte ihn in diesem Moment vielleicht für einen freundlichen älteren Herrn gehalten, aber Born wusste es besser. Er hatte gesehen, was Saizew mit Menschen machte, die ihn verrieten, und er wusste …

Der Russe brachte ihn mit einem Schlag auf die Schulter in die Gegenwart zurück. »Lass uns einen Wodka trinken, Alexander. Dann reden wir weiter.«

Born deckte sein Glas mit der Hand ab. »Danke, aber für mich nicht.«

»Oh doch, du magst: kein Wodka, keine guten Gespräche!«

Widerstrebend zog Born die Hand weg, und der Restaurantbesitzer füllte die Gläser. Sie stießen an und stürzten den Inhalt in einem Zug hinunter. Dann schenkte Saizew nach und sagte: »Gehen wir mal davon aus, dass dieser Killer tatsächlich ein Russe ist. Dann musst du einen Ex-Angehörigen der Armee suchen, des KGB oder jemanden, der für die Nachfolgeorganisation SWR oder FSB gearbeitet hat. Zumindest spricht sein Vorgehen in Tannenstein für einen militärischen Hintergrund.« Er seufzte. »In Russland geht momentan vieles den Bach runter. Soldaten meutern, der Staat bezahlt die Armee schlecht und unregelmäßig. Manch einer sucht sich da neue Herren, denen er dienen kann. Die ihn zuverlässiger und besser bezahlen.«

»Worauf würdest du tippen?«

»Organisierte Kriminalität wahrscheinlich. Das Übliche: Drogen, Menschenhandel oder Waffen.«

»Also genau dein Gebiet, Dimitri.«

Der Russe lachte. »Ich bitte dich … das sind doch alles nur Gerüchte!«

Born ging nicht darauf ein. »Lass uns spekulieren. Was hältst du für wahrscheinlicher: ehemaliger KGB- oder Armee-Angehöriger?«

»Unser unbekannter Freund hat in Tannenstein nicht zum ersten Mal getötet, das ist sicher. Für einen Anfänger ist er viel zu gut und effektiv vorgegangen. Ich würde also auf Armee tippen, vielleicht sogar auf eine Spezialeinheit wie die SpezNas.«

Born fragte sich, was an elf unschuldigen Toten und der Ermordung Lydias gut sein sollte, sagte aber nichts. Stattdessen wollte er wissen, wo man ehemalige SpezNas-Angehörige in Deutschland finden konnte.

»Das willst du nicht, mein Freund.« Saizews Stimme wurde ernst. »Halte dich von denen fern, Alexander! Wenn du meinen Rat hören willst: Fang von vorne an, genieße dein Leben, und wenn du wieder arbeiten willst, kommst du zu mir. Für einen Mann mit deinen Qualitäten habe ich immer einen Job.«

»Vielleicht komme ich irgendwann darauf zurück, aber noch ist es nicht so weit. Sieh es mal so: Ich bin ein krimineller Ex-Bulle, der drei Jahre im Knast gesessen hat. Ich habe nichts zu verlieren. Alles, was mir bleibt, ist die Vergangenheit und eine Gegenwart, die ständig in Bewegung ist und auf die ich keinen Einfluss habe. Alles, was zählt, ist Folgendes: Der Wanderer hat Lydia getötet. Dafür werde ich ihn töten. Und wenn der Killer ein SpezNas sein könnte, will ich einen anderen SpezNas treffen. Also?«

Anstatt auf die Frage einzugehen, sagte Saizew: »Wir kennen uns schon seit vielen Jahren. Habe ich in dieser Zeit jemals Angst gehabt?«

»Meines Wissens nach nicht.«

»Aber jetzt habe ich Angst! Richtig Angst, und zwar um dich. Wenn es wirklich ein SpezNas ist, scheiße ich mir vor Angst sogar in die Hose. Ich kenne ein paar dieser Kerle, und mit keinem von denen willst du Ärger haben. Erstens sind sie bestens ausgebildet, zweitens halten sie auch nach ihrem Ausscheiden aus der Truppe zusammen, und drittens interessiert ein Toter sie nicht mehr als ein Blatt, das vom Baum fällt. Das sind keine Menschen, Alexander – das sind Tiere.«

»Übertreibst du nicht?«

»Wenn du denen Probleme machst, ziehen sie dir die Haut ab, und das meine ich nicht im übertragenen Sinne. Die häuten dich bei lebendigem Leib, während du zuschaust und schreist.«

Born beugte sich vor. »Bring mich mit einem zusammen.«

»Alexander ...«

»Du sagst, dass du welche kennst. Ich will einen treffen, um mit ihm zu reden.«

»Du kannst nicht ...«

»Und du schuldest mir was!«

Er sagte das nicht gerne, aber er sagte es nicht ohne Grund. Born hatte vor Gericht stets darüber geschwiegen, wem er das Kokain und die Waffen verkauft hatte, und er wusste, dass Saizew ein Mann war, der sein Schweigen zu würdigen wusste. Loyalität war einer der wichtigsten Parameter im Leben des Russen.

»Einverstanden«, gab Dimitri nach. »Ich versuche es, kann aber nichts versprechen. Und wenn es klappt, wird das Treffen im *Pasternak* stattfinden. Nur hier kann ich dir ein Minimum an Sicherheit garantieren.«

»Das genügt mir. Wann höre ich von dir?«

»In zwei, drei Tagen wahrscheinlich. Vielleicht auch erst in einer Woche.«

Born nickte und umarmte den Russen zum Abschied.

Dimitri zog ihn zu sich heran und flüsterte: »Eine Sache musst du dir merken, falls es zu dem Treffen kommt: Geh vorher unbedingt eine gut belegte Pizza essen.«

»Warum?«

»Du wirst an dem Abend eine anständige Grundlage brauchen. Wir werden viel trinken müssen.«

Norah vergrößerte den Bildausschnitt bei Google Maps so lange, bis der Maßstab klein genug war, um alle Details der Region rund um Tannenstein zu erkennen. Jede Straße, jeden Feldweg und die meisten Wanderwege. In Gedanken zeichnete sie sämtliche Bewegungsmuster ein, die man dem Wanderer zuweisen konnte. Seine Hütte, die Gastwirtschaft und die Wege, die er laut Augenzeugen oftmals entlanggegangen war und die meistens in die tschechische Grenzregion führten.

Alleine schon der Gedanke an das, was sie vorhatte, sorgte dafür, dass sie sich lebendiger fühlte als in all den Jahren zuvor. Sie konnte sich noch erinnern, dass sie früher allen Ernstes davon geschwafelt hatte, als Polizistin die Welt zu einem besseren Ort zu machen, obwohl sie das heute natürlich nicht mehr zugeben würde. Sie hatte ihren Job voller Idealismus begonnen, mit moralischer Kraft, doch dann war diese Kraft nach wenigen Jahren zermürbt worden, in allererster Linie von ihrem Vorgesetzten Peter Koller, der aus Gründen, die sie nicht verstand, eine Abneigung gegen sie hegte. Der sie ständig von den großen Fällen fernhielt und ihr, als sie sich darüber beschwert hatte, anbot, sich in ein anderes Dezernat versetzen zu lassen, wenn es ihr unter seiner Führung nicht gefiel.

Und jetzt war sie hier und entwickelte sich zu ihrer

eigenen Philosophin. Ein weiblicher Kapitän Ahab auf der Jagd nach dem weißen Wal. Vielleicht sollte sie die ganze Sache lieber vergessen, dachte sie, den Fernseher anmachen oder eine Runde joggen gehen. Vielleicht sollte sie das Geschirr spülen, das sich in der Küche stapelte. Vielleicht ...

Stattdessen schaltete sie das Radio ein und erwischte einen Lokalsender, der versprach, nur die größten Hits von gestern und heute zu spielen. *London Calling* gehörte scheinbar dazu. Und während *The Clash* vom Hereinbrechen aller möglichen Katastrophen sangen, schweiften ihre Gedanken ab, und sie ahnte, dass sie nichts von dem machen würde, was vernünftig wäre. Stattdessen dachte sie erneut an Lydia und an Tannenstein und überlegte, wie sie vor Ort vorgehen wollte. Sie war überzeugt, dass Verbrechen dieser Größenordnung nicht im luftleeren Raum geschahen, dass es eine wie auch immer geartete Vorgeschichte geben musste. Irgendetwas, das die Sonderkommission damals nicht herausgefunden hatte, dafür aber Lydia Wollstedt. Und es gab es nur einen Menschen, mit dem die getötete Polizistin unter Garantie darüber gesprochen hatte.

Born.

Er war der Schlüssel zu dem Fall. Der Einzige, der wissen konnte, welchen Fährten Lydia zuletzt gefolgt war. Es musste eine Spur gewesen sein, die sie geradewegs in die Arme ihres Mörders geführt hatte – und Norah konnte sich beim besten Willen nicht vorstellen, dass Born Lydias Tod ungesühnt ließ. Nicht, wenn er auch nur annähernd der Typ Mann war, den sie in ihm zu erkennen glaubte.

Dann wandte sie sich wieder ihrem Rechner zu. Die Gegend rund um Tannenstein war relativ dünn besiedelt, viele Wälder, kleine Dörfer. Der einzige Ort in der Nähe, dessen Name ihr überhaupt etwas sagte, war das knapp achttausend Einwohner zählende Altenberg. Ansonsten gab es dort nichts. Keine besonderen Wegmarken, keine bedeutsamen historischen Ereignisse.

Norah war ein intelligentes Mädchen, das hatte sie immer zu hören bekommen: sonderbar, aber begabt, hatten die Lehrer früher betont. Deshalb fielen ihre Gedanken oft an den richtigen Platz, wie die Teilchen eines Puzzles, wenn sie lange genug darüber brütete. Doch in diesem Fall war das Bild, das vor ihren Augen entstand, nicht zu begreifen. Die einzelnen Teile wollten nicht zueinander passen.

Dann hatte sie eine Idee.

Sie sprang auf und suchte den alten Deutschlandatlas, der irgendwo in ihrem Bücherregal stand. Fand ihn, blies die dünne Staubschicht weg und ging zurück in die Küche. Als sie die Seite gefunden hatte, auf der die Gegend rund um Dresden abgebildet war, fuhr sie die eingezeichneten Landstraßen wie ein Kind mit dem Finger nach. Die Landeshauptstadt wurde mit Altenberg durch die B170 verbunden; eine Strecke von rund fünfzig Kilometern, an der Orte wie Bannewitz, Dippoldiswalde oder Schmiedeberg lagen. Von Altenberg bis nach Tannenstein waren es nochmals zehn Kilometer. Es gab keine Dörfer mehr, die dazwischenlagen. Keine touristisch interessanten Ziele. Es gab hier rein gar nichts.

Nur die Grenze.

DER WANDERER

Der Einzige, der in den vergangenen Jahren nicht an Tannenstein gedacht hatte, war der Wanderer. Er hatte in dieser Zeit Freunde getroffen und unzählige Abende vor dem Fernseher verbracht. Er war viermal in Urlaub geflogen, hatte ein neues Auto gekauft und sein Wohnzimmer in einem hellen Terrakottaton streichen lassen, der dem Zimmer fortan eine mediterrane Note verlieh.

Als das Fernsehen vor zwei Jahren eine Dokumentation über die Morde gesendet hatte, hatte er gelangweilt abgeschaltet. Es interessierte ihn nicht, ebenso wenig wie die einschlägigen Zeitungsberichte, die ab und zu erschienen und die sich meist mit dem Wer und Warum beschäftigten.

Weshalb sollte es auch?

Er wusste ja, wer, und er kannte auch das Warum. Die offenen Fragen mochten für andere interessant sein, für ihn waren sie bedeutungslos. Stattdessen erfreute er sich lieber an den kleinen Dingen des Lebens, an dem Erwachen der Natur im Frühjahr, an ihrem Sterben im Winter. Seine liebste Jahreszeit jedoch war der Herbst, wenn die Blätter in den schönsten Farben leuchteten, die Abende lauwarm in kühlere Nächte übergingen und die frühen Morgenstunden meist nebelverhangen waren.

An einem dieser Herbstnachmittage verließ er das Haus, es begann gerade zu regnen, und stieg in sein Auto. Er musste exakt einundzwanzig Kilometer zurücklegen, dann hatte er die nächstgelegene Stadt und einen kiesbedeckten Hof erreicht, um den sich zwei Lagerhallen und achtunddreißig Garagen gruppierten. Eine davon gehörte ihm, und er tauschte den Wagen, mit dem er gekommen war, mit jenem, den er dort geparkt hatte.

Dann fuhr er weiter.

Die nächsten zweieinhalb Stunden auf Autobahnen und Landstraßen vergingen in derselben Monotonie, in der der Regen auf das Fahrzeugdach hämmerte und die Scheibenwischer sich wie nickende Köpfe bewegten. Dann brach indigofarben die Nacht herein, und Dunkelheit legte sich über das Land. Im rötlich schimmernden Licht der Armaturenbeleuchtung sah das Gesicht des Wanderers aus, als wäre es in Blut getaucht – ein Bild, mit dem er jedoch nichts hätte anfangen können, wenn es ihm jemand beschrieben hätte.

Er war kein Mensch, der in Metaphern dachte. Niemand, der philosophisch veranlagt war oder Zufälligkeiten als göttlichen Fingerzeig deutete.

Er war, wie die meisten Menschen, einfach nur ein Produkt seiner Vergangenheit.

Der Wanderer war in Frankfurt aufgewachsen, in der Nähe des Bankenviertels, aber die heißen Sommermonate seiner Kindheit hatte er meist auf der Nordseeinsel Borkum verbracht, wo der Bruder seines Vaters als Arzt in einer Klinik für Asthmakranke gearbeitet hatte.

Wunderschöne Tage waren das gewesen.

Er war mit seinem Cousin Sven oft Fahrrad gefahren, dabei gegen einen Wind ankämpfend, der stets von vorne kam. Manchmal glaubte er sogar noch, Svens Lachen zu hören, die Rufe, mit denen er ihn aufforderte, schneller in die Pedale zu treten, nur nicht aufzugeben.

Anschließend badeten sie oft in der Nordsee und beobachteten danach mit Gänsehaut auf den Armen Robben. Faulenzten im Garten des Hauses, während seine Tante sie mit süßen Leckereien verwöhnte, von denen er manchmal Bauchweh bekam. Der Wanderer hatte es geliebt, wenn die beiden Familien beim Abendbrot zusammensaßen, die Frauen mit Nordseekrabben belegte Schollen zubereiteten, die Männer Bier tranken und er und Sven einfach sich selbst überlassen waren, weil es hier nichts gab, auf das man aufpassen musste. Kein Verkehr und keine Kriminalität.

Abends saßen sie dann unter ausladenden Birken an großen Tischen und erzählten sich gegenseitig Witze. Manchmal diskutierten die Erwachsenen dabei auch die große Weltpolitik, die ihm rückblickend immer so herrlich klein vorkam. Es gab den Westen und den Osten, dazwischen die Mauer, und Helmut Kohl regierte dieses Land bis in alle Ewigkeit.

Wenn der Abend dann in die Nacht überging, kletterten er und Sven häufig auf einen Baum, wo sie sich Horrorgeschichten erzählten, von denen sie insgeheim wussten, dass diese nicht wahr waren und nie wahr werden würden, was dem Grusel seine Grausamkeit nahm und sie anschließend ruhig schlafen ließ.

Wunderschöne Tage waren das gewesen.

Mit einem Cousin an seiner Seite, der ihm wie ein Bruder war.

Mitten in der Einöde riss das rote Licht einer Ampel den Wanderer aus seinen Gedanken. Sie stand vor einer verlassenen Baustelle, irgendwo im Nirgendwo, und er wartete geduldig ab, bis sie auf Grün umsprang. Dann fuhr er weiter, dabei immer auf das Tempolimit achtend. Er

durchquerte einen kleinen Ort im Harz, sah Fachwerk-
häuser und verlassen wirkende Gassen, durch die um
diese Uhrzeit kein Mensch mehr ging.

Kurz hinter dem Ortsausgang schälte sich ein leuchten-
des Neonschild aus der Dunkelheit, das Logo einer Tankstelle. Obwohl schon lange kein Verkehr mehr herrschte
und es sicher mehr als fünf Minuten her war, seit ihm das
letzte Fahrzeug entgegengekommen war, hatte sie noch
geöffnet, um die wenige Kundschaft abzugreifen, die jetzt
noch unterwegs war. Er schaute auf seine Tankanzeige,
halb voll, und setzte den Blinker.

Anstatt an den Zapfsäulen zu halten, fuhr er weiter und
stoppte erst auf dem kleinen Parkplatz, der sich an die
Tankstelle anschloss. Dort stellte er den Motor ab und
schaute sich um. Der Parkplatz war von hoch aufragen-
den Tannen umschlossen, und er sah kein anderes Auto,
nur den unter Bäumen abgestellten Auflieger eines Lkws.

Der Wanderer stieg aus und dehnte und reckte sich, um
die verhärteten Muskeln zu lockern. Um sich herum hörte
er die Blätter der Bäume rauschen, das Knacken des sich
langsam abkühlenden Motors. Ansonsten war Stille.

Mittlerweile hatte auch der Regen aufgehört, aber der
von der Sonne des Tages aufgewärmte Boden war noch
nass, was die Luftfeuchtigkeit in die Höhe trieb. Der Wanderer atmete tief durch und spürte, dass er Durst bekam.
Außerdem gingen seine Zigaretten zur Neige, also machte
er sich auf den Weg.

Warum auch warten?

Er war am Ziel.

BERLIN

Seit seiner Entlassung hatte Born nur schlecht geschlafen, wollte es nicht, stand nachts immer wieder auf, trank Kaffee, schrieb Notizen auf das Whiteboard im Wohnzimmer und löschte sie wieder. Er lief stundenlang auf und ab, und die Einzigen, die ihm dabei Gesellschaft leisteten, waren die Toten. Allen voran Lydia, aber auch die Opfer aus Tannenstein. Sie hatten viel Zeit für ihn, redeten mit ihm und stellten ihm Fragen. Jede dieser Fragen drehte sich um eine einzige Sache.

Tannenstein.

Es war genau wie früher.

»*Du weißt, was du tun musst*«, sagte Lydia. »*Im Prinzip weißt du es schon die ganze Zeit, hast die Fakten aber bislang noch nicht richtig zusammengesetzt.*«

»*Ich weiß gar nichts.*«

»*Doch, das tust du. Vielleicht willst du es nur nicht wahrhaben. Vielleicht haben Koller und du vor den entscheidenden Punkten einfach die Augen verschlossen.*«

»*Das ist Blödsinn!*«

Sie rutschte dichter an ihn heran. »*Kannst du nicht dafür sorgen, dass er mich mit in die Sonderkommission aufnimmt? Ich kann euch helfen, Alex. Einen neuen und unverbrauchten Blickwinkel auf das Ganze einnehmen.*«

»*Mal sehen*«, *erwiderte er lahm.*

Sie wandte sich von ihm ab. »Ja, mal sehen ..., wenn du wüsstest, wie sehr mich solche Aussagen ankotzen!«

Lydia hatte danebengelegen. Nichts passte zusammen oder ergab irgendeinen Sinn. Alle Anhaltspunkte blieben Fragmente ohne Zusammenhang, die im luftleeren Raum schwebten und nur durch zerbrechliche Linien verbunden waren, die hauchdünnen Spinnweben glichen.

Zum wiederholten Male wünschte er sich, er könnte vergessen, doch das ging nicht. Sein Schmerz würde bis zu dem Tag andauern, an dem er Lydia rächte. Er ahnte, dass es ihn bald in eine Welt verschlagen würde, in der sich die Sonne niemals zeigte und die von Bestien und ihren Opfern bewohnt wurde. Ganz und gar würde er in diese Welt eintauchen und sie erst wieder verlassen, wenn er das blutende Herz des Wanderers in der Hand hielt. Wenn dieser elende Klumpen aus Fleisch und Muskeln nicht mehr schlagen würde.

In diesen Nächten wurde ihm auch bewusst, wie sehr ihm die Informationsmöglichkeiten fehlten, die er als Polizist gehabt hatte. Das gesamte Hintergrundwissen über die Opfer beispielsweise, Ermittlungsergebnisse und kriminaltechnische Untersuchungen. Er war nun gezwungen, mit dem wenigen zu arbeiten, was er in der Presse darüber fand, und er wusste aus Erfahrung, dass solche Informationen oftmals das Papier nicht wert waren, auf dem sie standen. Hilfe von seiner alten Dienststelle hatte er nicht zu erwarten, obwohl es immer noch einige Kollegen gab, die ihm freundschaftlich verbunden waren.

Peter Koller beispielsweise.

Ein Endvierziger, mit dem er die Sonderkommission in Tannenstein geleitet hatte und der vor zwei Jahren zum Leiter des Berliner Kriminalkommissariats 11 befördert worden war – jener Dienststelle, die Tötungsdelikte bearbeitete. Peter hatte ihn mehrfach im Gefängnis besucht, und er war es auch gewesen, der ihm die Nachricht von Lydias Ermordung überbracht hatte.

Seit seiner Entlassung hatte Born ihn nur ein einziges Mal getroffen, spätabends am Spreeufer, um mit ihm über Norah Bernsen zu sprechen. Born glaubte, bei ihrem Besuch in der JVA ein Interesse an dem Fall erkannt zu haben, das über ihren beruflichen Auftrag hinausging, der laut Peter nur darin bestanden hatte, Born über die letzte Karte des Wanderers zu informieren. Ansonsten gab sein Ex-Partner sich zugeknöpft, was sie anging. Sie hatte auf der Polizeischule gute Benotungen erhalten und anschließend eine planmäßig verlaufende Karriere ohne Höhepunkte und ohne besondere Auszeichnungen hingelegt. Und dennoch …

»Wie schätzt du sie ein, Peter?«

Sein Freund hatte den Kopf hin und her gewiegt. »Ein wenig vorschnell und emotional, aber ansonsten eine gute Polizistin. Ihr größter Fehler ist, dass sie immer zu viel auf einmal will.«

»So etwas hast du früher auch über mich gesagt.«

»Stimmt«, gab Peter zu. »Der Unterschied ist nur: Deine Fähigkeiten waren außergewöhnlich. Sie ist einfach nur anstrengend.«

»Keine dunklen Flecken in ihrer Vita? Keine sonstigen Verbindungen zu dem Fall?«

Peter hatte den Kopf geschüttelt, und Born glaubte ihm nicht. Irgendetwas musste es geben. Für eine Polizistin, die einfach nur routinemäßig ihren Job machte, war sie ihm bei ihrer Begegnung zu motiviert vorgekommen. Außerdem war er überzeugt, dass jeder Mensch einen Schwachpunkt hatte, ein Geheimnis, das ihn verletzlich machte und seine Beweggründe erklärte. Man musste es nur aufdecken.

Mein Geheimnis kenne ich – aber was ist deins, Norah?

Dann hatte er seinen ehemaligen Partner genauer betrachtet. Peter war noch dünner geworden, wirkte fast schon krank. Seine aschblonden Haare waren licht, die hellblauen Augen hinter der goldumrandeten Brille müde. Er trug eine graue Stoffhose mit messerscharfen Bügelfalten und ein hellblaues Ralph-Lauren-Hemd – eine Marke, die Born aus irgendeinem Grund immer mit langweiligen Menschen verband. Auf einen unbeteiligten Beobachter musste sein ehemaliger Partner wie ein Bürokrat wirken. Flach und glatt wie Glas.

Peter hatte im Verlauf des Abends alles versucht, um ihn aufzumuntern und auf das zurückzubringen, was er als den »rechten Pfad« bezeichnete. Born solle ein neues Leben beginnen, die Vergangenheit und Lydia hinter sich lassen, und wenn er das nicht könne, solle er ihn, Peter, wenigstens stärker einbinden, damit er nicht alleine war, wenn es brenzlig wurde.

»Denk an deine Frau und deine Kinder«, hatte Born ihm geantwortet, »und an deine Karriere. Es genügt, wenn einer von uns beiden arbeitslos ist. Außerdem sind es meine Dämonen – mach sie nicht zu deinen.«

»Was willst du damit andeuten? Ich ahne da etwas, und was ich ahne, gefällt mir nicht.«

»Du hast deinen Weg zu gehen, Peter. Meiner ist ein anderer.«

Koller schaute ihn an, als müsste er an einer Zitrone lutschen. »Vertraust du mir etwa nicht? Liegt es daran, dass ich Lydia nicht unterstützt habe, als sie mit ihrer Theorie über die Russenmafia zu mir gekommen ist? Mensch, Alexander ... Ich habe alles versucht, das kannst du mir glauben! Mir jede der Akten wieder und wieder durchgelesen, das gesamte Dezernat darauf angesetzt, bis wir jeder Spur, jeder Möglichkeit gleich mehrfach nachgegangen waren. Es gab einfach nichts mehr, was wir noch hätten tun können. Kein neuer Hinweis, kein noch nicht verfolgter Ansatz, nur eine riesige leere Wand.«

Born nickte stumm. Er wollte nicht diskutieren.

»Oder hast du mittlerweile vergessen, dass wir mal Partner waren?«

»Das sind wir immer noch. Nur, dass wir momentan an verschiedenen Fronten kämpfen.«

»Ich weiß nicht«, entgegnete Koller und fuhr sich mit der Hand durch die Haare. »Du igelst dich ein. Kommst mir vor wie ein Geist, der in die Welt zurückgekehrt ist und Gerechtigkeit will. Du redest nicht mehr mit mir und willst stattdessen einem Phantom nachjagen, über das du nichts weißt und für dessen Ergreifung jetzt andere zuständig sind. Denk doch mal nach: Du glaubst doch nicht ernsthaft, du könntest den Wanderer im Alleingang fassen?«

»Wir werden sehen.«

Koller lachte freudlos.

»Lach nur.«

»Ja, ich lache.«

Dann hatte Born sich abgewandt und gedankenverloren auf die Spree gestarrt. Der träge dahinfließende Fluss sah kalt aus, schwarz und hart.

Genau so, wie er sich fühlte.

DER WANDERER

Die Schiebetüren der Tankstelle glitten automatisch zur Seite, als der Wanderer auf sie zuschritt. Im Inneren des Verkaufsraums umfing ihn eine angenehme Kühle, die umso mehr zunahm, je näher er dem Getränkeregal kam. Er schaute sich die Auswahl an und entschied sich für einen isotonischen Sportdrink, dessen rote Farbe wohl an Kirschen erinnern sollte. Dann ging er zur Kasse.

Der Mann hinter der ausladenden Verkaufstheke sah alt und müde aus, desillusioniert von einem langen Leben. Graue Haare, graue Gesichtsfarbe und ein blaues T-Shirt, auf dem das Logo der Tankstellenkette prangte. Der Wanderer reichte ihm das Getränk und einen Schokoriegel, den er der Auslage neben der Kasse entnommen hatte. Der Mann hielt beides unter den Scanner, nannte den Preis.

Der Wanderer griff in seine Jackentasche. Als die Hand wieder zum Vorschein kam, hielt sie einen Würfel zwischen den Fingern. »Gerade oder ungerade?«, fragte er.

»Was?«

»Wenn ich würfele: Ist die Augenzahl, die oben liegt, gerade oder ungerade?«

»Guter Mann«, erwiderte der Tankwart und seufzte. »Ich habe gleich Feierabend, und es war ein verdammt langer Tag. Wenn Sie jemanden für ein Spielchen suchen, bin ich garantiert der Verkehrte.«

»Bitte, tun Sie mir den Gefallen«, antwortete der Wanderer und schenkte dem Tankwart ein Lächeln, das die Augen nicht erreichte. »Gerade oder ungerade?«

Der Tankwart schüttelte den Kopf.

»Bitte.«

»Worum wollen Sie überhaupt spielen? Um Ihre Rechnung?«

»Um alles.«

Noch ehe der Mann antwortete, hörte der Wanderer ein leises Hecheln und schaute nach unten. Sein Blick fiel auf ein Körbchen, das neben der Theke stand und in dem ein beigefarbener Mops lag, der ihn mit dunkelbraunen Augen musterte.

»Das ist jetzt nicht mehr lustig«, sagte der Tankwart. Er versuchte, energisch zu klingen, obwohl die Angst in seiner Stimme nicht zu überhören war. »Bitte gehen Sie jetzt! Nehmen Sie von mir aus den Scheißriegel und den Drink und gehen Sie.«

»Warum so ängstlich? Sie wirken auf mich durch und durch wie eine Spielernatur, oder täuscht der Eindruck?«

»Ich …«

»Gerade oder ungerade?«

»Hören Sie, wenn …«

»Was denn? Ein lebenskluger Mann wie Sie zögert plötzlich, wenn es um ein simples Glücksspiel geht? Das kann ich nicht glauben, und deshalb frage ich nochmals: gerade oder ungerade?«

Der Tankwart hatte vor zwei Monaten seinen sechsundsechzigsten Geburtstag gefeiert. Seine Frau war vor neun Jahren gestorben, er hatte zwei Kinder und drei Enkelkinder, die er viel zu selten sah. In all seinen Berufsjahren hatte er genug Erfahrung angehäuft, um zu ahnen, dass diese Nacht übel enden konnte.

Die entscheidende Frage war nur: wie übel?

Auch der Hund schien es zu spüren. Er wurde immer unruhiger und wimmerte leise, dann urinierte er auf die Decke.

»Okay, einverstanden«, sagte der Alte und griff sich an den Hals, in dem sein Puls immer heftiger pochte. »Ich spiele mit Ihnen, aber dann gehen Sie, einverstanden?«

»Natürlich. Wir spielen. Dann gehe ich.«

»Ich ... ich nehme gerade.«

»Eine gute Wahl. Eine sehr gute sogar! Soll ich, oder wollen Sie?«

Der Wanderer konnte den Angstschweiß des Mannes riechen, den letzten Rest seines im Laufe des Tages verblassten Deos. Sie waren alle gleich, dachte er – die Furcht strömte süßlich-sauer aus ihren Poren, sobald sie den Tod spürten.

»Würfeln Sie«, sagte der Tankwart mit zitternder Stimme.

Also würfelte er.

Der Würfel kullerte über die Theke und vollführte eine leichte Drehung nach links, bevor er liegen blieb.

Vier Augen.

»Gewonnen«, stieß der Mann hervor. »Ich habe gewonnen!«

»Sehr gut«, erwiderte der Wanderer, bevor er den Würfel wieder einsteckte. »Ich gratuliere Ihnen.«

Der Tankwart öffnete den Mund, um etwas zu sagen. Zeitgleich griff der Wanderer nach hinten und zog seine Pistole aus dem Hosenbund. Eine fließende Bewegung, die mit zwei Schüssen abgeschlossen wurde.

Beide waren Volltreffer.

Die linke Gesichtshälfte des Tankwarts explodierte. Er stürzte und schlug neben dem Hund auf, dessen Fell jetzt mit roten Punkten übersät war.

Mit ausdruckslosem Gesicht blickte der Wanderer auf den Leichnam und verstaute die Waffe wieder im Hosenbund. Dann griff er nach seinem Getränk und dem Schokoriegel und steckte beides in die Jackentasche. Er schaute sich ein letztes Mal um und verließ den Verkaufsraum. Ruhig, mit zielbewussten Schritten und frei von jeder Hektik.

Um die über den Zapfsäulen installierten Kameras machte er sich keine Sorgen. Er war schon immer ein Meister der Tarnung gewesen, und die Nummernschilder an seinem Auto waren lediglich Doubletten des Kennzeichens eines anderen Fahrzeugs. Die Tatwaffe würde er unterwegs von Fingerabdrücken befreien und in einem der zahllosen Seen entsorgen, die zwischen der Tankstelle und seinem Heimatort lagen. Niemand würde sie finden, und wenn doch, würde sich keine Verbindung zu ihm oder den anderen Morden herstellen lassen.

Für die Polizei würde es nichts geben, was auf eine Serie hindeutete. Nur einen weiteren Mord ohne Sinn, wie in den Jahren zuvor.

Wie bei jenen Taten, die bereits geschehen waren.

Wie bei denen, die noch folgen sollten.

BERLIN

Alexander Born bäumte sich auf, dann sank er auf Susanne Pohls weichen Brüsten zusammen, während sie ihn weiterhin mit den Beinen umklammert hielt. »Himmel, war das gut«, stöhnte er.

»Das hättest du schon viel früher haben können«, antwortete sie und ließ ihre Fingerspitzen durch sein Haar gleiten.

Er kannte Susanne bereits seit sieben Jahren; seit dem Tag, an dem die damals Neunundzwanzigjährige in der Verwaltung des Berliner Polizeipräsidiums angefangen hatte. Nichts hatte sie seitdem davon abgehalten, ihm immer wieder zu signalisieren, dass sie ein sexuelles Interesse an ihm hatte – nicht seine Beziehung zu Lydia und schon gar nicht ihre eigene Ehe.

Er hatte ihre Avancen aus nachvollziehbaren Gründen stets abgelehnt, aber Lydia war jetzt schon drei Jahre tot, und als Susanne ihn vor einigen Tagen angerufen und gefragt hatte, ob man sich mal treffen könne, hatte er zugestimmt. Vor allem, weil sie ihm zwei Dinge geben konnte, die er momentan dringender brauchte als alles andere: Sex und Informationen.

Keine Frage, aus moralischer Sicht war es ein Fehler, was sie hier taten, aber er entschuldigte ihn damit, dass er wirklich etwas für sie empfand. Auch wenn dieses Empfinden über Sympathie nicht hinausreichte und er wusste, dass Susanne sich bald wieder von ihm verabschieden würde, um zu Mann und Kindern zurückzukehren.

»Ich liebe Matthias wirklich«, hatte sie gesagt, nachdem sie nach dem Abendessen das nächstgelegene Hotel aufgesucht und dort ein Zimmer gemietet hatten.

»Natürlich tust du das«, hatte er geantwortet. Dann waren sie übereinander hergefallen.

Born hatte ihren Mann vor Jahren bei einer Weihnachtsfeier getroffen, und bei der Begegnung war ihm klar geworden, dass dieser Mann die Bedürfnisse, die Susanne hatte, nicht befriedigen konnte. Er dagegen konnte es – außerdem deckten sie sich gerade wunderbar mit seinen eigenen.

»Sag mal«, flüsterte er und fuhr mit dem Zeigefinger um ihre aufgerichtete Brustwarze. »Ich bräuchte ein paar Angaben aus den Ermittlungsakten, die wir damals über Tannenstein angelegt haben. Zeugenaussagen, Erkenntnisse der Spurensicherung, so was in der Richtung halt. Und dann alles, was die Kollegen über Lydias Tod herausgefunden haben. Ich möchte ...«

»Du willst, dass ich Kopien anfertige.«

Sie formulierte es als Feststellung, nicht als Frage.

»Susanne ...«, er richtete sich auf. »Ich weiß, was ich da von dir verlange, und ich bin dir garantiert nicht böse, wenn du ablehnst, aber ...«

»Gib mir eine Woche, okay? Bis dahin sollte sich eine Möglichkeit gefunden haben, unbemerkt an die Akten zu kommen.«

»Einfach so?«

Sie drehte sich auf die Seite und sah ihm in die Augen. »Glaubst du, ich hätte nicht gewusst, worum es dir geht? Warum du einem Treffen mit mir plötzlich zugestimmt hast? Du bist mir nicht gleichgültig, Alexander, das weißt du, und wenn es etwas gibt, wobei ich dir helfen kann, dann werde ich das tun. Alles, was ich dafür verlange, ist Ehrlichkeit. Können wir uns darauf verständigen?«

Er nickte und spürte gleichzeitig, wie seine Gefühle für sie zunahmen. Sie war eine tolle Person und ein offener Mensch, und es wäre ihr gegenüber unfair, wenn er sie weiterhin mit Lydia verglich. Aber das wäre es ja immer, dachte er – für jede Frau.

Er beugte sich zu ihr und schloss sie in die Arme, wobei er die Wärme und die Rundungen ihres Körpers genoss.

Sie schaute ihn stumm und wissend an und lächelte. Begann dann, sein erschlafftes Glied zu streicheln. »Auch auf die Gefahr hin, dass ich jetzt unromantisch klinge: Geht da noch eine Runde, bevor ich nach Hause muss?«

Er grinste. »Vielleicht …«

Sie beugte sich über ihn.

Als Born das Hotel gegen Mitternacht verließ, fühlte er sich befreit. Nicht nur sein körperlicher Druck hatte abgenommen, auch der seelische war geringer geworden. Zum ersten Mal seit langer Zeit kam er sich wieder menschlich vor, gab es Gefühle in seinem Inneren, die mit Hass und Rache nichts zu tun hatten und die die Hoffnung nährten, dass irgendwann ein normales Leben auf ihn wartete.

Er lief die Straße entlang und ließ sich treiben. Sah Neonlichter, Taxis und Menschen, die mit ihrem Hund eine späte Runde drehten. Er sog alles in sich auf, die Atmosphäre der Hauptstadt, die abkühlende Luft, den hellen Mond am Firmament. Er war schon immer ein Mensch gewesen, der die Nacht liebte, gerade hier, in Berlin. Die Nacht verbarg so viele Leiden, überdeckte das am Tage unübersehbare Elend der Stadt. Alles wurde leiser, und verborgene Strömungen gelangten an die Oberfläche. Die

Nacht war ein Reich des Zufalls, eine Lotterie der Möglichkeiten, die nur in der Dunkelheit ausgespielt wurden. Sie barg Chancen und Risiken, Gefahren und Freuden. War fremd und dennoch vertraut.

Schon immer hatte er sich im Schutz der Dunkelheit frei und unbeobachtet gefühlt, wie hinter den verspiegelten Scheiben eines Straßenkreuzers. Er sah hinaus. Niemand konnte hineinsehen.

Born überquerte den Kurfürstendamm und folgte einem Fußweg, der ihn um die Kaiser-Wilhelm-Gedächtnis-Kirche herumführte. War zu sehr in Gedanken versunken, um die Gestalt zu bemerken, die ihm ins Dunkle folgte.

Als Born das Hotel gegen Mitternacht verließ, zog Norah sich tiefer in den gegenüberliegenden Hauseingang zurück. Wenn er sie jetzt entdeckte, wäre alle Mühe umsonst gewesen. Sie war ihm schon den ganzen Abend lang gefolgt, von seiner Haustür bis zum Restaurant, wo er sich mit einer Frau getroffen hatte, die ihr irgendwie bekannt vorkam und mit der er später das Hotel aufgesucht hatte. Sie hatte gewartet, bis er das Gebäude Stunden später wieder verließ. Ihr taten mittlerweile die Beine weh, und sie war bis auf die Knochen durchgefroren, aber immer noch nicht bereit, aufzugeben.

Je öfter sie in den letzten Tagen an Tannenstein gedacht hatte, umso klarer war ihr geworden, dass Born nicht die Lösung, sondern ein Teil des Problems war. Alle Speichen des Rades deuteten auf die Nabe, und die Nabe war Born. Sie war überzeugt, dass er mehr wusste, als er zugab, und vielleicht konnte sie einen Teil seines Wissens in Erfahrung bringen, indem sie ihm folgte. Sie hielt zwanzig

Meter Abstand, bis zur Kaiser-Wilhelm-Gedächtnis-Kirche, wo er in Richtung Budapester Straße abbog.

Es war jetzt kurz nach zwölf, eine Dienstagnacht, und selbst in Deutschlands einziger Stadt, die niemals schlief, wurde der Betrieb auf den Straßen langsam weniger. Norah ließ sich vorsichtshalber weiter zurückfallen, damit Born sie nicht entdeckte, wenn er sich zufällig umdrehte. War froh, dass sie bequeme Turnschuhe angezogen hatte, die beim Gehen keine Geräusche erzeugten.

Unweit des Landwehrkanals betrat Born dann die Grünanlage Tiergarten. Ein paar Hundert Meter weiter, zwischen Kanal und Neuer See, hatten Spaziergänger Lydias Leiche im Unterholz entdeckt, und Norah fragte sich, ob der Fundort vielleicht sein Ziel war.

Mittlerweile hatten sie die letzten Wohnhäuser hinter sich gelassen. Nur noch wenige Straßenlaternen spendeten jetzt Licht, und die Schatten zwischen den Bäumen kamen ihr vor, als würden sie sich bewegen. Als würde irgendetwas zwischen ihnen – keine Ahnung – *fließen*.

Born verließ den Hauptweg und orientierte sich nach rechts, tiefer in die Parkanlage hinein. Seit Minuten schon war ihr kein anderer Spaziergänger mehr begegnet, wirkte die Umgebung wie ausgestorben. Ihr war, als würden die Bäume beiderseits des Weges immer dichter stehen, näher rücken, als wollten sie mit ihren Ästen nach ihr greifen. Ihr Pulsschlag erhöhte sich. Sie ging schneller. Redete sich ein, das nur zu tun, weil sie Born nicht aus den Augen verlieren wollte.

Er war jetzt etwa dreißig Meter vor ihr, und sein Schritt war gleichmäßig und zielstrebig, wobei er den Kopf gesenkt hielt und die Hände in den Hosentaschen verborgen hatte. Soweit sie erkennen konnte, achtete er nicht auf das, was links und rechts von ihm geschah, sondern schien tief in seinen Gedanken versunken zu sein. Dann vollzog der Weg eine Biegung, und als es wieder geradeaus ging, war Born verschwunden.

Ruckartig blieb sie stehen und schaute sich um. Bis auf den Wind, der seufzend durch die Bäume fuhr, war es still. Totenstill. Als plötzlich das Laub auf dem Boden raschelnd weggeweht wurde, hätte sie fast geschrien.

Knack.

Sie hörte das Geräusch im Unterholz und wagte kaum zu atmen. Der Wald war jetzt ein rabenschwarzes Gebilde, noch dunkler als die Nacht dahinter. Inmitten der Großstadt fühlte sie sich plötzlich einsam und verlassen, gefangen in einer menschenleeren Einöde. Wie das Mädchen in einem dieser Märchen, das im Wald ausgesetzt wird, damit die Bestie es sich holen kann.

Dann schlich sie weiter und versuchte, mit den Augen die Finsternis zu durchdringen. Born hatte keinen großen Vorsprung gehabt, und dennoch war er jetzt weg, als wenn unter ihm eine Falltür aufgegangen wäre.

Doch da war nichts.

Kein Weg, auf den er hätte abbiegen können.

Nur Wald und …

Knack.

Panisch schreckte Norah zur Seite, als neben ihr etwas auf dem Boden aufschlug. Sie wollte gerade schreien, als sich eine Hand um ihr Gesicht schloss, zudrückte und ihr den Atem nahm. Ein zweiter Arm umschlang sie in der Mitte, stark wie ein Schraubstock, und eine raue Stimme flüsterte: »Wenn Sie versprechen, ruhig zu bleiben und nicht zu schreien, lasse ich Sie wieder los.«

Norah Bernsen brauchte eine Sekunde, um zu erkennen, dass die Stimme Born gehörte. Stumm nickte sie, woraufhin er sie wieder freigab. »Wohl verrückt geworden, was?«, zischte sie und wirbelte herum. »Ich hätte fast einen Herzinfarkt bekommen, Sie Idiot!«

Selbst im Dunkeln konnte sie erkennen, dass er grinste, was sie nur noch wütender machte. »Es ist immer die Neugierde, die die Katze tötet«, sagte er dann. »Kennen Sie das Sprichwort nicht?«

»Ihre blöden Sprichwörter können Sie ...«

Er drehte sich einfach um und ging.

»Hey«, schrie sie und rannte ihm hinterher.

Sie wäre fast gegen ihn gestolpert, als er plötzlich stehen blieb. »Was, zum Teufel, wollen Sie eigentlich von mir?«

»Antworten«, erwiderte sie. »Die ganze Geschichte in Tannenstein stinkt. Das Verhalten meines Chefs stinkt. Und Sie sind derjenige, der den übelsten Geruch ausströmt!«

Er legte den Kopf schief und sah sie an.

»Kommen Sie, Born – vielleicht habe ich nicht so eine beeindruckende Karriere hingelegt, aber ich bin nicht blöd! Niemand bringt einfach elf Menschen um, ohne dass es einen Grund dafür gibt. Sie waren damals einer der leitenden Ermittler und wollen mir jetzt erzählen, dass die Morde Sie nicht mehr interessieren? Bullshit! Und warum sind sämtliche Ermittlungsergebnisse, die Lydias Tod betreffen, mit einem Sperrvermerk versehen? Das ist völlig untypisch, und das wissen Sie auch. Also versuchen Sie nicht, mir ...«

»Wie wär's mit einem Kaffee?«

Sie stockte. Eines musste sie ihm lassen: Er hatte wirklich ein Talent dafür, sie aus dem Rhythmus zu bringen.

Zwanzig Minuten später saßen sie in einer Eckkneipe nahe des Alexanderplatzes und hatten jeder einen Kaffee vor sich stehen, der ekelhaft roch und bitter schmeckte. Bis auf fünf Männer unterschiedlichen Alters, die an der Theke saßen und mit leerem Blick in ihr Bier starrten, waren sie die einzigen Gäste. Der Wirt war gerade dabei, die überquellenden Aschenbecher zu leeren. Aus der Musikbox drang Musik, die keine Musik war.

»Warum sind Sie mir gefolgt?«

Von allen Fragen hatte sie diese am meisten gefürchtet. Sie kannte keine Antwort darauf – zumindest keine, die sie nicht wie eine durchgedrehte Irre aussehen ließ. Und wenn es keine plausible Ausrede gab, dachte sie, konnte sie es ebenso gut mit der Wahrheit versuchen.

»Ich glaube Ihnen nicht«, sagte sie deshalb. »Ich denke, dass Sie mehr über Tannenstein wissen, als Sie bislang gesagt haben. Viel mehr. Und ich werde den Verdacht nicht los, dass Sie auf eigene Faust versuchen, den Täter zu finden. Alleine schon wegen dem, was er Lydia angetan hat.«

Bei der Erwähnung ihres Namens zuckte sein Augenlid, ansonsten zeigte er keine Reaktion. Stattdessen betrachtete er Norah so intensiv, als wäre er sich immer noch nicht sicher, was er von ihr zu halten hatte.

Ihr fiel auf, dass dieser große dunkelhaarige Mann heute besser aussah als bei ihrer ersten Begegnung, was angesichts der damaligen Umstände auch nicht verwunderlich war. Seine Gesichtszüge waren markant, und soweit sie es unter seinem eng sitzenden Pullover erkennen konnte, hatte er die Zeit im Knast genutzt, um sich weiterhin in Form zu halten.

»Reden Sie mit mir«, sagte sie. »Oder wie lange wollen Sie Ihre Vergangenheit noch unausgesprochen mit sich herumschleppen?«

Er antwortete nicht.

»Wahrscheinlich tun wir das ja alle«, fuhr sie unbeeindruckt fort. »Heißt es nicht immer, man soll seine Vergangenheit studieren, um aus ihr für die Zukunft zu lernen? Sie sehen aus, als wären Sie immer noch dabei.«

»Was ist mit Lydia?«, wollte er wissen.

»Ich verstehe nicht ...«

»Sie haben gesagt, dass ihre Akte mit einem Sperrvermerk versehen ist. Hat Peter das angeordnet?«

Sie nickte. »Ihr ehemaliger Partner hat die Untersuchung des Mordfalls damals persönlich geleitet. Ich war neugierig, also habe ich mir alles angesehen, was wir über den Fall haben. Die Ergebnisse der Spurensicherung, die Zeugenbefragungen, die ganzen kriminaltechnischen Untersuchungen. Alles okay so weit. Nicht okay dagegen ist, dass sämtliche Ermittlungsergebnisse, die Lydia persönlich betreffen, im Computer mit einem Sperrvermerk versehen sind. Ich komme da nicht ran. Zumindest nicht ohne Kollers Zustimmung, und die werde ich nicht bekommen.«

»Warum sollten Informationen über Lydias Privatleben gesperrt sein?«

»Fragen Sie nicht mich, fragen Sie ihn.«

Er schaute sie nachdenklich an. »Was für ein Problem haben Sie eigentlich mit Peter?«

»Auch das kann ich Ihnen nicht beantworten. Ich kann Ihnen nur sagen, dass er mich aus allen wirklich spannenden Fällen heraushält, seitdem ich beim LKA 11 bin. Vielleicht hat er ein Problem mit mir, vielleicht mit Frauen allgemein.«

Born lehnte sich zurück und schürzte die Lippen, was für Norah ein sicheres Zeichen war, dass er über irgendetwas nachdachte. Wahrscheinlich über Lydia und ihre Todesumstände. Spontan beschloss sie, ihre Vorgehensweise zu ändern. »Lassen Sie mich Ihnen helfen«, bat sie.

»Ich bin gut mit Lydia ausgekommen, und vielleicht kann ich auch Sie überzeugen, dass ich besser bin, als Sie anfangs gedacht haben.«

Er sagte nichts.

»Warum trauen Sie mir nicht? Mensch, Born, eigentlich wollen wir doch das Gleiche!«

Er sagte immer noch nichts.

»Versuchen Sie doch mal, andere Menschen nicht …«

»Warum?«

Seine Frage brachte sie aus dem Konzept. Wieder einmal.

»Warum wollen Sie mir helfen?«, setzte er nach. »Bei unserer letzten Begegnung war ich noch ein Krimineller, und jetzt wollen Sie plötzlich meine Partnerin werden?«

»Sie sind ein Krimineller«, erwiderte sie. »Darüber müssen wir nicht diskutieren! Aber ungeachtet dessen bin ich davon überzeugt, dass niemand den Wanderer so konsequent verfolgt wie Sie, weil niemand sonst Ihre Motivation hat. Auch mir ist Lydia nicht egal, und die Aufklärung der Morde in Tannenstein ist mir, ehrlich gesagt, hundertmal wichtiger als meine persönliche Abneigung Ihnen gegenüber.«

Er nickte verstehend. »Okay«, sagte er dann. »Ich denke darüber nach. Und Sie sollten darüber nachdenken, wie weit Sie gehen würden, um den Wanderer zu finden. Tun Sie das jetzt – nicht erst, wenn es bereits zu spät ist. Denn eines kann ich Ihnen versichern: Wie auch immer Sie sich entscheiden, Ihr persönliches Schicksal ist mir scheißegal. Ich bin nicht Ihr Aufpasser, und ich werde mich von Ihnen auch von nichts abhalten lassen. Wenn Sie damit leben können, sind wir im Geschäft.«

»Von Diplomatie halten Sie nicht viel, oder?«

»Oh doch«, erwiderte er. »Aber Diplomatie und Krieg

entspringen unterschiedlichen Einstellungen. Die Diplomatie geht davon aus, dass Menschen ungeachtet ihrer Differenzen wohlmeinend sind und zusammenwirken können. Krieger dagegen sind von der Unbelehrbarkeit des Gegners überzeugt und wollen ihn vernichten. Um den Wanderer zu finden, darf man dem Krieg gegenüber nicht abgeneigt sein. Sind Sie das, Frau Bernsen?«

Sie zögerte kurz. »Das kann ich Ihnen jetzt noch nicht sagen«, erwiderte sie dann. »Was passiert denn, wenn ich bei Ihrem Vernichtungszug nicht mitspielen will? Was machen Sie dann?«

Er zuckte die Schultern. »Dann bleibt alles beim Alten. Ganz einfach.«

Sie schüttelte den Kopf. »Ich verstehe Sie nicht, Born – ich verstehe einfach nicht, was für ein Mensch Sie sind. Ich meine … Sie sind weder eine Insel, noch können Sie ewig alleine in der Dunkelheit existieren.«

»Nein«, sagte er, stand auf und legte einen Geldschein auf den Tisch. »Aber solange ich das tue, kann ich Ihnen nur raten, sich nicht in meiner Nähe aufzuhalten. Denken Sie über meinen Vorschlag nach. Melden Sie sich erst dann wieder bei mir, wenn Sie etwas anzubieten haben.«

GARBICZ, POLEN

Adam Malinowski war siebenundfünfzig Jahre alt, und er war in diesem Geschäft nur deshalb so alt und wohlhabend geworden, weil er mächtigen Menschen nicht in die Quere kam. Ganz im Gegenteil: Er gab ihnen, was sie begehrten.

Die Russen beherrschten den Methamphetamin- und Waffenhandel in Deutschland, ebenso weite Teile der illegalen Prostitution. Sie hatten Unterhändler in Berlin, Dresden und Leipzig, in Frankfurt, Stuttgart und München sowie weitere Vertrauensleute in anderen Städten. Die Ware kam aus dem Osten, der Verkauf fand im Westen statt. Angebot und Nachfrage. Kontakte und Kapital.

Das Problem war nur, dass dieses Geschäft ein dynamisches war. Manchmal stieg die Nachfrage nach einem Produkt sprunghaft an, dann schwand sie ebenso schnell wieder. Oft gab es von dem einen zu wenig, dann wieder ein Überangebot. Beides war schlecht für den Gewinn, und eine Ursache dafür lag in den langen Wegen: Meldete beispielsweise Stuttgart einen erhöhten Bedarf an Waffen, dauerte es eine Zeit lang, bis die Russen diesen befriedigen konnten – und in der Zwischenzeit gab es immer häufiger andere, die für sie einsprangen. Albaner oder Türken. Serben oder Algerier.

Ebenso schlecht war es, wenn von einem Produkt ein Überangebot auf dem Markt war. Das ruinierte die Preise

70

und machte den Wettbewerb gnadenloser. Mehr Gewalt bedeutete aber auch weniger Ertrag und somit ein deutlich schlechteres Geschäft für alle.

Adam Malinowski war die Lösung für beide Probleme. Er war klein und stämmig, und aus seinem Gesicht sprach eher Bauernschläue als Bildung. Er stammte aus dem kleinen Ort Garbicz, direkt an einem See gelegen, keine fünfunddreißig Kilometer von Frankfurt/Oder entfernt. Mit fünfzehn hatte er die Schule geschmissen und bei einem Möbelhaus in Wolsztyn als Packer und Träger angefangen. Mit neunzehn war er dann Lkw gefahren, mit sechsunddreißig hatte er sein eigenes Transportunternehmen gegründet. Das Geld dafür hatte er sich mit Einbrüchen und Überfällen in Deutschland besorgt, später dann mit dem, was er in den drei Jahren verdient hatte, die er im Kosovo diente.

Irgendwann hatte er die ersten Transporte für die Russen erledigt; damals, als die Grenzen in Europa noch existierten und das Risiko hoch war. Frauen, Waffen und Drogen – ihm war egal, was sie ihm in den Wagen packten, er brachte es rüber. Meist über Wege, die er als Kind schon kannte.

Spätestens mit dem Inkrafttreten des Schengener Abkommens im Dezember 2007 war der Transport nach Deutschland von allen Risiken befreit gewesen. Adam konnte sich noch gut an die Party erinnern, die die Russen damals schmissen – mehr Frauen, Wodka und Drogen, als er jemals zuvor auf einem Haufen gesehen hatte. Sie alle waren glücklich und feierten die Politik der EU mit Tränen der Freude in den Augen.

Was an ihrem Hauptproblem jedoch nichts änderte.

Die langen Wege.

Adam Malinowski schulte um. Aus dem Transportunternehmer wurde ein Logistiker. Den Anfang machte er, indem er sich auf Webseiten über alte Bunker, abgelegene Waldgebiete und vergessene Industrieanlagen informierte, die in der Nähe von Städten lagen, die er belieferte. Dann erinnerte er sich an die vielen aus seiner Gegend stammenden Polen, die jetzt im Westen lebten. Er erneuerte alte Kontakte und bot den Männern lukrative Verdienstmöglichkeiten an. Machte ihnen klar, dass die Russen für Loyalität gut bezahlten, Illoyalität jedoch gnadenlos bestraften.

Dank der ortsnahen Depots und der Hilfe seiner Landsleute konnte er der Russenmafia anschließend nicht nur Transporte anbieten, sondern die komplette Logistik. Sie belieferten ihn, wenn sie die Ware günstig und in großen Mengen bekamen, und er versorgte ihre Unterhändler pünktlich, sobald die Nachfrage entsprechend war. Er arbeitete quasi just in time – den Ausdruck hatte er mal in einem Fernsehbeitrag über Automobilproduktion gehört, und er gefiel ihm.

In all diesen Jahren hatte Malinowski allerdings nie vergessen, wo er herkam und was er gewesen war. Er kannte ähnliche Dienstleister, die den Hals nicht voll bekamen. Sie hatten begonnen, selbst zu dealen oder mit Frauen und Waffen zu handeln, und irgendwann von den Russen die Quittung erhalten: geschundene Körper, denen man die Spuren stundenlanger Folter ansah.

Er dagegen war anders. Vorsichtiger. Anstatt ein Risiko einzugehen, hatte er Wladimir Koslow, seinem Ansprechpartner auf russischer Seite, seine Dienste angeboten und ihn gefragt, was die Russen für eine solche Logistik zu zahlen bereit wären. Koslow war ein riesiger Kerl. Ein Sadist und Veteran des zweiten Tschetschenien-Krieges, der für seine Gewaltausbrüche bekannt war – gleichzeitig aber auch jemand, der eine gute Gelegenheit erkannte, wenn sie sich ihm bot. Er hörte sich Malinowskis Vorschlag in Ruhe an, und als sie sich das nächste Mal sahen, brachte er ihm eine Antwort mit.

»Vier Prozent vom Verkaufspreis.«

Malinowski hatte nicht gehandelt. Er hatte den ersten Vorschlag angenommen und sich überschwänglich bei Koslow bedankt. An diesem Tag war er in der Organisation gleich zwei Stufen aufgestiegen. Er war jetzt ihr Logistiker.

Just in time.

BERLIN

Der nächste Tag begann, wie Herbsttage immer beginnen sollten: mit einem hellblauen Himmel, auf dem kleine Wolken wie Wattebäusche klebten, und mit Bäumen, deren Blätter in rotgoldenen Farben leuchteten.

Obwohl Born nur sechs Stunden geschlafen hatte, fühlte er sich fit und ausgeruht. Der Sex mit Susanne hatte ihm gutgetan, das Gespräch mit Norah Bernsen neue Möglichkeiten eröffnet. Er glaubte zwar nicht, dass die Kommissarin auf seinen Vorschlag eingehen würde, aber was wusste er schon? In seinen Jahren als Polizeibeamter hatte er mehr als einmal Hilfe aus einer Richtung erhalten, aus der er sie nicht erwartet hatte.

Nachdem er sich angezogen hatte und eine Runde gejoggt war, duschte er und machte sich auf den Weg zu einer Autovermietung am Hauptbahnhof, wo er sich für die nächsten Wochen einen Ford Mondeo lieh. Der Angestellte, ein Endzwanziger mit zurückgegelten Haaren, überreichte ihm die Schlüssel und sagte ihm, wo er den Wagen auf dem Firmenparkplatz fand. Vor dem Auto stehend, war Born mit seiner Wahl zufrieden: Der unauffällige Mittelklassewagen in Dunkelblau erfüllte alle Voraussetzungen, die er sich vorgestellt hatte.

Bevor er losfuhr, griff er nach dem neuen Smartphone, das er zuvor mit einer Prepaidkarte versehen hatte, und wählte die Nummer von Zoran Hosszú. Der Ungar hatte früher zu seinen wichtigsten Informanten gehört und kannte sich im kriminellen Untergrund Berlins bestens aus. Mit an Sicherheit grenzender Wahrscheinlichkeit hatte auch Lydia ihn vor ihrem Tod aufgesucht, und Born wollte wissen, welche Fragen sie ihm gestellt hatte. Er brauchte Namen und Adressen. Irgendeinen konkreten Hinweis.

»Ja?«, drang es mürrisch durch die Leitung, als Zoran den Anruf entgegennahm.

»Ich bin's, Born. Wir müssen reden.«

»Alexander!«, rief der Ungar erfreut. »Welcher Idiot war so blöd, dich wieder aus dem Knast zu lassen?«

Born und Zoran waren gut miteinander ausgekommen, obwohl sie auf verschiedenen Seiten des Gesetzes standen. Keine Freundschaft, aber eine Zweckgemeinschaft, die zur beiderseitigen Zufriedenheit funktionierte. Zoran hatte ihm oftmals Informationen geliefert, die dann zur Verhaftung mehrerer krimineller Schwergewichte führten, und sich damit gleichzeitig einiger seiner unliebsamen Konkurrenten entledigt.

Ein Opportunist.

Aber war er selbst besser gewesen?

Sie tauschten noch einige Floskeln aus, dann kam Born auf das eigentliche Thema zu sprechen. »Ich habe dich wegen Lydia angerufen«, sagte er. »Du hast mitbekommen, was mit ihr passiert ist?«

»Natürlich. Eine schlimme Sache, ganz schlimm! Wenn die Dinge anders liegen würden, hätte ich dich nach ihrem Tod im Gefängnis besucht, um dir mein Beileid auszudrücken, aber so … Ich wollte einfach kein Risiko eingehen, verstehst du? Dein Ex-Partner hat mich damals ganz schön unter Druck gesetzt. Was kann ich jetzt für dich tun?«

Born trug dem Ungarn nichts nach. An seiner Stelle

hätte er nicht anders gehandelt. Außerdem war Zoran nicht wie Dimitri Saizew – ihre Verbindung besaß nicht annähernd die Tiefe, die zwischen ihm und dem Russen bestand.

»Ich muss wissen, ob Lydia vor ihrem Tod noch bei dir gewesen ist.«

»Sie war hier«, antwortete Zoran. »Zwei Tage, bevor es passiert ist. Wir haben lange miteinander gesprochen.«

»Worüber?«

»Tja, so genau kann ich dir das nicht einmal sagen. Lydia hat eine Menge Fragen gestellt. Wirres Zeug, auf das ich mir keinen Reim machen konnte. Aber als …«

»Ja?«

Eine kurze Pause entstand. Dann: »Ich würde darüber nur ungern am Telefon reden.«

»Das trifft sich gut. Ich wollte dich sowieso fragen, ob ich heute Abend vorbeikommen kann.«

»Mach das, aber ich werde nicht vor 22 Uhr zu Hause sein. Kennst du den Weg noch?«

»Natürlich«, erwiderte Born. »Ich bin dann um halb elf bei dir. Und, Zoran?«

»Ja?«

»Zu niemandem ein Wort!«

»Natürlich nicht.«

Zwölf Stunden waren seit ihrem Gespräch mit Born verstrichen, und Norahs Gewissenskonflikte waren seitdem nur größer geworden. Zum einen bot sich ihr durch den Ex-Polizisten endlich die Chance, im Tannenstein-Fall aktiv zu werden, zum anderen würde es aber auch bedeuten, gegen sämtliche Prinzipien zu verstoßen, die sie als Polizistin besaß. Sie würde mit einem Kriminellen kooperieren müssen, hinter dem Rücken ihrer Behörde, und dabei Wege beschreiten, die abseits dessen lagen, was das Gesetz erlaubte.

Zum wiederholten Male fragte sie sich, warum sie dennoch über sein Angebot nachdachte. Lag es an dem dunklen Reiz, der Born umgab und der auf sonderbare Weise anziehend auf sie wirkte? Lag es daran, dass er Lydias Freund gewesen war? Oder lag es an ihrer eigenen Persönlichkeit, der es schwerfiel, sich an Vorgaben zu halten, wenn ihr Gefühl ihr etwas anderes sagte?

Vielleicht lag es aber auch daran, dass sie bei dem Gespräch zum ersten Mal erahnt hatte, um was es Born in Wirklichkeit ging. Ihm war das Liebste genommen worden, was er besessen hatte, und niemand hatte dafür bezahlen müssen. Das musste ihm ungeheuerlich erscheinen, wie ein Verrat an allem, woran er bislang geglaubt hatte. Es war nicht so, dass sie Selbstjustiz guthieß, aber zumindest konnte sie nachempfinden, warum Menschen in manchen Situationen dazu griffen. Wenn man sich von der ganzen Welt im Stich gelassen fühlte, gab es nur eine Person, auf die man sich verlassen konnte: sich selbst.

Sie hatte mit dreizehn eine ganz ähnliche Situation erleben müssen, als ihr Bruder von einem Auto überfahren worden war, der Fahrer daraufhin Fahrerflucht begangen hatte und nie zur Rechenschaft gezogen worden war. Damals hatte sie mit ihrem Schmerz alleine im Kinderzimmer gesessen und durch das Fenster beobachtet, wie die Menschen ihr ganz normales Leben weiterlebten. Kinder wurden zur Schule gebracht, Eltern gingen zur Arbeit, die Sonne schien, und Nachbarn lachten. Ihr Bruder war tot, und nichts hatte sich geändert.

Es war eine Lektion gewesen, die sie nie wieder vergessen würde. Die Welt scherte sich nicht um die Probleme des Einzelnen. Sie merkte es noch nicht einmal, weil alle genug mit ihren eigenen Sorgen und Nöten zu tun hatten. Man regte sich über Autofahrer auf, die einem die Vorfahrt nahmen, und darüber, dass die Oma in der Supermarktschlange ewig brauchte, um das Kleingeld abzuzählen. Dabei hatte man keine Ahnung, ob die Person vor oder hinter einem gerade mit ihren Dämonen kämpfte. Ob sie kurz davor war, vor Schmerz durchzudrehen. Menschen konnten gerade in der tiefsten Krise ihres Lebens stecken oder betrunken ein Kind überfahren haben, es war der Welt egal.

Sie wollte es nicht sehen.

Drängte einfach weiter.

Norah hätte Born an dem Abend gerne gefragt, warum er kriminell geworden war, auch wenn er sich nicht an Menschen bereichert hatte, die gemeinhin als unschuldig galten. Doch das machte die Sache, juristisch gesehen, nicht besser. Und sie fragte sich, ob Lydia davon gewusst hatte.

Vielleicht war Born ja damals schon seinem eigenen Moralkompass gefolgt, anstatt sich an Gesetze zu halten. Es war so leicht, als Polizist ins falsche Fahrwasser zu geraten, und er war nicht der Erste, dem dies passiert war. Der Grat, auf dem man sich bewegte, war schmal und rutschig. Ein falscher Tritt, die Unachtsamkeit eines Augenblicks, und manchmal, ja manchmal führte dann kein Weg mehr zurück.

Irgendwann musste sie ihn darauf ansprechen. Vielleicht würde er dann sogar mit ihr reden und ihr die Wahrheit sagen, und sie würde die Wahrheit als befreiend empfinden. Vielleicht konnte Born auch ihr eigenes Leben wieder ins Gleichgewicht bringen, indem er ihr erklärte, was unerklärbar erschien, und sie damit auf den Weg zurückführte, den sie eingeschlagen hätte, wenn alles anders gelaufen wäre. Wenn die Vorstellungen, die sie als Kind gehabt hatte, mit der Realität übereingestimmt hätten.

Aber so war es nicht gewesen.

Niemand hatte ihr Antworten gegeben.

Als Kind nicht, als Polizistin nicht.

Doch anders als beim Tod ihres Bruders war sie nun in der Lage, selbst aktiv zu werden. Sich auf die Suche nach dem zu begeben, was sie am stärksten ersehnte: Gerechtigkeit. Vielleicht konnte sie ihrem Bruder keine Gerechtigkeit mehr verschaffen, bei Lydia und den Toten von Tannenstein konnte sie das. Hier hatte sie eine Chance, mochte diese auch noch so klein sein.

Vielleicht traf sie auch deshalb in diesem Moment eine Entscheidung, von der sie wusste, dass sie sie in den Abgrund ziehen konnte.

Sie vermochte sich nicht dagegen zu wehren. Wollte sich nicht länger wie ein Schiff vorkommen, dem der Kompass verloren gegangen war. Wie ein Steuermann, der im Nebel rein auf Sicht navigierte.

Der Abend war kalt, richtig kalt, und zum ersten Mal bildeten sich kleine Atemwölkchen vor Borns Mund, als er gegen acht Uhr das Haus verließ, um einen Dönerimbiss aufzusuchen.

Er ließ sich beim Essen Zeit und lauschte der türkischen Musik. Noch immer genoss er das Gefühl, endlich wieder essen zu können, was und wann er wollte. Vielleicht nur ein kleiner Teil von dem, was man Freiheit nannte, aber in diesem Moment kam er ihm unglaublich wertvoll vor.

Als er mit dem Essen fertig war, machte er sich mit dem Leihwagen auf den Weg nach Brandenburg, während sich draußen die erste Kaltfront des Herbstes über das wenig besiedelte Land wälzte. Sie schob sich unter die wärmeren oberen Luftschichten und bildete eine graue Nebeldecke, die die Sichtweite in einer Gegend, die sowieso nicht für üppige Straßenbeleuchtung bekannt war, deutlich reduzierte. Die verstreut liegenden Dörfer und einsamen Höfe wurden von ihr eingehüllt, geradezu verschluckt. Nicht mehr lange, und der Frost würde sich auf den Ästen der Bäume und den Zweigen der Büsche zeigen. Dann würden die dunklen Wintertage kommen. Die Zeit, in der die Natur starb, um im Frühjahr wieder zu erwachen.

Es war jetzt kurz nach zehn, und die letzten Lichter in den Häusern entlang der Straße gingen aus. Die Schwärze der Nacht legte sich über alles. Eine Ruhe, die auf Born regelrecht gespenstisch wirkte, und es kostete ihn einige Mühe, sich zu vergegenwärtigen, wie gewöhnlich diese Gegend tagsüber aussah.

Doch jetzt?

Rein gar nichts regte sich dort draußen. Die einzige Bewegung kam von dem grauen Straßenband, welches monoton unter seinem Auto dahinzog, als würde der Wagen den Asphalt fressen. Es war nicht nur unheimlich, es fühlte sich an, als wäre er in einer völlig anderen Welt gefangen.

Niemandsland.

An einer noch geöffneten Tankstelle hielt er, tankte den Mondeo voll und fragte sich, was er eigentlich hier machte. Die Felder hinter der Tankstelle waren flach und leer. Die Nachtluft hatte einen bitteren, ihm vollkommen fremden Geruch. Er befand sich auf unbekanntem Territorium.

Alleine.

Anschließend steuerte er das Fahrzeug nur noch mechanisch. Mal bog er links ab, mal rechts, meistens fuhr er geradeaus. Mit den Gedanken war er sowieso woanders, an einem Ort, der nur noch in seiner Fantasie existierte. Es war ein Ort, an dem er eine Karriere und eine Frau gehabt hatte, und gleichzeitig war es ein grausamer, trostloser Ort, weil ihm dort alles genommen worden war.

Er wusste, dass er sein Ziel fast erreicht hatte, als vor ihm eine weitere Tankstelle auftauchte, deren Neonlicht allerdings ausgeschaltet war. Born setzte den Blinker und bog ab. Folgte nun einer Straße, die an leer stehenden Häusern vorbeiführte. Teile einer Siedlung, die nie jemand fertiggestellt hatte. Als die gesuchte Abzweigung dann auf der rechten Seite auftauchte, hätte er sie fast übersehen. Eine schmale, unbefestigte Piste nur, kaum mehr als ein Feldweg.

Der Weg fiel leicht ab und verschwand dann zwischen dicht stehendem Gestrüpp in der Dunkelheit. Born reduzierte das Tempo auf Schrittgeschwindigkeit, dennoch setzte der Unterboden des Mondeos immer wieder auf, bis Born sein Ziel erreicht hatte. Den alten Gutshof, in dem Zoran mit seiner Familie lebte.

Er parkte vor einer Scheune links des Hauphauses und stellte den Motor ab. Als auch die Scheinwerfer ausgingen, wurde es um ihn herum dunkel, und zwar so dunkel, dass die Landschaft, die ihn umgab, nicht nur undeutlich zu erkennen war, sondern wie ausgelöscht erschien. Er stieg aus und wartete, bis seine Augen sich halbwegs an die Finsternis gewöhnt hatten, dann ging er auf das Haus zu.

Unvermittelt wurde er in ein gleißendes Licht getaucht, ausgelöst durch einen Bewegungsmelder, der auf den vorderen Bereich des Hauses ausgerichtet war. Er riss die Hand hoch und blinzelte. Im selben Moment hörte er Schritte, die auf ihn zukamen, hörte, wie eine rau klingende Stimme mit osteuropäischem Akzent ihn aufforderte, die Hände zu heben.

Er gehorchte und spürte, wie geübte Hände ihn abtasteten, bis sie die Pistole fanden, die hinten in seinem Hosenbund steckte. Er wollte gerade protestieren, als ein Schlag seine Schläfe traf und ihn von den Beinen riss. Das Letzte, was er noch mitbekam, waren mehrere Stimmen, die lautstark in einer fremden Sprache durcheinanderredeten.

Dann.

Aus.

MINSK,
WEISSRUSSLAND

»Liebst du mich?«

Nadeschda öffnete die Augen, die genau so blau waren wie der Himmel vor dem Fenster. Sie war siebzehn, und sie hasste es, wenn Nikolai ihr solche Fragen stellte. Seit drei Monaten war er jetzt ihr Freund – warum konnte er nicht warten, bis sie es von selbst zu sagen bereit war? »Frag nicht so dumm«, erwiderte sie.

Er stützte sich auf den Ellbogen und sah sie an. Mit seinem Blick aus dunkelbraunen Augen, die unter langen Wimpern lagen und die sie schon bei ihrem ersten Treffen umgehauen hatten, im Gorki-Park, wo eine Freundin sie miteinander bekannt gemacht hatte. Sie hatten sich nur die Hände geschüttelt und ein paar Worte gewechselt, doch als Nadeschda mit ihrer Freundin weitergegangen war, kam er ihr hinterhergerannt und bat um ein Date. Er war dabei ganz rot geworden, was ihn noch süßer aussehen ließ und sie dazu bewog, sich mit ihm zu treffen.

Vielleicht hatte sich da schon abgezeichnet, was in den nächsten Monaten zur Regel geworden war: Immer war er es, der auf sie zukam. Der um etwas bat, das sie dann gewährte oder ablehnte. Nadeschda wusste nicht, ob das normal und auch in anderen Beziehungen so war: dass immer der eine den anderen etwas mehr liebte als umgekehrt.

Es war jetzt später Nachmittag, und sie kuschelten in seinem Bett. Seine Eltern waren noch auf der Arbeit, und es gab niemanden, der sie störte. Nikolai war erst der zweite Junge, mit dem sie Sex hatte, und anders als beim ersten machte es mit ihm sogar Spaß.

»Das ist keine dumme Frage«, sagte er. »Ich liebe dich und verstehe nicht, warum du es mir nie sagst. Was ist los mit dir?«

Nichts war los mit ihr, dachte sie. Sie war halt nicht wie andere Teenager, die jeden Anflug von Verknalltsein mit Liebe verwechselten. Es fiel ihr schwer, sich anderen Menschen zu öffnen, vielleicht auch, weil sie schon zu viel durchgemacht hatte.

Nadeschda war in Leninsky geboren, ganz in der Nähe des Dinamo-Stadions im Süden Minsks. Nachdem ihr Vater vor drei Jahren an Lungenkrebs gestorben war, musste sie mit ihrer Mutter und den drei Geschwistern in eine winzige Wohnung ziehen, wo sie sich mit den beiden Schwestern ein Zimmer teilte. Michail, ihr zwei Jahre jüngerer Bruder, schlief bei der Mutter im Wohnzimmer. Er war das Sorgenkind der Familie. Bei seiner Geburt war irgendwas schiefgegangen, das Gehirn hatte zu wenig Sauerstoff bekommen, und seitdem war er ein Schwachkopf, der meist nur unverständliche Worte vor sich hin sabberte. Nadeschda hasste ihn, vor allem wegen der Sorgen, die er ihrer Mutter machte. In den Nächten, in denen Nadeschda nicht einschlafen konnte, hörte sie sie im Wohnzimmer oft weinen.

»Hörst du mir überhaupt zu?« Nikolai tippte sie an.

Sie legte ihren Kopf auf seine Schulter. »Ich bin hier bei dir – ist das nicht Antwort genug?«

Er nahm sie in die Arme, und sie schloss wieder die Augen. Eine Stunde konnte sie noch bleiben, dann musste sie sich auf den Weg zu der Firma zu machen, bei der sie seit sieben Monaten abends die Büros putzte. Nach dem Tod

84

ihres Vaters hatte sie mehrere solcher Jobs angenommen, genau wie ihre Schwestern. Dennoch reichte das Geld meist nur für Dosensuppen und Kleidung, die sie günstig in Secondhandläden erwarben. Es war trostlos, aber am schlimmsten war, dass sie keinen Ausweg sah. Das alles fühlte sich an wie der Vorgeschmack auf ihr weiteres Leben.

Dabei war sie eine gute Schülerin gewesen, hätte vielleicht sogar auf die Universität gehen können, aber damit war es seit dem Tod des Vaters vorbei. Das einzige Kapital, das sie jetzt noch besaß und aus dem sich vielleicht etwas machen ließ, war ihr gutes Aussehen. Wildfremde Männer sagten ihr andauernd, sie sehe aus wie ein Engel, mit ihrem zarten Gesicht, den vollen Lippen und dem langen goldfarbenen Haar, das in sanften Wellen auf die Schultern fiel. Bis vor ein paar Jahren hatten diese Männer dabei nur gelacht und ihr über den Kopf gestreichelt, aber das hatte sich mittlerweile geändert. Jetzt taxierten sie dabei auch ihre Brüste und ihren Hintern, und in ihren Blicken lag etwas, das früher nicht da gewesen war.

Gier.

Manche leckten sich sogar über die Lippen, und die Ausbeulung in ihren Hosen war nicht zu übersehen. Ein paarmal hatte man ihr sogar zu verstehen gegeben, dass sie noch andere Möglichkeiten habe, wenn sie Geld verdienen wolle. Einige der Männer hatten dabei gezwinkert, andere sich ungeniert in den Schritt gefasst. Nadeschda war klar, worin diese Möglichkeit bestand, und schon der Gedanke ekelte sie an.

Nicht wegen der Sache an sich, sondern weil der Vorschlag von älteren und ungepflegten Männern kam, deren Achseln nach Schweiß rochen, wenn sie die Arme hoben. Männer, die wahrscheinlich kaum mehr Geld besaßen als sie selbst und die überlegten, ob sie die wenigen Rubel im Portmonee lieber in eine Siebzehnjährige investieren sollten anstatt wie üblich in die nächste Flasche Wodka.

Sie seufzte und küsste Nikolai auf die Stirn. »Ich muss los«, sagte sie dann.

Wie immer versuchte er, sie zum Bleiben zu überreden.

Er war ein süßer Junge, vielleicht der netteste, den sie bislang kennengelernt hatte. Aber sie befürchtete, dass es auch bei ihm nur eine Frage der Zeit war, bis er sich zu einem der Männer entwickelte, vor denen ihr graute. Wie sie selbst stammte Nikolai aus ärmlichen Verhältnissen, aber im Gegensatz zu ihr besaß er nicht den Ehrgeiz, daran etwas zu ändern. Als Hilfsarbeiter bei der weißrussischen Staatsbahn verdiente er nicht einmal genug, um sich eine eigene Wohnung zu leisten. Immer wieder hatte er ihr vorgeschlagen, mit ihr zusammenzuziehen, aber ohne das Geld, das sie verdiente, war das gar nicht möglich.

Vielleicht konnte sie ihn auch deshalb nicht aus vollem Herzen lieben. Sie wusste, dass Nikolai nur ein Zwischenhalt war. Nicht das Ziel.

Nadeschda war gerade mit Staubsaugen fertig, als Galina Schukow das Büro betrat. Galina arbeitete in derselben Putzkolonne wie sie und war nur ein knappes Jahr älter. In den letzten Wochen waren sie zu Freundinnen geworden, und vielleicht war Galina sogar die einzige Freundin, die Nadeschda hatte. Andere Mädchen in ihrem Alter hatten oftmals Probleme mit ihr, wahrscheinlich dachten sie, ein so hübsches Mädchen wie Nadeschda neben ihnen würde sie um sämtliche Chancen beim anderen Geschlecht berauben. Für Nadeschda war dies nicht tragisch – auf Freundinnen, die den eigenen Wert ausschließlich an Äußerlichkeiten festmachten, konnte sie gut verzichten.

»Wann kannst du Feierabend machen?«, fragte Galina.

»Fünf Minuten noch«, erwiderte sie. »Ich muss nur schnell den ganzen Kram hier wegräumen, und dann können wir gehen.«

Um kurz nach acht verließen sie das Bürogebäude am Siegesplatz und gingen untergehakt am Kupaly-Park vorbei, wo sie in Richtung des Opernhauses abbogen. Es war kalt geworden, kleine Atemwolken bildeten sich vor ihrem Mund, und die Obdachlosen am Wegesrand hatten sich dick mit Zeitungen zugedeckt. In der Dunkelheit und unter den Büschen liegend waren sie kaum von dem Abfall zu unterscheiden, der sonst noch dalag.

Galina zog sie am Arm, und Nadeschda musste lachen. »Du brauchst nicht zu rennen – die Penner tun uns doch nichts.«

»Lach du nur! Ich möchte nicht ins Gebüsch gezogen werden und von denen … na ja, du weißt schon.«

Wieder musste Nadeschda lachen. Sie waren mitten in der Innenstadt, einem der sichersten Viertel überhaupt: Wenn Galina hier schon Angst hatte, würde sie sich dort, wo Nadeschda wohnte, glatt in die Hose machen.

Dennoch passte sie ihren Schritt dem der Freundin an, bis sie das Opernhaus erreichten. Im Sommer war der davorliegende Platz einer der beliebtesten Treffpunkte für junge Leute, und auch jetzt fanden sich hier trotz der niedrigen Temperaturen erstaunlich viele Menschen ein. Die beiden suchten sich eine Bank und setzten sich.

»Und – wie läuft es mit Nikolai?«, wollte Galina wissen.

»Eigentlich ganz gut. Er ist süß, und er trinkt nicht. Außerdem tut er alles für mich.«

»Dann solltest du ihn schnell heiraten, bevor es eine andere tut! Solche Männer sind selten.«

Nadeschda schaute ihre Freundin an, um zu sehen, ob sie dies ernst meinte. »Wenn du willst, kannst du ihn gerne haben.«

»Ich … So habe ich das doch nicht gemeint!« Galina wirkte verwirrt. »Ich wollte doch nur sagen, dass du wirklich Glück hast, mehr nicht. Du denkst doch nicht …«

»Tut mir leid«, sagte Nadeschda und legte ihrer Freundin den Arm um die Schultern. »Ich liebe Nikolai einfach nicht, das ist das Problem.«

Galina machte eine wegwerfende Handbewegung. »Ach, wer tut das schon? Ich glaube, mit der stürmischen Liebe ist es eh immer schnell vorbei, und dann kommt es auf andere Dinge an. Ob er dich gut behandelt, zum Beispiel, und ob er für dich sorgt.«

»Vielleicht erwarte ich einfach zu viel vom Leben. Ich möchte …«

»Was denn?« Galina rutschte erwartungsvoll näher.

Einen Moment lang überlegte Nadeschda, ob sie sich ihrer Freundin anvertrauen sollte. »Du hast mir doch von Jekaterina erzählt, erinnerst du dich?«, sagte sie dann. »Dem Mädchen, das auch bei uns gearbeitet hat und dann nach Deutschland gegangen ist. Ich überlege, ob ich das auch mache. Das Land verlassen und irgendwo anders ganz neu anfangen.«

»Und was passiert dann mit deiner Mutter? Wie soll sie klarkommen, wenn du nicht mehr da bist?«

»Das ist es doch gerade«, erwiderte Nadeschda aufgeregt. »Ich könnte in Deutschland viel mehr Geld verdienen! Dann kann ich Mama jeden Monat etwas schicken, sicher weit mehr, als ich hier verdiene. Vielleicht kann ich dort sogar noch studieren, verstehst du?«

Galina nickte.

»Außerdem will ich mein Leben nicht wegschmeißen,

indem ich einen Mann heirate, den ich nicht liebe. Warum auch? Um dann zuzusehen, wo ich das Geld herbekomme, um seine Kinder großzuziehen? Um jeden Abend darauf zu hoffen, dass er nach der Arbeit zu besoffen ist, um mich zu schlagen?«

»Ich denke, Nikolai ist gut zu dir?«

»Ist er ja auch – aber irgendwann kann es genau so kommen!«

Die beiden lachten, und ihr Lachen klang rein und klar durch die Winterluft.

In dem Moment hielt eine Autokolonne vor dem Opernhaus. Männer in dunklen und teuer aussehenden Anzügen stiegen aus. Sie schauten sich selbstbewusst um, nestelten an ihren Manschettenknöpfen und warteten, bis ihre Begleiterinnen ihnen folgten. Es waren junge Frauen, schöne Frauen. Das Licht der Straßenlaternen fiel auf glitzernde Pailletten, teure Ketten und lachende Gesichter. Und auf Kleider. Schulterfreie, rückenfreie und trotz der Kälte ganz und gar nicht jugendfreie. Nadeschda betrachtete sie fasziniert.

»Schau nicht so«, hörte sie Galina sagen. »Das sind Gangster und ihre Flittchen! Mit anständiger Arbeit kommt man nicht zu solchen Autos.«

Vielleicht, dachte Nadeschda. Vielleicht auch nicht. »Ich würde dennoch gerne so leben«, sagte sie verträumt.

Plötzlich zuckte Galinas Zeigefinger vor, und sie schrie: »Oh mein Gott, da hinten!«

»Was …?« Verwirrt schaute Nadeschda in die angezeigte Richtung, sah aber nichts. »Was war denn da?«

»Ein Ritter«, erwiderte Galina mit ehrfürchtiger Stimme. »Er trug eine glänzende Rüstung und saß auf einem stolzen Schimmel. Sicher ist er nur gekommen, um dich zu entführen und auf sein Schloss zu bringen!«

Nadeschda musste lachen, und auch Galina stimmte ein. Dann wurden sie wieder ernst.

»Sag mal ... Hat Jekaterina dir nicht eine Broschüre von der Agentur gegeben, die sie nach Deutschland vermittelt hat? Hast du die noch?«

Galina kramte in ihrer Handtasche, dann zog sie die verknitterten Seiten hervor. »Pass aber auf, ja? Ich habe seitdem nichts mehr von Jekaterina gehört. Außerdem weißt du, was man sich von solchen Agenturen erzählt. Nicht alle sind seriös, und manche wollen nur, dass man in Deutschland ...«

»Hör auf«, unterbrach Nadeschda sie. »Du bist echt eine Unke, die in allem nur das Negative sieht! Vielleicht hat Jekaterina ja einen Mann kennengelernt, der einen dicken Mercedes fährt und mit dem sie jetzt permanent durch die Welt reist.«

Galina schenkte ihr ein ironisches Lächeln.

Natürlich kannte Nadeschda die Gerüchte, die über solche Agenturen in Umlauf waren. Sie wusste, dass ein paar davon Mädchen unter falschem Vorwand anwarben, um sie nach Deutschland zu locken. Was diese Mädchen dort machten, unterschied sich wahrscheinlich nicht von dem, was die ungepflegten Männer mit den verschwitzten Achselhöhlen hier von ihr wollten.

Ganz sicher aber wurde es besser bezahlt.

Die beiden jungen Frauen unterhielten sich noch eine Zeit lang, dann trennten sie sich.

Nadeschda fuhr mit dem Bus nach Hause. Jekaterinas Broschüre steckte jetzt in ihrer Handtasche, und immer wieder griff sie unterwegs danach, um sich zu vergewissern, dass sie sie nicht verloren hatte.

Das zerknitterte Papier fühlte sich gut an. Fast wie eine Fahrkarte in ein besseres Leben.

BRANDENBURG

Born schlug die Augen auf und war im ersten Moment orientierungslos. Sein Blick fiel auf einen abgetrennten Hirschkopf, der an der Wand hing und auf ihn niederblickte. Auf ausgestopfte Füchse, die ihn mit leblosen Augen anstarrten. Dazwischen eine Uhr. Die Stellung ihrer Zeiger machte ihm klar, dass er rund zwanzig Minuten lang bewusstlos gewesen war.

»Scheiße, Alexander«, hörte er Zorans Stimme, dessen Gesicht sich kurz darauf in sein Blickfeld schob. »Warum hast du nicht angerufen, bevor du angekommen bist? Mein Bruder kennt dich nicht, und es tut ihm wahnsinnig leid, dass er dich niedergeschlagen hat. Stimmt doch, Tamás, oder?«

Born blickte zu Tamás, der schuldbewusst nickte. Ein großer, glatzköpfiger Typ, vielleicht Anfang dreißig, der seinem Bruder nur entfernt ähnelte. Tamás verfügte über viele Muskeln und einen Gesichtsausdruck, den man eigentlich nur bei leicht Schwachsinnigen sah. Born schüttelte den Kopf – wenn er sich von so einem Typen hatte überraschen lassen, mussten seine Reflexe während der Haftzeit gewaltig nachgelassen haben.

Stöhnend erhob er sich und streckte Tamás die Hand entgegen, um ihm zu zeigen, dass er die Entschuldigung annahm. Als dieser danach griff, schlug er ihm mit der anderen Faust ansatzlos ins Gesicht.

»Mir tut es auch leid«, sagte er dann. »Aber jetzt sind wir quitt.«

Zoran lachte, und selbst Tamás stimmte ein, wobei ihm Blut aus der Nase auf den Pullover tropfte. Niemand protestierte. Gewalt musste mit Gewalt beantwortet werden – eine Regel, die in Zorans Familie schon immer respektiert wurde.

»Magst du etwas trinken?«, fragte der Ungar, nachdem er Born die Waffe wiedergegeben hatte. »Einen Wein, einen Kaffee?«

»Kaffee wäre gut.«

Tamás ging, um ihn zuzubereiten, und Born schilderte auf Zorans Nachfrage hin seine Haftzeit, wobei er alles so oberflächlich wie möglich beschrieb. Dabei nutzte er die Gelegenheit, um sich im Raum umzuschauen, der an eine zu groß geratene Jagdhütte erinnerte. Dunkle Balken stützten die Decke, massive Möbel standen vor weiß getünchten Wänden, und auf den Regalen waren grotesk wirkende Tiertrophäen platziert. Born wusste, dass Zorans Vater ein leidenschaftlicher Jäger war, der mit seinen Erfolgen gerne protzte – als wäre es etwas Heldenhaftes, Tiere mit einer Jagdflinte zu erledigen.

Kurz darauf brachte Tamás den Kaffee, stellte Milch, Zucker und zwei Tassen vor ihnen ab und zog sich anschließend wieder zurück.

»Ich bin aber nicht gekommen, um mit dir über den Knast zu plaudern«, sagte Born und sah Zoran durchdringend an. »Ich will das Schwein haben, das Lydia getötet hat, und du wirst mir dabei helfen.«

»Natürlich werde ich das. Wenn ich kann.«

»Dann lass uns damit anfangen, dass du mir erzählst, was Lydia von dir wollte.«

Der Ungar schenkte ihnen Kaffee ein, dann begann er zu

reden. Er erzählte, dass Lydia zwei Tage vor ihrer Ermordung hier gewesen sei und ihm unzählige Fragen gestellt habe. Sie habe vor allem alles über die Russenmafia wissen wollen, bevorzugt über jenen Teil, der in Deutschland den Menschenhandel und die Prostitution kontrollierte.

»Was hast du ihr geantwortet?«

»Ich konnte ihr nichts Konkretes sagen – mit beiden Geschäftsfeldern habe ich nichts zu tun.«

»Verarsch mich nicht! Du bewegst dich seit Jahren in diesem Milieu. Irgendwas musst du wissen.«

»Was soll ich denn wissen?« Zoran machte eine fragende Geste. »Mensch, Born … Ich bin nur ein kleiner Fisch in einem Meer voller Haie! Die Männer, über die Lydia sprechen wollte, spielen in einer ganz anderen Liga.«

»Hat sie irgendwelche Namen genannt?«

Zoran schüttelte den Kopf. »Sie hat nur allgemeine Fragen gestellt. So, als wüsste sie selbst nicht, nach wem genau sie sucht.«

»Und du konntest ihr nicht helfen?«

»Leider nicht. Wie gesagt: Die Russenmafia ist ein paar Nummern zu groß für mich.«

Die Lüge stand so massiv im Raum, dass Born glaubte, sie mit Händen greifen zu können.

Früher war er Polizist und Zoran eine Quelle gewesen, und mit Quellen funktionierte es ganz einfach. Man übte Druck auf sie aus und drohte mit Verhaftung. Dann sangen sie, und man ließ sie laufen. So klappte die Sache. Kein Krimineller plauderte rein aus Nächstenliebe oder um als gesetzestreuer Bürger dazustehen. Der wollte Geld oder Drogen, der wollte seinen Arsch retten oder einen Konkurrenten reinlegen. Vielleicht redete er auch, weil ein anderer seine Freundin vögelte.

So sah das aus.

Born konnte Zoran nicht mehr mit Verhaftung drohen, aber vielleicht mit etwas anderem. »Ich will Antworten, Zoran, und lüg mich nicht an! Sonst könnte ich vergessen, dass wir Freunde sind.«

»Was soll das denn jetzt heißen?«

»Ich sage dir, wie ich das Ganze sehe.« Er griff nach seiner Pistole, die der Ungar ihm wiedergegeben hatte. »Im Moment hast du mehr Angst vor den Russen als vor mir. Das können wir ändern.«

»Fick dich!«

Born richtete die Waffe auf das Knie des Ungarn.

»Mann ... Du weißt nicht, was die mit einem anstellen, wenn man redet. Das sind keine Menschen, das sind ...«

»Antworten, Zoran!«

»Ich kann dir nichts sagen, kapierst du das nicht?« Zorans Stimme klang jetzt flehend. »Die legen mich um!«

»Vielleicht«, erwiderte Born. »Aber du machst dir keine Vorstellungen, was ich tue, um Lydias Mörder zu finden. Ich kann dir allerdings versprechen, dass du es umgehend herausfindest, wenn du mich noch einmal anlügst. Zum letzten Mal: Gib mir einen Namen!«

Zoran schaute ihn verzweifelt an. »Es gibt da einen Mann ... Ich bin ihm persönlich nie begegnet, aber wenn die Gerüchte stimmen, ist er der Oberhändler der Russenmafia in Deutschland. Aber, Alexander ... nur den Namen zu kennen, kann tödlich sein. Denk an Lydia. Sie ist der beste Beweis dafür.«

»Sag ihn mir.«

»Wenn herauskommt, dass ich ...«

»Den Namen, Zoran!«

Eine kurze Pause. Dann: »Wladimir Koslow.«

POTSDAM

»Jetzt«, sagte Koslow.

Das Mädchen neben ihm steckte sich das silberne Röhrchen in die Nase, beugte sich vor und zog die weiße Linie auf dem Tisch weg. Als sie wieder hochkam, lachte sie, und auch Stramski lachte – das fette Schwein, das diesen teuren Pärchenclub vor den Toren Berlins für Koslow leitete und ihm jetzt zugekokst mit einer dunkelhäutigen Schönheit im Arm gegenübersaß.

Kokain war etwas Wunderbares, dachte Koslow, auch wenn er selbst nie in den Handel damit eingestiegen war. Nicht aus moralischen Überlegungen heraus, sondern weil er wusste, dass die Droge Geschäftspartner unzuverlässig machte.

Kokain war in der Lage, alles zu ändern.

Sex wurde zu Porno, Diskussionen zu Monologen, Loyalität zu Heuchelei. Es war ein Teufelszeug, aber auf Frauen wirkte es wunderbar: Wenn die erste Nase das Gehirn erreicht hatte, wollten sie nicht mehr geliebt oder verstanden werden, nicht mehr respektiert oder geachtet. Sie wollten nicht mehr zum Essen eingeladen werden, keine Komplimente hören und keine Zärtlichkeit spüren – sie wollten nur noch ficken.

Selbst dann, wenn es wie in diesem Fall keine Nutten waren.

Koslow streichelte dem Mädchen den Rücken, während sie ihn mit dem Mund verwöhnte. Er tat es, weil sie ihn optisch an ein anderes Mädchen erinnerte, das er vor langer Zeit geliebt hatte. Damals, in Sankt Petersburg. Er war gerade mal siebzehn gewesen. Ein ganzes Jahr hatten er und Irina zusammen verbracht, Tag und Nacht. Sie war alles gewesen, was er begehrte.

Bis ihre Liebe sich als Lüge erwies.

Noch immer konnte er sich an den Tag erinnern, an dem sie mit ihm Schluss gemacht hatte. Es war ein kalter Abend im Januar gewesen. Sie hatten sich auf dem Palastplatz getroffen, direkt unter der Säule, während Schneeflocken wie Ballerinas um sie herumtanzten. Der Winterpalast der Zaren wurde durch Scheinwerfer in ein goldenes Licht getaucht, seine Nase war rot gefroren, seine Wangen glühten vor Glück. Dann hatte Irina ihm unter Tränen gestanden, dass es einen anderen gebe, dass er bitte verstehen müsse, dass es um ihre Zukunft ging. Um ihr Leben, das mit dem neuen Mann völlig anders aussähe als mit ihm, Wladimir Koslow, dem armen Bauernsohn.

Die Verzweiflung hatte ihn wie eine Faust getroffen. Er hatte geweint, gebettelt und gefleht. Alles vergebens. Sie hatte ihn abgewiesen und stehen lassen, inmitten der Schneeflocken, inmitten des goldfarbenen Lichts.

Eine Woche lang hatte er gelitten wie ein Hund. Er aß kaum etwas und trank viel zu viel. Dann drang er nachts in ihre Wohnung ein und tötete sie und den Mann mit einem Messer.

Seitdem hatte er sich nie wieder schwach gefühlt.

Nachdem er sich jetzt in den Mund der Prostituierten entleert hatte, schickte er die beiden Mädchen weg. Auf Stramskis Bedürfnisse musste er dabei keine Rücksicht nehmen – der Fettsack hatte noch nicht mal einen hochgekriegt, obwohl die dunkelhäutige Schlampe sich alle Mühe gegeben hatte.

Für Koslow selbst war der Sex hier eh nur ein kurzes Zwischenspiel. Morgen hatte er Geburtstag, und den würde er standesgemäß in einem seiner anderen Clubs feiern. In Teplice, wo die Partys immer am wildesten waren.

Heute ging es nur ums Geschäft, und es gab einiges, das er mit Stramski zu besprechen hatte.

»Deine Zahlen«, sagte er, als sie alleine waren.

Der Fettsack wand sich und kam ihm mit den üblichen Ausreden. Die Zeiten seien schlecht, die Kosten gestiegen, die Einnahmen gesunken. Er würde …

»Und?«, unterbrach Koslow ihn.

Stramski schwieg. Er leitete diesen Club jetzt seit vier Jahren und hatte gelernt, wann es besser war, den Mund zu halten. Dank Koslow hatte er Unsummen verdient, weil das Geschäftsmodell ebenso einfach wie gewinnbringend war: Hier trafen sich experimentierfreudige Paare des Berliner Establishments, denen es gefiel, zuzusehen, wie der eigene Partner oder die Partnerin von jemand anderem rangenommen wurde. Ab und zu bestand auch Bedarf nach einer weiteren Frau, gerne jung, die den Paaren jeden Wunsch erfüllte. Auch diese Frauen kamen von Koslow.

Und dann gab es da noch die Partys, die jedes Maß sprengten. Zweimal im Monat, außerhalb der normalen Öffnungszeiten. Der Eintritt lag dann im vierstelligen Bereich, dafür war das Angebot aber auch ein besonders exquisites. Minderjährige Mädchen, frisch aus Osteuropa eingeführt. Für Entjungferungen musste extra gezahlt werden, und das nicht zu knapp. Dennoch überstieg die Nachfrage stets das Angebot, das – zugegeben – künstlich knapp gehalten wurde.

Für Koslow diente der Club gleich mehreren Zwecken. Zum einen verdiente er natürlich an den hier gemachten Umsätzen, zum anderen war er aber auch ideal, um Geld zu waschen. Kein Finanzamt der Welt konnte nachvollziehen, wie viel hier umgesetzt wurde. Man verbuchte einen Teil der Einnahmen aus dem Waffenhandel und der illegalen Prostitution einfach als Eintrittsgelder und bekam sie nach Zahlung der Steuern sauber gewaschen zurück. Überhöhte Rechnungen der Lieferanten – die zumeist ebenfalls seiner Kontrolle unterstanden – sorgten dafür, dass die Steuerzahlungen nicht zu hoch ausfielen.

Geld war also kein Problem.

Stramskis zunehmende Klagen dagegen schon.

Der Dicke mit seinen lächerlich über den Kopf gekämmten Haaren bekam einfach den Hals nicht voll, und Koslow beschloss, ihm eine Lektion zu erteilen.

Er war ein König, und ein König war er nicht geworden, weil er diese Würde von seinem versoffenen Vater geerbt hatte, der kaum mehr als das besaß, was er am Leib trug. Nein, er hatte sich die Krone auf die harte Tour erworben, wie die Kämpfer früherer Tage. Er hatte sie sich verdient. Mit Wunden und Morden, in unzähligen Schlachten.

Er hatte sich von den Hinterhöfen der Gosse bis nach ganz oben gekämpft, mit der Waffe in der Hand, mit seinen Fäusten und dem Messer, mit seinem Verstand und seiner Härte. Er hatte sein Ziel dank des Respekts erreicht, den er sich in diesen Kämpfen verdient hatte. Dank seiner Siege und des Ausbleibens von Niederlagen. Dank seiner wachsenden Erfahrung. Ständig war er dabei von Leuten umgeben, die bereit waren, mit ihm in den Abgrund zu schauen. Männer, für die der Krieg nie zu Ende gegangen war. Er führte sie mit harter Hand, kannte keine Gnade. Aber er war gerecht.

So wie ein König eben.

Jetzt, da er ganz oben war, musste er diese Rolle auch ausfüllen. Untertanen erwarteten von ihren Herrschern, dass sie souverän waren, dass sie Pracht entfalteten, dass sie Stil bewiesen, und dazu gehörte auch, dass sie sich nicht mehr selbst die Finger schmutzig machten.

Das musste er auch nicht mehr.

»Dir fehlt es an Motivation«, sagte er zu Stramski. »Darum wirst du mir ab heute zwanzig Prozent mehr bezahlen, unabhängig von den Einnahmen. Notfalls nimmst du es eben von deinem Gewinn. Ich schaue mir das ein halbes Jahr lang an, dann bekommst du Besuch. Entweder von Andrej oder von Sergej, je nachdem, wie die Dinge sich entwickeln.«

Andrej und Sergej.

Die Zwillinge waren Koslows gefürchtetste Killer, seine Leibwächter und engsten Vertrauten. Der Unterschied zwischen ihnen war, dass man mit Andrej reden konnte – er kam, wenn geschäftliche Dinge zu regeln waren oder um zu kontrollieren, ob man sich an Koslows Vorgaben hielt. Wenn man es dagegen mit Sergej zu tun hatte, sah die Sache anders aus. Dann war man erledigt, ohne dass ein Wort fiel. In Koslows Organisation war Sergej der Mann für die finalen Problemlösungen.

Stramski wusste das.

Und trotz seines kokainumnebelten Gehirns musste er nicht lange überlegen, welcher Besuch ihm lieber war.

BERLIN

Die Sonne war am Horizont versunken, als Born am nächsten Abend vor dem *Pasternak* parkte. Dimitri hatte ihn am Vormittag angerufen und ihm gesagt, dass er heute mit einem ehemaligen Mitglied der SpezNas sprechen könne – jener Eingreiftruppe, die als die härteste Russlands galt.

Ansonsten hatte er Born nicht viel über seinen unbekannten Gesprächspartner verraten. Nur, dass er ihn Igor nennen solle und dass es besser sei, wenn er alleine mit ihm redete.

Der Mann, der jetzt in Dimitris Büro auf Born wartete, entsprach so gar nicht dem Bild, das er sich von einem SpezNas gemacht hatte. Igor war Ende vierzig, ein mittelgroßer Mann mit kurz geschorenen Haaren und wachsamen Augen. Er wirkte sportlich und durchtrainiert, aber eher auf die schlanke, sehnige Art eines Ausdauersportlers.

»Bevor wir anfangen, möchte ich eines klarstellen«, begann Igor in erstaunlich akzentfreiem Deutsch, nachdem Born sich gesetzt hatte. »Sie können mich alles fragen, was Sie wollen, aber ich werde nicht auf alles antworten.«

»Damit kann ich leben.«

»Gut«, sagte der Russe. »Ich habe mir im Vorfeld alles durchgelesen, was das Internet über den Tannenstein-Fall hergibt, und ich stimme Dimitris Vermutung zu, dass der

Täter eine militärische Ausbildung hat. Wenn Ex-Soldaten im Zivilleben auf diese Art und Weise töten, haben sie meist etwas Traumatisches hinter sich. Kosovo, Afghanistan, Tschetschenien. Sie haben in einer Welt gekämpft, die jemandem wie Ihnen völlig fremd ist.«

»Täuschen Sie sich nicht – ich habe in meinem Job viele Dinge gesehen.«

Igor lächelte. »Soll ich Ihnen ein wenig von der Welt erzählen, in der Ihr Killer wahrscheinlich sein Handwerk erlernt hat?«

Born nickte.

»In dieser Welt wird eine Frau für Ehebruch bestraft, indem sie von mehreren Männern vergewaltigt wird und andere Frauen dabei zusehen. Anschließend gräbt man sie bis zum Kopf im Sand ein, steinigt sie, und die Menge grölt, bis die Frau an den Verletzungen stirbt. In dieser Welt wird Kindern die Hand abgehackt, weil sie eine Orange geklaut haben.«

»Ich weiß, aber …«

»Ich habe dort Menschen gesehen, die geköpft wurden, nachdem man ihnen die Haut abgezogen und Batteriesäure über die Wunden gekippt hat. Menschen, die für eine Religion töten, die sie nicht einmal ansatzweise verstehen. Die jeden Mann, jede Frau und jedes Kind eigenhändig massakrieren, nur weil diese an einen anderen oder an gar keinen Gott glauben. Kapieren Sie das?«

»Natürlich – aber was hat das mit dem Wanderer zu tun?«

»Für Sie müssen manche Geschichten über die SpezNas oder andere Einheiten klingen, als wären wir Monster – aber das sind wir nicht. In der Welt, von der ich rede und die Ihr Killer wahrscheinlich kennt, gibt es keine Guten. Wenn Ihre Medien von ›unschuldigen Opfern‹ sprechen –

glauben Sie mir, die gibt es dort nicht. Diese Männer waren höchstens unbewaffnet, aber wenn sie eine Waffe gehabt hätten, hätten sie Ihnen und der gesamten nichtislamischen Welt deutlich Schlimmeres angetan, als Sie das umgekehrt je könnten. Dort trifft die aufgeklärte Moderne auf das religiöse Mittelalter. Zwei Seiten – mehr gibt es nicht.«

»Und ein SpezNas glaubt, es stünde ihm zu, zu bestimmen, was gut oder böse ist?«

Der Russe schüttelte den Kopf. »Sie haben es immer noch nicht verstanden: Solche moralischen Vorstellungen existieren für ihn nicht. Ob er einem Staat dient, der russischen Mafia oder irgendwelchen Oligarchen, ist ihm egal – böse sind immer die, die auf der anderen Seite stehen. Er hinterfragt sein Tun nicht. Er handelt einfach.«

Born atmetete durch. »Okay, kapiert«, sagte er dann. »Denken Sie, dass ein solcher Mensch für das verantwortlich sein kann, was in Tannenstein passiert ist?«

Der Russe wiegte den Kopf hin und her. »Kann er? Kann er nicht? Natürlich kann er! Aber ich glaube es nicht.«

»Warum?«

»Ein SpezNas hätte in dieser Gastwirtschaft niemanden überleben lassen. Auch den Wirt nicht. Es sei denn …«

»Was?«

»Sein Auftrag hätte entsprechend ausgesehen.«

Während Born darüber nachdachte, verspürte er einen leichten Druck hinter den Schläfen. Die ersten Anzeichen sich anbahnender Kopfschmerzen.

»Sie müssen bei den Ermittlungen einen Fehler gemacht haben«, fuhr der Russe fort. »Irgendetwas übersehen haben, das Ihre Kollegin später entdeckte.«

»Wir haben alles überprüft«, erwiderte Born. »Glauben Sie mir, da war nichts. Keines der Opfer war kriminell oder stand in Verdacht, Kontakte zum organisierten Verbrechen zu haben. Es waren ganz normale Menschen mit ganz gewöhnlichen Lebensgeschichten.«

»Dimitri hat mir gesagt, dass Sie meinen Rat wollen. Hier ist er: Das Einzige, was Sie bei diesem Fall mit Sicherheit wissen, ist, wer getötet wurde und wo es geschah. Irgendwo in Tannenstein muss das Motiv für die Morde liegen. Konzentrieren Sie sich darauf. Und es ist völlig egal, was Sie damals als Polizist getan haben: Sie müssen es noch einmal tun – nur mit anderen Mitteln diesmal.«

Born schaute in die Augen des Russen – er wollte gar nicht wissen, was sie alles schon gesehen hatten. Dann fragte er unvermittelt: »Wer ist Wladimir Koslow?«

Der Russe zögerte kurz. Einen Moment lang befürchtete Born, dass Igor das Gespräch abbrechen würde, dann sagte er: »Ich kenne Koslow, wenn auch nur flüchtig.«

»Und?«

»Der Mann ist ein Wolf.«

»Das heißt?«

»Koslow ist ein großes Raubtier. Wenn er es ist, der Ihren Killer beauftragt hat, haben Sie ein Problem. Koslow ist oberste Liga. Sehr gefährlich.«

»Was für ein Typ ist er?«

Igor zuckte die Schultern. »Kennen Sie das Märchen von dem Wolf und den sieben Geißlein?«

Born nickte.

»In dem Märchen verstellt der Wolf sich ständig, obwohl er immer eines bleibt: ein Wolf. So ist Koslow. Er ist, was er ist. Alles andere spielt keine Rolle.«

»Sie wissen schon, dass der Wolf am Ende der Geschichte jämmerlich in einem Brunnen ersäuft?« Born lächelte. »Also: Wo kann ich Koslow finden?«

Es war die Frage aller Fragen gewesen, und Igor hatte darauf nur ausweichend geantwortet. »Ich weiß es nicht«, hatte er gesagt. »Er kann überall sein« und, schlimmer noch, »Sie finden Koslow nicht – er wird Sie finden.« Genauso gut hätte der Russe auch »fick dich« sagen können, denn genau darauf lief es hinaus.

Wenigstens hatte Dimitri Born anschließend noch einiges über die Struktur der organisierten Kriminalität in Russland verraten. Sie war Anfang der Neunzigerjahre aufgeblüht, infolge des wirtschaftlichen Niedergangs der Sowjetunion, verbunden mit der nunmehr möglichen Privatisierung des Kollektiveigentums. Eine Verflechtung aus Schattenwirtschaft, Korruption und Oligarchen entstand, in deren Schatten sich kriminelle Organisationen gebildet hatten, deren Aufbau dem der italienischen 'Ndrangheta ähnelte. An potenziellen Mitgliedern hatte es den Organisationen nie gemangelt, und nie waren sie auf gewöhnliche Kriminelle angewiesen – zumindest in den Führungsebenen nicht, die fast durchweg mit ehemaligen Armeeangehörigen und KGB-Mitarbeitern besetzt waren. Zu ihren einflussreichsten Vertretern zählten die Kartelle Ismailowskaja und Sointsewskaja, beide aus Moskau, sowie die in Sankt Petersburg beheimatete Tambowskaja, zu der den Gerüchten nach auch Koslow gehörte.

Anders als bei arabischen Clans hatte der Drogenhandel nie zum Kerngeschäft der Russen gehört. Sie konzentrierten sich auf Waffen- und Menschenhandel, auf Prostitution, Geldverleih und Geldwäsche-Operationen. Anstatt aufzufallen, operierten sie lieber im Verborgenen. Der Disziplin ihrer Mitglieder räumten sie den höchsten Stellenwert ein.

»Das passt doch alles nicht zu dem, was in Tannenstein

passiert ist«, hatte Dimitri gesagt, als sie sich voneinander verabschiedet hatten.

Nicht?

In Borns Augen passte es wunderbar. Ein elffacher Mord, ausgeübt mit militärischer Präzision und durchgeführt in der Nähe der tschechischen Grenze. Ein Täter, der jeden seiner Schritte im Voraus geplant hatte und der dann, als es darauf ankam, nicht mehr nachdachte, sondern nur noch handelte. Was, bitte, hätte besser zu dem passen können, was Igor ihm von den SpezNas erzählt hatte?

Außerdem konnte Born sich immer auf seine Nase verlassen. Schon früher hatte sie ihm stets verraten, wenn eine Sache zum Himmel stank, und das hier stank gewaltig. Er hatte drei Männer auf Koslow angesprochen, Zoran, Igor und Dimitri, und jeder der drei hatte sich allergrößte Mühe gegeben, den Mafiapaten weiterhin zu decken.

Seine Aufgabe war es jetzt, Koslow zu finden, an den Eiern zu packen und ins Licht zu zerren. Diesen Mann, der eine Berühmtheit in einer Welt war, in der man nicht berühmt sein wollte.

Born war klar, dass Igor ihn in manchen Punkten angelogen hatte, in einem jedoch ganz sicher nicht: Alles hatte in Tannenstein begonnen, und nur in Tannenstein würde Born die Wahrheit finden. Dort war der Wanderer zum ersten Mal aufgetaucht, und dort hatte sich seine Spur auch verloren. Zumindest, bis er seinen größten Fehler begangen und Lydia getötet hatte. In einer längst vergangenen Nacht, mitten im Berliner Tiergarten.

Wenn es Born gelang, Tannenstein zu verstehen, würde er auch den Wanderer verstehen. Wenn er ihn verstand, würde er ihn auch finden. Und dafür, das wusste er, musste er nach Tannenstein zurückkehren.

Sobald er besser vorbereitet war.

TEPLICE, TSCHECHIEN

Kurz hinter der tschechischen Grenze feierte Wladimir Koslow zeitgleich seinen zweiundvierzigsten Geburtstag. Auch Adam Malinowski war eingeladen, wie in den Jahren zuvor, und es war eine Einladung, der man unbedingt Folge zu leisten hatte. Wie immer waren ausschließlich Männer aus der Organisation anwesend, und Malinowski musste zugeben, dass die Party in dem Nachtclub unglaublich war.

Wenn er selbst Geburtstag hatte, feierte er diesen meist in Polen mit seiner Familie, seinen besten Freunden und deren Familien. Bei Koslow lief das anders. Hier im *Paradiso* war die Anwesenheit von Ehefrauen verboten. Und Malinowski verstand auch, warum, wenn er nach unten auf den Kopf der Blondine blickte, die gerade zwischen seinen Beinen kniete und ihn mit dem Mund verwöhnte.

Egal, dachte er. Niemand würde sich trauen, über das zu reden, was hier vor sich ging. Nicht, wenn er die Sonne am nächsten Tag noch aufgehen sehen wollte.

Malinowski wusste, dass die Party später noch exzessiver werden würde. Dann öffneten die Männer ihre Hemden bis zum Bauchnabel, feierten sich selbst und vögelten mit den minderjährigen Huren wild durcheinander. Wodka würde strömen und Kokain im Überfluss auf den Tischen liegen, während russische Popmusik aus den Boxen dröhnte. Koslows Geburtstagsfeiern erinnerten ihn immer an Firmenfeste der Wall Street, die komplett aus dem Ruder liefen – an etwas, womit ein Chef seinen verdienten Mitarbeitern für ihre Loyalität dankte.

Dann dachte Malinowski an gar nichts mehr und gab sich ganz den Lippen der Blondine hin, die ihn kurz darauf gekonnt zum Abschuss brachte. Sie war jung und erfahren – eine Kombination, die es so nur bei Nutten gab. Anschließend stand er auf, schloss den Reißverschluss und stürzte sich ins Getümmel.

Er kannte gut zehn der insgesamt rund dreißig Männer mit Namen. Er wusste nicht, welche Positionen sie einnahmen, wer Produzent, Verteiler oder Händler war. Man redete nicht darüber. Wichtig war, dass man dazugehörte, ein Rädchen in Koslows System war, über dem wiederum andere standen, die noch mächtiger waren.

Malinowski wusste nicht viel über Macht, nur eines: Man musste vorsichtig sein, wenn man ihr begegnete. Sie zog die Bösen an und verdarb die Guten.

»Genug mit dem Spaß! Wir müssen reden, Adam.«

Malinowski fuhr herum und starrte Koslow ins Gesicht, der ihn mit vom Koks geweiteten Pupillen ansah.

»Was hast …«

»Nicht hier«, sagte der Russe. »Vor der Tür!«

Das gefällt mir nicht, dachte Malinowski. Das gefällt mir ganz und gar nicht.

Aber was sollte er machen?

Er folgte dem Russen durch den Nachtclub und die Treppe hinauf bis auf den Parkplatz. Es war dunkel und kalt, nur vereinzelte Sterne leuchteten wie winzige Hoffnungsschimmer am Firmament.

Außer ihm und Koslow standen noch zwei weitere Männer dort. Zwillinge, fünfunddreißig Jahre alt, Andrej und Sergej Wolkow. Sie waren Koslows beste Killer und seine persönlichen Leibwächter, außerdem leiteten sie den Nachtclub in Teplice. Beide trugen die gleiche Frisur mit Seitenscheitel und hatten den gleichen sadistischen Zug um den Mund. In der Organisation wurden sie nur die *Romakows* genannt, weil sie für die letzte Zarenfamilie eine ebenso glühende Verehrung hegten wie für Sturmgewehre der Marke Kalaschnikow.

»Machen meine Freunde dich nervös?«, fragte Koslow, dem Malinowskis Blicke wohl aufgefallen waren.

Malinowski schüttelte den Kopf.

Was eine verdammte Lüge war.

Die Zwillinge machten ihn nicht nur nervös, sie machten ihm eine Scheißangst. Beide hatten schon im zweiten Tschetschenienkrieg unter Koslow gedient, wo dieser ein Kommando geführt hatte, dessen Aufgabe es war, hinter den feindlichen Linien nach Schamil Bassajew zu suchen, dem gefürchtetsten tschetschenischen Rebellen. Man erzählte sich, dass Koslows Suchmethode recht simpel war: Sobald sie ein Dorf erreichten, das im Verdacht stand, mit den Islamisten zu kooperieren, suchten sich die Zwillinge als Erstes eine Familie heraus, vollkommen wahllos. Dann vergewaltigten sie die Töchter, töteten die Mutter, schnitten dem Vater die Kniesehnen durch und ließen ihn am Leben, damit er am nächsten Tag Zeugnis ablegen konnte, was geschah, wenn man sich Koslows Befehlen widersetzte.

Es hatte nicht viele Dorfbewohner gegeben, die sich ihm widersetzt hatten.

Jetzt drehte sich der Russe zu Malinowski um und legte ihm die Hände auf die Schulter, jede so groß wie eine Bärenpranke. »Mein guter, treuer Adam«, sagte er, und seine Stimme nahm einen melancholischen Klang an, der Malinowski augenblicklich frösteln ließ. »Wir haben ein Problem. Eines, das wir schnell und gründlich lösen müssen.«

»Natürlich, Wladimir. Sag mir einfach, worum es geht und was ich tun kann.«

»Das weiß ich doch, Adam. Du tust doch immer, was man dir sagt, nicht wahr?«

Malinowski schluckte. Wenn Koslow wütend war, klang das grausam. Ungleich schlimmer war es jedoch, wenn er Fragen in diesem sanften Tonfall stellte. Trotz der niedrigen Temperaturen traten Schweißperlen auf Malinowskis Stirn, und er hoffte inständig, dass der Russe sie nicht falsch interpretierte.

»Ich tue, was *du* mir sagst, Wladimir«, antwortete er. »Das habe ich immer getan, und das wird auch immer so bleiben.«

»Das zu hören, bedeutet mir viel, Adam. Denn es wird auch auf deine Treue und deinen Gehorsam ankommen, wenn wir dieses Problem lösen wollen. Weißt du … wir haben in den letzten Jahren viel Erfolg gehabt, viel Geld verdient und viele Frauen gefickt. Habe ich recht?«

»Natürlich.«

»Und damit wir weiter Erfolg haben, Geld verdienen und schöne Frauen ficken können, ist es wichtig, dass in unserer Sache nichts aus dem Ruder läuft. Verstehst du das?«

»Klar, Wladimir, aber ich weiß nicht …«

»Dummerweise ist aber etwas aus dem Ruder gelaufen. Oder, besser gesagt, *jemand*.«

Malinowski wurde übel. Er wusste, dass die nächsten Sätze Koslows darüber entscheiden würden, was mit ihm geschah. Ob er zurück auf die Party gehen durfte, auf die er sowieso keine Lust mehr hatte, oder ob sein Leben hier endete. Mit dem Gesicht im Kies liegend, der Körper von dem gezackten Jagdmesser aufgerissen, das Koslow gerne verwendete, um ein Exempel zu statuieren.

Trotz seiner Angst riss er sich zusammen. »Wenn ich helfen kann, jederzeit. Was soll ich tun?«

»Ich bin froh, dass du mich das fragst, Adam«, sagte Koslow und lächelte ihn an. »Da gibt es in der Tat etwas, das du für mich tun könntest. Sagt dir ›der Wanderer‹ etwas?«

DER WANDERER

Auf dem Sofa sitzend, dachte der Wanderer an einen Dezemberabend 1984 zurück, als Schneeflocken vom Himmel fielen, um dann auf einem grauschwarzen Asphalt zu sterben. Es war kalt gewesen, bitterkalt, aber im Kino war es warm. Sven und er waren so jung gewesen, gerade erst elf, als sie mit Svens Vater in der siebten Reihe des Kinos saßen und gebannt auf die Leinwand starrten. Irgendeine Actionkomödie, er konnte sich an den Titel nicht mehr erinnern. Aber er wusste, dass ihre Gesichter vor Aufregung gerötet und die kleinen Hände schweißnass waren. Sie hatten Cola und Popcorn bekommen, und bei jeder lustigen Szene lachte Sven, frei und unbeschwert.

So war es immer gewesen: Sven war das Licht, er der Schatten. Zusammen bildeten sie die zwei Seiten einer Medaille, Yin und Yang, und er gab sich alle Mühe, dass Sven nie erfuhr, wie es in seinem Innersten wirklich aussah.

Sich zu verstellen, war damals bereits zu seiner zweiten Natur geworden. Wenn andere Menschen erkannten, dass seine Seele nur ein schwarzes Loch war, würden sie sich von ihm abwenden, also lachte er, wenn sie lachten, und versuchte, traurig auszusehen, wenn sie trauerten. Er war nur das Spiegelbild fremder Emotionen, was ihm jedoch nichts ausmachte, solange es ihn vor der Einsamkeit bewahrte.

Es gab nichts, was er mehr fürchtete als den Gedanken, Sven zu verlieren, weil sein Cousin der einzige Mensch war, der Licht in sein Leben brachte. Ohne ihn, das wusste er, würde es nur noch Dunkelheit geben.

Jetzt saß der Wanderer in seinem Wohnzimmer und hörte, wie der Sprecher im Fernsehen etwas über die Jagd auf Tiger in Indien erzählte. Schon nach wenigen Minuten war ihm klar, dass der Typ nur Mist redete. Die Erfahrung hatte ihn gelehrt, dass es sowieso nur zwei Arten von Jägern gab: Die einen hielten sich für Aristokraten und träumten davon, den perfekten Treffer bei der Großwildjagd in Afrika zu landen – nur, um dann abends mit einem Gin Tonic auf ihren Erfolg anzustoßen. Die anderen waren in allererster Linie auf Blut aus. Sie gierten nach den Zuckungen verendender Tiere und lechzten nach dem Moment, bei dem sie ihr Jagdmesser in deren Bauch rammen konnten, bis die Messerspitze das Herz durchbohrte und ihr Arm in Blut gebadet war.

Er wusste nicht, welchen Typ Jäger er mehr verachtete.

Er selbst tötete, weil es sein Beruf war, nicht, weil es ihm Spaß machte. Seine Opfer litten nicht, und er hatte auch kein Interesse daran, sie wie Trophäen auszustellen, obwohl einige von ihnen durchaus gefährlich gewesen waren. Er entfernte sie einfach aus der Gesellschaft, ähnlich wie ein Chirurg, der ein eiterndes Furunkel aus dem Gewebe schneidet.

Wie man dies am effektivsten bewerkstelligte, hatte er in seiner langen Ausbildung gelernt, die ihn weit über seine früheren Grenzen hinausgeführt hatte. Er hatte gelernt, wie man Hunger, Erschöpfung und Schlafmangel besiegte, gelernt, seine letzten Ressourcen an Kraft und Willensstärke auszuschöpfen. Und er hatte gelernt, die

Angst vor Schmerz und Tod zu überwinden. Furcht war für ihn zu einer fremdartigen Empfindung geworden. Er hatte sich in einen Krieger verwandelt, der seine dunkle Seite nicht mehr verbergen musste, denn sie war es, die ihm in seiner neuen Welt Respekt einbrachte. Und das genoss er.

Damals war er zu einem Killer geworden.

Sie sagten, es hätte nie einen besseren gegeben.

Mit einer fließenden Bewegung stand er auf, schaltete den Fernseher aus und zog sich an. Beim Blick durchs Fenster sah er die Bäume rund um sein Haus im Schein der untergehenden Sonne schimmern, als glühten dort tausend Feuer. Ein Anblick, der ihn melancholisch machte und von dem er sich schnell wieder losriss.

Sein nächstes Ziel lebte in einer weit entfernten Kleinstadt im Süden Deutschlands, und wenn er den Plan einhalten und morgen Abend zuschlagen wollte, musste er sich auf den Weg machen, um alles perfekt vorzubereiten.

Obwohl er sonst kaum Hemmungen kannte, fiel es ihm immer noch schwer, eine Frau zu töten. Er wusste, dass dieses Gefühl unsinnig war und jeder Logik widersprach, und konnte es trotzdem nicht ändern. Wahrscheinlich stammte es aus einer Zeit, in der er geglaubt hatte, dass Feinde sich nur in Gestalt von Männern manifestierten und Frauen auf Opferrollen abonniert waren – ein Irrtum, wie er mittlerweile wusste.

Es kam nicht darauf an, welches Geschlecht sie hatten. Nur darauf, was sie getan hatten. Wenn sie auf der Liste standen, waren sie praktisch schon tot, wussten es nur noch nicht. Die Entscheidung darüber wurde weit früher getroffen, zum Teil durch die Opfer selbst. Er war nur der letzte Baustein in einer langen Reihe, der Vollstrecker des Urteils.

In seiner Sporttasche, die noch im Schlafzimmer stand, befand sich alles, was er zur Ausführung des Auftrags brauchte. Obwohl er sie erst gestern gepackt hatte, öffnete er sie jetzt wieder und kontrollierte den Inhalt. Anschließend warf er sie über die Schulter, zog die Haustür zu und ging zu seinem Auto.

Seine Konzentration galt jetzt ausschließlich der vor ihm liegenden Aufgabe, alles andere blendete er aus. In die Vergangenheit würde er erst wieder abtauchen, wenn alles erledigt war.

Schließlich war er ein Profi.

Einen besseren hatte es nie gegeben.

BERLIN

In dieser Nacht wachte Born schweißgebadet auf. Er fuhr mit dem Oberkörper vom Bett hoch, seine Lungen pumpten, und einen kurzen Moment lang konnte er sich sogar an das Ende seines Traums erinnern. Er war durch einen nächtlichen Wald gehetzt, dunkle Tannen, dicht an dicht, und irgendetwas war hinter ihm her gewesen ... eine Kreatur mit Klauen, scharf wie Rasiermesser ... Und als das Wesen ihn dann eingeholt hatte ... war er wach geworden.

Er wusste in etwa, vor was er weggerannt war, jedenfalls nicht vor einem Monster, und er wusste genau, wo er hingerannt war, schließlich bewegte er sich seit mehr als drei Jahren auf dieses Ziel zu. Es waren Jahre gewesen, in denen er sich oftmals wie ein Heimatloser vorgekommen war. Wie ein Seemann, der Land suchte, keine Küste fand und dennoch immer weitersegelte, weil er nichts anderes tun konnte als segeln.

»Mein Gott, Alex ... einen Tausender für deine Gedanken! Kannst du denn nie abschalten?«

Er lächelte sie an. »Manchmal schon. Besonders dann, wenn wir beide ...«

Lydia stieß ihm den Ellbogen in die Rippen. »Wir kennen uns jetzt schon so lange, und trotzdem werde ich manchmal nicht schlau aus dir.«

»Das geht mir umgekehrt genau so! Aber vielleicht sind

wir Menschen so geschaffen wie Eisberge, bei denen auch nur die Spitze zu sehen ist und der größte Teil unter Wasser liegt. Ich liebe dich, Lydia ... Aber ich weiß nicht, ob ich wirklich alles von dir wissen will.«

Sie schaute ihn mit einem unergründlichen Blick an. »Das willst du nicht. Glaub's mir!«

»Es gibt da dunkle Geheimnisse?«

»Vielleicht ...«

»Sexuelle Geheimnisse?«

»Vielleicht ...«

Er nahm sie in den Arm und zog sie an sich. »Ich bin fest entschlossen, dir in der nächsten Stunde zumindest eines davon zu entreißen!«

Dann taten sie, was man nur zu zweit tun konnte. Wie zwei Eisberge, die aufeinander zutrieben und miteinander verschmolzen.

Die Einsamkeit in seiner viel zu großen Wohnung störte ihn nicht. Die Zeit hinter Gittern hatte ihn gelehrt, die Stille zu würdigen und die Tage wie in einer Kapsel zu verbringen, die ihn lautlos durch Zeit und Raum trug. Es machte ihm nichts aus, alleine zu wohnen und alleine zu schlafen. Er schaute nur selten Fernsehen und vertrieb sich die Zeit lieber mit Büchern. Er aß, wenn er hungrig war, und trank, wenn ihn dürstete. Das Einzige, was seinem Leben Struktur und Ordnung verlieh, war die Suche nach Lydias Mörder. Alles andere interessierte ihn nicht. Weder, ob er dabei draufging, noch, ob sie ihn verhaften und wieder ins Gefängnis stecken würden.

Warum auch?

Der Tod, die Haft ... An den meisten Tagen war es ihm einerlei.

Dann versuchte er, wieder einzuschlafen, um am Morgen fit zu sein. Stunde um Stunde wälzte er sich von einer Seite auf die andere, döste kurz weg, fiel aber in keinen tiefen Schlaf mehr, bis die ersten Sonnenstrahlen sich zwischen die Lamellen seiner geschlossenen Jalousie hindurchzwängten.

Er öffnete die Augen und sah winzige Staubkörnchen im Licht tanzen. Es war jetzt halb acht, und die Hauptstadt war zum Leben erwacht. Er hörte vor seinem Fenster Menschen, die nach ihrem Hund riefen, und das Motorengeräusch von Autos, die ihre Insassen zur Arbeit brachten. Dann hörte er das Klingeln des Telefons und sprang auf.

»Ich bin's, Susanne. Sag bloß, du hast noch im Bett gelegen?«

»Nein. Ich höre mich nur so an.«

Sie lachte. »Dann wird dich vielleicht munter machen, dass ich bekommen habe, was du wolltest. Lydias private Unterlagen und Fotokopien des Ermittlungsberichtes. Ich muss bis 17 Uhr arbeiten, aber danach können wir uns sehen.«

Er dachte an sein Gespräch mit Norah und an ihren Hinweis mit dem Sperrvermerk. Wenn sich ein solcher auf den Unterlagen befand, von denen Susanne jetzt sprach, hätte sie es erwähnt. Dass sie das nicht tat, bedeutete, dass Susanne auf diese Akten auch keinen Zugriff hatte oder dass Norah ihn an dem Abend angelogen hatte, wofür es allerdings keinen Grund gab.

Sie verabredeten ein Treffen in einem abgelegenen Charlottenburger Café, das meistens nur von Rentnern besucht wurde, dann beendeten sie das Gespräch. Gerade auf die privaten Sachen, die sich in Lydias Schreibtisch befunden hatten, war Born besonders gespannt. Da Lydia außer einem kranken Bruder, der in den USA lebte, keine

Verwandten mehr hatte, hatten die Behörden sie nach ihrem Tod wohl eingelagert und anschließend vergessen.

Er wusste, dass Susanne ein gehöriges Risiko eingegangen war, um die Unterlagen an sich zu bringen. Und er hatte schon eine grobe Vorstellung davon, wie er das wiedergutmachen konnte.

Es war die richtige Entscheidung gewesen.

Zumindest fühlte Norah sich deutlich besser, nachdem sie sie getroffen hatte. Sie hatte sich entschlossen, mit Born zu kooperieren, bis zu einem gewissen Punkt zumindest. Ihr war klar, dass dies eine Gratwanderung bedeutete, aber im Balancieren war sie schon immer gut gewesen, und mit Lydias Akte wollte sie anfangen.

Sie wartete bis kurz vor Feierabend, dann schlich sie ins Archiv hinunter, wo sämtliche Ermittlungsakten aufbewahrt wurden. Den Computer konnte sie für ihre Nachforschungen nicht nutzen – um dort Zugang zu den Unterlagen zu erhalten, musste man sich mit seinem persönlichen Passwort anmelden, und jeder Besuch würde im System gespeichert bleiben.

Bei Papier war das anders. Keine digitalen Spuren, keine verräterischen Hinweise. Außerdem bestand die Chance, dass irgendjemand jenen Teil der Ermittlungsunterlagen, zu denen ihr per Computer der Zugriff verweigert wurde, einfach abgelegt hatte, ohne den Vermerk zu beachten.

Sie wartete, bis die für das Archiv zuständige Kollegin zur Toilette ging, dann öffnete sie die Tür. Ein Geruchsgemisch aus staubigen Akten und Putzmitteln schlug ihr entgegen, als sie die Regalreihen entlangschritt, in denen sämtliche Unterlagen zwanzig Jahre lang aufbewahrt wurden, bevor man sie in ein anderes Archiv auslagerte.

Dabei kam sie sich wie eine Einbrecherin vor.

Was sie, genau betrachtet, ja auch war.

Bei dem Buchstaben W stoppte sie. Sie zog das Regal heraus und ließ ihre Finger über die Aktenreiter gleiten, es waren nicht viele. *Lydia Wollstedt* sollte sich leicht finden lassen.

Sollte.

Die Akten waren nicht da. Weder die gesperrten noch die allgemein zugänglichen. Nichts. Norah überprüfte es erneut, ohne fündig zu werden, dann lehnte sie sich gegen das Regal und dachte nach. Es gab nur eine mögliche Erklärung: Jemand hatte sie mitgenommen, und sie hatte auch schon eine Idee, wer dieser Jemand war.

Vorsichtig öffnete sie die Flurtür einen Spaltbreit und spähte hinaus. Die Beamtin war noch immer nicht an ihren Arbeitsplatz zurückgekehrt. Norah zog die Tür leise hinter sich zu und wollte den Raum gerade in Richtung der Treppe verlassen, als eine Stimme sie stoppte: »Was machen Sie denn da?«

Erschrocken fuhr sie herum und blickte in das Gesicht der Kollegin, die wohl gerade von der Toilette kam. »Ich ... ich habe Sie gesucht«, stammelte sie. »Als Sie nicht an Ihrem Arbeitsplatz waren, dachte ich, Sie wären vielleicht im Archiv.«

In Relation zu ihrer Überraschung war dies keine schlechte Ausrede, von der sich die Kollegin jedoch unbeeindruckt zeigte. »Sie wissen doch, dass Sie ohne bestätigten Antrag keinen Zutritt haben. Haben Sie einen solchen Antrag?«

»Nein, ich ...«

»Was wollen Sie dann hier?«

Jetzt kam sie ins Schleudern. »Es ist so«, sagte Norah und bemühte sich, ihrer Stimme einen verschwörerischen Tonfall zu geben. »Ich bin an dem Tod einer Kollegin interessiert, aber mehr – wie soll ich sagen? – inoffiziell. Lydia Wollstedt. Und da wollte ich …«

»Wie heißen Sie überhaupt?«

»Norah Bernsen«, brachte sie hervor. »Kriminalkommissariat 11.«

»Ah, die Tötungsdelikte«, sagte die Mittvierzigerin und lächelte zum ersten Mal. »Dann weiß Herr Koller also, dass Sie hier sind?«

»Nicht direkt«, entgegnete Norah, die jetzt das Schlimmste befürchtete. »Wie gesagt: Es ist eher inoffiziell.«

»›Eher inoffiziell‹ gibt es nicht«, belehrte sie die Aktenkrähe, deren graue Augen jetzt misstrauisch dreinblickten. »Entweder ist es offiziell, oder Sie haben hier nichts zu suchen. Ganz einfach.«

Fick dich, dachte Norah, sagte aber besänftigend: »Sie haben ja recht. Es tut mir leid. Direkt morgen lasse ich mir einen Antrag auf Akteneinsicht genehmigen.«

»Tun Sie das, und dann kommen Sie wieder. Ich muss das normalerweise melden, aber wir wollen ja nichts überbewerten, nicht wahr? Schließlich arbeiten wir alle für dieselbe Sache!«

Am liebsten hätte Norah ihr diesbezüglich die Meinung gesagt, verkniff es sich aber. Streckte der Archivarin stattdessen die Hand entgegen, verabschiedete sich und sah zu, dass sie das Untergeschoss so schnell wie möglich verließ, ohne dass es für die staubfressende Papiergouvernante wie eine Flucht aussah.

Wieder in ihrem Büro angekommen, dachte sie, dass sie im Archiv zwar nicht bekommen hatte, wonach sie gesucht hatte, der Besuch aber dennoch nicht umsonst gewesen war.

Nicht immer musste man etwas finden, um etwas zu erfahren. Manchmal genügte es auch, dass irgendetwas nicht da war, was da sein sollte.

Alexander Born schmeckte Susannes Lippen, weich wie überreife Pfirsiche. Die Gier auf ihrer Zunge, das Verlangen.

Bei dem Treffen hatte es keine zehn Minuten gedauert, bis sie übereingekommen waren, das Rentnercafé gegen ein anonymes Hotel zu tauschen. Hatten sich dort ein Zimmer genommen und sich aufeinandergestürzt, sobald die Tür hinter ihnen ins Schloss gefallen war.

Nach dem Sex stand Susanne auf, holte ihre Umhängetasche und setzte sich auf die Bettkannte. Sie zögerte ein paar Sekunden, als wäre sie unschlüssig, gerade das Richtige zu tun, dann entnahm sie der Tasche zwei Akten und einen prall gefüllten Umschlag. »Morgen muss alles wieder im Archiv liegen«, sagte sie. »Schau dir an, was dich interessiert, und mach dir notfalls Kopien.«

Er hätte Lydias private Sachen gerne behalten, wusste aber, dass dies nicht ging. Susanne hatte schon viel riskiert, und er wollte nicht, dass sie deshalb ihren Job verlor.

»Gib mir eine halbe Stunde«, sagte er.

Als er ins Hotel zurückkehrte, waren anderthalb Stunden vergangen, und Susannes Gesicht war von einer Mischung aus Wut und Sorge gezeichnet.

»Du hast dir ja reichlich Zeit gelassen«, fuhr sie ihn an.

»Tut mir leid.«

Sie fragte nicht weiter nach, sondern raffte die Unterlagen zusammen, um sie wieder in der Tasche zu verstauen.

»Mir auch«, erwiderte sie dann. »Ich hätte gerne noch mit dir über das Ganze gesprochen, aber jetzt fehlt mir die Zeit dazu. Rolf hat schon dreimal angerufen, aber ich bin nicht rangegangen, weil du ja jeden Moment hättest zurückkehren können und ich nicht wollte, dass er deine Stimme hört. Schöner Mist! Auf der Rückfahrt kann ich mir eine verdammt gute Ausrede überlegen.«

So gerne er Susanne auch mochte, ihre privaten Sorgen interessierten ihn nicht. In Gedanken war er sowieso mit dem beschäftigt, was er in Lydias privaten Unterlagen gefunden hatte, vor allem mit Namen, Stichwörtern und Ortsangaben.

Und dann war da noch ihre Personalakte gewesen. Die Angaben über ihre Verwandtschaftsverhältnisse. Es gab keine. Er wusste nicht, was das zu bedeuten hatte, und vielleicht hatte Lydia nur …

»Sag mal, antwortest du mir nicht?«

Er hatte gar nicht mitbekommen, dass Susanne ihn etwas gefragt hatte. Leise murmelte er eine Entschuldigung und vertröstete sie auf das nächste Treffen, wobei er schon ahnte, dass es kein nächstes Mal geben würde. Nicht, weil er von ihr bekommen hatte, was er wollte. Nicht, weil ihre Affäre ihm Gewissensbisse bereitete, sondern weil alles, was sie verband, bloße Begierde war, und das genügte auf Dauer nicht.

Außerdem würde er in den nächsten Wochen keine Zeit mehr für sie haben. Zum ersten Mal, seit er aus dem Knast gekommen war, hatte er jetzt Ansätze, denen er nachgehen konnte: Namen und Orte. Anderen mochten sie nichts sagen, aber durch seinen Kopf kreisten sie wie Kometen, die nach einer geordneten Umlaufbahn suchten

und zusammen – da war er sich sicher – ein Bild ergeben
würden.

Wladimir Koslow.

Ein Nachtclub in Teplice.

Keine vierzig Kilometer von Tannenstein entfernt.

KEMPTEN,
ALLGÄU

Katharina Ahrens liebte das Leben, und das Leben liebte sie. Zumindest in den letzten Jahren, seit es mit ihrem Immobilienbüro steil nach oben gegangen war. Endlich hatte sie die Mittel, ihr Leben ganz nach ihren Vorstellungen zu gestalten und sich zu leisten, was sie wollte.

David Kramer zum Beispiel.

Sie hatte ihn vor wenigen Monaten in einem Fitnessstudio kennengelernt, wo sie beim Pilates gegen die Folgen des Alterns ankämpfte. Er war ihr Trainer gewesen, und schnell hatte sie ihm klargemacht, dass er mit mehr als nur einem Trinkgeld rechnen konnte, wenn er sich auch in anderen Bereichen um ihren Körper kümmern würde. Ein paar Ausfahrten in ihrem Porsche, ein paar Besuche in exquisiten Restaurants und ein Urlaub auf den Malediven hatten ihn vergessen lassen, dass er über zwanzig Jahre jünger war.

Ihr war klar, dass es zwischen ihnen keine Liebe war, aber sie wollte und erwartete auch keine. Sowieso war es nur eine Frage der Zeit, bis sie seiner wieder überdrüssig wurde und sich ein neues Spielzeug suchte. Sie war jetzt sechsundvierzig, eine immer noch attraktive Frau, und sie war reich. Beides zusammen reichte aus, um auch zukünftig Männer zu finden, die ihr aufgrund ihrer Jugend das Gefühl gaben, selbst noch jung zu sein.

David wohnte in Isny im Allgäu, eine gute halbe Stunde

von ihrem Büro in der Kemptener Innenstadt entfernt. Unwillkürlich musste sie lächeln, als sie an den bevorstehenden Abend dachte. An seinen durchtrainierten Körper, die kantigen Gesichtszüge, das hellbraune, halblange Haar. Er war einfallsreich im Bett und anspruchslos, was ihre gemeinsame Zeitgestaltung anging, und das waren Eigenschaften, die sie zu schätzen wusste. Gerade jetzt, in einer Zeit, in der der Druck, den Ermittlungsbehörden und Steuerfahndung auf sie ausübten, immer größer wurde. Denn ein Großteil ihrer osteuropäischen Kunden, mit denen sie das meiste Geld verdiente, bezog dieses aus dubiosen Quellen, was sie selber nie gestört hatte. Solange die Russen weiterhin Unsummen in teure Immobilien investierten, war es ihr egal, woher die Mittel stammten.

Um zu David zu kommen, wären die B19 und dann die B12 der kürzeste Weg gewesen, aber Katharina Ahrens bevorzugte die Strecke über Wiggensbach, die über kleine Landstraßen durch eine der schönsten Gegenden Deutschlands führte. Außerdem gaben ihr die vielen Kurven auf der Strecke Gelegenheit, das sportliche Talent ihres Porsche Panamera auszuspielen – gerade jetzt, um 21.30 Uhr, da kaum noch Verkehr herrschte.

Sie strich sich die Haare hinter die Ohren und startete den Motor, der mit einem sonoren Brummen erwachte. Es war ein für den Spätherbst ungewöhnlich warmer Abend, und sie trug ein dementsprechend dünnes Kleid, das ihr bis zu den Knien reichte, darunter nichts. David sollte direkt merken, dass sie nicht zu ihm gekommen war, um Konversation zu betreiben.

Die Landstraße von Kempten nach Wiggensbach führte in sanft geschwungenen Kurven bergauf, und ein winziges Zucken ihres rechten Fußes genügte, um die Steigung glattzubügeln. Aus der sündhaft teuren Musikanlage drang *No roots* von Alice Merton, und sie begann, lauthals mitzusingen. Langsam den ganzen Stress zu vergessen, der hinter ihr lag.

Vor allem das gestrige Treffen mit Koslow.

Er war unangekündigt in ihrem Büro aufgetaucht und hatte ihr klargemacht, wie sie sich zu verhalten hatte, wenn sie das nächste Mal von den Behörden befragt wurde. Hatte ihr die Karte eines Anwalts dagelassen und ihr mit derben Worten eingetrichtert, auf alle Fälle den Mund zu halten, bis der Anwalt alles Weitere regelte.

»Und jetzt zieh dich aus!«, hatte er anschließend gesagt.

»Was?«

»Welchen Teil davon verstehst du nicht, *Suka*? Runter mit den Klamotten!«

Sie hatte kurz gezögert und dann das Kostüm abgelegt. Die weiße Bluse und die Unterwäsche darunter. Beim Gedanken daran, was ihr nun bevorstand, war ihr fast schlecht geworden.

Nackt, wie Gott sie schuf, stand sie anschließend vor Koslow und wartete ab, was passieren würde.

»Du kannst dich wieder anziehen«, sagte er, nachdem er sie ausgiebig betrachtet hatte. »Die Falten, dein Arsch ... du bist einfach zu alt!«

Sie zuckte unter der Demütigung, ließ sich seinen Ton aber gefallen. Die Frage, was passieren würde, wenn sie seinen Anweisungen nicht folgte, konnte sie sich sowieso sparen. Er war der Mann mit dem Geld, und mehr interessierte sie nicht. Meistens wurde es ihr in bar von den Zwillingen Andrej und Sergej überreicht, und die damit gekauften Grundstücke und Häuser wurden dann auf die Namen anderer eingetragen, häufig Polen, die sie nie zu

Gesicht bekam. Sieben Jahre dauerte diese Art der Geschäftsbeziehung jetzt schon, und es waren Jahre gewesen, die sie reich gemacht hatten. Ein Wohlstand, auf den sie auf keinen Fall mehr verzichten wollte.

Mittlerweile hatte sie Wiggensbach durchquert. Kein Auto kam ihr entgegen, kein Mensch war auf den Bürgersteigen unterwegs. Dies hier war das Allgäuer Land, und das Land schlief bereits. Die hellen Xenonscheinwerfer ihres Porsches schnitten einsam durch die Dunkelheit, als sie eine Hügelkuppe erreichte, dann ging es wieder bergab. Die Straße war jetzt kaum mehr als ein asphaltierter Feldweg, enge Kehren und kurze Geraden, die ihr aber genügten, um stark zu beschleunigen und die Kraft des Motors zu spüren. Irgendwann würde sie dann eine breitere Landstraße erreichen, wo sie rechts abbiegen musste. Noch eine enge Linkskurve, ein kurzes Stück geradeaus. Der Porsche sprang wie ein Raubtier vorwärts.

Dann ein Schlag, ein Knall.

Irgendetwas war gegen die Stoßstange des Panamera geprallt. Es war von rechts gekommen, aus dem dunklen Waldgebiet neben der Straße, und es hatte ihr keine Zeit zum Reagieren gegeben. Sie stieg hart auf die Bremse, und nur das ABS konnte ein Blockieren der Räder verhindern. Dann stand sie, mit pulsierendem Herzen, und blickte nervös in den Rückspiegel. Irgendetwas lag da, rot angeleuchtet durch das Glühen der Bremslichter. Im ersten Moment dachte sie an ein Tier, dann erkannte sie die Umrisse eines menschlichen Körpers.

Oh Gott ... bitte, bitte, nur das nicht ...

Sie schaltete den Motor aus und verließ das Fahrzeug. Fuhr sich durch die Haare und versuchte, Ordnung in ihre Gedanken zu bekommen. Warum musste sie auch immer diese verdammten Schleichwege ohne Fahrbahnbegrenzung nehmen?

Weil es hier kaum Verkehr gab. Weil ihr in den letzten Minuten kein anderes Auto mehr begegnet war.

Mit zittrigen Knien ging sie auf den reglosen Körper zu. Erkannte einen Rock, eine Bluse und unnatürlich verrenkte Gliedmaßen. Ihr wurde schlecht. Wenn die Frau tot war, musste sie abhauen, ansonsten hatte sie ein Problem. Überhöhte Geschwindigkeit, Kokain im Handschuhfach und ein paar Gläser Sekt zu viel, bevor sie losgefahren war. Nichts, was man erklären konnte. Ihr Leben wäre versaut, ihre Zukunft deutlich trostloser.

Warum musste dieses blöde Stück auch mitten in der Nacht durch die Dunkelheit rennen?

Sie beugte sich nach unten, um den Puls zu fühlen. Gleichzeitig merkte sie, dass etwas nicht stimmte. Die Haut sah so komisch aus, ebenso das Gesicht. Was vor ihr lag, war kein Mensch, sondern eine Puppe. Keine Schaufensterpuppe, sondern irgendwas, das aus nachgiebigem, aber dennoch stabilem Material gefertigt war. Sie kannte sich damit nicht aus – Latex vielleicht oder auch Silikon.

Der Schock über den Unfall wich und wurde durch ein anderes Gefühl ersetzt.

Angst.

Wo kam die Puppe her?

Nervös schaute sie sich um. Da war ihr Auto, knapp fünfzehn Meter entfernt. Der dicht stehende Wald beidseits der Landstraße. Viel Dunkelheit und keine Anzeichen weiteren Lebens, keine Bewegung. Die Panik fuhr ihr wie ein kalter Finger den Rücken hoch und ließ sie frösteln. Sie drehte sich um und rannte los, mit trommelnden Füßen, immer auf die leuchtenden Rücklichter des Autos zu.

Noch zehn Meter.

Noch fünf.

Katharina riss die Tür auf, ließ sich in den Wagen fallen und verschloss die Türen. Ihr Herz schlug wie wild, und kleine Sterne tanzten vor den Augen. Ihre Finger zitterten so sehr, dass sie den Starterknopf erst im dritten Anlauf erwischte, während sie vor Erleichterung fast gelacht hätte.

Sie wollte gerade den ersten Gang einlegen, als sie hinter sich eine Stimme hörte.

»Hab dich!«

Der Wanderer presste ihr die Waffe gegen den Hinterkopf. Er atmete tief und gleichmäßig, keine Spur von Aufregung. Als er einen Blick in den Rückspiegel warf, konnte er darin das Gesicht der Frau erkennen. Ihre schreckgeweiteten Augen, die glatte und faltenfreie Stirn. Botox, dachte er, oder die Errungenschaften moderner Schönheitschirurgie.

»Warum?«, fragte er nur.

Sie lamentierte nicht, was er ihr hoch anrechnete. Wusste sofort, worauf sich seine Frage bezog.

»Ich … ich musste es tun. Er hätte sonst alles herausgefunden. Sie verstehen das nicht, aber …«, stammelte sie.

»Was denn?« Seine Stimme klang jetzt mitfühlend. »Erzählen Sie mir die ganze Geschichte. Am besten von Anfang an. Ich weiß, dass es nicht Ihre Schuld ist, aber wenn diese Nacht ein gutes Ende nehmen soll, muss ich die Hintergründe kennen. Und lügen Sie mich nicht an – ich würde es merken!«

Katharina Ahrens' Gesichtszüge entspannten sich ein wenig. Dann redete sie.

Er erfuhr alles. Die Wege des Geldes, die Arten der Kontaktaufnahmen, die Formen des Investments. Es war unglaublich. Millionen waren bewegt und gewaschen worden – ein Geständnis, von dem die Staatsanwaltschaft nur träumen konnte.

Er hörte ihr zu, bis sie sich ihre Sünden von der Seele geredet hatte, bis sie an den unvermeidlichen Punkt kam, an dem sie flehen und um ihr Leben betteln würde.

Dann drückte er ab.

Den vorderen Teil ihres Schädels zerriss es förmlich. Zähflüssige Teile der Gehirnmasse klatschten gegen die Windschutzscheibe, wo sie in rotgelben Schlieren nach unten liefen und auf das Armaturenbrett tropften. Ihr Körper war nach vorn gekippt, ihr Kopf gegen das Lenkrad geschlagen.

Eine weniger, dachte er.

Ein kleiner Schritt nur, der ihn dichter ans Ziel führte.

TEPLICE, TSCHECHIEN

Born stand im zweiten Stock des *Teplice Plaza* und sah auf die Straße hinunter. Auf die breiten Grünstreifen, der die Fahrspuren vor dem Hotel voneinander trennte. Auf die geparkten Autos und Roller dort. Etliche Menschen hasteten über die Bürgersteige, vielleicht auf dem Weg nach Hause, vielleicht unterwegs zu einem Date.

Irgendwo spielte Rockmusik, und der Himmel glühte rot und violett im Licht der untergehenden Sonne. In der Ferne konnte er ein paar Hügel erkennen, ein Werbeplakat und die Innenstadt mit ihren Neonlichtern, die sich auf die Samstagnacht vorbereitete. Dann sah er auf die Uhr, 20.04 Uhr.

Er überlegte, was er mit seiner Pistole machen sollte. Er wollte sie nicht mit in den Nachtclub nehmen, wo sie dem Türsteher bei der Einlasskontrolle auffallen konnte, und entschloss sich, sie oben auf den Kleiderschrank zu legen, wo sie vor den Augen anderer geschützt war und er dennoch schnell an sie herankam, sobald er wieder zurückgekehrt war.

In den Unterlagen, die er vorgestern von Susanne bekommen hatte, war ihm ein Blatt besonders aufgefallen. Jetzt schaute er sich die Kopie an, die er davon gemacht hatte. Handschriftlich hatte Lydia den Namen *Wladimir Koslow* ganz oben hingeschrieben und einen Kreis darum gemalt. Von dort aus führten Striche zu drei weiteren Kreisen. In einem davon standen zwei Namen, *Andrej* und *Sergej Wolkow*, in dem anderen die Adresse eines Nachtclubs, des *Paradiso* in Teplice. Auch zwischen diesen beiden Kreisen hatte Lydia eine Verbindungslinie gezogen.

Der letzte Strich führte dann von Koslow zu dem untersten Kreis auf dem Blatt. Sein Inhalt war am rätselhaftesten, passte nicht zu dem Rest. *Marienschein-Kirche in Krupka. Schmerzliche Mutter Gottes. Sonntags, 10 Uhr.* Krupka war eine kleine Gemeinde, sieben Kilometer nordöstlich von Teplice, direkt an der deutschen Grenze gelegen, wie er im Internet herausgefunden hatte. Die aus dem 17. Jahrhundert stammende Wallfahrtskirche der *Schmerzlichen Mutter Gottes* befand sich im Ortsteil Bohosudov, dem früheren Marienschein.

Er legte das Blatt weg und dachte nach. Heute ein getarnter Puff, morgen ein Kirchenbesuch.

Über mangelnde Abwechslung konnte er sich wirklich nicht beklagen.

Der Parkplatz vor dem Nachtclub war noch so gut wie leer, nur wenige Fahrzeuge standen darauf. Die meisten davon gehörten der Oberklasse an, waren auf Hochglanz poliert und trugen deutsche Kennzeichen. Born parkte seinen Mondeo daneben und ging auf den Eingang zu, über dem in leuchtenden Großbuchstaben das Wort *PARADISO* jedem Besucher klarmachte, wo er hier war.

Vor der Eingangstür stand ein muskelbepackter Typ im Maßanzug, der ihm den Weg versperrte und nach seinem Mitgliedsausweis fragte.

Born gab zu, keinen zu haben.

»Dann kostet es zweihundert Euro«, ließ Maßanzug ihn wissen.

Born zahlte widerspruchslos und betrat den Laden.

Lautstarke Musik schlug ihm entgegen, die Bässe massierten den Magen. Um diese Uhrzeit war noch nicht viel los, nur eine Handvoll Tische war besetzt. Hinter der langen Theke, über der sich eine altmodische Diskokugel drehte, war der Barkeeper damit beschäftigt, die schmutzigen Gläser vom Vortag zu spülen. Er nickte Born kurz zu, dann konzentrierte er sich wieder auf seine Tätigkeit.

Das *Paradiso* bestand im Wesentlichen aus einem großen Raum, dessen Mitte von einer erhöhten Tanzfläche dominiert wurde. Farbige Scheinwerfer waren an einem Stahlgestell angebracht und strahlten in Rot, Gelb und Blau. Neben der von LED-Lampen angestrahlten Theke war dies auch der einzige Bereich, der beleuchtet war, der Rest des Clubs lag im Halbdunkel. Born sah mehrere Sitznischen, halbrund um Tische gruppiert, und Vorhänge aus Samt, die die hinteren Bereiche abtrennten.

Auf der Tanzfläche selbst rekelte sich ein nacktes Mädchen an einer verchromten Stange, das sich sichtlich Mühe gab, lasziv zu wirken. Neongrüne Strähnchen zogen sich durch ihre hellblonden Haare, was ausgesprochen albern wirkte. Sie war auf unattraktive Weise dünn, nur Ecken und Kanten, keine Kurven. Zugunsten des Clubs hoffte er, dass sie wenigstens schon achtzehn war.

Er setzte sich in eine Nische, die von der Tanzfläche möglichst weit entfernt lag, und warf einen Blick auf die Getränkekarte. Nach kurzer Überlegung entschied er sich für ein Flaschenbier. Lehnte sich anschließend zurück und sah der mittelmäßigen Bühnenshow zu.

Es dauerte keine Minute, bis ein wasserstoffblondes Wesen auf ihn zusteuerte und sich neben ihn setzte. Sie war Anfang zwanzig, auf der Schulter großflächig tätowiert und hatte eine süße Stupsnase. Ihre enormen Brüste sprengten fast den Witz eines BHs, den sie trug.

»Hallo, du hübsche Mann«, sagte Stupsnase. Ihr harter osteuropäischer Akzent haute ihn fast um. »Gibst du mir eine Piccolo aus? Meine Name ist Kassandra.«

»Bestell, was du willst. Ich nehme ein Budweiser.«

Sie gab dem Kellner ein Zeichen. Kurz darauf hatte er sein Bier und sie ein Glas Sekt in der Hand. Wahrscheinlich die billigste Sorte, die sie ihm dann aber als Champagner berechnen würden.

»Willst du hier trinken oder auf meine Zimmer?«, wollte Stupsnase wissen. »Wir können bisschen Spaß haben.«

»Sicher können wir das. Aber ich würde gerne noch etwas hierbleiben. Ich warte auf einen Freund, Wladimir Koslow – kennst du ihn?«

»Name sagt mir nichts«, erwiderte Kassandra. »Muss ich sehen Gesicht.«

Klar, dachte er – das Gesicht oder ...

Dann lehnte er sich zurück und trank einen Schluck des lauwarmen Biers, während ihre Fingernägel über seinen Oberschenkel strichen und schnell höher wanderten. »Du willst wirklich nicht gehen nach oben? Ich bin sehr ...«

»Wie sieht es mit Sergej und Andrej aus?«, unterbrach er sie. »Sind die schon da?«

»Kenne ich auch nicht.« Ihre Stimme klang jetzt anders, härter und entschlossener. »Bist du gekommen wegen Fragen oder Ficken?«

Er zuckte die Schultern. »Bist du der Liebe oder des Geldes wegen hier? Wenn es des Geldes wegen ist, solltest du meine Fragen beantworten, da ist am meisten für dich drin. Von mir aus können wir auch woanders miteinander reden, wo wir ungestört sind.«

Sie gab dem Barkeeper ein Zeichen, das wohl unauffällig sein sollte, aber genauso gut hätte sie mit einem Zaunpfahl telegrafieren können. Born reagierte nicht und lehnte sich zurück, gespannt darauf, was jetzt passieren würde.

Es dauerte nicht lange, und die Eingangstür des Clubs öffnete sich. Maßanzug schob sich auf ihn zu und blieb einen Meter vor ihm stehen. Ein muskulöser Koloss, der ihn fast schon mitleidig ansah. »Tja«, sagte der Riese bedauernd und rieb sich über den kurz rasierten Schädel. »Ich habe mir sofort gedacht, dass du Ärger machst. Und was passiert? Du machst Ärger!«

»Manchmal bin ich eben ein böser Junge.«

Der Mund des Türstehers verzog sich. »Dann muss ich dir wohl Manieren beibringen, was?«

Born war aufgestanden. Ihm war bewusst, dass er die sich jetzt unweigerlich anbahnende Auseinandersetzung auch verlieren konnte. Der riesige Kerl wog garantiert zwei Zentner, kein Fett, nur Muskeln, und wenn der ihn einmal zu packen bekam, würde er ihn in der Luft zerreißen. Außerdem sah der stiernackige Schlägertyp nicht so aus, als wäre er ein Anhänger fair geführter Zweikämpfe, was Born jedoch nicht störte. Er war in dieser Beziehung ja nicht anders. Dieses ganze Gerede von ehrlich ausgetragenen Faustkämpfen mochte in Hollywoodfilmen gut ankommen, für die Realität jedoch taugte es nichts. Da zählten andere Dinge. Beispielsweise, wer als Erster zuschlug.

Geben ist seliger denn nehmen.

Born wartete, bis der Rausschmeißer noch einen Schritt näher kam und sein Gewicht auf den vorderen Fuß verlagerte. Dann trat er mit voller Wucht gegen die Innenseite der Kniescheibe. Es knackte, ein ekelhaftes Geräusch, und die meisten Gegner wären jetzt gestürzt wie ein gefällter Baum. Der Türsteher nicht. Er verlagerte sein Gewicht auf das andere Bein und starrte ihn mit einem Blick an, in dem weder Hass noch Schmerz lag, sondern vor allem die Überraschung darüber, dass er diesen Kampf verlieren würde.

Born holte aus und versetzte ihm einen harten Schlag gegen die Schläfe. Eine vor langer Zeit gelernte Lektion: Das menschliche Gehirn verkraftete seitliche Schläge weit schlechter als frontale. Eine evolutionäre Besonderheit, gegen die auch Maßanzug nicht gefeit war. Er kippte um. War schon bewusstlos, bevor er auf dem Boden aufschlug.

Unzählige Augenpaare richteten sich auf Born. Die Tänzerin erstarrte, selbst der Barkeeper schien in seiner Bewegung einzufrieren.

Born drehte sich zu Kassandra um, die ihn mit aufgerissenen Augen anblickte und die Hände schützend vors Gesicht hielt. »Sag Andrej und Sergej, dass ich mit ihnen und Koslow sprechen will. Über den Wanderer und die Polizistin, die er in Berlin getötet hat. Sag ihnen, dass ich noch bis morgen im *Teplice Plaza* wohne, Zimmer 213, zweiter Stock. Sie können mir dort eine Nachricht hinterlassen.«

Ab und zu zuckte ein Blitz vom Himmel und tauchte Borns Hotelzimmer in ein gleißendes Licht, dem grollender Donner folgte. Das einzige sonstige Geräusch kam von dem nächtlichen Regen, der lautstark gegen die Fensterscheibe prasselte. Es klang, als marschierte draußen eine Armee vorbei.

Born wartete. Er saß neben der offen stehenden Badezimmertür auf dem Boden und hatte den Rücken gegen die Wand gelehnt. Seinen Fluchtweg hatte er vorbereitet, die SIG Sauer lag schussbereit neben ihm. Nur ab und zu stand er auf, um die Muskeln zu lockern oder einen Schluck Cola zu trinken.

Viele Menschen hätten eine solche Untätigkeit als langweilig oder ermüdend empfunden, er nicht. Sein halbes Polizistenleben hatte aus Warten bestanden, aus nächtelangen Observationen, bei denen man sich den Arsch abfror, weil man den Motor nicht anlassen durfte, um durch den Auspuffqualm nicht verraten zu werden. Dabei war es oftmals ungewiss, ob sich die Warterei lohnte. Ob sich die gesuchte Person tatsächlich blicken ließ.

Wenigstens das war heute Nacht anders.

Koslow musste auf die Provokation in seinem Club reagieren, wenn er das Gesicht nicht verlieren wollte. Dass der Russe einfach zum Telefon greifen und ihn anrufen würde, war nicht zu erwarten. Wahrscheinlich würde er jemanden schicken, um ihn zu erledigen. Vielleicht sogar den Wanderer, was Born am liebsten gewesen wäre. Dann konnten sie es direkt an Ort und Stelle hinter sich bringen. Nur sie beide, in diesem Zimmer.

Noch immer war ihm nicht klar, wie der Wanderer in Berlin so schnell auf Lydia gestoßen war. Er wusste nur, dass sie den Namen kurz zuvor Zoran gegenüber erwähnt hatte und dass dieser dann Koslow ins Spiel brachte. Zwei Tage später war sie tot gewesen. In den Rücken geschossen, gestorben mit dem Gesicht im Dreck liegend.

Mittlerweile dehnten sich die Sekunden zu Minuten, die Minuten zu Stunden. Das Warten begann an seinen Nerven zu zerren. Born schaute auf die Uhr, 3.27 Uhr.

Tick-tack. Tick-tack.

Als er ihn endlich hörte, wusste er sofort, dass er gut war.

Er wusste es, weil er zuvor rein gar nichts gehört hatte. Weder Schritte auf dem Flur noch geflüsterte Worte zwischen dem Unbekannten und einem eventuellen Partner. Alles, was er mitbekam, war das leise Klackern der Dietriche, und wenn der Regen nicht kurz nachgelassen hätte, hätte er auch dies überhört.

Es gab zwei Szenarien, die Born als wahrscheinlich erschienen. Die erste Variante bestand darin, dass der Killer die Tür aufstieß und einfach hereinstürmte. Dann hätte er dem Angreifer ein, zwei Sekunden gegeben, um festzustellen, dass das Bett leer war, und anschließend seinen Überraschungsvorteil genutzt, um ihn zu erledigen. In der zweiten Variante ging der Eindringling vorsichtiger vor, steckte vielleicht zuerst einen Arm durch den Türspalt. In dem Fall hätte Born mit Wucht gegen die Tür getreten und ihm den Arm gebrochen.

Doch der Unbekannte tat nichts von alledem.

Mit angehaltenem Atem sah Born, wie sich die Zimmertür immer weiter öffnete, Zentimeter für Zentimeter, vollkommen lautlos. Dann wurde ein Gegenstand ins Zimmer geworfen. Er kullerte über den Boden und blieb in der Mitte des Raumes liegen. Bevor Born erkennen konnte, was es war, sprang er auf, stürmte ins Bad und schlug die Tür hinter sich zu. Im selben Moment detonierte die Blendgranate.

Ihr Knall war ohrenbetäubend, ihre Sprengkraft jedoch nur minimal. Sie war dazu geschaffen, Verwirrung zu erzeugen, nicht, den Gegner zu eliminieren.

Born war klar, dass ihm nur Sekunden blieben, bis der Angreifer hereinkam und die Situation einschätzen konnte. Bis dahin musste er weg sein, sonst war er erledigt. Er hatte einen Fehler begangen, einen schlimmen – er hatte seinen Gegner schlichtweg unterschätzt. Das hier war kein durchgeknallter Psychopath, mit dem er im Nahkampf schon fertigwerden würde. So agierten Spezialeinheiten, und eine Auseinandersetzung mit ihnen auf engstem Raum war eine mit offenem Ausgang.

Positiv betrachtet.

Er riss das Badezimmerfenster auf und schwang sich auf den davorliegenden Fenstersims, hielt sich an der Feuerleiter fest und kletterte so schnell wie möglich nach unten, während der Regen ihm ins Gesicht schlug. Die Stufen der Feuerleiter waren glitschig, und er rutschte mehrmals ab, konnte darauf jedoch keine Rücksicht nehmen. Es kam jetzt nur darauf an, die Straße zu erreichen, bevor der Killer erkannte, dass sein Vorhaben fehlgeschlagen war.

Als die erste Kugel mit einem klirrenden Geräusch die Feuerleiter traf, ließ er sich die letzten Meter fallen und federte den Sturz mit den Knien ab. Weitere Schüsse folgten, kleine Krater wurden in den Asphalt gerissen, Blüten aus Beton. Als ein Projektil seinen Kopf nur um Zentimeter verfehlte, klang es wie das zornige Summen einer Hornisse.

Born stürmte auf die an der Straße geparkten Autos zu und suchte dahinter Deckung. Schlich sich von einem Fahrzeug zum nächsten, während Windschutzscheiben in Stücke gingen und Blech perforiert wurde. Sein Puls klopfte, das Herz raste. Hinter einem Minivan stoppte er. Vorsichtig schob er den Kopf vor und riskierte einen Blick nach oben. Sah zwei mit Sturmhauben bedeckte Köpfe, die durch das offen stehende Badezimmerfenster schauten und in seine Richtung starrten. Die Distanz betrug mittlerweile gut dreißig Meter – zu viel für zielsichere Schüsse mit einer Pistole.

Was auch die beiden Killer eingesehen hatten.

Sie schossen nicht mehr, dafür lachten sie. So, als würden sie ihn gar nicht als Bedrohung ansehen. Als wären sie

Katzen und er die Maus, mit der sie nur hatten spielen wollen.

Trotzig reckte er ihnen den Mittelfinger entgegen, bevor er sich umdrehte und weiterrannte, direkt auf das hell erleuchtete Zentrum Teplices zu. Was er jetzt am dringendsten brauchte, war ein sicherer Unterschlupf, um in Ruhe nachdenken zu können. Er musste zuerst seine Wunden lecken, bevor er morgen die Wallfahrtskirche in Bohosudov aufsuchen konnte, und ihm fiel nur ein Ort ein, der dafür infrage kam.

Born wendete und rannte auf den Hotelparkplatz zu.

BERLIN

Im fahlen Licht des Monitors sah Norahs Gesicht blass aus, fast schon krank. Seit Stunden durchstöberte sie das Internet nach Informationen über die Aktivitäten russischer Mafiagruppen in Deutschland. Jeder Artikel führte sie zu einem weiteren, jeder Link zu einer neuen Seite. Mittlerweile kam ihr alles, was sie darüber las, wie eine Sage vor, bei der man nicht wusste, wo die Wahrheit endete und die Fiktion begann. In Filmen und Dokumentationen war die russische Mafia extrem präsent, in der Realität dagegen fast unsichtbar. Zumindest, was belegbare Aktivitäten anging.

Das Bundeskriminalamt ging – einem Nachrichtenmagazin zufolge – davon aus, dass russische Banden Deutschland in zwanzig Gebiete aufgeteilt hatten. Die Mitglieder jeder Gruppierung waren dazu verpflichtet, einen Teil ihrer Einkünfte in eine Gemeinschaftskasse einzuzahlen, den sogenannten *Obschak*, aus dem sich die Anführer bedienen konnten, ohne selbst Straftaten zu begehen. Auch Kosten für Anwälte wurden daraus bestritten sowie der Unterhalt für Familien, deren Männer im Knast saßen. Um mit den Einnahmen effektiver arbeiten zu können, wurde ein Teil durch Geldwäsche legalisiert, beispielsweise, indem man Immobilien erwarb.

Belege dafür? Keine.

Ebenso verhielt es sich bei den Haupteinnahmequellen

Prostitution, Menschenhandel, Kunstraub und Waffen. Als Gründe dafür nannte das Bundeskriminalamt das »konspirative Verhalten der Beteiligten, die ein streng abgeschottetes System« erschaffen hatten und auch vor »Gewaltanwendung zur Einschüchterung« nicht zurückschreckten.

Bislang hatte es in Deutschland nur wenige Großzugriffe gegen führende Mitglieder der Russenmafia gegeben. Einer davon hatte im Dezember 2016 stattgefunden, als Spezialeinheiten der GSG9 in Berlin und Köln mehrere Wohnungen der Samarowskaja-Gruppe stürmten. Dem Zugriff war eine sechs Monate dauernde Observation vorausgegangen, bei der sich das normalerweise zuständige SEK mit der Gefahrenlage überfordert sah und deshalb die Unterstützung der GSG9 anforderte. Rund zweihundert Beamte waren in Köln vor Ort gewesen, und alles, was sie fanden, waren ein Sturmgewehr, eine Maschinenpistole, ein paar Pistolen und Revolver sowie Papierrollen, mit denen man Fahrkarten der Deutschen Bahn herstellen konnte. Gemessen an dem zuvor betriebenen Aufwand, ein einziger Schlag ins Wasser.

So wie bei Tannenstein.

So wie bei allem, was die Russenmafia betraf.

Norah stand auf, nahm eine Aspirin aus dem Küchenschrank, spülte diese mit einem Glas Orangensaft hinunter und setzte sich wieder vor den Rechner. Schaute sich alte Fotos von russischen Kriminellen an, die sie im Internet gefunden hatte.

Die Körper der meisten Männer glichen lebenden Gemälden: Auf ihrer Haut waren Straftaten, Veranlagung und ihre Stellung innerhalb der Gruppe eintätowiert. Anders als bei amerikanischen Gefängnistattoos signalisierten diese Tätowierungen nicht die Zugehörigkeit zu einer

Gang, sondern stellten die Biografie des Trägers dar. Sie ähnelten einem unauslöschlichen Lebenslauf, den die Männer wie eine Auszeichnung trugen.

Entstanden war diese Tradition in den Zwanzigerjahren des vergangenen Jahrhunderts, als inhaftierte Kriminelle in der Sowjetunion die einzige Opposition zur stalinistischen Unterdrückungsherrschaft bildeten. Sie schufen in den Gulags ihre eigenen Regeln, verpassten sich einen Kodex, nannten sich die »Diebe im Gesetz«. Es war eine Bruderschaft, die nur sich selbst gegenüber loyal war. Um ihr beizutreten, musste man sich verpflichten, jeden Kontakt zu seiner Familie abzubrechen, nie wieder einer geregelten Arbeit nachzugehen und – was am wichtigsten war – niemals mit den verhassten Behörden zu kooperieren. Ihre Anführer nannten sich nicht Paten, sondern »Kriminelle Autoritäten«. Ihr Wort war Gesetz, Widerspruch wurde nicht geduldet und hart bestraft.

Es gab sogar eine Auflistung, was die tätowierten Symbole bedeuteten. Wenn man der Internetquelle glauben konnte, zeigte das auf dem Handrücken eintätowierte russische Wort für »Wolf« oder ein Totenschädel auf schwarzem Grund an, dass man bereit war, Auftragsmorde zu begehen. Augen in der Leistengegend besagten, dass der Träger des Tattoos schwul war, Augen auf der Brust dagegen waren ein Machtsymbol. Wer die Zahl Sechs auf dem Finger trug, war bestenfalls ein Laufbursche, das aus dem französischen Kartenspiel bekannte Karo deutete auf Reichtum hin.

Kriminelle, die sich Tattoos stechen ließen, die ihnen nicht zustanden, wurden verachtet und zum Teil sogar ermordet, immer jedoch wurden ihnen die Tätowierungen anschließend gewaltsam entfernt. Norah mochte sich gar nicht vorstellen, wie das Entfernen ablief.

So war das bei den Kartellen.

Früher zumindest.

Experten gingen heutzutage davon aus, dass die Tätowierungen seit dem Zusammenbruch der Sowjetunion an
Bedeutung verloren hatten und von modern organisierten
Gruppierungen seltener verwendet wurden. Alleine schon,
damit die Kriminellen Autoritäten im Ausland und in den
großbürgerlichen Kreisen, in denen sie oftmals verkehr-
ten, nicht weiterhin auffielen wie bunte Hunde. Was den
Respekt in der einen Welt erhöhte, konnte in der anderen
ein Nachteil sein.

Norah öffnete die Webseite einer anderen Suchmaschine und gab entsprechende Begriffe ein, um mehr über
die aktuellen Aktivitäten der Russenmafia zu erfahren.
Insbesondere der Onlinebericht einer Berliner Tageszeitung stach ihr dabei ins Auge. Er handelte von einer Razzia in einem russischen Nachtclub und beinhaltete das
Foto eines großen Mannes Anfang vierzig, der mit aus-
drucksloser Miene in die Kamera starrte. In der Bildunterschrift stand: »Wladimir K.: mutmaßliches Führungsmitglied der Russenmafia«.

Im Anschluss fütterte Norah die Suchmaschine mit diesen Begriffen, kam aber zu keinem weiteren Ergebnis. Sie
griff nach einem Stift und klopfte sich damit gegen das
Kinn. Es konnte ein Zufall sein, aber ...

Lydia war davon ausgegangen, dass der Wanderer ein
Russe war. Sie war getötet worden, nachdem sie sich intensiv mit führenden Mitgliedern der Russenmafia beschäftigt hatte. Das Bild in der Tageszeitung, in Berlin auf-
genommen, zeigte einen Mann, der als mutmaßliches
Führungsmitglied der Russenmafia bezeichnet wurde.

War das eine Spur?

Norah suchte in dem Bericht nach dem Namen des Autors, Uwe Winter, und notierte ihn. Mit einem weiteren Klick fand sie heraus, dass der Redaktionssitz der Zeitung keine Viertelstunde von ihrer Wohnung entfernt lag.

Wieder klopfte sie sich mit dem Bleistift gegen das Kinn. Wenn sie morgen früher aufstand, konnte sie noch mit dem Journalisten sprechen, bevor sie ihren Dienst antrat.

Es war vielleicht noch keine Spur.

Aber ein Anfang.

TEPLICE,
TSCHECHIEN

Noch zehn Minuten bis zum Gottesdienst, vor dem Portal der Kirche in Bohosudov hatte sich eine kleine Schlange gebildet. Born betrachtete die Menschen, die dort warteten, und irgendetwas störte ihn. Es dauerte einen Moment, bis ihm auffiel, was es war.

Er sah keine jungen Frauen. Kein weibliches Gesicht unter dreißig. So, als hauste in dem Ort etwas Dämonisches, vor dem die jungen weiblichen Bewohner geschützt werden mussten, damit niemand sie als zukünftige Beute ausspähen konnte.

Wieder schaute er sich um. Wieder bestätigte sich sein Eindruck.

Born stellte sich die Töchter Bohosudovs vor. Stellte sich vor, wie sie jeden Sonntag in Hinterzimmern versteckt wurden und schweigen mussten, bis ihre Eltern vom Gottesdienst wieder zurück waren, um sie zu beschützen.

Wenn sie es konnten.

Wenn das Böse nicht zu stark war.

Dann sah er ihn. Er wusste sofort, dass der Mann in dem weißen Hemd und der schwarzen Hose Wladimir Koslow sein musste. Groß und muskulös, dennoch beweglich. Der Rücken gerade durchgestreckt, die Haltung militärisch. Er musste um die vierzig sein, und er teilte die Menschenmenge vor ihm wie Moses das Meer.

Der Russe blieb vor dem Eingangsportal der Kirche stehen und schüttelte die Hände derer, die auf ihn zukamen. Wenn sie noch den Kopf gebeugt und seinen Ring geküsst hätten, hätte es Born auch nicht gewundert. Was er sah, war ein Herrscher. Ein Diktator, der seinem Volk eine Audienz gewährte.

Dann entdeckte Koslow ihn.

Der Russe gab seinen Begleitern – einem Zwillingspärchen mit ausdruckslosen Mienen und durchtrainierten Körpern – mit einer Handbewegung zu verstehen, dass sie auf ihn warten sollten. Dann kam er auf Born zu und blieb einen Meter vor ihm stehen. Seiner Haut sah man die Spätfolgen einer starken Akne an, seine grauen Augen waren matt wie Asche.

Augen wie diese hatte Born schon früher gesehen. In anderen Gesichtern. Es waren immer die gleichen.

Kinderschänder hatten sie.

Psychopathen.

Auftragskiller.

In ihnen war nichts zu finden außer Sadismus und Gier. Sie betrachteten die Welt als einen Ort, in dem nur die Stärksten überlebten und der einzig der Befriedigung der eigenen Gelüste diente. Andere Menschen waren nur dazu da, um benutzt zu werden zur Steigerung des eigenen Wohlstands und des eigenen Vergnügens.

Nachdem sie sich ausgiebig gemustert hatten, ergriff der Russe das Wort: »Sie suchen Wladimir Koslow?«

Born nickte und wunderte sich, wie gut das Deutsch des Mannes war.

»Sie haben ihn gefunden«, sagte Koslow. »Worüber wollen Sie mit mir reden?«

»Nach gestern Nacht dachte ich eigentlich, dass Sie mit mir reden wollen.«

Koslows Gesicht verzog sich zu einem Lächeln. Es sah aus wie die Fratze eines tollwütigen Hunds. »Was war denn gestern Nacht?«

»Ich hatte ungebetenen Besuch von zwei Komikern. Nur, dass die beiden Sturmhauben statt Clownsmasken trugen.«

Koslow nickte, als wäre ein solcher Besuch das Normalste der Welt. »Kennen Sie die Geschichte der Kirche, vor der wir hier stehen?«, fragte er dann unvermittelt.

»Nicht genau.«

»Hier«, sagte Koslow und machte eine Geste, die wohl das gesamte Gelände umfassen sollte, »wurden der Legende nach im 15. Jahrhundert gut dreihundert Soldaten von den Hussiten getötet, nachdem sie in der Schlacht bei Aussig vom Schlachtfeld geflohen waren. Feiglinge, die ihren Verrat mit dem Leben bezahlten und deren Überreste nie in geweihter Erde beigesetzt wurden.«

»Schön, dass man ihnen trotzdem eine Kirche gewidmet hat. Das wird die Toten sicherlich freuen.«

»Die Kirche ist nicht für sie«, fuhr Koslow unbeeindruckt fort. »Eine weitere Legende besagt, dass Nonnen, deren Kloster die Hussiten niedergebrannt hatten, in den umliegenden Wäldern Zuflucht suchten. Dabei haben sie auch eine tönerne Marienfigur mit sich geführt, die sie dann in dem Stamm einer Linde versteckten. Jahre später ist die Jungfrau Maria dort einem Mädchen erschienen, das in großer Not war. Deshalb wurde die Kirche an dieser Stelle errichtet.«

Born blickte nach oben, wo Wolken wie eine Herde Rinder über den Himmel trieben, und suchte nach dem Sinn in Koslows Worten. Fand ihn nicht und fragte: »Warum erzählen Sie mir das alles?«

»Sie müssen verstehen, dass uns diese Kirche heilig ist.

Sie erinnert uns daran, dass man vor dem Feind nie fliehen darf und seinen Führern Gehorsam zu leisten hat. Und sie zeigt, welche Macht der Glaube hat.«

»Eine herzzerreißende Geschichte«, entgegnete Born, der sich entschlossen hatte, die Marschroute zu ändern. »Aber ich möchte Ihnen auch eine erzählen. Eine Art Prophezeiung, wenn Sie so wollen. Sie geht in etwa so: Ab heute mache ich Ihnen Stress! Ich folge Ihnen, ich nerve kolossal. Wenn mir irgendetwas zustoßen sollte, gehen Briefe an Zeitungen, Behörden und Fernsehanstalten, die ich bei einem Notar hinterlegt habe und in denen ich behaupte, dass Sie für meinen Tod verantwortlich sind. Verstehen Sie? Sie werden keine Ruhe vor mir haben. Nie mehr. Bis zu dem Tag, an dem Sie mir den Wanderer liefern.«

Koslow sah ihn ausdruckslos an. »Sie wollen mir drohen?«

»Entschuldigung – ich vergaß, dass Drohungen ja eher Ihr Geschäft sind! Aber ich drohe Ihnen auch gar nicht. Ich verspreche nur etwas. Keine Ruhe. Keinen Frieden, bis ich Lydias Mörder habe.«

Koslow schwieg.

»Was ist in Tannenstein passiert?«

Der Russe antwortete nicht.

»Wer ist der Wanderer?«

»Sie rennen herum und stellen Fragen. Wollen wissen, wer wen getötet hat, und nennen überall meinen Namen. Aber haben Sie sich auch nur ein einziges Mal gefragt, ob Sie die Antworten darauf überhaupt hören wollen?« Er schüttelte den Kopf, als hätte er es mit einem unbelehrbaren Kind zu tun. »Ich respektiere es, wenn ein Mann Rache an denen nehmen will, die ihm oder seiner Familie ein Leid zugefügt haben. Dieser Respekt ist auch der einzige Grund, warum Sie noch leben, aber verwechseln Sie ihn nicht mit Schwäche. Meine Geduld ist nicht endlos, Born.«

»Haben Sie Lydias Ermordung befohlen?«

»Wenn ich eine Polizistin getötet hätte, wäre es ihr wie den dreihundert Soldaten ergangen. Man hätte ihre Leiche nie gefunden.«

Im Hintergrund läuteten die Glocken, und Born sah, wie die Gläubigen in die Kirche strömten. Nur die beiden Zwillingsbrüder standen weiterhin davor und ließen ihn nicht aus den Augen. Das mussten Sergej und Andrej Wolkow sein, dachte er. Ohne Sturmhauben sahen sie fast menschlich aus.

»Der Wanderer hat meine Freundin getötet«, entgegnete er, bevor Koslow sich abwenden konnte. »Das ist alles, was mich interessiert. Welchen Dreck Sie sonst noch zu verantworten haben, ist mir egal. Ich will Lydias Killer haben. Ende. Danach werden Sie mich nie mehr wiedersehen.«

Koslow legte ihm die Hand auf die Schulter. »Wenn wir uns noch einmal begegnen, *moy drug*«, sagte er, »werden Sie diese Begegnung nicht überleben. Nehmen Sie diesen Rat von mir und gehen Sie. Gehen Sie jetzt!«

Dann drehte er sich um und ließ Born mit mehr Fragen als Antworten zurück.

BERLIN

Das Redaktionsgebäude des *Berliner Kurier* lag an einer dieser anonymen Ausfallstraßen, wie man sie in der Hauptstadt so häufig fand und wo sich ein gesichtsloses Bürogebäude an das andere reihte, Fassaden aus Stahl und Glas, dazwischen immer wieder Gewerbehallen und Autohändler. Es war ein dreigeschossiger, rechteckiger Würfel, an dem der Name der Zeitung in zwei Meter hohen Buchstaben angebracht war.

Norah stellte ihr Fahrzeug auf dem kleinen Parkplatz ab, der rechts vom Eingang lag, meldete sich an der Pforte an und brachte ihr Anliegen vor.

Drei Minuten später wurde sie von einem jungen Mädchen, dessen Gesicht von hektischen roten Flecken gezeichnet war, abgeholt und in den zweiten Stock geführt, wo die Redaktionsräume lagen. Billige Schreibtische, Bürostühle aus dem Supermarkt, nur die Computerbildschirme wirkten teuer – man sah den Arbeitsplätzen die Sparmaßnahmen an, mit denen die Zeitung zu kämpfen hatte.

Uwe Winter war Anfang fünfzig, ein übergewichtiger Mann mit müden Augen und hängenden Wangen, dessen Gesicht Norah sofort an einen behäbigen Bernhardiner erinnerte. Die Leichtigkeit, mit der er aufsprang, um sie zu begrüßen, passte nicht dazu. Er strahlte sie an, als träfe er unerwartet auf eine alte Freundin, und streckte ihr die

Hand entgegen. »Winter, mein Name, Uwe Winter. Was kann ich für Sie tun, Frau …?«

Norah erklärte ihm, wer sie war und was sie zu ihm geführt hatte. Er deutete auf den freien Stuhl, der vor seinem Schreibtisch stand, und wartete, bis sie Platz genommen hatte, dann setzte auch er sich wieder.

»Ich kann Ihnen leider nicht viel dazu sagen«, begann er. »Kaum mehr, als in dem Bericht steht. Eigentlich habe ich an einer anderen Story gearbeitet, und es war reiner Zufall, dass ich gerade vor Ort war, als die Razzia begann.«

»Sie haben in dem Bericht einen Namen genannt, Wladimir K., und in der Bildunterschrift behauptet, er sei ein Mitglied der Russenmafia.«

»Ein ›mutmaßliches‹«, korrigierte er sie. »Und selbst das hat uns eine Unterlassungsklage seines Anwalts eingebracht.«

»Wie kamen Sie darauf?«

»Wie gesagt – ich arbeitete eigentlich an einer anderen, größeren Geschichte, bei der es um Prostitution und Menschenhandel ging. Bei meinen Recherchen stieß ich immer wieder auf den Namen Wladimir Koslow, und als der Name bei der Verhaftung im Rahmen der Razzia fiel, habe ich mich zu der besagten Bildunterschrift hinreißen lassen.«

»Was ist aus der anderen Story geworden?«

Er zuckte die Schultern. »Nichts. Wir erreichten schnell einen Punkt, an dem wir nicht mehr weiterkamen. Nicht genug Personal, keine ausreichenden finanziellen Mittel. Niemand wollte sich äußern, und irgendwann mussten wir die Recherchen einstellen.«

»Wir?«

»Die Zeitung, meine ich. Meine Person und ein paar Kollegen, die mich unterstützt haben.«

»Haben Sie denn irgendetwas Greifbares herausfinden können?«

»Gerüchte, Spekulationen, Mutmaßungen. In gewisser Weise gleicht die Russenmafia dem Heiligen Gral – alle sind davon überzeugt, dass es ihn gibt, aber niemand weiß, wo genau er sich befindet. Man stochert im Dunkeln, und wenn sich mal jemand äußert, dann so vage oder unseriös, dass man nicht weiß, was davon stimmt und was auf Wichtigtuerei beruht.«

Norah seufzte. Uwe Winters Aussage deckte sich ziemlich genau mit dem, was sie selbst im Internet recherchiert hatte. Sie versuchte es mit einem anderen Ansatz. »Wenn wir konkrete Beweise und das ganze Zeug mal beiseitelassen – wer ist Wladimir Koslow?«

»Sagt Ihnen der Begriff ›Kriminelle Autorität‹ etwas?«

Sie nickte. »Das ist mehr oder weniger ein Boss. Ein Mann, der Befehle erteilt und die Geschäfte leitet. Er kann andere befördern, sie bestrafen und Hinrichtungen anordnen.«

»Ganz genau, das ist Koslow. Er ist kriminell, und er ist eine Autorität. Aufgrund seiner Vergangenheit – Koslow war Kommandant einer Brigade im zweiten Tschetschenienkrieg – gehe ich davon aus, dass er immer noch gute Beziehungen zu den Machthabern in Russland hat. In der Hierarchie steht er ziemlich weit oben, vergleichbar mit dem Capo einer sizilianischen Mafiafamilie. Er ist nicht der oberste Boss des Clans, aber er kennt ihn. Vielleicht ist er seine rechte Hand, vielleicht sein Stellvertreter in Deutschland. Wobei wir uns jetzt schon im Bereich der Kaffeesatzleserei befinden.«

Bei dem altmodischen Ausdruck musste Norah lächeln. »Kaffeesatzleserei« – wann hatte sie den Begriff zum letzten Mal gehört?

»Sie fragen mich das alles doch sicher nicht ohne Grund«, unterbrach Winter ihre Gedanken. »Woher kommt Ihr Interesse an Koslow? Ermitteln Sie gegen ihn?«

Sie kämpfte mit sich. Auf der einen Seite gab es das ungeschriebene Gesetz unter Polizisten, Vertretern der Presse nicht mehr zu sagen, als unbedingt nötig war. Auf der anderen Seite hatte sich Uwe Winter als ausgesprochen offen gezeigt, und sie konnte einen Verbündeten gut gebrauchen.

Was soll's?, dachte sie.

Und erzählte ihm, was sie wusste. Den größten Teil zumindest. Sie begann mit Tannenstein, mit ihrer Stellung in der Behörde und ihren privaten Nachforschungen. Kam dann zur Ermordung Lydia Wollstedts und dem von ihr geäußerten Verdacht, dass Russen hinter alldem stecken konnten.

Winter hörte sich alles an und unterbrach sie nicht. Als sie fertig war, strich er sich mehrmals über das Gesicht, was seine mit Bartstoppeln bedeckten Wangen zum Schwingen brachte. Sein erstes Wort danach fiel ganz und gar nicht druckreif aus. »Scheiße!«

Sie lachte. »Ich hätte es vielleicht anders ausgedrückt, aber grundsätzlich sind wir einer Meinung.«

»Und ich glaube, ich hole uns erst einmal einen Kaffee.«

Norah warf einen Blick auf die Uhr. In zwölf Minuten musste sie ihren Dienst im Präsidium antreten, ansonsten konnte sie sich direkt auf den nächsten Anschiss ihres Chefs vorbereiten. Sie stand in Kollers Ansehen sowieso nicht besonders weit oben, und ein verspätetes Erscheinen würde für ein weiteres Minus sorgen.

»Gerne«, sagte sie.

TANNENSTEIN

Von Bohosudov bis nach Tannenstein waren es nur siebenunddreißig Kilometer, und als Born sich gegen Mittag
seinem Ziel näherte, hatte der Himmel sich zugezogen.
Die sich überlappenden Wolken ließen nur noch wenig
Licht hindurch, und eine bedrückende Stimmung lag über
der Landschaft.

Wie schon bei seinen früheren Besuchen fiel ihm auch
jetzt die abgeschiedene Lage des Ortes auf. Seitdem er auf
die Nebenstraße, die nach Tannenstein führte, abgebogen
war, herrschte kein Verkehr mehr. Bäume links, Bäume
rechts, vor ihm nichts, hinter ihm nichts. Kein Verkehr in
seiner Richtung, kein Gegenverkehr. Kein Licht, keine
Geräusche außer seinen eigenen.

Er passierte eine kleine Brücke, die über einen Bachlauf
führte. Schmal und in keiner Weise bemerkenswert. So, als
ob diese Straße irgendwann im Nirgendwo endete, weil ihren Erbauern klar geworden war, dass sowieso niemand
diesen Weg nahm. Es gab keine Straßenschilder, keine
Wegweiser – als wollte Tannenstein sich inmitten der umliegenden Wälder vor der Außenwelt verstecken.

Dann passierte er das Ortseingangsschild.

Born wusste nicht, wie viele Milliarden der Osten bislang als Solidaritätszuschlag erhalten hatte, aber hier schien
kein einziger Euro angekommen zu sein. Drei Jahrzehnte
nach der Wiedervereinigung war die DDR in Tannenstein

optisch immer noch präsent. Im Ortzentrum war nichts renoviert oder verschönert worden, und die Häuserwände sahen aus, als wäre Farbe immer noch Mangelware.

Nur wenige Menschen waren auf der Straße zu sehen, keine spielenden Kinder auf den Grünflächen. Als er vor einem Zebrastreifen stoppte, um einen Rentner mit seinem Rollator passieren zu lassen, schaute dieser ihn an, als hätte er einen ungebetenen Eindringling vor sich. Als ob der Alte nicht verstehen könnte, wie es einen Fremden ausgerechnet hierher verschlug.

Born stellte seinen Wagen in einer Parkbucht am Marktplatz ab und schlenderte durch die Straßen, vorbei an zusammengekehrten Laubhaufen und geschlossenen Geschäften. Er sah die aufgegebene Praxis eines Internisten, das leer stehende Büro eines Rechtsanwalts. Neben einer verwaisten Bushaltestelle hing ein von der Sonne ausgebleichtes Plakat, auf dem eine Achtzigerjahre-Party in Altenberg angekündigt wurde – das Datum der Veranstaltung lag mehr als zwei Jahre zurück.

Dann verließ er die Hauptstraße und bog in eine der engen Seitengassen ein. Ein vielleicht elfjähriger Junge schoss einen Fußball gegen ein Garagentor, stoppte ihn und schoss erneut. Immer, wenn das Spielgerät gegen das Tor knallte, schepperte es metallisch. Born grüßte kurz, bekam jedoch keine Antwort. Stattdessen packte der Junge seinen Ball, rannte auf die nächste Haustür zu und verschwand dahinter.

Zweihundert Meter weiter hatte er die Straße erreicht, in die er wollte. Hinter kleinen Vorgärten standen mehrere Fertighäuser neuerer Bauart, die ein nettes Heim für Familien hätten abgeben können.

Hätten.

Vier der Häuser waren nie fertiggestellt worden, der Rest

lag, anders noch als vor ein paar Jahren, verlassen da. Efeuranken hatten die Fassaden erobert, und Unkraut zwängte sich zwischen den Gehwegplatten empor. In einem der Vorgärten sah er einen vergessenen Gartenzwerg, der umgefallen war und dessen Zipfelmütze bereits Moos ansetzte. Wenn jetzt noch Steppenläufer durch die Straße wehen würden, hätte er sich wie in der ostdeutschen Variante eines amerikanischen Westerns gefühlt.

Born betrachtete die Einfamilienhäuser genauer. Ihm fiel auf, dass kein Gebäude irgendwelche Anzeichen von Vandalismus zeigte. Er sah keine umgetretenen Holzzäune und keine eingeschmissenen Fensterscheiben, keine Graffitis und keinen Müll in den Vorgärten.

Sonderbar.

Born trat näher, blickte auf die Klingelschilder und erinnerte sich an seinen letzten Besuch hier. An die Häuser, in denen acht der elf Toten von Tannenstein gewohnt hatten. Bereits damals war ihnen dieses Zusammentreffen von Zufällen aufgefallen: Die meisten Menschen, die in der Gaststätte ermordet worden waren, waren Zugezogene. Fast alle waren alleinstehend. Acht von elf hatten in dieser Straße gelebt. Wie groß mochte die statistische Wahrscheinlichkeit für solche Übereinstimmungen wohl sein?

Winzig.

Und dennoch hatte diese Erkenntnis sie damals nicht weitergebracht. Sie hatten jedes Opfer unter die Lupe genommen und keine Auffälligkeiten in ihren Lebensläufen gefunden, keinerlei Anhaltspunkte für ein Tatmotiv. Es war sonderbar gewesen, mehr nicht.

»Da muss aber mehr dahinterstecken«, sagte Lydia, nachdem er ihr bei einem Tapas-Essen von diesen seltsamen

Gemeinsamkeiten erzählt hatte. »Bist du nicht derjenige, der immer sagt, er würde nicht an Zufälle glauben?«

»Daran glaube ich auch weiterhin nicht, aber Peter und ich finden nichts, was das Ganze logisch erklären würde. Die Ermordeten haben sich untereinander nicht gekannt, bevor sie nach Tannenstein gezogen sind. Das waren Frauen und Männer, die vorher über die ganze Republik verteilt gelebt haben. Es gab keine verwandtschaftlichen Beziehungen zwischen ihnen, keine beruflichen.«

»Vielleicht ging es ja um die Häuser«, spekulierte sie. »Um irgendeinen Grundstücksdeal.«

Er schüttelte den Kopf. »Tannenstein liegt in einer Region, in der Grundstücke kaum etwas kosten. Billiges Bauland, dazu viel Leerstand, was Häuser und Wohnungen angeht. Welcher Grundstücksdeal dort sollte so viel wert sein, dass jemand einen Auftragsmörder engagiert, der elf Menschen tötet? Nein ... Welches Motiv auch immer zu den Morden geführt hat, mit den Häusern an sich hat es nichts zu tun.«

»Und warum sind sie alle nach Tannenstein gezogen?«

»Keine Ahnung, vielleicht wegen der geringen Lebenshaltungskosten. Miete, Essen, Einkäufe – hier kommst du mit einem Euro halt weiter als in den meisten anderen Gegenden.«

»Das scheint mir kein ausreichender Grund für dieses Zusammentreffen zu sein.«

»Dann lass mich wissen, wenn dir ein besserer einfällt.«

Sie lächelte und piekte die nächste Dattel auf. »Wenn du es schaffst, dass ich in die Sonderkommission komme, mache ich mir Gedanken darüber.«

»Du gibst wohl nie auf?«

»Nicht, wenn mir etwas wirklich wichtig ist!«

Die Geschichte von den Häusern der Ermordeten in ein und derselben Straße war ihm schon damals merkwürdig vorgekommen. Noch sonderbarer jedoch war jetzt, dass keines dieser Gebäude nach der Tat wieder vermietet worden war. Dass einige Interessenten darin ein böses Omen sahen und von einem Kauf Abstand nahmen, okay – aber warum betraf das *alle*?

Born dachte noch eine Zeit lang darüber nach, fand aber keine plausible Erklärung. Statt sich weiterhin den Kopf zu zerbrechen, wandte er sich irgendwann ab und ging zurück zum Marktplatz, wo sich auch die Gaststätte befand, in der die Morde geschehen waren. Er brauchte keine drei Minuten, und als er sein Ziel erreicht hatte, blieb er verwundert stehen. Er hatte damit gerechnet, dass die Kneipe ebenfalls aufgegeben worden war und jemand die Fenster mit dicken Sperrholzbrettern zugenagelt hatte. Stattdessen blickte er jetzt auf ein Schieferschild neben der Eingangstür, auf dem mit Kreide geschrieben stand, dass das Tagesgericht aus Erbsensuppe mit Wursteinlage bestand, der Teller für drei Euro fünfzig.

Er hatte Hunger und war neugierig, also trat er ein.

Das Innere der Kneipe lag im Halbdunkel, die wenigen Fenster ließen kaum Licht herein. Eine Geruchsmischung aus Staub, Maggi und Bier schlug ihm entgegen. Born blickte auf die dunkle Holztheke, die abgenutzten Tische und die altmodische Schankanlage – alles sah noch genauso aus, wie er es in Erinnerung hatte.

Nur die Blutlachen waren weg.

Die Toten.

Außer ihm waren noch zwei weitere Gäste da, ein älteres Pärchen, der Wirt war nirgends zu sehen. Born setzte sich und griff nach der Speisekarte, obwohl ihm der Appetit mittlerweile vergangen war. Schweinebraten mit Klößen, Kohlrouladen oder dicke Bohnen mit Speck: Selbst die Gerichte schienen noch aus DDR-Zeiten zu stammen.

Dann ging die Küchentür auf, und der Wirt kam herein. Er trug zwei Suppenteller, die wahrscheinlich das Tagesgericht enthielten, und stellte sie vor dem älteren Paar ab. Es war derselbe Wirt wie damals – die Morde schienen ihn nicht davon abgehalten zu haben, sein Geschäft weiterhin zu betreiben.

Nachdem er seinen Gästen guten Appetit gewünscht hatte, trat er an Borns Tisch und fragte nach dessen Wünschen. Born bestellte einen Kaffee und ein Wasser, wobei ihm auffiel, dass der Wirt ihn neugierig musterte.

»Ich kenne Sie doch«, sagte der Mann. »Sie sind doch einer der Polizisten, die damals die Ermittlungen geleitet haben.«

Born nickte und deutete auf den freien Stuhl gegenüber. »Setzen Sie sich doch.«

»Ich habe Ihnen damals alles gesagt, was ich weiß«, erwiderte der Wirt, nachdem er Platz genommen hatte. »Ebenso den Kollegen, die danach kamen und mich genau das Gleiche fragten. Es tut mir leid, wenn ich jetzt etwas ungehalten reagiere, aber ich weiß beim besten Willen nicht, wie ich der Polizei noch weiterhelfen kann.«

»Ich bin nicht hier, um Sie zu befragen«, entgegnete Born. »Ich war rein zufällig in der Nähe und dachte mir, ich komme einfach mal vorbei und schaue, wie es Ihnen geht, Herr …«

»Dombrowski, Bernd Dombrowski. Machen Sie sich nichts draus – ich habe Ihren Namen auch vergessen.«

»Alexander Born.«

Dombrowski starrte ihn aus trüben Augen an und streckte ihm die Hand entgegen, als wären sie sich gerade zum ersten Mal begegnet. Er war ein Mann Mitte fünfzig, von dessen hellbraunen Haaren nur noch ein um den Kopf laufender Kranz übrig geblieben war. »Das ist nett von Ihnen«, sagte er ohne Begeisterung. »Ich komme schon irgendwie klar. Was bleibt mir auch anderes übrig? Wenn ich genug Geld hätte, wäre ich weggezogen, aber so? Man lebt weiter und versucht, das Geschehene zu verdrängen.«

»Ich war gerade im Ort unterwegs, und dabei ist mir aufgefallen, dass die Häuser der Ermordeten allesamt leer stehen.«

Dombrowski zuckte die Schultern.

»Ein paar hatten doch Angehörige – wissen Sie, wo die hingezogen sind?«

»Keine Ahnung, aber warum fragen Sie nicht Ihre Kollegen? Die müssen die Adressen doch in ihren Unterlagen haben.«

»Sie haben keinen Kontakt mehr zu ihnen?«

Der Wirt schüttelte den Kopf.

Born schaute sich in dem Laden um, der vor Trostlosigkeit strotzte. »Wirft die Gaststätte überhaupt genug ab, um davon leben zu können? Ich meine ... ich kann mir gut vorstellen, dass die meisten Einheimischen sie nach den Vorfällen meiden.«

Dombrowski rutschte hin und her, als wäre ihm das Thema unangenehm. »Die Menschen vergessen schnell, und ich habe keine großen Ansprüche«, sagte er dann. »Es geht schon. Die laufenden Kosten sind nicht besonders hoch, verstehen Sie?«

Born verstand nichts und beschloss, das Tempo ein wenig anzuziehen. »Aber Sie können es doch nicht vergessen haben! Die Schreie, die Toten ... Haben Sie nie befürchtet, dass der Killer wiederkommt, um den einzigen Zeugen der Tat zu beseitigen?«

»Anfangs schon, dann nicht mehr. Ich meine, wenn der Typ mich hätte umbringen wollen, hätte er es ja direkt tun können, oder?«

Ja, hätte er.

Hat er aber nicht.

Born beugte sich vor, dichter an Dombrowski heran. »Wissen Sie, was mich an dem Fall am meisten gewundert hat? Ihr Überleben! Haben Sie sich nie gefragt, warum der Mann sämtliche Menschen in der Gaststätte umbringt und dann ausgerechnet den Wirt am Leben lässt?«

Ein bitteres Lachen. »Unzählige Male, das können Sie mir glauben, aber eine Antwort habe ich auch nicht. Vielleicht wollte er einen Zeugen zurücklassen, der berichten konnte, was er getan hat. Vielleicht habe ich einfach nur Glück gehabt.«

Born lächelte. Im Grunde war er immer noch ein Bulle, und als solcher erkannte er eine Lüge wie ein Bussard eine Maus. Manchmal war es nur ein kurzes Rascheln im Gras, manchmal eine etwas zu lange Pause oder eine zu einfache Erklärung.

Er hatte jetzt zwei Möglichkeiten. Die eine bestand darin, dem Wirt härter zuzusetzen, ihn in die Enge zu treiben, zum Reden zu zwingen. Irgendetwas stand zwischen ihnen. Eine Lüge. Eine Mauer, die er aufbrechen musste, um zur Wahrheit vorzustoßen.

Das Problem bei dieser Taktik war, dass sie dazu führen konnte, dass das Gegenüber komplett dicht machte, gar nichts mehr sagte und sich aufs Leugnen beschränkte. Diese Gefahr wurde noch größer, wenn man selbst keine Fakten zur Hand hatte, die man einsetzen konnte, um den Druck zu erhöhen. Und genau solche Fakten besaß Born nicht. Immer noch fischte er im Trüben, was die Tatmotive betraf.

Er entschied, dass das Risiko für einen Fehlschlag zu diesem Zeitpunkt einfach zu groß war. Wenn der Wirt in die Sache verstrickt war, würde ein solcher Vorstoß ihn nur warnen, ohne einen wirklichen Erkenntnisgewinn zu liefern, und das wollte Born vermeiden. Wenn tatsächlich Koslow dahintersteckte, musste er in Berlin mit der Suche nach den Motiven beginnen, nicht hier in Tannenstein.

Dort, wo auch Lydia auf die Spur des Wanderers gestoßen war.

Als Born die Gastwirtschaft verließ, regnete es schon wieder. Das eklige Wetter änderte sich auch auf der Rückfahrt nicht. Kilometer um Kilometer trommelten dicke Tropfen ihr gleichmäßiges Stakkato aufs Autodach. Eine monotone Geräuschkulisse, die hundertvierzig Kilometer vor Berlin durch das Klingeln seines Handys unterbrochen wurde.

»Wo sind Sie?«, fragte Norah anstelle einer Begrüßung.

»Unterwegs.«

»So genau wollte ich es nicht wissen. Irgendwo in Berlin?«

»Ich bin in spätestens zwei Stunden zurück.«

»Okay … Fahren Sie auf den nächsten Rastplatz, und rufen Sie mich an, damit wir in Ruhe reden können.«

»Ich kann auch wunderbar während …«

Das Tuten verriet ihm, dass die Verbindung bereits unterbrochen war. Scheinbar hatte Peter recht gehabt – Norah Bernsen war anstrengend und stur und auch bei Kleinigkeiten nicht bereit, schnell nachzugeben.

Born begann, sie zu mögen.

Kurz darauf hielt er an der nächsten Autobahntankstelle und wählte ihre Nummer.

»Beim letzten Mal haben Sie mir ein Angebot gemacht«, sagte sie ohne großes Vorgeplänkel. »Nun möchte ich Ihnen eines machen.«

»Nur zu.«

»Ich weiß, dass Susanne Pohl Ermittlungsakten aus dem Archiv entwendet und Ihnen gegeben hat. Darunter befinden sich sämtliche Unterlagen, die den Mord an Lydia Wollstedt betreffen, und einige persönliche Sachen von ihr. Wahrscheinlich haben Sie die Akten kopiert, und wenn ich das nächste Mal nachschaue, werden sie wieder an Ort und Stelle stehen.«

»Prima«, erwiderte er. »Und was soll jetzt das Angebot sein?«

»Kommt noch! Ich habe vorher nur eine einzige Frage: Trugen die Akten, die Sie von Susanne Pohl erhielten, einen Sperrvermerk?«

Er sagte nichts.

»Ich warte!«

Er sagte immer noch nichts.

»Kommen Sie, Born«, entgegnete sie genervt. »Ihre Ich-Tarzan-du-Jane-Nummer geht mir so langsam auf den Keks! Informationsaustausch ist, wie der Name schon sagt, keine Einbahnstraße, verstehen Sie? Entweder kommen Sie auch mal aus der Deckung, oder unsere Zusammenarbeit ist beendet, bevor sie angefangen hat. Ihre Entscheidung!«

Er konnte hören, dass es ihr ernst war.

»Kein Sperrvermerk«, antwortete er.

»Haben Sie in den Unterlagen irgendwelche Ermittlungsergebnisse gefunden, die Lydias persönlichen Hintergrund betreffen?«

»Nein.«

»Scheiße – Sie wissen, was das bedeutet?«

Er nickte, dann wurde ihm bewusst, dass sie das ja gar nicht sehen konnte. »Es bedeutet, dass die gesperrten Akten nie abgelegt wurden«, sagte er. »Und es bedeutet, dass Sie in der Behörde ein Problem haben. Dass irgendwer nicht will, dass gewisse Umstände des Todes von Lydia publik werden.«

»Koller!«, stieß sie hervor. »Und weil er das nicht will, versucht er auch, meine Nachforschungen zu verhindern.«

Er hörte die Überzeugung in ihrer Stimme, war sich selbst aber nicht so sicher. Natürlich war Peter die naheliegendste Möglichkeit, aber gewiss nicht die einzige. Viele Beamte hatten mit dem Fall zu tun gehabt. Außerdem kannte er Peter. Sein Ex-Partner war kein Polizist, der zu krummen Touren neigte. Zumindest nicht der Peter, den er in Erinnerung hatte.

»Legen Sie sich nicht vorschnell auf eine Person fest«, riet er ihr. »Halten Sie sich an die Fakten. Ansonsten laufen Sie Gefahr, die Fakten Ihrer Theorie anzupassen anstatt umgekehrt, wie es richtig wäre.«

Er hörte, wie sie durchatmete. »Okay, aber da ist noch etwas, über das ich mit Ihnen reden möchte. Ich habe in den letzten Tagen Nachforschungen angestellt und bin dabei auf einen exklusiven Club in Potsdam gestoßen, der den Gerüchten nach von der Russenmafia geleitet wird. Wenn Ihre Partnerin davon überzeugt war, dass die Russen hinter den Morden des Wanderers stecken, ist es gut möglich, dass sie ebenfalls auf diesen Laden aufmerksam wurde.«

Sein Interesse war geweckt. »Wo haben Sie Ihre Informationen her?«

»Von einem Journalisten. Uwe Winter. Er hat sich jahrelang mit dem Thema beschäftigt, und er glaubt sogar zu wissen, wer der Mann an der Spitze ist.«

Sein Interesse nahm zu.

»Sagt Ihnen der Name Wladimir Koslow etwas?«

Jetzt hatte sie ihn.

GARBICZ,
POLEN

Was wäre, wenn …

Vielleicht waren dies die mächtigsten Worte der Welt. Oftmals mündeten sie in Kriege oder andere Katastrophen, weil sie Gedankenspiele auslösten, die sich nicht mehr stoppen ließen. Es waren nur drei Wörter, aber mit ihnen konnte man Lawinen in Gang setzen, die nicht mehr aufzuhalten waren.

Was wäre, wenn wir uns früher begegnet wären? Was wäre, wenn du nicht deinen Mann, sondern mich zuerst getroffen hättest? Was wäre, wenn ich hier alles aufgebe und in einem anderen Land ganz von vorne anfange?

Adam Malinowski ging es da nicht anders. Aus Gedanken waren Fantasien geworden, aus den Fantasien Vorsätze, aus den Vorsätzen Pläne.

Was wäre, wenn er Koslow nie begegnet wäre?

Sein Leben würde anders aussehen, gewiss. Weniger Geld und weniger Luxus, dafür mehr ehrliche, körperliche Arbeit. Als ganz gewöhnlicher Transportunternehmer würde er abends müde nach Hause gehen und körperlich erschöpft sein – mit Blasen an den Händen und Schmerzen in den Muskeln, aber innerlich würde es ihm gut gehen. Er würde besser schlafen, weil er den Tag über nichts getan hätte, was ihm in der Nacht Albträume bescherte.

So wie das, was vor zwei Tagen geschehen war.

Irgendein Idiot aus den unteren Ebenen der Organisation hatte versucht, an Koslow vorbei Geschäfte abzuwickeln. Als Malinowski an diesem Tag bei der Lagerhalle zwanzig Kilometer außerhalb Dresdens ankam, um eine Ladung Sturmgewehre abzuliefern, sah er den Mann, den die Zwillinge mit nichts als seiner Unterwäsche bekleidet an einen Stuhl gefesselt hatten.

»Wir sind gleich bei dir«, sagte einer der Zwillinge zu ihm und wandte sich dann wieder dem Gefangenen zu.

Das Gesicht des Mannes war eine einzige blutige Masse. Ein Auge war zugeschwollen, die Lippen aufgeschlagen. Über das komplette rechte Schienenbein zog sich eine offene Wunde, der Knochen schimmerte weiß heraus.

Das Geräusch, das entstand, als einer der Zwillinge einen Schraubenzieher über den frei liegenden Knochen zog, würde Malinowski nie vergessen. Die Schreie des Mannes auch nicht.

Am schlimmsten aber waren die Gesichter der Zwillinge. Während sie den Mann folterten, schauten sie sich immer wieder an und … *grinsten.* Sie lächelten wie grausame Kinder, die Spaß empfanden, wenn sie einer Fliege die Flügel ausrissen.

Malinowski ertrug es keine dreißig Sekunden, dann rannte er hinaus und übergab sich.

Koslow mochte ein Psychopath sein, ein eiskalter Killer, aber die Zwillinge waren noch schlimmer. Sie waren Sadisten, denen die Qualen anderer Menschen Freude bereiteten. Sie gierten förmlich danach, und Malinowski wusste nicht, wie lange er das noch aushalten würde.

Doch aussteigen konnte er auch nicht. In diesem Geschäft gab es keine Tür, über der in Großbuchstaben das Wort AUSGANG stand. Man konnte nicht einfach in den Ruhestand gehen, wenn man nicht gleichzeitig als Risiko gelten wollte, welches es zu eliminieren galt. Er konnte nur hoffen, dass Koslow ihn irgendwann freiwillig aus seinen Diensten entließ, und selbst dann würde er sich auf der Straße weiterhin umdrehen müssen, um zu sehen, was in seinem Rücken geschah.

Es gab keinen Ausweg.

Nur Gedankenspiele.

Was wäre, wenn ...

BERLIN

Als Born Stunden später die Berliner Stadtgrenze erreichte, brach bereits der Abend an, und das Leben in den Straßen erwachte.

Er sah das Berlin, das er liebte.

Seine Stadt.

Die Clubs und Kneipen, die Kultur und die Gesänge, die von Wein und Bier entfesselten Ideen sehnsüchtiger Menschen. Er parkte an der Spree und ließ sich treiben, zusammen mit all den Erwartungsfreudigen und Enttäuschten, vorbei an afghanischen Restaurants und irischen Pubs. Atmete den Duft von Zigaretten und Parfüm ein, spürte den Blues der Hauptstadt. Er brauchte die Großstadt in ihrer ganzen Schönheit, mitsamt dem Elend und dem Dreck, den es hier gab, um sich lebendig zu fühlen.

Es war jetzt kurz nach sieben, und überall gingen die Neonlichter an. Vor den Kinos bildeten sich Menschentrauben, ein Straßenmusikant spielte *Wonderwall*, und im *Pasternak* begrüßte Dimitri Saizew gerade die ersten Gäste.

Born ließ sich von ihm zu einem kleinen Zweiertisch führen, der direkt am Kücheneingang stand und den Dimitri normalerweise nicht vergab. Er war ausschließlich für Freunde reserviert, die spontan vorbeikamen und dann keinen freien Platz mehr fanden, weil das *Pasternak* mal wieder bis auf den letzten Tisch ausgebucht war.

170

»Willst du reden oder essen?«, fragte Dimitri, nachdem Born Platz genommen hatte.

»Beides.«

»Dann lass uns mit dem Essen anfangen.«

Born bestellte *Pelmeni* als Vorspeise, die ihn immer an mit Hackfleisch gefüllte Tortellini erinnerten, und dann das geschnetzelte Stroganoff als Hauptgericht. Als Dimitri anschließend noch mit einem Teller *Babka* ankam, hatte er das Gefühl zu platzen. Er wusste aber, dass sein Freund keine Widerrede duldete, wenn es ums Dessert ging, also schaufelte er die mit Mehl, Milch, Honig und Nüssen versehene und mit Fruchtsoße bedeckte Quarkspeise in sich hinein, bevor er sich mit einem zufriedenen Seufzer zurücklehnte.

Dimitri kam an seinen Tisch und fragte: »Bist du satt geworden, Sascha?«

Born lachte über die rhetorische Frage, nickte aber zustimmend. Sascha ... schon früher hatte Dimitri ständig behauptet, dass Borns Seele russisch sein müsse. Einerseits schwer und melancholisch, andererseits jederzeit bereit, das Leben zu feiern. »Ich brauche nochmals deine Hilfe«, sagte er dann.

»Lass hören.«

»Sagt dir das *Casa Allegro* etwas?«

Dimitri nickte. »Ein exklusiver Swingerclub bei Potsdam, in dem es auch immer einzelne Damen gibt, die gegen eine großzügige Spende bereit sind, die anwesenden Pärchen bei ihren Aktivitäten zu unterstützen.«

»Er soll Koslow gehören.«

»Das wusste ich nicht. Würde aber passen.«

»Ich habe gehört, dass der Club so etwas wie Koslows Büro ist, wenn er sich in Berlin aufhält. Um dort reinzukommen, muss man allerdings von einem der Stammgäste eingeladen werden oder an der Tür ein Passwort nennen, welches jede Woche gewechselt wird. Ich brauche das von nächster Woche.«

»Ich schaue, was ich tun kann«, erwiderte der Russe. »Sollte aber kein Problem sein.«

Born blickte ihn nachdenklich an. »Dimitri … Wenn dir das irgendwie Gewissensbisse bereitet, dann sag es. Ich meine, du und Koslow, ihr seid Russen, wart beide in der Armee und jetzt …«

Aufgebracht unterbrach ihn der Restaurantbesitzer. »Meinst du, weil er und ich Russen sind, würde uns das irgendwie verbinden? Was für ein Schwachsinn! Du bist mein Freund, er ist ein sadistisches Stück Dreck, und das einzige Gefühl, das ich ihm gegenüber empfinde, ist Angst. Angst, dass er dich töten könnte, wenn du ihm zu nahe kommst.«

Born wusste, dass Dimitri die Wahrheit sagte, und eine sonderbare Stimmung überkam ihn. Nahezu alle Menschen hatten sich nach seiner Verurteilung von ihm abgewandt, und die einzige Person, die ihn nicht im Stich ließ, war ein ehemaliger KGB-Angehöriger, ein Krimineller. Was für eine Ironie, dachte er, und alles, was er sagen konnte, war: »Danke.«

Dimitri lachte, wobei sich seine Augen zu schmalen Schlitzen formten. »Keine Ursache, Sascha. Hauptsache, es hat dir geschmeckt!«

Dimitri hielt sein Wort. Schon am nächsten Abend hinterließ er das Codewort für den Club auf dem Anrufbeantworter, wo Born es abhörte, als er vom Sport nach Hause kam.

Bratislava.

Der Name der slowakischen Hauptstadt.

Irgendwie erschien es Born passend.

Anschließend duschte er, putzte sich die Zähne und rief Norah Bernsen an. Es war jetzt kurz nach 23 Uhr, und ihrer müden Stimme nach zu urteilen, hatte sie schon schlafend im Bett gelegen.

»Wenn ich Sie wach gemacht habe, tut es mir leid«, sagte er ohne großes Bedauern.

»Warum glaube ich Ihnen bloß nicht?«

»Weil Sie ein zutiefst misstrauischer Mensch sind.«

Er hörte sie lachen, hörte, wie sie sich im Bett aufsetzte.

»Wenn Sie um diese Uhrzeit noch anrufen, muss es einen besonderen Grund geben, also schießen Sie los.«

»Ich wollte Sie einladen«, sagte er, »mit mir einen Abend lang auszugehen, in einen richtig schicken Club. Was meinen Sie?«

Sie schwieg, und er stellte sich vor, welche Gedanken ihr jetzt durch den Kopf gingen.

»Hören Sie, Born«, sagte sie nach einer Weile. »Das ist sicherlich nett gemeint, aber ich glaube nicht, dass das eine gute …«

»Warten Sie doch erst mal ab, wo ich mit Ihnen hin-möchte, bevor Sie Nein sagen.«

Sie seufzte. »Okay. Wohin?«

»Ich dachte an einen schönen, luxuriösen Swingerclub, in dem wir Gelegenheit haben, uns besser kennenzuler-nen.«

»Ernsthaft, Born: Sind Sie betrunken?«

»Ganz und gar nicht.«

Wieder eine kurze Pause, dann: »Gute Nacht, Born.«

Bevor sie auflegen konnte, klärte er sie auf. Erzählte ihr, was er vorhatte und warum er sie brauchte. »Ihr Journalist hat doch erzählt, dass das *Casa Allegro* so etwas wie Koslows Anlaufstelle ist, wenn er sich in Berlin aufhält. Also will ich mir den Club ansehen, aber es ist ein *Pärchenclub*, verstehen Sie? Alleine würde ich dort nicht reinkommen.«

»Hmm …«

»Was soll das jetzt heißen?«

»Sie wollen, dass ich mir Reizwäsche anziehe und mich vor Ihnen in einem Swingerclub halb nackt präsentiere? Und das alles nur, damit Sie sich dort umschauen können?«

Er sagte nichts. Warum auch? Sie hatte es ziemlich gut beschrieben.

»Sie ticken doch nicht richtig!«

»Jetzt kommen Sie … Ich verspreche Ihnen auch, über eventuelle Problemzonen großzügig hinwegzusehen.«

»Ernsthaft, Born: Ich habe noch keinen Mann getroffen, der so sehr um eine Ohrfeige gebettelt hat wie Sie gerade!«

»Okay, das war ein dummer Spruch. Tut mir leid. Aber Sie erzählen mir seit Tagen, wie dringend Sie den Fall lösen möchten und was Sie nicht alles dafür tun würden. Und jetzt, da Sie die Gelegenheit dazu bekommen, sind Sie nicht einmal bereit, sich so zu zeigen, wie sich Millionen von Frauen Tag für Tag an jedem Strand der Welt präsentieren?«

»Das ist etwas anderes.«

»Aber nur ein bisschen.«

Sie seufzte.

Er grinste.

Das Ganze endete damit, dass sie ein Treffen für den kommenden Freitag verabredeten. Norah Bernsen gab ihm ihre Adresse, und Born würde sie gegen 20 Uhr dort abholen. Der Club selbst lag in der Nähe des Templiner Sees, nicht mehr als eine halbe Stunde von Berlin entfernt.

»Ich schwöre Ihnen, Born«, sagte Norah zum Abschluss. »*Eine* dumme Bemerkung, und ich drehe mich sofort um und gehe! Wenn Sie jemals irgendwem gegenüber auch nur ein einziges Wort über unseren Besuch dort verlieren, bringe ich Sie um – und das ist kein leeres Versprechen!«

Er glaubte ihr sofort.

Und stellte fest, dass er sich darauf freute, sie an diesem Abend spärlich bekleidet zu sehen.

TEPLICE, TSCHECHIEN

Koslow nahm die Nutte hart ran. Sie versuchte, ihn zu bremsen, was er mit einem Schlag gegen den Hinterkopf beendete. Die Ereignisse der letzten Tage hatten ihn wütend gemacht, und die vor ihm kniende Frau war ideal, um sich abzureagieren. Er packte ihre Haare und riss ihren Kopf nach hinten, stieß noch fester zu und fragte: »Spürst du das?«

Sie spürte es.

Dann griff sie mit der Hand nach hinten und streichelte seine Eier. Wollte alles tun, damit er schneller fertig wurde.

Wie ein Spielzeug warf er sie herum und kniete sich über sie. »Blasen!«, befahl er.

Sie tat es und befriedigte ihn so gekonnt wie möglich. Kurz darauf entleerte er sich in ihren Mund und stieg von ihr ab. »Mach, dass du verschwindest«, fuhr er sie an. »Morgen kommen neue Mädchen, und ich will, dass die Zimmer vorbereitet sind. Verstanden?«

Die Prostituierte, ihr Name war Alicja, nickte. Sie konnte jetzt nicht reden. Hatte immer noch seinen ekelhaft warmen Samen im Mund und wollte diesen vor seinen Augen nicht in einem Taschentuch entsorgen. Sie kannte Koslow gut genug – damit hätte sie ihn nur noch wütender gemacht.

Mit allem anderen dagegen kam sie schon klar.

Alicja war jetzt Mitte zwanzig und schon lange im Geschäft. Wenn sie überhaupt noch so etwas wie Mitleid hatte, dann mit den meist minderjährigen Dingern, die aus der Ukraine, aus Weißrussland oder irgendwelchen anderen armen Ländern anreisten, wo die Menschen froh waren, wenn sie genug Geld hatten, um die nächste Stromrechnung zu bezahlen.

Sofern es überhaupt Strom gab.

Diese Mädchen kamen nach Deutschland, um eine Stelle in einem Hotel oder Restaurant anzutreten. Zumindest dachten sie das, wenn sie vor dem Nachtclub laut schnatternd und aufgeregt aus dem Bus stiegen, weil man ihnen gesagt hatte, dass sie hier umsteigen müssten. Dann wurden sie auf die Zimmer gebracht, wo man sie anwies, kurz duschen zu gehen, um sich für die Weiterreise frisch zu machen.

Dann kamen die Männer.

Und zeigten ihnen, warum sie wirklich hier waren.

Die meisten Mädchen akzeptierten es erstaunlich schnell. Für andere war der Weg mühseliger, und einige schafften es gar nicht. Sie zerbrachen daran oder blieben störrisch. Diese blieben dann hier, in Teplice, und wurden für Männer aufgehoben, denen genau dies gefiel. Die es mochten, wenn ein Mädchen sich gegen das wehrte, was man mit ihm tat.

Um sich von solch trüben Gedanken abzulenken, würde Alicja sich später einen Liebesfilm ansehen. Einen, in dem ein Mann eine Frau traf, Irrungen und Wirrungen folgten, er um sie warb und sie sich am Ende in ihn verliebte.

Hollywood, dachte sie.

Fantasien.

Wenn man sie gefragt hätte, würden diese Filme anders aussehen. Für sie waren Männer in erster Linie Menschen, die Frauen hassten.

Als Koslow die Bar des *Paradiso* betrat, war er immer noch wütend. Jahrelang hatte es in seiner Organisation keine Probleme gegeben, und jetzt traten sie plötzlich im Rudel auf. Und warum? Weil irgendein Killer die Kontrolle verloren hatte.

Er ließ sich von dem Barkeeper einen Rum mit Cola geben und ging in den vom restlichen Club abgetrennten VIP-Bereich, wo die Zwillinge schon auf ihn warteten. Setzte sich zu ihnen und trank einen Schluck.

»Warst du mit Alicja zufrieden?«, wollte Sergej wissen. »Wenn nicht, werde ich …«

Koslow grunzte nur. Die blöde Nutte war ihm völlig egal. Sie war im *Paradiso* sowieso ausschließlich für die Neuankömmlinge zuständig, wies sie ein, und wenn sie mit einem Mann fickte, dann nur mit ihm. Eine reine Vorsichtsmaßnahme – er mochte keine Kondome, wollte sich aber auch nichts einfangen.

Er wechselte das Thema. »Wie sieht es mit den Beständen an AK-74 aus?«

»Ich habe gestern mit Malinowski gesprochen«, antwortete Andrej. »Passt alles, nur in Bayern werden die Vorräte langsam dünn. Wenn du da …«

»Sag ihm, er bekommt weitere hundert Stück im Laufe der Woche.«

Andrej nickte. »Es wäre gut, wenn wir auch mehr PP-2000 bekämen. Die Araber fahren voll auf das Teil ab.«

Und Koslow wusste auch, warum.

Die PP-2000 war die modernste Maschinenpistole Russlands. Sie verschoss Vollmantelgeschosse im Kaliber 9 mal 19 Millimeter, ihre Kadenz lag bei siebenhundert Schuss pro Minute, dazu war sie einfach zu handhaben und zuverlässig. Aber es waren nicht nur ihre technischen Eigenschaften, die sie bei den arabischstämmigen Gangs so be-

liebt machten, sondern vor allem ihr martialisches Aussehen. Wenn man einer PP-2000 in die Mündung schaute,
erhöhte das die Kompromissbereitschaft ganz extrem.

»Fünfzig?«

»Sollte reichen. Für mehr haben die Kamelficker eh
kein Geld.«

Wieder nickte Koslow, während seine Augen zur Bühne
glitten, wo sich ein Mädchen erfolglos abmühte, ihren
stümperhaften Bewegungen einen erotischen Reiz zu ver-
leihen. Es war wirklich an der Zeit, dass morgen Nach-
schub kam. Manchmal hatte er das Gefühl, dass er gar
nicht so viele Frauen heranschaffen konnte, wie die Deutschen ficken wollten.

Überhaupt die Deutschen, dachte er. Ein seltsames Volk
voller Widersprüche und Doppelmoral. Sie beklatschten
ankommende Flüchtlinge an Bahnhöfen und belohnten
sich anschließend für ihr Engagement, indem sie sich eine
osteuropäische Nutte gönnten.

Er musste aber einräumen, dass dieses Land in gewisser
Weise das Paradies war. Nirgendwo in Europa gab es mehr
Geld, und nirgendwo war es einfacher, an dieses heranzu-
kommen. Hier bekam auch der letzte Analphabet, sofern
er das Zauberwort »Asyl!« sagen konnte, Sozialleistungen
ohne Gegenleistung. Traf auf eine Polizei und Justiz, die
ebenso unterbesetzt wie durchsetzungsschwach waren.
Nicht nur illegale Zuwanderer profitierten davon, sondern
auch Menschen wie er. Wobei er, zugegeben, deutlich stärker profitierte.

In Russland war das anders. Wenn man dort im großen
Stil operieren wollte, ging das nicht ohne Zustimmung
von oben. Alles musste man bezahlen: Politiker, Polizisten
und Richter. Tat man das nicht, wurde man gejagt. Gnadenlos. Nicht, weil sie einen ins Gefängnis bringen woll-

ten, um einen dort – was für ein Witz! – zu *resozialisieren*, sondern um anderen Kriminellen klarzumachen, dass es besser war, zu kooperieren. Aus diesem Grund endeten viele Hetzjagden auch nicht mit der Ergreifung des Täters, sondern mit dessen Tötung.

Stärke war Macht.

Die Schwachen waren machtlos.

Und damit Koslow in seiner Welt stark blieb, musste er vernichten, was ihn schwächte. Also drehte er sich zu den Zwillingen um und sagte: »Alexander Born.«

Sie fragten nicht, was genau er damit meinte. Alles, was Sergej wissen wollte, war: »Wann?«

»Die beste Möglichkeit haben wir leider verpasst«, antwortete Koslow bedauernd. »Aber wir werden eine neue Möglichkeit finden oder sie einfach selbst schaffen. Wichtig ist nur, dass anschließend keine Spur zu uns führt. Wie ihr das erledigt, ist eure Sache. Nehmt euch die Zeit, die ihr braucht, und übereilt nichts. Beobachtet ihn und versucht herauszubekommen, was er weiß. Und wenn ihr es wisst, tötet ihr ihn.«

Kurz darauf verabschiedete sich Koslow und verließ das *Paradiso*. Er stieg in seinen Bentley und steuerte das prächtige Haus in Hanglage an, das er unter falschem Namen direkt an der deutschen Grenze gemietet hatte. Dabei dachte er weiter über seine derzeitige Situation nach.

Born mochte ein Problem sein, aber kein großes. Andere Dinge wogen deutlich schwerer, was auch der Grund dafür war, dass er den Zwillingen davon nichts gesagt hatte. Er war der König, und Aufgabe des Königs war es zu regieren, nicht dem einfachsten Bauern das Spiel zu erklären. Es gab Dinge, um die er sich selbst kümmern musste, weil es Dinge waren, die seine Herrschaft gefährdeten. In Russland würde man kein Verständnis aufbringen, wenn es ihm nicht gelang, sie schnellstmöglich aus der Welt zu räumen.

Nein, Dinge war zu viel gesagt.

Eigentlich ging es nur um eins.

Den Wanderer.

BERLIN

In den folgenden Tagen verrichtete Norah ihren Dienst ganz nach Vorschrift. Sie ging Akten durch und tat alles, was Koller von ihr verlangte, so sinnlos ihr die Tätigkeiten auch vorkamen.

Keine Widersprüche, keine Auffälligkeiten.

Sie versuchte einfach, unter dem Radar hindurchzufliegen.

Am Mittwoch kam es ihr vor, als würde ihr Chef sie bei der morgendlichen Besprechung mustern. Wahrscheinlich wunderte er sich, warum sie sich von einem Tag auf den anderen zu einer vorbildlichen Beamtin gemausert hatte. Um das auszutesten, schüttete er sie anschließend mit weiterem Papierkram zu, und alles, was sie sagte, war: »Okay.«

Koller wusste nicht, dass er ihr mit der langweiligen Büroarbeit sogar einen Gefallen tat. Je beiläufiger sie ihren Job erledigen konnte, desto leichter fiel es ihr, sich auf das zu konzentrieren, was sie beschäftigte und wofür sie Ruhe brauchte.

Sobald sie in ihrem Büro alleine war, rief sie Uwe Winter an, den Journalisten, um alles aus ihm herauszuquetschen, was er über das *Casa Allegro* wusste. Er erzählte ihr, dass der Club von einem Ludger Stramski geleitet wurde, einem Strohmann von Koslow, dessen Eltern aus Danzig stammten und der eine Vorstrafe wegen Drogenbesitzes aufwies. Laut Winter konnte sie Stramski gar nicht verfehlen: ein Fettsack, der sich die verbliebenen Haare immer quer über den Schädel kämmte.

Nach dem Telefonat knabberte Norah gedankenverloren an einem Bleistift. Wenn sie daran dachte, dass sie in zwei Tagen einen Swingerclub aufsuchen würde, wurde ihr immer noch flau im Magen. Sie war nicht prüde, ganz gewiss nicht, aber solche Etablissements waren einfach nicht ihr Ding – nicht einmal, wenn sie einen festen Partner hätte. Die Tatsache, dass sie einen derartigen Club jetzt mit einem fast wildfremden Mann besuchen sollte, machte ihr zu schaffen – selbst wenn sie dort keine sexuellen Handlungen mit ihm ausführen musste und dies weiß Gott auch nicht vorhatte.

Andererseits …

… war es genau die Art von Ermittlung, von der sie immer geträumt hatte. *Undercover*, auf der Spur von richtigen Kriminellen. Keine wimmernden Alkoholiker, die heulend die Polizei anriefen, nachdem ihnen klar geworden war, was sie gerade angerichtet hatten. Den Umstand, dass das Ganze kein Dienstauftrag war und sie sogar den Job kosten konnte, blendete sie einfach aus.

Was ihr verblüffend gut gelang.

Norah fühlte sich beschwingt und lebendig, und genau genommen gab es nur eine Sache, die ihr Kopfzerbrechen bereitete: Sie musste so schnell wie möglich herausfinden, warum Born kriminell geworden war. Solange sie darauf keine Antwort kannte, fiel es ihr schwer, ihm zu vertrauen. Gerade, weil er ihr in manchen Momenten wie ein außer Kontrolle geratener Güterzug vorkam und es selbstzerstörerisch wäre, ohne Absicherung bei ihm einzusteigen.

Doch wie sollte sie das anstellen? Von sich aus würde er keine Lebensbeichte ablegen. Sie hatte immer noch keine

183

Ahnung, was in seinem Kopf vorging. Mittlerweile zweifelte sie nicht mehr an der Rechtschaffenheit seiner Motivation, wohl aber an den Auswüchsen, zu denen sie führen konnte. Irgendetwas gab es in diesem Dreieck aus ihm, Koller und Lydia, was sie immer noch nicht verstand.

Dann jedoch fiel ihr jemand ein, der ihr vielleicht die dringend benötigten Antworten liefern konnte. Sie lächelte. Mindestens zwei Jahre lang hatte sie Can Akyol nicht mehr gesehen. Ein Umstand, den sie so schnell wie möglich ändern musste.

Born saß auf einem Plastikstuhl im Empfangsbereich des Polizeipräsidiums und wartete darauf, dass man ihn in die vierte Etage zu Peter ließ, der es kurz darauf geschickt verstand, seine Wiedersehensfreude zu verbergen.

»Was willst du hier?«

»Du weißt, was ich will. Ich will mit dir über den Wanderer reden. Über alles, was die Kollegen noch über ihn herausgefunden haben und was nicht in den Akten steht.«

»Vergiss es«, sagte Peter. »Das Letzte, was ich gebrauchen kann, ist ein durchgedrehter Ex-Polizist auf seinem persönlichen Rachefeldzug.«

»Es geht nicht um Rache, sondern um Lydia. Ich habe das Gefühl, dass du mir nicht die Wahrheit gesagt hast, und das tut mir weh. Es verletzt mich, und ich frage mich, warum?«

»Du spinnst! Da gibt es nichts, was ich dir nicht erzählt hätte.«

Born hätte ihn jetzt gerne mit seinem Wissen über die gesperrte Akte konfrontiert, aber das konnte er nicht. Nicht, wenn er Susanne und Norah nicht gefährden wollte. »Ich bitte dich um Hilfe, Peter. Um einen Gefallen unter alten Freunden.«

»Du hättest mich um Hilfe bitten sollen, als du aus dem Knast kamst. Meinst du, ich weiß nicht, was du vorhast?«

»Hätte ich sie denn bekommen?«

»Nein.«

»Dann bitte ich dich jetzt darum.«

»Jetzt, wo du im achten Monat schwanger bist? Vergiss es! Geh nach Hause, Alexander, und überlass den Wanderer und die Ermittlungen über Lydias Tod uns.«

»Du kannst mich nicht raushalten«, sagte Born. »Du weißt, dass ich niemals aufgebe. Schon gar nicht in diesem Fall.«

»Genau das ist es ja, was mir Sorgen macht. Mensch, Alex, hör endlich auf, einem Phantom hinterherzurennen! Ich kann ja verstehen, dass dir Lydias Tod keine Ruhe lässt, aber das ist einfach der falsche Weg! Lass uns hier unseren Job machen, und wenn es etwas Neues gibt, verspreche ich dir, dass du es als Erster erfährst.«

»Du willst deinen Job machen? So wie in den letzten drei Jahren?« Born schüttelte den Kopf. »Machen wir uns nichts vor – wir waren mal ein gutes Team, du der Beamte, ich der Bulle, aber das ist lange vorbei.«

»Und wessen Schuld ist das? Meine etwa?« Peter wurde lauter. »Ich habe dir immer gesagt, dass deine Beziehungen zu Kriminellen dich irgendwann in den Abgrund reißen! Ich wusste immer, dass deine Methoden grenzwertig sind, und dennoch ...«

Born winkte ab. »Vergiss es. Eigentlich bin ich gar nicht gekommen, um dich um etwas zu bitten. Ich wollte dir drohen.«

»Was? Mein Gott, Alexander, geh nach Hause! Ich kann wirklich nichts mehr für dich tun.«

Born näherte sich Peter bis auf wenige Zentimeter. Sagte dann: »Was hältst du hiervon? Wenn du mich wegschickst, laufe ich zur Presse. Ich erzähle den Journalisten, warum ich den Wanderer suche und wie armselig sich deine Abteilung anstellt, wenn es um die Aufklärung eines Mordes an jemandem aus ihren Reihen geht. Ich bin sicher, dass die liebend gerne mit mir reden. Was meinst du?«

Born wusste, dass er damit eine Grenze überschritt, aber er sah keine andere Möglichkeit mehr. Bei all seinen Vorzügen war Peter in erster Linie ein Karrierist gewesen, und als solcher fürchtete er nichts so sehr, wie ins Licht der Öffentlichkeit gezogen zu werden. Vor allem, wenn dieses Licht für ihn negativ ausfiel.

»Du und der Wanderer«, seufzte Peter. »In gewisser Weise seid ihr ein und dasselbe.«

»Meine Rede. Was ist jetzt – hilfst du mir?«

Peter starrte ihn lange an, bevor er sagte: »Das kann schwierig werden, aber ich tue, was ich kann. Gib mir bis Anfang kommender Woche Zeit, und du bekommst eine Aufstellung über alles, was die Dresdner nach deiner Verhaftung über die Sache in Tannenstein herausgefunden haben. Bist du damit einverstanden?«

Born nickte.

Nichts anderes hatte er gewollt.

MINSK,
WEISSRUSSLAND

Ein letztes Mal prüfte Nadeschda, ob die Fenster wirklich streifenfrei sauber waren, dann legte sie das Tuch zur Seite.

Sie war müde, der Tag war mehr als anstrengend gewesen. Am Nachmittag hatte sie mit ihrem Bruder noch zum Arzt gemusst, was ewig gedauert hatte und weshalb sie zu spät zur Arbeit gekommen war. Anschließend hatte sie doppelt Gas gegeben, um pünktlich fertig zu werden, und dabei wie immer Musik gehört – ihr MP3-Player war einer der wenigen Luxusartikel, die sie sich gönnte.

Sie wollte den Fensterreiniger und die Küchenrollen gerade in ihrem Putzwagen verstauen, als sie bemerkte, dass sie beobachtet wurde. Anatoli Bogdanow, der Chef der Putzkolonne, stand hinter ihr, gegen den Türrahmen gelehnt. Seine Lippen bewegten sich, ohne dass sie ein Wort verstand.

Sie nahm die Kopfhörer aus den Ohren. »Entschuldigung, können Sie das noch mal sagen?«

Bogdanow lächelte. Er war Mitte dreißig, ein netter Mann, der die Angestellten gut behandelte. Soweit sie wusste, war er verheiratet und hatte zwei Kinder.

»Ich habe nur gesagt, dass mir gefällt, wie gründlich Sie Ihre Arbeit verrichten. Unsere Firma hat nie eine Beschwerde wegen der Räume bekommen, in denen Sie geputzt haben, außerdem sind Sie zuverlässig und kommen gut mit den Kolleginnen aus. Sagen Sie, Nadeschda, haben Sie schon mal daran gedacht, zukünftig eine eigene Kolonne zu leiten?«

Nein, das hatte sie nicht.

Er musste ihr die Verblüffung angesehen haben. »Anders gefragt: Möchten Sie meine Nachfolgerin werden?«

»Sie fragen, ob ich Ihren Job will?«

Er lachte. »Ich werde in zwei Monaten in die Geschäftsleitung aufsteigen, und mein Platz wird dann frei. Bis dahin soll ich den Inhabern Vorschläge für meinen Nachfolger machen, und da habe ich an Sie gedacht. Ich weiß, Sie sind noch jung, aber … würden Sie sich das zutrauen?«

Nadeschda wusste nicht, was sie sagen sollte. Die Aussicht auf eine Beförderung erschien ihr völlig unrealistisch. Nicht nach ein paar Monaten in der Firma und nicht angesichts der Tatsache, dass sie noch nicht einmal volljährig war. Sie fragte sich, ob etwas anderes hinter seinen Worten steckte, und beschloss, es direkt anzusprechen.

»Was muss ich dafür tun?«

Er kam einen Schritt auf sie zu. »Wir würden eng zusammenarbeiten müssen, Nadeschda. Dienstpläne erstellen, Abrechnungen machen, Streitigkeiten klären. Denken Sie, wir bekommen das hin?«

»Natürlich.«

Er musste das Zögern in ihrer Antwort gehört haben, die Unsicherheit in ihrem Blick. Er kam noch einen Schritt näher und lächelte sie beruhigend an. »Ich weiß, was Sie jetzt denken, und ich hasse solche Situationen. Sie müssen sich keine Sorgen machen – unser Verhältnis wäre auch weiterhin rein beruflich. Ich erwarte keine Form der Gegenleistung. Alles, was ich will, ist eine Nachfolgerin, auf die ich mich verlassen kann und mit der ich gut zusammenarbeite. Sie müssen sich auch nicht sofort entscheiden. Denken Sie eine Woche darüber nach, sprechen Sie mit Ihren Eltern, und sagen Sie mir dann Bescheid. Okay?«

Sie nickte.

Bogdanow lächelte ihr noch einmal zu, dann verließ er den Raum.

Sie blieb zurück, mit dem bitteren Geschmack von Scham auf der Zunge. Sie fühlte sich mies, weil sie ihm unterstellt hatte, genau wie die Männer zu sein, die sie verachtete. Nein, noch schlimmer – sie hatte gedacht, er wollte sich den Sex mit ihr durch die Aussicht auf einen besser bezahlten Job erschleichen.

Dabei war er vielleicht wirklich nur das, was sie immer schon in ihm gesehen hatte: ein netter, freundlicher Mann, der es gut mit ihr meinte.

»Natürlich will er dich ficken!«

Sie drehte sich zu Nikolai um, in dessen Bett sie jetzt lag. »Hast du mir nicht zugehört? Er will nichts von mir! Er schätzt nur, wie ich arbeite.«

»Blödsinn!«

»Was soll das heißen? Traust du mir nicht zu, Kolonnenführerin zu sein? Meinst du, ich wäre zu blöd dafür?«

»Das habe ich nicht gesagt. Ich glaube nur, dass da noch mehr dahintersteckt. Warte nur ab, du wirst schon sehen ...«

Jetzt wurde sie wütend. »Okay, sag es mir – was bin ich in deinen Augen? Nur ein hübsches Mädchen? Nur ein geiler Körper? Scheinbar ja – ansonsten fällt mir kein Grund ein, warum du nicht einsehen willst, dass mich andere Menschen auch für etwas anderes schätzen. Weißt du, Nikolai, du bist einfach ... einfach ... ein Arschloch!«

Er versuchte, sie in die Arme zu nehmen, aber sie stieß

ihn weg. Sie wollte keine Berührung von jemandem, der sowieso nur neidisch war, weil sie es in ihrem Job zu etwas bringen konnte, während er bei der Staatsbahn weiterhin die Stellanlagen für Weichen schmierte. Das war es nämlich. Er versuchte, von seinem eigenen Versagen abzulenken, indem er alles tat, um auch sie kleinzuhalten, aber das würde sie sich nicht bieten lassen.

Nicht mehr.

»Was denkst du gerade?«

Sie schüttelte den Kopf.

»Sag es mir! Ich will ein Teil von deinem Leben sein.«

Vielleicht willst du das, dachte sie, aber sie selbst wollte es nicht mehr. Nicht nach diesem Gespräch, das nur bestätigte, was sie schon lange geahnt hatte.

Sie liebte ihn nicht.

Respektierte ihn nicht mehr.

Vielleicht auch, weil sie sich unverstanden fühlte.

Es gab einen Teil von ihr, zu dem niemand Zugang hatte. Ihr Freund nicht, ihre Mutter nicht und ihre Geschwister schon gar nicht. Manchmal kam sie sich wie eine Gefangene in einer Welt vor, in die sie nicht gehörte. Wie bei der Geburt vertauscht. Wie eine Löwin, die man in einen Käfig mit artfremden Tieren sperrte. Sie wollte dem entkommen, wusste aber nicht, wie. Ahnte nur, dass sie dafür die Verbindungen zu allem trennen musste, was sie bremste.

Nikolai gab nicht auf. »Warum sagst du nichts?«

»Weil es nichts mehr zu sagen gibt!«

»Oder gefällt er dir etwa? Stehst du auf ihn, weil er älter ist und Kohle hat? Ist es das?«

»Weißt du was?« Sie war jetzt richtig sauer. »Du unterstellst Bogdanow nur solche Sachen, weil du selbst nichts anderes im Kopf hast! Sex ist alles, woran du denken kannst. Am schlimmsten aber ist, dass du davon ausgehst, dass man mich mit Geld oder der Aussicht auf eine besser bezahlte Stelle ins Bett bekommt. Das denkst du doch, richtig? Du hältst mich für eine Hure! Und deshalb wirst du ab heute dafür bezahlen. Du willst mit mir schlafen? Prima, bring Geld mit!«

Mit diesen Worten sprang sie aus dem Bett und raffte ihre Sachen zusammen. Sie zog sich eilig an und ignorierte seine Versuche, sie wieder zu beruhigen. Ein Teil von ihr wusste, dass es nicht stimmte, was sie ihm gerade unterstellt hatte, aber sie war jetzt viel zu wütend, um das zuzugeben. Sie hatte es satt, immer nur auf das eine reduziert zu werden. Von jedem Mann, selbst von ihrem Freund.

Ihr Leben würde ab jetzt anders verlaufen, freier und selbstbestimmter. Direkt morgen würde sie damit anfangen. Der erste Schritt war, zu Bogdanow zu gehen und ihm zu sagen, dass sie den Job haben wollte. Wenn sie das hinter sich gebracht hatte, kam der nächste Schritt. Vielleicht mochten ja alle anderen um sie herum schwach sein, sie selbst war es nicht. Sie wusste, was sie wollte. Ein besseres Leben. Und das, so schwor sie sich, würde sie sich holen. Was auch immer sie dafür tun musste.

Zwei Wochen später traf die Firma ihre Entscheidung bezüglich Bogdanows Nachfolge. Sie fiel gegen Nadeschda aus. In einem Vier-Augen-Gespräch erklärte Bogdanow ihr am Tag darauf, wie es dazu gekommen war. Er hatte sich zwar nach Kräften für sie eingesetzt, war aber mit seinem Vorschlag bei den Mitgliedern der Geschäftsführung nicht durchgekommen, die zu starke Vorbehalte aufgrund von Nadeschdas Alter hatten.

»Nehmen Sie es nicht so schwer«, sagte er zum Abschluss und schaute sie mitfühlend an. »Dies ist nur eine Entscheidung für den Moment, nicht für die Ewigkeit. Wenn Sie weiterhin so hart arbeiten, werden Sie Ihren Weg in dem Unternehmen gehen, ganz sicher! Die Firma wird auf Dauer nicht an Ihnen vorbeikommen, das weiß ich. Früher oder später werden Sie Kolonnenführerin werden.«

Sie nickte nur. Früher oder später …

Das Problem war: Nadeschda wollte nicht mehr warten. Noch vor drei Wochen hätte sie nie mit einer Beförderung gerechnet, aber jetzt, da die Aussicht darauf für kurze Zeit so real gewesen war, schmerzte die Absage umso mehr. Ein paar Tage lang hatte sie am Anfang eines Regenbogens gestanden und nicht bedacht, dass dieser am Ende auch wieder abwärts führte.

Zu jung … Bislang war ihr noch kein Mann begegnet, der sie für zu jung gehalten hatte. Es war nicht gerecht, dachte sie. Dieses Leben, dieses Land. Nichts davon war gerecht.

Vielleicht hatte Nikolai ja recht, und ihr Aussehen war wirklich das Einzige, worauf sie bauen konnte. Vergiss diesen Job, sagte sie sich. Kolonnenführerin … Weiter würde sie es in dem Unternehmen eh nicht bringen. Nicht ohne Studium, nicht ohne Ausbildung. Und außerdem – war dieser Job wirklich das Größte, was sie vom Leben zu erwarten hatte? Dies und eine Beziehung mit einem Typen wie Nikolai, der abends dreckverschmiert nach Hause kommen und ihr ewig vorhalten würde, wie sie nur so naiv hatte sein können, tatsächlich an einen Aufstieg zu glauben?

Nein.

Da musste es noch mehr geben.

Irgendwo da draußen, hinter dem Horizont.

Nach Feierabend lief Nadeschda ziellos durch die Stadt. Vorbei an den Ladenzeilen der Innenstadt, hinunter zum Gorki-Park. Ein kalter Ostwind wehte ihr um die Ohren und übertönte den Lärm der Autos und die Pfiffe der Männer, die ihr entgegenkamen. Sie ließ sich treiben, hatte ihr Ziel schon seit Stunden aus den Augen verloren, und in ihrer Handtasche brannte die Broschüre der Agentur die ganze Zeit wie Feuer.

Ihr war klar, was Männer wirklich von ihr wollten, und nach der Absage war sie auch bereit, es ihnen zu geben. Nicht hier, für ein paar Rubel, aber in Deutschland, für harte Euro. Ein paar Jahre nur, dann würde sie wiederkommen, die Taschen voller Geld, und in Minsk ihr eigenes Geschäft eröffnen.

Sie würde dann immer noch jung sein, Anfang zwanzig vielleicht, aber mit einer Zukunft vor Augen, die endlich lebenswert war. Alles, was sie dafür tun musste, war, zwei, drei Jahre lang über ihren Schatten zu springen. Wie schlimm war das schon?

Nicht schlimmer als die Stunden, die sie putzend auf den Knien verbrachte. Nicht schlimmer als die Abende zu Hause, wo die Armut allgegenwärtig war, das Leid der Mutter, ihr sabbernder Bruder. Am Ende war es eine ganz einfache Entscheidung: Wenn man keine Chance hatte, das zu tun, was man gerne tat, konnte man wenigstens das tun, was am meisten Geld einbrachte.

Nadeschda setzte sich vor einer Bushaltestelle auf die Bank und wartete. Menschen traten in ihr Blickfeld und verschwanden wieder. Es waren graue Menschen mit müden Gesichtern, in denen keine Hoffnung oder Fröhlichkeit zu sehen war. Ihre Schultern hingen durch, der Blick war zu Boden gerichtet. Niemand lächelte, weil es hier einfach nichts gab, was einen fröhlich stimmen konnte. Ganz Weißrussland kam ihr wie ein einziges großes Gefängnis vor. Wie ein Ort, an dem Träume entstehen, aber nicht aufblühen konnten.

Als der Bus endlich kam, erhob sie sich nicht. Sie sah die Türen aufgehen und den Fahrer einen Moment lang warten. Dann schlossen sie sich wieder. Das Dieselgeräusch wurde lauter, der Auspuff stieß eine dunkle Wolke aus, dann fuhr der Bus los. Ohne sie. Sie schaute ihm noch hinterher, als er schon lange verschwunden war.

Dann stand sie auf und lief die Straße hinab, bis sie eine funktionierende Telefonzelle fand. Kramte in ihrer Handtasche nach der Broschüre und nach Kleingeld, um den Anruf zu tätigen, der ihr Leben verändern sollte.

Sie wusste nicht, was sie dort erwartete, aber sie wusste, wo sie hinwollte.

Nach Deutschland.

BERLIN

Als Born am nächsten Freitag vor Norahs Haus parkte, türmten sich immer noch schwarzgraue Wolken am Himmel, die das ohnehin spärliche Abendlicht vollständig schluckten. Bis vor wenigen Minuten hatte es heftig geregnet, und der Asphalt glänzte immer noch feucht im Scheinwerferlicht vorüberfahrender Autos.

Sie brauchten eine gute halbe Stunde bis zum *Casa Allegro*, wo er den Wagen auf dem Parkplatz hinter dem Club abstellte. Er war von der Straße aus nicht einsehbar, was die auf Diskretion bedachten Gäste sicherlich zu würdigen wussten. Norah warf ihm einen letzten Seitenblick zu und sagte: »Ich muss bescheuert sein.« Dann stiegen sie aus.

Der Club war in einer weißen, zweistöckigen Villa untergebracht, die mit ihrer ausladenden Veranda und den darauf angebrachten Säulen etwas Südstaatenhaftes ausstrahlte. Alles an dem Gebäude wirkte stilvoll, von der reich verzierten Eingangstür aus Massivholz bis zu dem goldfarbenen Klingelknopf, auf dem der Name des Clubs eingraviert war und auf den Born jetzt den Finger legte.

Die Frau, die ihnen kurz darauf öffnete, sah atemberaubend aus. Lange schwarze Haare, braune Rehaugen und hohe Wangenknochen. Sie fragte nach dem Codewort, Born nannte es ihr, dann traten sie ein. Rehauge reichte ihnen zur Begrüßung zwei Gläser Champagner, dann führte sie die beiden in einen Raum, der dem Umkleidebereich eines Schwimmbads ähnelte, nur deutlich exquisiter eingerichtet war. Born sah ausladende Kristallleuchter und goldumrandete Spiegel, die an weinroten Wänden hingen.

Nachdem die Empfangsdame sie allein gelassen hatte, verstaute Norah ihren Blazer in dem ihr zugewiesenen Spind und drehte sich um. »Was ist los? Sind Sie auf einmal schüchtern geworden?«

Er gab ein verächtliches Geräusch von sich und zog sich aus, bis er nur noch eine eng anliegende schwarze Boxershort trug und ein ebenfalls schwarzes Shirt, das am Hals V-förmig ausgeschnitten war und seinen Oberkörper betonte.

Anschließend warf er Norah einen Bick zu und erstarrte. Er wusste nicht einmal, wie man das nannte, was sie da trug. Spontan erinnerte es ihn an einen roten Badeanzug, nur … vollkommen anders. Verspielter und aufregender. Das weit ausgeschnittene Oberteil war mit durchsichtiger Spitze besetzt. Auf dem Rücken wurde es von Schnüren gehalten, einer Korsage nicht unähnlich. Es ließ vieles erahnen, aber nur wenig erkennen, was das ganze Gebilde noch reizvoller machte.

Dazu kam, dass ihr Körper makellos war. Sehnig und trainiert, zugleich weich und kräftig. Eine Kurve ging in die andere über, endlos, nahtlos, von ihrer Schulter über die Taille und den Hüften bis zum Hintern, wo alles wieder von Neuem begann. Dazu ihr glänzendes blondes Haar, die leuchtenden Augen, das ebenmäßige …

»Was gucken Sie so komisch?«

»Ich gucke nicht komisch«, widersprach er lahm, nachdem er den Blick abgewandt hatte. »Ich mag Frauen! Ich nehme an, das ist biologisch bedingt.«

»Genau wie meine Abneigung dummen Sprüchen gegenüber!«

Jetzt schwieg er.

Kurz bevor die Situation peinlich wurde, fragte Norah: »Was ganz anderes – sollen wir uns nicht duzen? Ich meine ... alles andere würde in dem Laden hier doch auffallen.«

Er hatte nichts dagegen. Erwiderte, dass sie das »Herr« gerne weglassen könne und ein einfaches »Born« genüge. Alexander gehe auch, aber seinen Nachnamen mochte er lieber.

Sie schaute ihn mit zur Seite gelegtem Kopf an. »Hat Ihnen ... ich meine, *dir* ... schon mal jemand gesagt, dass du ziemlich merkwürdig bist?«

»Ich hörte davon.«

Sie lächelte, dann gingen sie los.

Born hatte ein Monument schlechten Geschmacks erwartet, einen Sextempel für Neureiche mit zur Schau gestelltem Luxus. Stattdessen sah das Innere des *Casa Allegro* überraschend dezent aus. Die Wände waren in einem dunklen Rot gestrichen, die Stühle und Barhocker mit Leder im Farbton der Wände bezogen. Hinter der Theke aus glänzendem Mahagoni hing ein meterlanger Spiegel, vor dem unzählige Flaschen standen. Manche waren dunkelblau und schlank, andere schwarz mit roten Wachssiegeln, wiederum andere milchig weiß wie Eis, das man aus der Oberfläche eines Sees herausgesägt hatte.

Viel Geld war in die Inneneinrichtung geflossen, aber noch mehr in die Damen, die dort arbeiteten oder auf den Barhockern saßen. Born sah langhaarige Blondinen mit großen Brüsten, von Schönheitschirurgen geschaffene Lippen und endlos lange Beine, die in High Heels endeten.

Nichts hier war billig, wenn man von den Aktivitäten einmal absah.

An den Tischen verteilt, saßen rund fünfzehn Paare meist mittleren Alters. Einige unterhielten sich angeregt, während andere mit dem Körper ihres Gegenübers beschäftigt waren. In einer halbrunden Sitznische küsste ein Mann eine Frau, während eine andere Frau zwischen ihren Beinen kniete und den Kopf sanft auf und ab bewegte.

»Du glotzt dir bald die Augen aus, Born«, wies Norah ihn zurecht. »Als du mit dem Vorschlag rüberkamst, hier aufzukreuzen, dachte ich, du würdest dich in solchen Clubs auskennen. Stattdessen verhältst du dich gerade wie ein kleiner Junge, der zum ersten Mal bei *Toys R Us* ist.«

»Was man von dir nicht behaupten kann. Aber vielleicht unterscheiden sich unsere diesbezüglichen Erfahrungen ja.«

Sie sah ihn missbilligend an. »Was habe ich gesagt, Born? Ich sagte: Keine blöden Sprüche oder Anspielungen! Noch etwas in der Richtung, und ich bin schneller durch die Tür, als du ›Gruppensex‹ sagen kannst.«

Er hob entschuldigend die Hände, dann suchten sie sich einen Tisch, von dem aus sie den Raum gut im Blick hatten.

Die nächste halbe Stunde gehörte zu den sonderbarsten seines Lebens. Knapp die Hälfte der Paare blieb unter sich, die anderen kamen mit anderen Paaren ins Gespräch. Ab und zu verschwanden zwei Paare kurz darauf, um das obere Stockwerk aufzusuchen. Auch die Damen auf den Barhockern wurden häufig angesprochen. Eine kurze Frage, ein Nicken, zwei, drei weitere Sätze, und man entfernte sich zu dritt.

Zweimal traten Paare auch an ihren Tisch, und Born

entging nicht, wie die Männer Norah musterten. Sobald man ihnen jedoch zu verstehen gab, dass man an einer Vertiefung des Kontakts kein Interesse hatte, zogen sie sich wieder zurück. Im Großen und Ganzen lief alles deutlich entspannter ab, als Born es sich zuvor vorgestellt hatte.

Zumindest, bis drei Männer den Club betraten, die die Aufmerksamkeit der anwesenden Gäste sofort auf sich zogen. Zwei davon hatte er bereits an der Tür gesehen, der dritte musste Ludger Stramski sein. Er entsprach genau Norahs Beschreibung: ein Mann mit schütterem Haar und aufgeschwemmten Gesichtszügen, dessen Bauch weit über den Rand der Hose hing. Seine Wangen waren so fett, dass die Augen darüber nur noch schmale Schlitze darstellten, und sein Kopf sah aus, als wäre er aus irgendeinem weichen Material hergestellt und mehrmals heruntergefallen.

Die drei Männer nahmen in einer Sitzgruppe Platz, und keine Minute später servierte ihnen eine der Angestellten eine in einem Eiskübel steckende Flasche Champagner. Stramski klopfte auf seine monströsen Oberschenkel, und das dunkelhäutige Mädchen setzte sich. Sie legte ihm einen Arm um die Schultern, während er seine Hand in ihr Höschen schob und etwas zu ihr sagte, was sie pflichtschuldig lachen ließ.

Born stand auf.

»Was hast du vor?«

Er antwortete Norah nicht und ging auf den Clubbetreiber zu. Ein kurzer Blick Stramskis, ein winziges Zögern. Als Born nur noch wenige Meter entfernt war, erhoben sich die Türsteher.

Seine nächste Worte waren so laut, dass der halbe Club sie hören konnte. »Wer hat Lydia Wollstedt ermordet?«

Mittlerweile hatte Stramski seinen massigen Körper ebenfalls hochgewuchtet und zeigte mit dem Finger in seine Richtung. »Was willst du, Wichser?«

»Wer hat Lydia Wollstedt getötet?«

»Woher soll ich wissen, wer deine Scheißkollegin umgelegt hat?«

Sein erster Fehler.

»Wer?«, wiederholte Born.

»Du verpisst dich jetzt«, sagte Stramski und richtete den Zeigefinger erneut auf ihn. »Ganz schnell! Ansonsten tragen wir dich raus.«

Stramski schien sich hinter seinen beiden Türstehern ausgesprochen sicher zu fühlen.

Sein zweiter Fehler.

Born ging einen weiteren Schritt auf die drei zu, bevor der Klang seines Namens ihn stoppte.

»Born!«

Er drehte sich um.

»Nicht hier und nicht jetzt«, sagte Norah beschwörend.

Dann schaute er wieder Stramski an, der sich offensichtlich freute, dass Born den Blick zuerst abgewendet hatte.

»Eines kann ich dir aber verraten«, sagte der Fettsack. »Als wir deine Freundin auf der Bühne gefickt haben, hat sie ordentlich geschrien. Scheinbar hast du es ihr ...«

Sein dritter und letzter Fehler.

Dem ersten Türsteher rammte Born den Ellbogen gegen die Schläfe. Der Mann stürzte zu Boden, vielleicht ohnmächtig, vielleicht nicht. Als der zweite zu einem Schlag ausholen wollte, brach Born ihm mit einer rechten Geraden das Jochbein. Der Typ wankte, und Born setzte nach. Einen weiteren Schlag ins Gesicht konnte der Türsteher auch noch wegstecken, ein wuchtiger Haken in die Nieren brachte ihn zu Fall, der darauffolgende Fußtritt knipste das Licht aus.

Der dicke Clubbetreiber quietschte wie ein in die Enge getriebenes Schwein und hob die Hände, um sein feistes Gesicht zu schützen. Born schlug in die lächerliche Deckung hinein und spürte mit Genugtuung, wie Stramskis Nase brach.

Bevor er umfallen konnte, packte Born seine wenigen, aber langen Haare, und hielt den Kopf des Mannes hoch. Dann gab er ihm Ohrfeigen. Erst links, dann rechts, dann wieder links, bis der Fettsack nur noch wimmerte.

»Sag Koslow«, noch eine Ohrfeige, »dass ich ausschließlich an Lydias Mörder interessiert bin. Sag ihm, dass es ein Ende hat, wenn ich ihn habe. Frag ihn, ob sein Killer ihm das wirklich wert ist.«

Ein letzter Schlag, dann ließ er Stramski los. Blickte auf das, was er angerichtet hatte, und wandte sich mit einem zufriedenen Lächeln ab.

Der Platz, auf dem Norah bis eben noch gestanden hatte, war leer. Er machte sich auf die Suche nach ihr und fand sie in den Umkleideräumen.

Sie sah ihn ausdruckslos an.

»Du sagst ja gar nichts?«

Sie zog die Augenbrauen hoch, während sie ihre Sachen aus dem Spind holte. »Was soll ich sagen? Du weißt ja selbst, dass deine Neigung zur Gewalt beängstigend sein kann.«

Er öffnete seinen Spind. »Du findest, ich hätte den Kerl nicht schlagen sollen?«

»*Das* habe ich nicht gesagt!«

Er lächelte, dann verließen sie den Club. Fuhren los, um

sich einen Parkplatz zu suchen, wo sie sich in Ruhe umziehen konnten.

Alles an den beiden Männern war schwarz. Die Helme, die Lederanzüge und die Stiefel, die sie trugen. Sie verloren ihr Ziel niemals aus den Augen, auch heute nicht. Die Maschinen, die sie dabei benutzten, waren 640er KTMs, geländegängig und schnell. Für Sergej und Andrej gab es für eine Observierung nichts Besseres.

Mal fuhren sie in exakt gleichem Abstand nebeneinanderher, sodass ihre Lichtkegel in Borns Rückspiegel wie die eines anderen Autos aussehen mussten. Dann wieder hintereinander. Ab und zu schalteten sie ihre Schweinwerfer auch aus, um vorzutäuschen, sie wären abgebogen. Sie wussten, dass ohne Licht durch die Nacht zu fahren, wesentlich einfacher war, als man dachte – kritisch waren nur die ersten Sekunden, die die Augen brauchte, um sich an die Dunkelheit zu gewöhnen. In dieser Zeitspanne dienten ihnen die Rücklichter des Mondeos als Orientierung.

Zu dieser späten Stunde herrschte rund um Potsdam kaum noch Verkehr. Das war das platte Land, und das Land schlief. Die einzigen Lebewesen, die ihnen in den letzten Minuten begegnet waren, waren aufgeschreckte Kaninchen, die vor den Motorrädern über die Straße flitzten und wie kleine Pelzraketen im Unterholz verschwanden.

Sie waren Born schon den ganzen Abend lang gefolgt. Hatten gesehen, wie die unbekannte Frau zu ihm ins Auto gestiegen war und die beiden kurz darauf das *Casa Allegro* aufsuchten. Sie hatten daraufhin Koslow verständigt und neue Anweisungen erhalten.

Abwarten, hatte er gesagt.

Vorerst nur beobachten.

Und genau das taten sie. Als der Ex-Bulle und die Frau den Club zwei Stunden später wieder verließen, blieben sie weiterhin an ihnen dran. Wie Dämonen aus dem Schattenreich, die durch die Nacht rasten. Körperlos. Ruhelos. Bis jetzt.

Bis zu dem Moment, als die Bremslichter des Mondeos plötzlich aufleuchteten und der Wagen einen kleinen Rastplatz ansteuerte, der abseits der Landstraße lag.

Die Zwillinge ließen die KTMs im Leerlauf und mit ausgeschalteten Scheinwerfern daran vorbeirollen, bis sie eine Stelle fanden, die von der Straße aus nicht einsehbar war. Dort stellten sie ihre Maschinen ab, schalteten die Motoren aus und warteten. Um sie herum war nichts als Dunkelheit, und das einzige Geräusch kam vom leisen Knacken der sich abkühlenden Motoren.

Sie mussten nicht miteinander reden. Jeder kannte seine Aufgabe, und ihr Timing war perfekt aufeinander abgestimmt. Ihre ganze Konzentration galt jetzt der Frau und dem Mann, die zweihundert Meter hinter ihnen parkten. Dem Moment, der vor ihnen lag. In Tschetschenien hatte Koslow ihnen immer und immer wieder gesagt, dass jede Handlung, die nicht der Fokussierung diente, ein Fehler war und tödlich enden konnte.

Und sie hatten ihm gut zugehört. Waren gelehrige Schüler gewesen.

Als Andrejs Handy plötzlich in der Lederkombi vibrierte, zuckte er nicht einmal zusammen. Er holte das Mobiltelefon heraus, schirmte das Display mit der Hand ab und las die eingegangene Nachricht. Anschließend informierte er seinen Bruder mit kurzen, präzisen Sätzen.

Kurz darauf starteten die beiden ihre Maschinen und fuhren zu dem Club zurück.

DER WANDERER

Der Wanderer hatte Metropolen noch nie gemocht. Er war kein urbaner Mensch, fühlte sich in ländlichen Gegenden einfach wohler. Wo es Tiere gab, Natur und Stille.

Die Weite.

Hier war der Mensch nur ein kleiner Teil des Ganzen und keine Spezies, die alle anderen dominierte. Das hatte er noch nie gewollt, und dementsprechend sah auch sein Zuhause aus. Das Grundstück war sechshundert Quadratmeter groß, was für diese Gegend nicht viel war, für ihn aber ausreichend. Er hatte es von seinen Eltern geerbt, und es lag an einem See mit Trauerweiden, auf dem oftmals Schwäne ihre Bahnen zogen. In den Sommermonaten döste er oft auf den saftigen Wiesen nahe dem Ufer, starrte in den Himmel und genoss die Gesänge der Vögel.

Das Haus des Wanderers hatte hundertfünfzig Quadratmeter Wohnfläche, und es war ein schönes Haus. Tiefe Fensterhöhlen, getünchte Wände und Holzbalken unter der Decke. Im Sommer war es kühl, im Winter hielt es gut die Wärme. Die Böden waren durchgängig mit Parkett belegt, und in einigen Räumen lagen Teppiche aus Südamerika, die er auf seinen Reisen gekauft hatte.

Ein schlichtes, würdevolles Haus.

Schön, aber in keiner Weise protzig.

Einmal pro Woche zog er sich elegant an, Anzug und Krawatte, und fuhr an das Grab seiner Eltern. Als sie kurz nacheinander gestorben waren – beide eines natürlichen Todes –, waren auch die letzten Verbindungen zu seinem früheren Leben ausgelöscht worden, und immer, wenn er dastand und auf ihren Grabstein blickte, wünschte er sich, die Zeit mit ihnen noch einmal erleben zu können.

Er wusste, dass es ein weiter Weg gewesen war, der ihn von den Sommermonaten auf Borkum bis an das Grab seiner Eltern geführt hatte. Ein Weg, auf dem einige Markierungsmarken herausragten, und oftmals fragte er sich, wie alles gekommen wäre, wenn er sich an diesen Weichen des Lebens für eine andere Richtung entschieden hätte.

Jeder Mensch stellte sich solche Fragen.

Aber nicht bei jedem fielen die Antworten so dramatisch aus.

Er war, was er war, und er tat, was er tun musste. Und alles hatte mit allem zu tun. Vor allem mit Sven.

Nach dem Besuch auf dem Friedhof fuhr der Wanderer ziellos durch die Gegend, wobei er wie immer Musik hörte. Zarte, leise Klänge, die den Innenraum seines Wagens fluteten. Er passierte Bauernhöfe und einzelne Häuser, und längst vergessene Erinnerungen stiegen in ihm auf. Er hatte einen Großteil seiner Kindheit in dieser Gegend verbracht, war hier zur Schule gegangen, hatte in einer Dorfdisko keine zehn Kilometer entfernt zum ersten Mal ein Mädchen geküsst.

Er war damals fünfzehn gewesen, und eigentlich wollte er an diese Zeit nicht zurückdenken, es schmerzte zu sehr. Aber die Vergangenheit ließ sich nicht so einfach abschütteln, das wusste er. Sie glich einem Rudel hungriger Wölfe, die einen verfolgten und keine Ruhe gaben, bis man sich umdrehte und sich ihnen stellte.

Also stellte er sich ihnen.

Sven war zu Besuch gewesen in dem kleinen Ort zwischen Frankfurt und Aschaffenburg, in dem der Wanderer mit seiner Familie gelebt hatte. Es waren Osterferien, und es war für diese Jahreszeit außergewöhnlich warm gewesen. So warm, dass sie nur mit T-Shirts und Jeans bekleidet auf seinem Mofa in den Nachbarort gefahren waren, um die dortige Disko zu besuchen. Bis 22 Uhr durften sie wegbleiben, »Kinderdisko« nannten es die Älteren, und es war der letzte Abend, bevor Sven wieder abreisen musste.

Er wusste nicht mehr, wie das Mädchen hieß, das er dort getroffen hatte. Sabine, Susanne, irgendwie so was. Er wusste nur noch, dass sie schön gewesen war und dass er sich binnen weniger Minuten in sie verliebt hatte. Er hatte sie angehimmelt, anders als Sven, der noch kein Interesse an Mädchen zu haben schien.

Er verbrachte den ganzen Abend mit ihr. Sie tanzten, tranken, lachten und warfen sich Blicke zu, die in ihrer Eindeutigkeit nicht fehlzuinterpretieren waren. Billy Idol besang *Sweet Sixteen* und George Michael bekundete, dass er Sex wolle. Als die britische Band Depeche Mode *Strangelove* anstimmte, küsste sie ihn, und er wusste noch, dass ihm vor Aufregung fast schlecht geworden war.

Später dann, auf dem Weg nach Hause, lachte er und hielt seine langen Beine in den Fahrtwind gestreckt, während Sven auf dem Mofa hinter ihm saß und ihn mit den Armen umklammerte.

Alles war perfekt.

Dachte er.

Nachdem sie zu Hause angekommen waren, zogen sie sich um, putzten sich die Zähne und gingen ins Bett. Sven schlief sofort ein, im Bett gegenüber, und der Wanderer starrte im Dunkeln an die Decke und dachte an das Mädchen. Irgendwann schob er seine Hand unter die Bettdecke, umfasste seinen Penis und dachte weiter an sie. Hörte nicht, wie Sven, wach geworden durch die Geräusche, aufstand und zu ihm kam. Spürte nur, wie er unter seine Decke kroch und ihn dort berührte, wo er sich gerade noch selbst berührt hatte.

Er hatte wie erstarrt dagelegen und ihn gewähren lassen. Hatte stillgehalten, bis es vorbei war.

Dann waren der Zorn gekommen, der Ekel und die Verständnislosigkeit. Wie kochende Lava stieg die Wut in ihm auf und überflutete alles. Plötzlich hasste er Sven, diese Schwuchtel, die ihn selbst schwul machen wollte. Seine eigene Hilflosigkeit machte ihn noch wütender, und diese Wut brauchte ein Ventil, also schlug er ihn. Ließ die Faust in Svens Gesicht krachen, einmal, zweimal. Schläge, mit denen er alles ungeschehen machen und sich selbst beweisen wollte, dass er ein *richtiger Mann* war.

Er ließ erst von ihm ab, als Sven weinend und rotzverschmiert »Warum?« stammelte.

Der Wanderer war damals so jung gewesen, hatte es weder begreifen noch verarbeiten können, geschweige denn verstehen. Also hatte er Sven aus dem Bett geworfen und ihn mit den übelsten Schimpfwörtern bedacht.

Bis Ruhe war.

Bis das Weinen irgendwann endete.

Dann hatte er sich umgedreht und so getan, als würde er schlafen, obwohl er in dieser Nacht kein Auge zubekam. Permanent schossen ihm in der Dunkelheit Fragen durch den Kopf, auf die er keine Antworten kannte.

Auch am nächsten Morgen redeten sie nicht miteinander. Sie trauten sich noch nicht einmal, sich in die Augen zu sehen. Als die Mutter beim Frühstück den Wanderer fragte, woher Svens aufgeplatzte Lippe komme, erzählte er irgendetwas von einer Schlägerei in der Disko, während Sven stumm auf die Tischplatte starrte und nickte.

Seine Mutter hatte Diskotheken noch nie leiden können, also glaubte sie ihm.

Am späten Nachmittag kamen dann Svens Eltern, um ihn abzuholen und wieder nach Hause zu bringen. Sie legten seinen mit bunten Aufklebern versehenen Koffer in das Heck ihres Kombis, lachten und plapperten und merkten nichts.

Er verstand nicht, warum sie nichts merkten.

Als Sven zum Abschied noch einmal winkte, drehte er sich um und rannte ins Haus. Seine Beine zitterten, ein unsichtbarer Eisenring schnürte seine Brust ein. Er bekam kaum noch Luft, konnte die Bilder nicht aus seinem Kopf verdrängen. Hatte das Gefühl, etwas Wertvolles für immer verloren zu haben.

»Bist du traurig?«, fragte seine Mutter, als sie kam, um nach ihm zu sehen.

»Ja«, antwortete er.

Ein einziges Mal sollte er seinen Cousin noch wiedersehen.

Jahre später.

BERLIN

Als Born Norah vor ihrer Tür absetzte, war es bereits kurz nach eins. Anschließend fuhr er nach Hause, mixte sich einen Drink, legte die Beine hoch und dachte nach. Wenn er all das Negative wegstrich, die Begegnung mit Stramski und den Ausbruch von Gewalt, war es ein schöner Abend gewesen.

Aufregend und ungewohnt.

Er hatte sich in Norahs Gesellschaft wohlgefühlt. Sie hatten zusammen gelacht, und durch ihr gemeinsames Ziel hatte er sich ihr stärker verbunden gefühlt als jedem anderen Menschen, dem er nach der Haft begegnet war. Alles war gut gelaufen, und dennoch versetzte ihre Existenz ihm einen Stich.

Bislang war seine Einsamkeit nur ein feiner Schmerz gewesen, der von einer alten Wunde herrührte, die er kaum noch spürte, weil sie schon zu einem Teil seiner selbst geworden war. Durch Norah war diese Wunde wieder aufgerissen worden, und das wollte er nicht. Wenn man bestimmte negative Dinge einmal erlebt hat, vergisst man sie nie. Man sammelt diese Augenblicke, einen nach dem anderen, bis sie sich zu einem Berg aus Enttäuschungen anhäufen, der einem klarmacht, dass man alleine am besten dran ist. Vielleicht war dies auch der Grund für seinen Widerwillen, neue Menschen in sein Leben zu lassen.

Genauer gesagt: neue Frauen.

Born wollte sich anderen Menschen nicht mehr emotional verbunden fühlen. Wollte keine Verantwortung übernehmen, sich um niemanden sorgen und niemandem gegenüber Rechenschaft ablegen. Er wollte nur noch für sich selbst existieren, frei von allen Verpflichtungen. Ein einsamer Jäger, der ausschließlich auf seine Beute fokussiert war.

So sah er sich.

Dann schlief er ein.

Lydia sah anders aus als sonst, als sie vor seiner Tür stand. Unruhig, fast schon gehetzt. Er trat einen Schritt zur Seite, und sie stürmte in sein Wohnzimmer, wo sie sich auf die Couch fallen ließ.

»Alles in Ordnung bei dir?«, wollte er wissen.

»Nichts ist in Ordnung, und das ist auch deine Schuld! Wie oft habe ich dich gebeten, Koller dazu zu bringen, mich in das Team aufzunehmen? Und was hast du bis jetzt getan? Gar nichts! Ich muss dabei sein, verstehst du? Das ist der größte Fall, den wir die letzten Jahre hatten, und ich bin komplett außen vor. Manchmal komme ich mir vor wie die Sekretärin, die keinen wirklichen Einblick erhält und sich um den Alltagskram kümmern muss, während die Herren die richtig bösen Jungs jagen.«

Er setzte sich zu ihr. »Dramatisierst du nicht ein wenig?«

»Komm mir nicht so! Ich bin nicht nur deine Freundin, ich bin mehr als das, und das solltest du eigentlich wissen.«

»Das weiß ich auch, aber es liegt nicht alleine in meinem und auch nicht in Peters Verantwortungsbereich, die Mitglieder einer Sonderkommission zusammenzustellen. Das wird ein paar Etagen weiter oben entschieden. Ich habe dich mehrmals vorgeschlagen, aber bislang noch

keine Rückmeldung erhalten. Ehrlich gesagt, verstehe ich sowieso nicht, warum dir ausgerechnet der Wanderer so wichtig ist.«

Sie stand auf und blickte ihn zornig an. »Nein, das verstehst du nicht. Genau genommen verstehst du überhaupt nichts. Dir geht es immer nur um dich. Du brichst Regeln, wenn es dir passt, und pochst auf deren Einhaltung, wenn es dir nützt.«

Langsam wurde er wütend. »Das ist nicht fair, und gerade du solltest wissen, dass das nicht stimmt.«

»Ach, leck mich!«

Dann stürmte sie genauso schnell aus seiner Wohnung, wie sie sie betreten hatte, und ließ ihn ratlos zurück.

Er wusste nicht, was mit ihr los war.

Er verstand nicht, was sie antrieb.

Er hatte keine Ahnung, dass dies das letzte Mal war, dass sie sich in Freiheit sahen.

Irgendetwas summte, unangenehm und laut. Born brauchte einen Moment, um festzustellen, dass das Geräusch von der Türklingel kam, und einen zweiten, um zu erkennen, dass es draußen bereits hell geworden war. Er musste gestern Abend auf dem Sofa eingeschlafen sein. Immer noch trug er die Klamotten, mit denen er nach Hause gekommen war, und ein unangenehmer Geschmack im Mund machte ihm klar, dass er vor dem Einschlafen die Zähne nicht geputzt hatte.

Halb benommen stand er auf, ging zur Tür und öffnete.

Peter stand dort, zusammen mit einem etwa fünfzigjährigen Mann, den er nicht kannte. Der Fremde trug einen ordentlich gebügelten Anzug und eine goldumrandete Brille. Sein Haar war sauber gescheitelt, das Gesicht glatt rasiert.

»Ein hübsches Paar«, sagte Born. »Wenn ihr meinen Segen wollt, den habt ihr!«

Peter ging nicht darauf ein und stellte seinen Begleiter als Adam Königsberg vor. Einen Mitarbeiter des Verfassungsschutzes, der Mann zeigte Born seinen Ausweis.

»Herr Königsberg wollte mit dir reden, Alex«, sagte Peter. »Ich habe ihn nur begleitet.«

»Kann Königsberg auch selbstständig sprechen?«

»Und ob er das kann«, erwiderte der Mann. »Dürfen wir hereinkommen?«

Zu dritt gingen sie ins Wohnzimmer und setzten sich, wobei Born schnell die Decke zur Seite räumte, unter der er geschlafen hatte. »Wenn ihr nicht gekommen seid, um eure Verlobung bekannt zu geben, was wollt ihr dann?«

»Es freut mich, dass Sie so schnell zur Sache kommen«, behauptete Königsberg, »und lassen Sie mich deshalb direkt mit einer einfachen Frage beginnen: Wissen Sie, was ein Schattenboxer ist?«

Born lehnte sich zurück und starrte ihn an. Er hätte jetzt gerne die Zähne geputzt und einen Kaffee getrunken.

»Möchten Sie mir nicht antworten?«, hakte Königsberg nach.

»Doch«, erwiderte er. »Aber dafür müssten Sie aufhören, mir Fragen zu stellen, die klingen, als ob ich ein Vollidiot wäre.«

»Ein Schattenboxer kämpft gegen einen imaginären Gegner, und genau so fühlen wir uns, wenn es um die Russenmafia geht«, fuhr Königsberg unbeeindruckt fort. »Wir schlagen zu, treffen sie aber nicht. All die Prozesse gegen die ›Diebe im Gesetz‹, von denen Sie eventuell gelesen haben – da saßen immer nur kleine Lichter auf der Anklagebank, nie die Hintermänner. Es gelingt uns einfach nicht, ihre Strukturen aufzubrechen. Stattdessen werden sie immer einflussreicher und breiten sich aus. Wie ein Krebsgeschwür, das Metastasen bildet.«

Eine tolle Rede. Wahrscheinlich hatte der Schlipsträger sie auswendig gelernt.

»Was hat der Verfassungsschutz damit zu tun?«, wollte Born wissen. »Organisierte Kriminalität ist Sache des Bundeskriminalamtes, nicht Ihrer Dienststelle.«

»Die Russen verkaufen Waffen. An jeden, auch an islamistische Terrorgruppen. Das macht das Ganze zu unserer Sache.«

Wenigstens diesen Teil glaubte Born ihm.

»Ich sage es Ihnen, wie es ist: Wir sind dabei, diesen Schattenkrieg zu verlieren! Die Russen haben sich perfekt in unserem Rechtssystem eingerichtet und haben verstanden, wie man an das große Geld kommt, ohne in der Öffentlichkeit zu stehen. Sie benutzen seit Jahren türkische oder arabische Gangs und halten sich selbst im Hintergrund. Anders ausgedrückt: Es gibt kaum noch Lücken in ihrer Deckung. Niemand packt aus, schon gar nicht gegenüber den Behörden, und unsere einzige Chance, an Informationen zu kommen, besteht darin, V-Leute einzusetzen.«

Born lachte auf. »Der Verfassungsschutz und seine V-Leute – eine einzige Erfolgsgeschichte, nicht wahr? Ich bin sicher, die Russen zittern schon vor Ihnen.«

Königsberg sah aus, als hätte er in eine Zitrone gebissen. »Es gab ein paar bedauerliche Vorkommnisse, aber das heißt nicht …«

»Doch, genau das heißt es«, unterbrach Born ihn. »Machen wir uns nichts vor – Ihre Behörde ist ebenso inkompetent wie ineffektiv. Manchmal frage ich mich, wie Sie es dennoch schaffen, von der Regierung mit derartigen Befugnissen ausgestattet zu werden. Aber um solche

Themen zu erörtern, sind Sie ja sicher nicht gekommen, oder?«

»Richtig. Es geht um Stramski.«

Born brauchte ein paar Sekunden, dann verstand er. Das anschließende Lachen kam tief aus seinem Inneren. »Ich packe es nicht – die fette Qualle ist einer Ihrer V-Leute?«

»*War*, Herr Born. Wir können die Vergangenheitsform benutzen. Stramski ist tot.«

Auf einen Schlag war Born hellwach. »Sie wollen doch nicht behaupten, ich hätte ihn umgebracht?«

»Das nicht, aber eine halbe Stunde nach Ihrer ... nun ja ... *kleinen Auseinandersetzung* betraten zwei Unbekannte den Club. Sie hatten Sturzhelme auf, trugen Lederkombis und hielten kurzläufige Maschinenpistolen in den Händen. Stramski saß zu der Zeit noch immer in einer der Nischen, wo sich ein Barmädchen um die Wunden kümmerte, die Sie ihm verpasst haben. Neben ihm hockte einer der Türsteher – der, den Sie nicht so hart erwischt haben. Der andere war bereits auf dem Weg ins Krankenhaus, was ihm wahrscheinlich das Leben gerettet hat.«

»Die Motorradfahrer haben Stramski erschossen?«

»Ihn, das Barmädchen und den Türsteher. Laut Aussagen der anderen Gäste hat das Ganze keine zwanzig Sekunden gedauert.«

Borns Gedanken rasten. Auf alle anschließenden Fragen Königsbergs antwortete er so knapp wie möglich, um den Beamten schnell wieder loszuwerden.

Es dauerte keine Viertelstunde, dann hatte er ihm alles gesagt, was es über den Abend zu sagen gab. Das Einzige, was er für sich behielt, war die Identität seiner Begleiterin. Königsberg hatte ein paar Mal nachgefragt, es dann aber aufgegeben und sich in der Folge darauf verlegt, ihm mit den Folgen seines Handelns zu drohen, falls er sich weiterhin in den Fall einmischte.

Born nickte. Versicherte, dass er verstanden hatte, und dachte: Leck mich!

»Wir werden uns wiedersehen, Herr Born.« Königsberg war schon aufgestanden. »Dass ich Sie jetzt nicht verhaften lasse, haben Sie nur der Fürsprache Ihres ehemaligen Kollegen zu verdanken und dem Umstand, dass ich ein gewisses Verständnis für Ihre Situation aufbringe. Außerdem ist mir, ehrlich gesagt, der ganze Aufwand für eine Anzeige wegen Körperverletzung zu groß. Aber – und das meine ich ganz ernst – übertreiben Sie es nicht! Sie sollten meine Nachsicht auf keinen Fall mit Schwäche verwechseln.«

Wieder nickte Born, dann war Königsberg weg.

Born schloss die Tür und ging zurück ins Wohnzimmer, wo Peter auf der Couch sitzen geblieben war, ihn jetzt anschaute und sagte: »Schön, dass du dich einsichtig gezeigt hast.«

»Was fällt dir ein, mir den Verfassungsschutz auf den Hals zu hetzen?«

»Ich?« Peter riss die Augen auf und zeigte mit dem Finger auf sich. »Das hast du ganz alleine geschafft, mein Lieber! Habe ich dich nicht gewarnt? Habe ich nicht gesagt, du sollst es sein lassen? Aber du lässt dich ja nicht aufhalten, wütest wie ein Berserker, zerlegst Stramski und seine Leute in Einzelteile und gibst dabei lauthals kund, warum du da bist.« Er schüttelte den Kopf. »Und dann reißt mich der Verfassungsschutz aus dem Bett. Heute Morgen um kurz nach sechs. Sie fragen, was ich ihnen über dich sagen kann. Ich frage, was sie wissen wollen. Sie fragen, wie es um unseren derzeitigen Kontakt bestellt ist und ob ich weiß, welche Pläne du hast. Ich versuche, ihnen nur Antworten zu geben, die dich möglichst nicht belasten, und verbringe die nächsten zwei Stunden damit, sie zu überzeugen, dass du mit Stramskis Ermordung nichts zu tun hast. Kannst du dir vorstellen, wie ich mich gerade fühle?«

»Fabelhaft, weil du endlich mal das Richtige getan hast!«

Peter schaute ihn zornig an. »Wer war die Frau?«

»Eine Frau.«

»Verarsch mich nicht! Ich will einen Namen.«

Born schüttelte den Kopf. »Das geht dich nichts an. Sie war einfach nur eine Frau, die mit mir in diesem Club war. Sie hat mit der Sache nichts zu tun, und sie wusste auch nicht, was ich vorhatte.«

»Wenn ich Königsberg nicht beruhigt hätte und du ein Alibi bräuchtest, müsstest du ihren Namen nennen.«

Born nickte. »Und ich bin dir dankbar, dass ich es jetzt nicht mehr tun muss.«

Peter breitete die Arme aus und ließ sie anschließend sinken. Eine Geste der Resignation, die wohl ausdrücken sollte, dass er Born für einen unbelehrbaren Idioten hielt. Dann fragte er: »Verrätst du mir wenigstens, was du jetzt vorhast?«

»An meinen Plänen hat sich durch Stramskis Tod nichts geändert. Ich werde weiterhin so lange herumrühren, bis Koslow mir den Wanderer liefert.«

»So einfach ist das?«

Born nickte. »So einfach.«

»Dazu wird es nicht kommen. Hör zu, Alex: Das wird nicht geschehen! Wir werden es verhindern.«

Mein Gott, dachte Born, deutlicher hätte er mir nicht sagen können, dass er für den Verfassungsschutz arbeitet.

»Wir waren Kollegen, und du weißt, wie viel Respekt

ich vor dir habe.« Peters Stimme klang jetzt beschwörend. »Ich achte dich, Alex – als Person und als Mann mit besonderen Fähigkeiten. Aber du wirst den Wanderer nicht zur Strecke bringen, von Koslow ganz zu schweigen. Du wirst höchstens dein Leben verlieren. Im Moment ist alles in Bewegung, und deshalb bitte ich dich – nein, ich flehe dich an –, deinen Plan aufzugeben. Heute noch. Ich versuche hier, dein Leben zu retten!«

Und ich versuche, deines zu zerstören, dachte Born. Denn wenn du nicht für den Verfassungsschutz arbeitest, stehst du auf Koslows Gehaltsliste.

Die heruntergekommene Hochhaussiedlung im Berliner Osten wusste nichts von der üppigen Schönheit des Herbstes, von rotgoldenen Blättern, dem betörenden Duft der Blumen und von Apfelbäumen, deren Äste sich unter der Last der Früchte bogen. Sie kannte keine Liebe und keine Pflege, keine sauberen Bürgersteige und keine Familien, deren Kinder Klavier spielten und sonntags adrett angezogen waren, um mit ihren Eltern einen Ausflug zu unternehmen.

Was diese Hochhaussiedlung kannte, waren Spielhallen und Dönerbuden, Neonröhren und Gewalt. Sie kannte unzählige Sprachen, aber keine Menschen, die einander zuhörten. Ein in Beton gegossenes Bild der Trostlosigkeit, vergessen und abgehängt vom Rest der Welt.

Norah brauchte eine Zeit lang, bis sie vor einem der Hochhäuser den richtigen Namen auf dem Klingelbrett gefunden hatte. Kurz darauf summte der Türöffner, und sie trat ein. Im Hausflur wurde sie von einem psychedelischen Licht aus flackernden Lampen empfangen, die abgestandene Luft roch säuerlich nach Urin. Trotz des wenig vertrauenerweckenden Eindrucks entschloss sie sich, den Aufzug zu nehmen.

Sie hatte Can Akyol lange nicht gesehen. Genauer gesagt, seit dem Tag, an dem sie seinen Sohn Oktay bei ihm abgeliefert hatte, der in eine üble Sache mit noch übleren Typen verwickelt gewesen war.

Es ging um einen Betrug an einem großen Onlinehändler, und der damals sechzehnjährige Oktay war als Strohmann eingesetzt worden, an dessen Adresse die Waren geliefert werden sollten. Norah konnte ihn gerade noch rechtzeitig aus der Sache herausholen und bei seinem Vater abliefern, was Oktay wahrscheinlich ein paar Ohrfeigen eingebracht hatte, ihm aber den Jugendknast ersparte. Die Dankbarkeit Can Akyols war groß gewesen, und er hatte versichert, von jetzt an in ihrer Schuld zu stehen. Eine Schuld, die sie nun einzulösen gedachte.

Er erkannte sie sofort wieder und begrüßte sie herzlich. Dann führte er sie ins Wohnzimmer und bot ihr Tee an, den sie dankend annahm. Cans Frau war vor über zehn Jahren gestorben, und seitdem zog er seinen Sohn und die zwölfjährige Tochter Aysegül alleine groß. Er musste jetzt knapp über vierzig sein; ein freundlicher Mann mit straff zurückgekämmten Haaren, bei dem sie schon damals das Gefühl hatte, ihn ewig zu kennen.

Can Akyol war ein guter Zuhörer. Ein liebenswerter Mensch mit einem sanften Lächeln. Sicherlich ein guter Vater. Sie redeten kurz über die Kinder, ihren Beruf, seine persönliche Situation, dann fragte Can Norah, wie er ihr helfen könne.

»Es fällt mir nicht leicht, Sie darum zu bitten, aber mir fällt sonst niemand ein, den ich fragen kann«, begann sie. »Ich habe kein Recht, Ihnen …«

Er hob beschwichtigend die Hände. »Haben Sie keine Hemmungen, bitte! Ich werde nie vergessen, was Sie für Oktay getan haben. Er hat übrigens gerade sein Abitur gemacht, habe ich Ihnen das schon erzählt?«

Der Stolz in seiner Stimme verstärkte ihr schlechtes Gewissen noch, doch dann dachte sie an Borns Worte. Daran, dass man Regeln brechen musste, wenn man die wirklich Bösen drankriegen wollte. Und das wollte sie, mehr als alles andere. Sie erzählte Can, worum es ging und was er für sie tun konnte.

Er hörte ihr aufmerksam zu, zuerst fassungslos, dann immer entschlossener. Nickte nur und unterbrach sie nicht. Anschließend versicherte er ihr, dass sie das Richtige getan habe und dass es gut gewesen sei, zu ihm zu kommen. Sie solle ihm einfach ein paar Tage Zeit geben und dann wiederkommen.

Die Sache sei kein Problem, versicherte er, und Norah konnte nur hoffen, dass er sich nicht irrte.

GARBICZ, POLEN

Der Tag war warm gewesen, aber anders als im Sommer hatte sich die Wärme des Tages nicht in die Nacht retten können. Jetzt war es kühl, und Adam Malinowski griff nach einer dicken Decke, um sie über sich und seine Frau Milena auszubreiten.

Die kalte Luft von draußen drang durch jede Ritze des nur spärlich isolierten Hauses. Es war alt, alt und abgewohnt. Schon oft hatten er und Milena überlegt, sich ein moderneres Heim zu kaufen, den Gedanken aber jedes Mal verworfen. Trotz des Geldes, das er verdiente. Der Grund dafür war ebenso einfach wie sentimental: Dies hier war sein Elternhaus. Hier war er geboren worden, und hier wollte er auch sterben, am liebsten in Milenas Armen, wenn der Zeitpunkt gekommen war.

Heimat.

In Momenten wie diesem konnte Adam Malinowski alles vergessen, was er gesehen hatte, und sogar vieles von dem, was er getan hatte. Dann konnte er sogar die Prostituierten verdrängen, mit denen er sich auf Partys vergnügt hatte, weil er sich einredete, dass diese Form von Sex nichts mit seiner Ehe zu tun hatte. Er merkte, dass die Ausrede selbst in seinen Ohren schwach klang.

»Was belastet dich, mein Schatz? Du wirkst so abwesend.«

Er schaute Milena an und streichelte ihr über das einst

so schwarze Haar. Grau war sie geworden, hatte Falten bekommen, die Augen wirkten müder als früher. Kein Wunder mit fünfundfünfzig, und dennoch liebte er sie wie am ersten Tag. Wusste, dass sich an diesem Gefühl auch niemals etwas ändern würde.

Mit müden Bewegungen griff er nach dem Glas Rotwein, das auf dem Tisch stand. »Nur die Arbeit, mein Liebling. Nur die Arbeit.«

Sie nickte. Obwohl er ihr nie genau erzählt hatte, was er für Koslow tat und welche Dinge er dabei erlebt hatte, wusste er, dass sie insgeheim ahnte, wie schlimm es war. Vielleicht fragte sie auch deshalb nicht.

Milena war schon immer gläubig gewesen, aber in den letzten Jahren hatte ihr Glaube sich zu einer tiefen Frömmigkeit entwickelt, die ihn beeindruckte, obwohl er sie selbst nicht nachempfinden konnte. Ihre unerschütterliche Hingabe an Gott, verbunden mit der Bereitschaft, Gutes zu tun und somit nach dem Tod das Himmelreich zu erlangen, berührte ihn. Milena brachte eine Seite in ihm zum Schwingen, von der er glaubte, sie schon lange verloren zu haben.

»Koslow ist ein böser Mensch«, sagte sie, und das war mit Abstand das Schlimmste, was sie jemals über einen anderen Menschen geäußert hatte. »Vielleicht ist er sogar das Böse selbst.«

Ihre Aussage erstaunte ihn, gerade weil sie sonst in jedem Menschen nur das Gute sah. Sie war davon überzeugt, dass jeder von Gott Vergebung erhielt, wenn er nur tief genug bereute und mit seinen Sünden abschloss. Jeder – nur nicht Koslow.

Auch Malinowski bereute.

Dann stellte er das Glas wieder auf den Tisch und schloss seine Frau in die Arme. Er dachte darüber nach, was für ein Glück er gehabt hatte. Manchmal wollte er glauben, dass sie einander einst wegen ihrer guten Eigenschaften geheiratet hatten, aber er wusste, dass dies nicht stimmte. Damals waren sie noch viel zu jung gewesen, um zu erkennen, was für Menschen sie waren und einmal werden würden. Ihm war bewusst, dass er einfach nur Glück gehabt hatte, dass die Wahl, die er vor mehr als drei Jahrzehnten getroffen hatte, sich als so bemerkenswert richtig erwies.

Zumindest für ihn.

Aus Milenas Sicht sah das wahrscheinlich anders aus. Eigentlich hatte er sie nicht verdient. Genau genommen, hatte jemand wie er gar nichts verdient. Die Hölle vielleicht.

Und genau da war er ja auch gelandet.

Dann klingelte sein Handy.

Er schaute seine Frau entschuldigend an, strich ihr noch einmal über den Kopf, stand auf und ging ran. Hörte zwanzig Sekunden lang zu, ohne selbst etwas zu sagen. Beendete anschließend das Telefonat und drehte sich um.

»Ich muss noch einmal weg.«

Milena betrachtete ihn mit einem Blick, in dem er so vieles zu erkennen glaubte. Enttäuschung lag darin, Angst und Ungewissheit. Sie wusste nie, ob er wieder heimkommen würde, und einen bitteren Moment lang hasste er sich selbst für das, was er ihr antat, indem er sie zur Frau genommen hatte.

»Es geht nicht anders, stimmt's?«

Er schüttelte den Kopf.

»Wie lange bleibst du weg?«

»Ich weiß es nicht«, sagte er und spürte, wie schwer ihm der Abschied fiel.

»Willst du mir sagen, was du tun musst?«

Er wollte wieder den Kopf schütteln, überlegte es sich aber anders, als er Milenas verzweifelten Gesichtsausdruck sah.

Er ging zu ihr und küsste ihre Stirn. Sagte: »Ich gehe, um Gutes zu tun.«

BRANDENBURG

Zoran saß in der Küche seines Hauses, wo sein Vater und sein Bruder ihm Gesellschaft leisteten. Sie hatten im Fernsehen einen Krimi angeschaut, dann noch ein paar Dinge besprochen, und jetzt schwiegen sie und starrten gemeinsam durch das Küchenfenster nach draußen, wo die Nacht vorüberzog.

In Momenten wie diesem kam es ihm vor, als läge der Gutshof der Familie nicht in Brandenburg, sondern in Ungarn, irgendwo in den Weiten rund um Miskolc, der Stadt, in der er geboren war. Dann glaubte er fast, aus der Ferne die Gesänge seiner Heimat zu hören, sehnsuchtsvolle Melodien, in denen jedoch auch immer eine Fröhlichkeit mitschwang, die er an seinen Landsleuten so liebte und die er in Deutschland schmerzlich vermisste.

»Ich bin müde«, sagte er und drückte den Rücken durch. »Zeit fürs Bett.«

Er stand auf, nickte Tamás zu und küsste seinen Vater zärtlich auf die Wange. Mit den Kräften des Alten ging es in letzter Zeit rapide bergab, und wenn Zoran daran dachte, wie stark er einst gewesen war, versetzte es ihm jedes Mal einen Stich ins Herz.

Aber so war das eben. Die Zeit ließ sich nicht zurückdrehen. Auch dann nicht, wenn einem irgendwann bewusst wurde, welche Fehler man in der Vergangenheit begangen hatte.

Bei aller Liebe zu ihm war Zoran stets bewusst, dass es sein Vater war, dem er sein jetziges Leben verdankte. Er selbst hatte nie kriminell werden wollen, war da einfach hineingerutscht, Stück für Stück und Schritt für Schritt, wie in ein sumpfiges Moor, welches nicht mehr freigab, was es einmal gefangen hatte. Am Anfang hatte er seinem Vater nur bei dessen Geschäften helfen wollen, dann waren die Geschäfte größer geworden, ebenso wie die damit verbundenen Lügen. Jedes Mal, wenn er hatte aussteigen wollen, hatte sein Vater ihn an seine Verpflichtungen der Familie gegenüber erinnert.

Und jetzt?

Jetzt dachte Zoran immer häufiger daran, einfach alles aufzugeben und nach Miskolc zurückzukehren. Zurück zu der Sicherheit, die er als Kind verspürt hatte, und Tamás würde er einfach mitnehmen. Sein Bruder war körperlich stark, aber nicht intelligent genug, um alleine in dieser Welt zu überleben. Sie würden ihn auffressen und ausspucken, noch bevor ein Jahr vergangen war.

Doch am Ende, das wusste Zoran, war dieser Wunsch nur eine Illusion. Nie würden sie ihn gehen lassen, und es gab auch keinen Ort mehr, an dem er sicher gewesen wäre. Er war jetzt ein Gefangener, fühlte sich wie ein Hamster, der in seinem Rad ständig weiterlief, ohne jemals von der Stelle zu kommen. Er war nun …

Die Alarmanlage schlug an.

Fast zeitgleich sprangen Tamás und er auf und stürzten ans Fenster. Sie sahen, dass zwei Männer auf die Eingangstür zukamen. Gelassen und langsam, was sie noch bedrohlicher wirken ließ. Dann erkannte Zoran einen von ihnen, Koslow, und er wusste, was das zu bedeuten hatte.

Er schrie seinen Vater an, zu ihm zu kommen, und griff gleichzeitig nach einem der Jagdgewehre, die im Flur standen. Hörte, wie Tamás ein volles Magazin in seine Glock 19 schob, hörte dessen schnaufenden Atem. Dann stand auch sein Vater neben ihm, das Gesicht kalkweiß, und einen Moment lang befürchtete Zoran, der Alte würde einen Herzinfarkt bekommen.

Hastig rannten sie zu dritt zur Hintertür. Hatten sie gerade erreicht, als wuchtige Tritte gegen die vordere Eingangstür krachten.

»Ist das Koslow?«, fragte Tamás, der den Russen nicht persönlich kannte.

Zoran nickte, und seine Finger zitterten, als er den Schlüssel herumdrehte und die Hintertür öffnete. Seine Augen brauchten einen Sekundenbruchteil, um sich auf die Dunkelheit einzustellen.

Zu lang.

Ein Gewehrkolben schlug ihm ins Gesicht. Das Letzte, was er dachte, war, dass er sich wie ein Idiot verhalten hatte. Er hätte damit rechnen müssen, dass Koslow auch an der Hintertür einen Mann platziert hatte. Er hätte …

Dann dachte er nichts mehr.

Als Zoran wieder zu sich kam, war er von Dunkelheit umgeben. Nur eine kleine Wandlampe brannte, deren Licht kleine helle Punkte auf seiner Netzhaut tanzen ließ. Er brauchte ein paar Sekunden, um festzustellen, dass er wieder in der Küche saß. Man hatte ihn mit Kabelbindern an den Stuhl gefesselt. Die aufgeplatzte Wunde schmerzte, sein linkes Auge war fast zugeschwollen.

Neben ihm wimmerte Tamás, und Zoran stellte fest, dass sie selbst vor seinem Vater nicht Halt gemacht hatten. Der alte Mann saß rechts von ihm, sein Kopf hing schlaff herab, um den Mund herum hatte er Blutspuren.

»Papa …«, stöhnte Zoran, die Stimme nur ein Krächzen.

»Mach dir keine Sorgen um deinen Vater, Zoran. Er lebt, noch zumindest. Ob dies so bleibt, liegt einzig und alleine an dir.«

Zoran starrte Koslow nur wortlos an.

»Wir machen jetzt Folgendes«, sagte der Russe dann. »Ich stelle dir Fragen. Du antwortest ohne Umschweife, und vor allem lügst du mich nicht an. Hast du das verstanden?«

Zoran nickte.

»Alexander Born!«

»Was soll mit ihm …«

Der Schlag traf Zoran ansatzlos. Sein Kopf flog nach hinten, und wenn einer der Zwillinge ihn nicht festgehalten hätte, wäre er mit dem Stuhl umgekippt.

»Welchen Teil der Spielregeln hast du nicht verstanden?«, wollte Koslow wissen.

»Alles!«, schrie er. »Ich habe alles verstanden!«

»Born.«

Er erzählte dem Russen die ganze Geschichte, von Borns Besuch bis zu den Fragen, die er ihm gestellt hatte.

»Was hast du ihm über mich und die getötete Polizistin gesagt?«

»Nichts. Ich habe …«

»Warum hast du Born meinen Namen genannt?«

»Das habe ich nicht. Ich schwöre es!«

Einen Moment lang sah Koslow ihn ausdruckslos an. Dann drehte er sich zu einem der Zwillinge um und sagte: »Zwei Lügen, zwei Strafen. Das Ohr!«

Die Hand des Zwillings stieß hervor, packte Tamás' Stirn und riss dessen Kopf an sich. Mit der anderen Hand zog er ein Rasiermesser, mit dem er blitzschnell eine Bewegung ausführte, die jener von Friseuren glich, die ihren Kunden die Koteletten stutzten.

227

Tamás schrie, und dieser Schrei hatte nichts Menschliches an sich. Blut strömte an seiner Kopfhälfte herab, und etwas Helles, Knorpeliges fiel zu Boden.

Zoran wurde schlecht. Er kotzte. Koslows Stimme bekam er nur noch wie durch Watte mit.

»Die Hand des Alten.«

Zoran heulte und flehte gleichzeitig. Nichts davon konnte den anderen Zwilling stoppen, der jetzt nach dem Arm des Vaters griff.

Der alte Mann öffnete benommen die Augen und war nicht in der Lage, zu begreifen, was um ihn herum geschah. Da hatte das Messer auch schon seine Hand durchdrungen, war von oben durch Haut, Muskeln und Sehnen gestoßen und nagelte sie auf der Armlehne des Stuhles fest, auf dem er saß.

Zoran wurde ohnmächtig.

Leider nicht lange.

Als er wieder zu sich kam, war der Küchenboden rot besprenkelt. Er hörte Tamás heulen und sah seinen Vater an, der regungslos auf dem Stuhl saß. Immer noch steckte das Messer in seiner Hand, tropfte Blut zu Boden.

»Zoran, Zoran«, sagte Koslow bedauernd. »Du hättest uns sagen müssen, dass dein Alter ein schwaches Herz hat.«

Die Worte sickerten wie Gift in Zorans Bewusstsein, und als er ihren Sinn verstand, starb auch etwas in ihm. Ein langer Faden Spucke baumelte von seinem Kinn herab, als er einen Gott um Hilfe anflehte, der ihn augenscheinlich schon lange verlassen hatte.

Koslow trat neben ihn und streichelte ihm fast schon zärtlich über den Kopf. »Schon gut, mein Junge! Ich kann deinen Schmerz verstehen, weil ich ihn selbst schon beim Tode geliebter Menschen erdulden musste. Es tut mir aufrichtig leid, was passiert ist, und ich werde deinem Vater einen schönen Grabstein kaufen, auf den die Familie stolz sein kann. Außerdem werde ich seine Beerdigung ausrichten und sämtliche Kosten übernehmen. Aber er war alt, verstehst du? Seine Zeit war abgelaufen. Ihr aber«, er zeigte auf ihn und Tamás, »lebt noch, und wenn es nach mir geht, werdet ihr noch ein langes und erfülltes Leben vor euch haben. Doch dafür darfst du mich nicht mehr anlügen und mich zwingen, Dinge zu tun, die ich nicht tun will. Ich bin bereit, dir Gnade zu gewähren, aber dafür musst du mir eine Frage beantworten, Zoran: Möchtest du leben?«

Zoran dachte an sich und Tamás – den einzigen Menschen, den er jetzt noch hatte und der auf ihn angewiesen war. Er musste nicht lange nachdenken, bevor er nickte.

»Du musst es mir sagen«, erwiderte Koslow. »Ich muss die Ehrlichkeit in deiner Stimme hören, verstehst du?«

Leise sagte Zoran: »Ich will leben.«

BERLIN

Sie trafen sich in einem der vielen Gewerbegebiete am Rande der Stadt. Auf einem ebenso großen wie anonymen Gelände, auf dem Transportunternehmen und Firmen untergebracht waren, wo Privatpersonen persönliche Gegenstände einlagern konnten. Links davon lag ein Schrottplatz, auf der anderen Seite ein Autohändler, der bevorzugt schrottreife Fahrzeuge zu überhöhten Preisen nach Afrika verschiffte. Niemand stellte hier Fragen, und keiner kümmerte sich darum, was der andere tat.

Born folgte Dimitri zu einer der kleineren Hallen, die versteckt auf dem hinteren Teil des Geländes lagen. Der Russe öffnete das Vorhängeschloss und den Sperrriegel an der Tür, trat ein und drückte auf einen Knopf, woraufhin an der Decke mehrere Lampen angingen, die das Innere der Halle in ein kaltes Licht tauchten.

Mitten darin stand ein 1963er Jaguar E-Type der ersten Serie, Dimitris ganzer Stolz. Unter der weichen Baumwollplane, die den Lack schützte, waren nur die Konturen des Oldtimers zu erkennen – die lange Schnauze, das sanft geschwungene Heck. Dimitri fuhr den Jaguar nur im Sommer, an absolut wolkenfreien Tagen, und seitdem Born einmal das von keinem Katalysator gedämpfte Röhren des Sechszylinder-Reihenmotors vernommen hatte, konnte er die Begeisterung seines Freundes gut verstehen.

Links davon, vor der Seitenwand, befand sich eine

Transportkiste aus Holz, auf die Dimitri jetzt zuging. »Ich habe alles bekommen, was du haben wolltest«, sagte er. »Willst du einen Krieg anfangen?«

»Nein, aber wenn einer losbricht, will ich nicht nur mit einem Taschenmesser bewaffnet sein.«

Dann öffnete der Russe die Kiste und reichte Born als Erstes eine Weste. »Verbundstoff aus Kevlar, schusshemmend, Sicherheitsklasse eins. Gegen Schüsse aus einer UZI wird sie dir nichts nützen, aber für die gängigen Pistolenprojektile reicht sie locker.«

Born probierte sie an und legte sie weg. Sie passte.

»Drei Glock 17, wie sie auch die GSG9 benutzt. Stangenmagazin mit neunzehn Patronen, weggeätzte Seriennummern, eingebauter Kompensator.«

Born verstaute die Pistolen in der mitgebrachten Sporttasche.

»Und hier das Prunkstück«, sagte Dimitri mit Stolz in der Stimme. »Eine Heckler & Koch MP7. Klein wie eine Maschinenpistole, aber mit der Durchschlagskraft eines Sturmgewehrs, natürlich ohne dessen Reichweite. Aber bis auf zweihundert Meter Entfernung durchdringt sie alles, was der Markt an Schutzwesten hergibt. Zwanzig Magazine mit jeweils dreißig Patronen sind dabei.«

Born hielt die mattschwarze Waffe eine Minute lang in Händen, dann legte er sie zu den anderen Pistolen, während Dimitri der Kiste immer neue Schätze entnahm.

»Vier Handgranaten, vier Blendgranaten. Ein Rüttler, mit dem du fast alle Türen aufbekommst. Dazu ein Nachtsichtgerät, eine Oberschenkeltasche für Magazine und ein israelisches Kampfmesser. Ich glaube, das war's.«

Born verstaute die Gegenstände in der Tasche, die jetzt randvoll war. »Wegen des Geldes ...«, sagte er.

»Ich bin alt, mein Freund, und ich habe mehr Geld, als

ich in den mir verbleibenden Jahren noch ausgeben kann. Es gibt Wichtigeres im Leben. Freundschaft, zum Beispiel.«

»Dann danke ich dir! Du hast …«

»Vergiss es einfach.« Dimitri winkte ab. »Verrat mir lieber, wie du an den Wanderer herankommen willst.«

»Ich muss den Wanderer nicht mehr suchen, weil Koslow mich zu ihm führen wird. Oder er sorgt dafür, dass der Wanderer mich findet.«

»Du glaubst immer noch, dass Koslow dahintersteckt?«

»Mehr denn je, seitdem ich ihm in Bohosudov begegnet bin.«

»Dann vergiss nicht, was für ein Mensch Koslow ist. Mittlerweile dürfte er deine Gewohnheiten kennen und wissen, wo du wohnst. Wenn du immer noch lebst, dann nur, weil er deinen Tod noch nicht beschlossen hat.«

»Das kann sich nach der Aktion in dem Club geändert haben.«

Dimitri sah Born in die Augen. »Ich habe in meinem Leben viele Freunde verloren, Sascha – lass mich nicht auch an deinem Grab trauern.«

Born wusste nicht, was er darauf antworten sollte. Sagte nur lahm: »Mach dir keine Sorgen, Dimitri. Alles wird gut.«

»Das wird es nicht«, erwiderte sein Freund leise. »Das wird es ganz sicher nicht!«

Bevor er vor drei Jahren seinen Arbeitsplatz verloren hatte, hatte Can Akyol als Programmierer in einer kleinen IT-Firma gearbeitet. Er hatte Informatik nicht studiert, was die spätere Jobfindung schwierig machte, war aber ein Naturtalent, was Betriebssysteme und Firewalls anging. Norah kannte niemanden, der darin versierter war – und Can brauchte keinen Tag, um in die Datenbanken der Berliner Polizeibehörden einzudringen und ihr die gewünschten Unterlagen zu besorgen.

Jetzt saß Norah über den ausgedruckten Ermittlungsakten zu Lydias Tod und studierte sie Seite für Seite. Die Tatortaufnahme, die Zeugenbefragungen, die Ergebnisse der Obduktion – alles entsprach den üblichen Abläufen. Merkwürdig wurde es erst, als Peter Koller Zoran Hosszú aufgesucht hatte – einen Kriminellen, der zu Lydias Informanten gehört hatte. Die Ergebnisse dieser Befragung waren die ersten gewesen, die von ihrem Chef mit einem Sperrvermerk versehen worden waren, und Can war es trotz intensivster Bemühungen nicht gelungen, dazu Zugang zu erhalten.

Herausgefunden hatte er aber, dass Koller fortan jede Befragung, die Lydia Wollstedts Hintergrund betraf, persönlich übernommen hatte. Ihre Freunde, ihre Informanten, ebenso die ersten Gefängnisbesuche bei Born. Auch die Ergebnisse aus diesen Befragungen fanden sich nicht in den allgemein zugänglichen Akten. Irgendwann war Norah nicht einmal sicher, ob Koller sie überhaupt schriftlich festgehalten hatte, und fragte sich, welchen Grund es dafür geben mochte.

Ihr fielen ganze zwei Gründe ein.

Der erste war, dass Koller jemanden schützen wollte. Vielleicht Born, vielleicht Lydia selbst. Vielleicht gab es in ihrem Privatleben etwas, das niemand erfahren sollte, noch nicht einmal die Kollegen auf der Dienststelle.

Der zweite Grund bestand darin, dass es in diesen Befragungen gar nicht um Lydia gegangen war, nicht direkt zumindest. Koller konnte auch aus Eigeninteresse so vorgegangen sein. Es war ein unliebsamer Gedanke, und Norah verwarf ihn schnell wieder: Ihr Chef war zwar immer unangenehm, hatte jedoch nie etwas getan, was sie an seiner persönlichen Integrität zweifeln ließ.

Nachdem sie Can Akyols Unterlagen ausreichend studiert hatte, loggte sie sich mit ihren eigenen Zugangsdaten in den Polizeicomputer ein. Wenn sie schon keinen Einblick in die gesperrten Unterlagen bekam, konnte sie wenigstens ihre eigenen Ermittlungen durchführen.

Alles hatte damals mit der Befragung von Zoran Hosszú begonnen, und da der Mann ein aktenkundiger Krimineller war, mussten sein Vorstrafenregister sowie seine persönlichen Angaben im Computer zu finden sein. Vielleicht würde sie dabei ja auf etwas stoßen, das ihr weiterhalf.

Sie wurde schnell fündig, allerdings anders, als sie erhofft hatte. Auf dem Bildschirm bauten sich mehrere gestochen scharfe Aufnahmen von drei übel zugerichteten Leichen auf. Sie blickte in leblose Augen, verzerrte Gesichter und aufgerissene Münder. Die Namen der Toten standen direkt darunter.

Zoran, sein Bruder Tamás und sein Vater.

DER WANDERER

Als er neunzehn wurde, ging der Wanderer zur Bundeswehr. Grundwehrdienst, Verpflichtung, dann der Wechsel zu einer der Bravo-Kompanien, wo er erste Erfahrungen mit Kommandoeinsätzen machte. 1997, kurz nach deren Gründung, schloss er sich dann dem Kommando Spezialkräfte, kurz KSK, an – und bekam eine Ausbildung verpasst, deren Härte an der Grenze dessen lag, was einem Soldaten in einer Demokratie noch zugemutet werden konnte.

Er und seine Kameraden wurden körperlich und seelisch bis an ihre Grenzen und darüber hinaus geführt, dazu in allem trainiert, was sich in späteren Einsätzen als nützlich erweisen konnte: Nahkampf, Schießtraining, das Infiltrieren gegnerischer Einheiten. Das KSK wurde zu einer Elite innerhalb anderer Eliten, mit denen sie sich regelmäßig austauschten: Navy Seals, Green Barets, SFOR-Einheiten. Er nahm an einem Dschungelkampftraining in Französisch-Guyana teil, wurde in Texas im Wüstenkrieg geschult und lernte von den besten Scharfschützen in der kanadischen Goose Bay.

Dann kamen die ersten Einsätze.

Task Force in Afghanistan, die Schlacht um Tora Bora, Operation Anaconda. Während dieses Einsatzes kam es zu einer zufälligen Enttarnung der KSK-Kräfte durch einen afghanischen Ziegenhirten, die anschließend zur Aufgabe des deutschen Beobachtungspostens führte. Ein Vorgehen, für das die US-Amerikaner nur wenig Verständnis zeigten. Sie neigten in solchen Situationen dazu, den Zivilisten zu »neutralisieren«, anstatt ihren Einsatz abzubrechen.

Aber gezielte Tötungen waren den Deutschen verboten, selbst von erwiesenen Terroristenführern, die Tausende Tote zu verantworten hatten. Eine politische Entscheidung: Die Bundesregierung wollte keine Soldaten, die ihre Gegner exekutierten, in die Medien transportieren, sondern lieber Bilder von Brunnen bauenden Staatsdienern.

Dann kam der Oktober 2003. Eine Nacht im Süden Afghanistans, irgendwo zwischen Kandahar und der pakistanischen Grenze. Sie waren damals auf der Suche nach Abu Said gewesen, einem Taliban-Offizier. Gemeinsam mit seinem Kameraden Lutz Bertram hatte der Wanderer ihn schließlich in einem kleinen Dorf nahe Spin Boldak ausfindig gemacht, in dem fast nur Paschtunen lebten.

Abu Said verließ gerade eine Lehmhütte, das Sturmgewehr geschultert, und der Wanderer sah das bärtige Gesicht des Terroristen rötlich im Nachtsicht-Zielfernrohr schimmern, keine vierhundert Meter entfernt.

Ein Kinderspiel.

Sein Zeigefinger näherte sich bereits dem Druckpunkt, als Bertram ihn am Arm berührte und an die Vorgaben der militärischen Führung erinnerte. *Keine gezielten Tötungen – außer, es besteht konkrete Gefahr für das eigene Leben.*

Der Wanderer ließ das Gewehr wieder sinken.

Drei Nächte später wurde Bertram von einem Taliban-Scharfschützen erledigt, der zu Abu Said gehörte. Gerade noch hatte er neben dem Wanderer in einer Senke gelegen und gelächelt, dann wurde sein Gesicht von einem roten Sprühnebel bedeckt.

Kopfschuss.

Der Wanderer nahm ihm den Helm ab und hielt den aufgeplatzten Schädel seines Freundes in Händen. Er tastete den glitschigen Hals Bertrams ab, spürte dessen Wärme noch, nahm aber keine Bewegung mehr wahr. Er beatmete ihn und sah, wie die einströmende Luft den Brustkorb hob und senkte. Sah ebenfalls Teile von Bertrams Gehirn darauf liegen.

Das war's.

Der Wanderer kündigte einen Tag später beim KSK, um sich einem privaten Sicherheits- und Militärunternehmen anzuschließen. Er war jetzt zweiunddreißig, und es waren gewiss nicht die höheren Gehälter, die ihn lockten – es waren die größeren Freiheiten, was seinen operativen Spielraum betraf.

Solche privaten Militärunternehmen schossen in den Neunzigerjahren wie Pilze aus dem Boden. Blackwater in den USA, Aegis Defence Service in Großbritannien, Executive Outcomes in Südafrika. Sie handelten im Auftrag von Privatpersonen und Regierungen und übernahmen Aufgaben, für die die regulären Armeen keine Ressourcen hatten oder die außerhalb dessen lagen, was sich mit nationalen Gesetzen vereinbaren ließ. Sie beschäftigten ausschließlich gut ausgebildete Söldner, kampferprobt und kompromisslos. Männer wie ihn, die die Gegenden kannten und den Nachweis erbracht hatten, in Gefahrensituationen professionell zu handeln. Die Gehälter lagen mindestens doppelt so hoch wie bei regulären Armeen, die Spielräume dessen, was erlaubt war, waren deutlich flexibler. Im Prinzip folgten sie dem Motto: Tu, was immer zur Ausführung deines Auftrags vonnöten ist, und lass dich dabei nicht erwischen. Keine Zeugen, keine Anklagen. Der Kampfanzug konnte blutgetränkt sein, die Weste musste weiß bleiben.

Nach außen hin wurden diese Unternehmen verachtet, insgeheim von den Regierungsvertretern jedoch geliebt. Allein Blackwater erzielte 2006 Einnahmen in Höhe von 593 Millionen Dollar aus Verträgen mit der US-Regierung, und das war nur die Spitze des Eisbergs. Erst durch die WikiLeaks-Enthüllungen wurden die Blackwater-Aktivitäten im Irak dann einer breiten Öffentlichkeit bekannt, andere Operationen jedoch blieben weiterhin im Verborgenen.

Und das waren viele.

Private Militärunternehmen mischten beim Krieg gegen die Narcos in Mexiko mit, sie kämpften in Guatemala, in Afghanistan und Syrien. Sie schützten Diplomaten und Firmenbosse, sicherten Nachschubwege, spürten Feinde auf, bedienten sich der klandestinen Kriegsführung. Sie waren überall, und kaum eine Regierung konnte auf ihre Dienste verzichten.

In dieser Zeit tat der Wanderer auf Lichtungen und in ausgetrockneten Flussbetten Dinge, über die man nicht redete, nicht einmal mit seinen Kameraden. Offiziell schützte er Firmenvertreter von Handelsunternehmen oder großen Ölfirmen, inoffiziell eliminierte er Bedrohungen und befreite Geiseln. Er tötete mit bloßen Händen und mit Messern, mit Schusswaffen und mit Sprengfallen. Sein persönliches Credo glich dabei weiterhin dem KSK-Motto, das ihm in Fleisch und Blut übergegangen war.

Schnell rein. Auftrag ausführen. Schnell raus.

Irgendwann kamen dann die Russen auf ihn zu. Vorstandsmitglieder eines Energiekonzerns mit vierhunderttausend Beschäftigten und rund siebzig Milliarden US-Dollar Jahresumsatz. Sie hatten beste Beziehungen in die Politik, waren persönliche Freunde Putins.

Die Sicherheitskräfte dieses Unternehmens waren ein noch mal anderes Kaliber als alles, was der Wanderer zuvor kennengelernt hatte. Sie fragten nicht, was verboten war – sie wollten höchstens wissen, was das Wort »verboten« bedeutete.

Trotz ihrer guten und kompromisslosen Ausbildung brauchten die Russen ihn und die Firma, für die er arbeitete. Dabei ging es ihnen ausschließlich um seine speziellen Erfahrungen in einer Gegend des Irak, in der eine ihrer zahllosen Unterfirmen Ölplattformen betrieb.

Ihr Angebot war gut, also arbeitete er für sie. Alle Vorstellungen, die er jemals von Gut und Böse gehabt hatte, galten sowieso nicht mehr. Sie waren in den blutgetränkten Gassen Mexikos aufgelöst worden, in der Hitze der afghanischen Wüste verdampft. Ein Teil von ihm wusste, dass das, was er für die Russen tat, schlimm war – der andere Teil jedoch wusste auch, dass die, denen er es antat, weitaus schlimmer waren.

Er hatte sich in vielen Jahren des Kampfes eine eigene Moral geschaffen, und an die hielt er sich.

Bis der Anruf aus Deutschland kam.

BERLIN

Die kleine Eckkneipe im Berliner Stadtteil Wedding hatte wahrscheinlich nur zufällig überlebt. Ein dunkler Schlauch ohne Namen, eingequetscht zwischen einem Waschsalon und einem Kiosk, der bis weit in die Nacht hinein aufhatte. Es war eine Kneipe für echte Trinker – Amateure und Dilettanten hatten dort nichts zu suchen. Die sechs Gäste, fünf Männer und eine Frau, saßen auf Hockern vor ihren Getränken. Sie waren hier, um sich zu besaufen und anschließend möglichst lange besoffen zu bleiben, bevor sie von den Barhockern fielen oder der Wirt sie hinausschmiss.

Ein paar von ihnen blickten verschreckt auf, als Norah hereinkam und einen Streifen Licht in die Dunkelheit vordringen ließ. Aber die Tür fiel schnell wieder zu, und alle starrten weiter in ihre Drinks, während Norah sich neben Born setzte, der an einem der wenigen Tische auf sie wartete.

Ihr Blick fiel auf die Theke, die wie ein kleiner Schrein aussah, verziert mit Bierdeckeln und Postkarten von weit entfernten Orten. Egal, wie tief die Russenmafia bereits in das öffentliche Leben Berlins vorgedrungen war – diese Kneipe hatte sie ganz sicher noch nicht erreicht, was auch der Grund dafür war, warum Norah sie als Treffpunkt vorgeschlagen hatte.

»Was gibt es, das du mir unbedingt erzählen musst?«, fragte Born zur Begrüßung.

Norah fing mit dem derzeitigen Ermittlungsstand an und kam schnell auf das seltsame Verhalten ihres Chefs zu sprechen. Dann fragte sie: »Kennst du einen Zoran Hosszú?«

Born nickte. »Was ist mit ihm?«

»Kurz nach Lydias Tod ist Koller bei Hosszú gewesen. Allein. Am Tag danach hat er angefangen, einen Teil der Akten über Lydias Vorleben zu sperren. Das hat mich stutzig gemacht, also habe ich versucht, mehr über Hosszú zu erfahren. Er ist tot.«

Zum ersten Mal wirkte Born geschockt. Verwirrt und schuldbewusst.

»O Mann, tut mir leid, dass ich damit einfach so herausgeplatzt bin«, sagte sie, nachdem ihr klar geworden war, warum er so reagierte. »Ich wusste nicht, dass du ihn kanntest.«

»Er war einer unserer wichtigsten Informanten, als Peter und ich noch zusammengearbeitet haben. Später hat Lydia ihn dann ebenfalls als Quelle benutzt. Weißt du, was genau passiert ist?«

»Ein Briefträger hat gestern seine Leiche gefunden. Auch sein Vater und sein Bruder sind tot, und alle drei sind zuvor gefoltert worden. Ich habe die Tatortfotos gesehen, Born. Es … es ist nicht schnell gegangen.«

»Ich bin vor ein paar Tagen bei ihm gewesen, um über Lydia zu sprechen«, erwiderte er. »Dabei fiel auch Koslows Name. Als ich in Bohosudov aufgetaucht bin, muss Koslow nur eins und eins zusammengezählt haben. Wahrscheinlich habe ich ihn direkt zu Zoran geführt.«

»Du trägst nicht die Schuld an seinem Tod!«

»Nein – aber ich habe seinen Mördern den Weg gewiesen.«

Sie sagte nichts, weil es dazu nichts zu sagen gab.

»Das mit Zoran ist schlimm, aber leider noch nicht alles«, fuhr Born nach einer kurzen Pause fort. »Sie haben auch Stramski erledigt – kurz, nachdem wir den Club verlassen haben. Einer seiner Leibwächter ist auch tot, ebenso ein Barmädchen. Laut Zeugenaussagen waren es zwei Typen in Lederkombis, die Motorradhelme trugen. Das Ganze hat keine zwanzig Sekunden gedauert.«

»Woher um alles in der Welt weißt du das?«

Während er ihr von Peters Besuch in Begleitung des Mannes vom Verfassungsschutz erzählte, hatte sie das Gefühl, mit verbundenen Augen auf einen Abgrund zuzusteuern. Plötzlich einer Macht gegenüberzustehen, der sie nichts entgegenzusetzen hatte.

»Was willst du jetzt tun?«, fragte sie, nachdem seine Worte verklungen waren.

»Ganz einfach: Koslow und seinen Killer töten.«

Sie konnte kaum glauben, dass er es so offen aussprach. Noch weniger verstand sie, dass ein Teil von ihr ihm sogar zustimmte. Sie war Polizistin, verdammt noch mal, und sie sollte das Gesetz schützen, nicht es brechen.

»Aber wir können doch …«

»Wach endlich auf!«, fuhr er sie an. »Wie viele Polizisten haben in den letzten Jahren versucht, den Wanderer zu fassen? Wie viele scheitern seit Ewigkeiten daran, die Hintermänner innerhalb der Russenmafia zu stellen? Elf Tote in Tannenstein, dazu Lydia, Zoran, seine Familie, Stramski und sicherlich noch unzählige andere – wenn du dich angesichts dieser Taten weiterhin hinter Dienstvorschriften verstecken willst, okay, aber ich kann das nicht.«

»Das ist nicht fair!«

»Ich weiß«, sagte er, und seine Stimme klang jetzt sanfter. »Aber ich habe die Regeln nicht gemacht. Mit dem, was Koslow und der Wanderer getan haben, haben sie ein

Tor geöffnet, das besser geschlossen geblieben wäre. Alles, was jetzt passiert, ist einzig und alleine ihre Schuld. Sie hätten dieses Tor nie öffnen sollen. Niemals!«

In den letzten fünf Jahren hatten sich die Fälle von Cyberkriminalität in Deutschland mehr als verzehnfacht. Internetbetrug, Hacking, Cyberterrorismus – mehr als fünfundvierzigtausend Fälle wurden alleine 2015 gezählt, und sie waren nur die Spitze des Eisbergs. Trotz aller Bemühungen vonseiten des Bundeskriminalamtes lag die Aufklärungsquote lediglich bei dreiunddreißig Prozent.

Zusätzlich ging das BKA davon aus, dass das Dunkelfeld im Bereich der Online-Kriminalität besonders groß war, sodass die genannten Zahlen bei Weitem nicht den tatsächlichen Schaden erfassten. In den USA waren sie diesbezüglich schon weiter – hier hatte ein Senatsausschuss bereits 2011 festgestellt, dass die durch Cyberkriminalität erwirtschafteten Gewinne annähernd achthundert Millionen US-Dollar jährlich betrugen, was diese Verbrechensform zur einträglichsten überhaupt machte, noch vor dem Drogenhandel. Und diese Feststellung war mittlerweile bereits acht Jahre her – inzwischen gingen Schätzungen von einem Betrag aus, der die Zwei-Milliarden-Grenze überschritten hatte.

Gewinn, nicht Umsatz.

Das BKA arbeitete erst seit 2013 mit gezielten Fahndungsmethoden gegen diese neue Art der Kriminalität. Auf Drängen der Polizeigewerkschaft wurden verstärkt Computerspezialisten eingestellt, die der Bedrohung Herr werden sollten. Ein wesentlicher Teil ihrer Arbeit drehte sich dabei um Hackerangriffe auf die Netzwerke deutscher Unternehmen, denen dadurch Verluste in nicht abzusehender Höhe drohten. Andere Mitarbeiter konzentrierten sich darauf, die polizeieigenen Sicherheitssysteme zu schützen.

Der neunundzwanzigjährige Simon Hügel war einer davon. Er sollte zusammmen mit seinen Kollegen sicherstellen, dass sich kein Außenstehender Zugang zu den Rechnern der Berliner Kriminalpolizei verschaffen konnte. Dabei unterstützten ihn Webcrawler, sogenannte *Searchbots*, die automatisch das Netz durchsuchten und verdächtige Webseiten meldeten, sowie Sicherheitssysteme, die Alarm schlugen, sobald ein fremder Server versuchte, sich in die polizeilichen Datenbestände einzuwählen.

Irgendwann schlug eines dieser Systeme an.

Hügel verfolgte die Spur des Angreifers bis zu der gesperrten Akte einer Polizistin, die im Dienst getötet worden war. Er sah, dass ein Datenaustausch bereits stattgefunden hatte, nur konnte er den Standort seines Gegners nicht lokalisieren. Mal kamen das Signal und die IP-Adresse aus dem Stuttgarter Raum, mal aus dem Königreich Tonga. Es veränderte sich ständig – wahrscheinlich benutzte der Hacker eine weiterentwickelte Version des Tor-Browsers, der normalerweise dafür da war, Usern das anonyme Surfen im Internet zu ermöglichen.

Simon Hügel starrte auf den Bildschirm und dachte nach. Der Hacker war gut. So gut, dass er sämtliche Spuren verwischen konnte, die zu ihm führten, allerdings nicht gut genug, um zu verbergen, dass er in das System eingedrungen war.

Eine Pattsituation.

Der Computerexperte tat das, was die Dienstvorschriften in einem solchen Fall vorgaben. Er änderte alle Zugangsdaten, was den Hacker zumindest eine Zeit lang aufhalten sollte. Dann notierte er auf einem Formblatt, was genau passiert war und worauf der Angriff abgezielt hatte, und informierte anschließend den Beamten, der für die Sperrung der Akte zuständig war. Peter Koller, Chef des Kriminalkommissariats 11.

Hügels Job war damit getan. Alles Weitere ging ihn nichts mehr an.

An diesem Abend fuhr Born mit der S-Bahn zum Bahnhof Zoo, wo er die Neonlichter betrachtete, die sich auf dem regennassen Asphalt spiegelten. Sein ganzes Leben war auf den Kopf gestellt worden, einfach alles. Genau genommen bereits ab dem Moment, in dem er sich entschlossen hatte, Lydia bei der finanziellen Unterstützung ihres Bruders zu helfen, der an einer unheilbaren Autoimmunkrankheit litt, dem Churg-Strauss-Syndrom.

Hilfe für ihn gab es nur in den USA, und diese Hilfe war teuer. Medikamente, Arztrechnungen, alles musste privat bezahlt werden. Es war mehr, als Lydia und er mit ihren Gehältern aufbringen konnten, und so hatte er sich nach anderen Einkommensquellen umgeschaut und Wege beschritten, die zuvor undenkbar gewesen wären. Aber er hatte Lydia mit diesem Problem nicht alleinelassen wollen – alleine mit einem Bruder, von dessen Existenz ihre gefühllose Personalakte noch nicht einmal wusste.

Er schlenderte ziellos durch die Stadt, wobei er versuchte, seine wirren Gedanken zu ordnen. Vor einem Café auf der Kantstraße blieb er stehen und entdeckte hinter den beleuchteten Fenstern ein bekanntes Gesicht. Susanne Pohl saß mit einem ihm fremden Mann an einem Zweiertisch, und selbst auf die Entfernung hin konnte er sehen, wie aufgesetzt ihr Lächeln wirkte. Susanne war verheiratet, hatte zwei Kinder und augenscheinlich einen neuen Geliebten, und dennoch kam sie ihm in diesem Moment unendlich einsam vor. Sie war ein warmherziger Mensch, aber ein Teil von ihr würde immer kalt bleiben. Vielleicht musste das ja so sein, vielleicht erging es allen Menschen so: Wir werden alleine geboren, und wir sterben alleine, und die Zeit dazwischen geben wir uns der lächerlichen Hoffnung hin, dass es auch anders sein könnte.

Dann dachte er an Norah. An diese Frau, deren Leben er durch sein Tun so verändert hatte. Sie war wie ein unbehandelter Stein, ein Rohdiamant, und er wusste nicht, ob sie die Verwandlung aushalten oder dabei zerspringen würde.

Er zündete sich eine Zigarette an, zog ein paarmal daran und warf sie dann in die mit Regenwasser gefüllte Rinne neben dem Gehweg, wo sie davontrieb wie ein kleines weißes Wikinger-Langboot auf dem Weg nach Walhalla. Stumm sah er ihr nach, während er sich fragte, was in den letzten Jahren passiert war. Mit ihm, mit Lydia, mit Peter. Sein ganzes Polizistendasein lang war er davon überzeugt gewesen, seinen Partnern blind vertrauen zu können, und jetzt waren plötzlich Fakten und Verhaltensweisen aufgetaucht, die dagegensprachen. Er verstand es nicht. Hatte das Gefühl, dass sich hinter der offensichtlichen Geschichte noch eine weitere verbarg, zu der ihm der Zugang fehlte.

Und alles hatte in Tannenstein begonnen.

In diesem Ort, fernab von allem. Wo das Böse in jede Fuge, in jede Mauerritze eingedrungen war.

Norah hatte im Polizeirechner nach weiteren Fällen gesucht, die eine mögliche Verbindung zu Koslow aufwiesen. Bei einem Mord, der vor zwei Wochen im Allgäu stattgefunden hatte, war sie fündig geworden.

Katharina Ahrens, eine erfolgreiche Immobilienmaklerin aus Kempten, war auf einer abgelegenen Landstraße in ihrem Fahrzeug erschossen worden. Der Mörder hatte sie durch einen aufgesetzten Kopfschuss hingerichtet, und sogar ein mögliches Mordmotiv hatten die Kollegen schon ermitteln können: Wenige Tage nach ihrem Tod hätte die Maklerin vor einem Staatsanwalt aussagen sollen, der sie wegen Steuerhinterziehung und Geldwäsche anklagen wollte, und Ahrens hatte den Behörden im Vorfeld angeboten, die Hintermänner zu nennen, wenn sie im Gegenzug Straffreiheit erhielt.

Russen.

Sogar Namen waren bereits genannt worden, und Koslow war einer davon. Die ermittelnden Beamten vermuteten, dass der Russe von Ahrens' Vorhaben erfahren und die Belastungszeugin aus dem Weg geräumt hatte, bevor sie ihre Aussage machen konnte. Ein Verhalten, das zu Koslow passte, und wer wäre dafür besser geeignet als jener Killer, der schon in Tannenstein seine Zuverlässigkeit unter Beweis gestellt hatte?

Dann hatte sie weitergesucht und noch andere Fälle gefunden, die dazu passten. Ein ermordeter Clubbesitzer aus Köln, der sich geweigert hatte, sein Lokal an die Russenmafia zu verkaufen. Ein Tankstellenbesitzer im Harz, der im großen Stil mit Drogen und brutalen Kinderpornos gehandelt hatte. Die Leiche einer neununddreißigjährigen Frau, die ein Dresdner Bordell geleitet hatte, in dem minderjährige Zwangsprostituierte arbeiteten.

Bei all diesen Straftaten hatte Norah eine Verbindung

zu Koslow gefunden, nur bei Tannenstein nicht, dem Ausgangspunkt. Warum nicht? Es war der mit Abstand spektakulärste Fall gewesen, elf Tote in einer einzigen Nacht. Dazu der erste belegte Auftritt des Wanderers, der Anfang der Verbindung zu Born.

Auf was war Lydia damals gestoßen, was ihr selbst bislang verborgen blieb? Es kam ihr vor, als würde sie das vorläufige Ende kennen, den Anfang aber nicht verstehen. Diesen Moment, der die Dinge erst ins Rollen brachte.

Ohne Lydias Anstoß und ihre spätere Ermordung hätten sich die Ermittlungen nicht auf die Russenmafia konzentriert und damit auch nicht auf Koslow, der einer ihrer Bosse in Deutschland war. Nur – was hatte Lydia auf diese Spur gebracht? Sicher, da war die russische Munition gewesen oder das in der Nähe der niedergebrannten Hütte gefundene Buch in kyrillischer Sprache, aber das waren maximal Indizien, schwache noch dazu, und nichts, was erklären konnte, warum ihre Kollegin sich auf diese Tätertheorie festgelegt hatte.

An deren Richtigkeit Norah, das musste sie zugeben, nicht mehr zweifelte. Koslow war in ihren Augen der Antichrist, die Verkörperung des Bösen. Sie hatte im Lauf der Jahre etliche Kriminelle verhaftet und auch die Parallelgesellschaften deutscher Großstädte kennengelernt, aber dieser Mann war etwas anderes, eine neue Dimension des Grauens. Sein Tun glich einer Saat, die im Verborgenen aufging, er bereicherte sich an Kindern und Wehrlosen und war zu Gewaltexzessen fähig, die unvorstellbar erschienen.

Manche der Fotos, auf die Norah bei ihren Nachforschungen gestoßen war, hatten ihr Tränen in die Augen getrieben.

Junge Mädchen, eingefangen in jenem flüchtigen Moment zwischen Kind und Frau, die mit glasigen Augen in die Kamera blickten. Nackt und teilnahmslos, die Körper mit Hämatomen überzogen. Einige hatten kleine Kreise auf den Brüsten, die von glühenden Zigaretten stammten, andere lagen wie Embryos zusammengekrümmt auf dreckigen Betten, während eine Schar gieriger Männer sich über sie beugte.

Und über all dem schwebte Koslow, der seine Männer wie ein Puppenspieler an Fäden führte, die er mithilfe seiner Killer durchschneiden würde, wenn ihm die Marionetten gefährlich wurden. Konnte man einem solchen Monster mit den Regeln des Rechtsstaats wirklich noch Herr werden und darauf bauen, dass die Justiz ihn einer Strafe zuführte, die auch nur annähernd dem entsprach, was die Gerechtigkeit forderte? Oder hatte Koslow diesen Punkt schon hinter sich gelassen und war, wie Born es ausdrückte, zu einem Geschwür geworden, welches unzählige Metastasen gebildet hatte, die man nur in den Griff bekam, wenn man diesen Tumor ein für alle Mal aus dem Körper der Gesellschaft entfernte?

Norah wusste es nicht. Sie war liberal erzogen worden und hatte stets an das Gute im Menschen geglaubt. Daran, dass man Straftäter resozialisieren konnte, und an die staatliche Gewaltenteilung in Legislative, Exekutive und Judikative. An die Kraft der Gerechtigkeit.

Und jetzt?

Jetzt stand eine andere Überlegung über allem: die Frage nach ihrer persönlichen Schuld. Wenn sie Koslow nicht aufhielt – obwohl sie das vielleicht konnte –, wie viel Schuld würden sie dann auf sich laden? Wie viele Menschen würden zukünftig leiden müssen, nur weil sie nicht entschlossen genug gehandelt hatte?

Es waren Gedanken, die sie fast wahnsinnig machten.

Konnte ein Mensch sämtliche Überzeugungen, die er ein Leben lang gehabt hatte, von einem Tag auf den anderen über Bord werfen, wenn er wusste, dass er damit das Richtige tat? Rechtfertigte der Zweck wirklich alle Mittel? Sie wusste es nicht. Alles, was Norah in diesem Moment noch wollte, war Gerechtigkeit. Und Gerechtigkeit musste sie herstellen, wenn die Welt für sie wieder einen Sinn ergeben sollte.

Also tat sie, was sie schon vor Tagen hätte tun müssen. Sie traf eine Entscheidung.

Koslow stand am Fenster und starrte in den hereinbrechenden Abend hinaus. Die Tage waren kürzer geworden, dunkler und trostloser. Außerdem war es kalt geworden, bitterkalt. Eine Kälte, die ihn unweigerlich an seine Heimat erinnerte, an den kleinen Ort nahe Sankt Petersburg, aus dem er stammte.

Geboren als Bauernsohn an einem klirrenden Dezembertag in Ropsha, wo er nur die Wahl hatte, Landarbeiter zu werden oder als Alkoholiker zu sterben, war er mit siebzehn davongelaufen und hatte sich zur Armee gemeldet, wo er wenigstens passende Kleidung und drei Mahlzeiten am Tag bekam. Er hatte damit eine Welt betreten, die durch Uniformen, militärische Umgangsformen und Gehorsam geprägt war, und er hatte diese Umgebung vom ersten Tag an geliebt. Wenn er dort parieren musste, kamen die Befehle wenigstens von Männern, die er respektierte, und nicht von einem versoffenen Vater, der sich jeden Abend wehleidig dem Alkohol hingab.

In den folgenden Jahren war er von Rang zu Rang schnell aufgestiegen, wobei jeder Vorgesetzte sein Talent, seinen Willen und seine Einsatzbereitschaft gelobt hatte. Insbesondere gefiel ihnen, dass er nie einen Befehl infrage stellte und dies auch nicht bei seinen Untergebenen duldete. In der Roten Armee war es ihm gelungen, sich über seine Herkunft zu erheben – in Ropsha dagegen wäre er auf immer und ewig ein armer und ungebildeter Bauernsohn geblieben.

Koslow trat vom Fenster weg und schüttelte die Erinnerungen ab wie ein nasser Hund das Wasser. Dann wandte er sich den Zwillingen zu, mit denen er sich im Büro seines deutschen Anwalts getroffen hatte, wo sie vor Abhörmaßnahmen sicher waren.

»Was ist mit Born?«, wollte er wissen.

»Er hat nichts von Stramski erfahren, was ihm weiterhelfen könnte«, antwortete Sergej. »Aber er gibt nicht auf. Wenn du mich fragst, sollten wir ihn erledigen.«

»Ich frage dich aber nicht«, erwiderte Koslow. »Was habt ihr über die Frau rausbekommen, die bei ihm war?«

»Norah Bernsen«, sagte Andrej. »Sie ist ein kleines Licht bei der Berliner Kriminalpolizei. Keine leitende Funktion, komplett unauffällig. Ich bin an ihr dran.«

»Arbeitet sie an irgendwelchen Ermittlungen, die uns betreffen?«

»Laut unserem Mann im Präsidium nicht.«

»Und warum hilft die Schlampe Born dann? Fickt er sie?«

Andrej zuckte die Schultern. »Kann gut sein. Ich zumindest würde es ihr gerne mal besorgen.«

Alle lachten, dann wurde Koslow wieder ernst. »Born wird zunehmend zum Problem«, sagte er. »Er ist ein Kämpfer. Er hat Zoran zum Reden gebracht, er hat vom *Paradiso* erfahren und von Bohosudov. Außerdem hat er Stramski aufgestöbert und den Fettsack vor seinen Türstehern fertiggemacht. Doch die große Frage ist: Wie konnte er das?«

Er ging ein paar Meter auf und ab und gab sich dann selbst die Antwort. »Es muss einen Verräter geben! Jemanden aus unserer Organisation, der Born unterstützt. Deshalb will ich, dass ihr eine Liste aller Männer erstellt, die sowohl von Zoran wie auch von Teplice und Stramski wissen. Mit denen beschäftigen wir uns dann intensiver und ziehen den Kreis immer enger.«

»Born hat sich schon kaufen lassen, bevor er in den Knast ging«, warf Andrej ein. »Warum ziehen wir ihn nicht auf unsere Seite? *Plata o plomo!*«

Silber oder Blei – Andrej war ein glühender Verehrer der Netflix-Serie *Narcos*, und er ließ keine Gelegenheit aus, den kolumbianischen Drogenboss Pablo Escobar zu zitieren. Im ersten Impuls wollte Koslow die Idee schon als zu weit hergeholt abtun, dann stockte er. Dachte nach. Und je länger er darüber nachdachte, desto plausibler erschien sie ihm.

Born hatte bei seinem Besuch in Bohosudov gesagt, dass er ausschließlich an dem Wanderer interessiert sei. Nicht an ihm, Koslow. Das glaubte er dem Ex-Bullen zwar nicht, aber Borns Fixierung auf den Mann, den er für den Tod seiner Geliebten verantwortlich machte, war offensichtlich. Vielleicht brauchte es gar kein Silber, um Born zu ködern, wenn er ihm stattdessen anbot, was er wirklich begehrte. Vielleicht war das die Lösung. Sie gefiel ihm – ganz abgesehen davon, dass er damit zwei Probleme auf einmal löste.

»Wir müssen herausfinden, ob er die Polizistin tatsächlich fickt«, sagte er dann. »Wenn dem so ist und wenn der Wanderer für Born das Silber darstellt, machen wir sie zu Blei – zu einem perfekten Druckmittel. Wenn sie Borns

Schwachstelle ist, müssen wir diese Schwachstelle aus-
nutzen.«

Dann drehte er sich in Sergejs Richtung. »Und du, *moj
drug*, kümmerst dich um den Verräter!«

Norahs Gesicht war Born so nahe, dass sich ihre Lippen
fast berührten. Sie nahm seine Hand, schob sie unter ihre
Bluse, auf ihre Brust. Ein kurzes Zögern, dann streichelte
er ihre Brustwarze, bis sie sich hart aufrichtete. Er knöpfte
ihre Bluse auf und nahm ihre Brust in den Mund, leckte
und saugte, bis Norah leise zu stöhnen begann.

Sein Blick ging nach oben. Er wollte ihr Gesicht sehen,
sah aber nur das von Lydia. Spürte, wie eine Hand nach
unten griff, seine Jeans öffnete und hineinfasste. Sie holte
seinen Schwanz heraus, streichelte und massierte ihn,
während seine Finger den Reißverschluss von Norahs
Hose öffneten und dorthin vorstießen, wo die Nässe war.
Er badete die Finger in ihrem Saft, drang in sie ein, hörte
sie stöhnen und schreien. Küsste sich immer weiter nach
unten, bis er sie schmeckte, ihre Lust, während ihr Körper
sich durchbog und ihm entgegenpresste.

Dann spürte er eine andere Hand auf seinem Rücken.
Er musste nicht Lydias Stimme hören, die ihm versicherte,
dass alles gut sei, um zu wissen, dass sie ihr gehörte. Ihre
Hand wanderte nach oben und streichelte seine Haare,
wie sie das früher immer getan hatte, während er den
Schweiß auf Norahs Brust schmeckte, auf ihrem Bauch,
auf ihren Schenkeln, die klebrige Nässe dort unten. »Tu
es«, sagte Lydias Stimme. »Noch ein letztes Mal!«

Sie lag jetzt da, wo Norah gerade noch gelegen hatte,
und er küsste ihren Hals, während sein Unterleib sich hart

und regelmäßig bewegte, auf und ab. So lange, bis sich alles in ihr zusammenzog, ein pulsierender Sog, dem er nichts mehr entgegenzusetzen hatte. Er kam mit Gebrüll, in immer neuen Stößen, bis er auf ihren Schultern zusammensackte.

Dann wachte er auf. Mit einer Erektion, die fast schon schmerzhaft war.

Er brauchte ein paar Sekunden, um im Hier und Jetzt anzukommen. Dann wurde ihm klar, dass das, was er gerade geträumt hatte, nicht gut war. Gar nicht gut. Wenn es stimmte, dass man in Träumen Dinge aufarbeitete, mit denen der Geist sich tagsüber unterbewusst beschäftigte, hatte er einen gefährlichen Weg eingeschlagen.

Born war ein Mann, der nicht viel von der Liebe wusste. Schon in seiner Jugend war ihm die Idee fremd gewesen. Sicher, er hatte bereits mit fünfzehn die erste Freundin gehabt und danach viele weitere, aber hatte er sie geliebt? Er freute sich, wenn er mit seiner jeweiligen Freundin zusammen war, und fühlte sich wohl dabei. Die Leidenschaft jedoch, die Familien ins Verderben stürzen und Kriege auslösen konnte, kannte er nur aus Filmen. Er hatte in seinem Leben jede Menge Sex gehabt, war aber stets zu nüchtern geblieben, um Geilheit mit Liebe zu verwechseln.

Bis Lydia kam.

Sie war wie ein Güterzug in sein Leben gerauscht. Mächtig und unaufhaltsam hatte sie jede Barriere durchbrochen, die er um sich aufgebaut hatte. Sie war alles und viel mehr gewesen, als er sich vom Leben erträumt hatte. Dabei waren es nicht die spektakulären Dinge, die dafür verantwortlich gewesen waren, eher die Kleinigkeiten. Eine Geste, das passende Wort zur rechten Zeit. Oder das gemeinsame Schweigen, das er nie als bedrückend emp-

254

funden hatte, sondern immer als Moment besonderer Vertrautheit. Seit er Lydia kannte, war Liebe mehr geworden als eine Mischung aus sozialer Absprache und körperlicher Reaktion. Auf einmal konnte er nachvollziehen, wenn in Filmen jemand Dinge sagte wie: »Ohne dich kann ich nicht leben!«

Obwohl diese Aussage auch Blödsinn war. Er konnte ohne Lydia leben, musste es sogar. Die entscheidende Frage war nur, ob ihm sein Dasein auch ohne sie noch lebenswert erschien.

Und plötzlich war Norah aufgetaucht. Das, was er für sie empfand, war noch weit weg von den Gefühlen, die er für Lydia gehegt hatte, aber dennoch war da etwas. Leise hatte es sich in sein Bewusstsein geschlichen, war angewachsen und nicht mehr bereit, sich daraus vertreiben zu lassen. Wenn ihn in diesem Moment jemand gefragt hätte, was ihn so an Norah faszinierte, hätte er die Auskunft verweigert – weil er keine plausible Antwort hätte geben können. Vielleicht war es die Mischung aus Schwäche und Stärke, die ihn anzog. Die zerbrechliche Fassade, hinter der so viel Kraft steckte. Im Gegensatz zu ihr kam er sich fast schon feige vor, weil ihm der Mut fehlte, seine Schwächen zuzugeben und anderen zu offenbaren. Ein Wesenszug übrigens, den er mit Lydia geteilt hatte.

Norah jedoch war anders. Einerseits zarter und zerbrechlicher, andererseits mit einer Willensstärke und einem Gerechtigkeitssinn versehen, die sie über sich selbst hinauswachsen ließen. Nicht als Mittel zum Zweck, sondern aus einer tief empfundenen Überzeugung heraus. Es ging ihr nicht darum, was andere über sie dachten oder welches Bild von ihr entstand; sie folgte ausschließlich ihrem inneren Kompass, und gerade das machte sie für ihn so anziehend.

Dennoch behagte ihm der Gedanke nicht, dass sie an seinen Emotionen rührte. Er konnte geil auf sie sein, das war okay, und vielleicht mit ihr ins Bett gehen, wenn sich die Gelegenheit dazu bot, mehr jedoch nicht. Nicht, wenn er nicht alles gefährden wollte, wofür er die letzten drei Jahre gelebt hatte.

Er schüttelte den Gedanken ab und konzentrierte sich auf den einzigen Menschen, dessen Schicksal er wirklich beeinflussen konnte. Auf sich selbst. Ihm war, als würde er am Meer stehen und auf den Punkt blicken, wo die See und der Horizont sich berührten. Er starrte in die Unendlichkeit und wünschte sich, in dem Bild seine Zukunft zu erkennen, die sich irgendwo dazwischen verbarg.

Aber da war nichts.

Nur Nebel.

Koslows Organisation war anders aufgebaut als italienische Mafiafamilien, die eher einer Pyramide glichen: ein Pate ganz oben, darunter der Unterboss, unter dem mehrere Caporegime agierten, die ihrerseits eine breite Schicht von Soldaten befehligten. Das Problem an dieser Konstellation war, dass die Masse der Mafiosi – die Soldaten – nur wenig Geld verdienten, weil sie niemanden mehr unter sich hatten, der für sie arbeitete. Verbrecherorganisationen ähnelten Unternehmen der freien Wirtschaft: Zum großen Geld kam nur, wer an der Arbeit anderer mitverdiente.

Koslow hatte erkannt, dass dieses Prinzip die unterste Ebene anfällig für Verlockungen machte. Sie fühlte sich ungerecht behandelt, begehrte auf, arbeitete in die eigene Tasche und war schnell bereit, gegen »die da oben« auszusagen, wenn sie von der Polizei gefasst wurde. Die *Omerta*, das Gesetz des Schweigens, war spätestens seit den Aussagen Tommaso Buscettas im Rahmen der großen Mafiaprozesse Mitte der Achtzigerjahre, die zur Verurteilung Hunderter Mitglieder der Cosa Nostra geführt hatten, nur noch ein Relikt, an dem sich Hollywoodregisseure abarbeiteten.

Koslows Struktur war anders, flacher und moderner. Ganz oben stand nur er, und nur er hatte Kontakt zu den wahren Bossen, die in Sankt Petersburg residierten. Ihm unterstellt waren zwei Unterbosse, Sergej und Andrej, denen er bedingungslos vertraute. Auf die Caporegime verzichtete er vollständig, sodass Sergej und Andrej direkt jene Männer befehligten, die auf der untersten Ebene standen. Anders als in der italienischen Mafia war es diesen Männern erlaubt, ihre eigenen Geschäfte zu tätigen und selbstständig Personal anzuheuern. Die einzige Bedingung: Sie mussten Waffen und Prostituierte ausschließlich über die Zwillinge beziehen und aus dem entstandenen Gewinn in die Gemeinschaftskasse, den *Obschak*, einzahlen. Somit glichen sie Subunternehmern, auf die er jederzeit zurückgreifen konnte, wenn Bedarf bestand. Er gab ihnen Schutz und stellte ihnen die Logistik und Kontakte seiner Organisation zur Verfügung, während sie sich im Gegenzug zu bedingungslosem Gehorsam verpflichteten.

Einer dieser Männer hieß Jegor Popow: ein achtunddreißigjähriger Russe aus Jekaterinburg, der sich auf Schutzgelderpressung und Leibwächterdienste spezialisiert hatte. Popow beschäftigte eine Gruppe von gut dreißig Männern, zumeist Kampfsportler und Schwerkriminelle, die auch vor dem Einsatz von Schusswaffen nicht zurückschreckten. Offiziell war er Inhaber einer Security-Firma in Nürnberg;

den Großteil seiner Einkünfte erzielte er jedoch aus anderen Quellen.

In Koslows Organisation war Popow der Mann fürs Grobe. Wo die Zwillinge bei ihrer Art zu morden sadistischen Künstlern glichen, setzte Popow auf bloße Gewalt. Er kam zum Einsatz, wenn Muskelkraft und Härte gefordert waren, nicht Intelligenz und Heimtücke. Seine Leute nannten sich selbst »Die Unzerbrechlichen«, und sie gingen so brutal vor, dass selbst die härtesten albanischen Gangs vor ihnen Angst hatten.

Auf der Liste, die Sergej Popow überreichen sollte, fanden sich lediglich neun Namen. Einer dieser Männer musste der Verräter sein, und Popow sollte ihn ausfindig machen. Er sollte dabei nicht gewalttätig vorgehen, anfangs zumindest nicht – schließlich standen die zu verhörenden Männer mit ihm auf einer Ebene –, aber Druck ausüben. Den Männern klarmachen, dass sie auf der Liste standen und nur wieder gestrichen wurden, wenn der wahre Verräter entlarvt war. Dabei sollte er ihre Reaktionen beobachten und genau zuhören, was sie zu sagen hatten. Popow mochte nicht sonderlich intelligent sein, sich nicht gewählt ausdrücken können – den Instinkt eines wilden Tieres besaß er allemal.

Kein Mensch war eine Insel, und immer wusste der eine etwas über den anderen. Die Enttarnung des Verräters würde nur eine Frage der Zeit sein, da war Koslow sich sicher. Allein Popows Auftauchen würde die Verdächtigen unter Druck setzen, und Druck erzeugte Fehler.

Sobald er etwas herausgefunden hatte, würde Sergej ins Spiel kommen. Was die Kunst der Folter anging, machte ihm niemand etwas vor, selbst sein Bruder nicht. Zwei, drei Stunden in einem abgeschiedenen Raum, und Sergej würde alles von dem Verräter erfahren. Ohne Ausnahme.

Vielleicht gab es ja Menschen, die glaubten, einer empathielos durchgeführten Folter widerstehen zu können – Koslow kannte keinen Einzigen, dem dies in der Praxis gelungen war.

Und während Popow und Sergej nach dem Verräter suchten, würde Andrej sich um Norah Bernsen kümmern. Die Polizistin beschatten, um herauszufinden, was sie wusste und wie Born zu ihr stand. Vielleicht würde er Sergej anschließend ja einen Gefallen tun und ihm erlauben, sich die Frau ebenfalls vorzunehmen.

In einem abgeschiedenen Raum.

Mit zwei, drei Stunden Zeit.

In den letzten Tagen hatte Norah mehrfach versucht, Born zu erreichen, war aber immer nur auf dem Anrufbeantworter gelandet. Sie hatte insgesamt fünf Nachrichten hinterlassen – jede eindringlicher als die vorherige – und es dann aufgegeben. Zu gerne hätte sie ihm von dem Mord an der Immobilienmaklerin erzählt und von den anderen Fällen, die eine Verbindung zu Koslow aufwiesen. Für sie sah es so aus, als hätte der Russe in den letzten Monaten systematisch alle Personen ausschalten lassen, die ihm gefährlich werden konnten. Vielleicht zählte auch der Mord an Stramski dazu, kurz nachdem sie und Born den Pärchenclub verlassen hatten.

Aber Born blieb wie vom Erdboden verschluckt, was ihr zunehmend Sorgen bereitete. Mehrfach war sie an seiner Wohnung vorbeigefahren, hatte aber immer nur auf dunkle Fenster geblickt, und auch auf ihr Klingeln hin hatte niemand geöffnet. Sie musste dringend mit ihm sprechen – nicht nur wegen der Morde, sondern auch über

Peter Kollers seltsames Verhalten, aus dem sie einfach nicht schlau wurde.

Ihr Chef war heute Vormittag unvermittelt in ihrem Büro aufgetaucht und hatte sie gefragt, wie gut sie sich mit Computern auskenne. Ob sie immer noch an den Ermittlungen Lydia Wollstedts Tod betreffend interessiert sei. Norah hatte sich ertappt gefühlt, und es hatte sie einige Anstrengung gekostet, sich ihre Aufregung nicht anmerken zu lassen. Irgendwie musste Koller erfahren haben, dass jemand versucht hatte, sich Zugang zu den gesperrten Akten zu verschaffen, und sie konnte nur hoffen, dass Can Akyol seine Spuren gründlich genug verwischt hatte. Auf Kollers Fragen hatte sie nur verneinend oder ausweichend geantwortet, und irgendwann war er dann gegangen – nicht, ohne ihr einen letzten prüfenden Blick zuzuwerfen.

Als er weg war, zog sie ihren Parka an und griff nach ihrer Tasche. Sie verließ das Dezernat in der Keithstraße, überquerte den Kurfürstendamm und bog in die Kleiststraße ab, um im nahe gelegenen KaDeWe noch etwas einzukaufen. Sie ließ sich mit den Menschenmassen treiben, kaufte eine Bluse, die drastisch reduziert war, und fuhr dann mit der Rolltreppe in den sechsten Stock, um in der Delikatessenabteilung Lebensmittel zu besorgen. Wie immer wurde sie von dem Angebot erschlagen, ebenso von den Preisen, die nicht zu ihrem mittelprächtigen Einkommen passen wollten. Aber Norah war gerne bereit, für höhere Qualität ein wenig mehr auszugeben – außerdem hatte sie ja gerade erst bei der Bluse gespart.

Als sie eine Packung mit frischen Tortellini in der Hand hielt, klingelte ihr Handy. Bei dem Namen auf dem Display fiel ihr ein Stein vom Herzen. »Born!«, rief sie erleichtert.

260

»Hey«, sagte er, als wäre nichts gewesen.

Aufgrund der Umgebungsgeräusche musste sie lauter als gewöhnlich reden, aber sie war so erleichtert, seine Stimme zu hören, dass sie die Menschen um sich herum fast vergaß. »Wo warst du die letzten Tage? Ich muss dringend mit dir reden!«

»Das erzähle ich dir später«, erwiderte er. »Zuerst muss ich wissen, wo du stehst.«

Sie zögerte kurz. »Auf deiner Seite«, sagte sie dann.

»Mit allen damit verbundenen Konsequenzen?«

»Das weiß ich noch nicht. Ich … ich kann nur schwer damit umgehen, dass du vorsätzlich einen Menschen töten willst, aber ich habe in den letzten Tagen auch zu viel gesehen, um noch daran zu glauben, dass wir Koslow oder den Wanderer mit den üblichen Mitteln fassen können.«

»Was genau?«

»Das würde ich dir lieber persönlich erzählen. Können wir uns nicht treffen und darüber sprechen?«

»Gerne, aber im Moment ist es ungünstig. Ich bin auf dem Weg nach Teplice.«

Augenblicklich wurde ihr flau im Magen. »Nach Teplice? Warum?«

»Koslow wird mir den Wanderer nur liefern, wenn ich den Druck auf ihn erhöhe, und genau das habe ich vor. Für dich ist es besser, wenn du im Vorfeld nichts darüber weißt, dann musst du später auch nicht lügen. Lass mich die Sache in Teplice hinter mich bringen, dann komme ich zurück, und wir reden. Einverstanden?«

»Habe ich eine Wahl?«

»Wenn du dich entschieden hast, nicht mehr.«

Sie seufzte. »Ich weiß nicht … Willst du dich wirklich alleine gegen Koslow und seine Männer stellen?«

»Nein«, lachte er, »ich nehme alle meine Unterstützer und den ganzen Fanclub mit! Was denkst du denn?«

»Ich denke, du begibst dich an einen perfekten Ort für Leute, die dich umbringen wollen.«

Nach Andrejs entscheidendem Anruf hatte Koslow die Zwillinge erneut zu seinem Anwalt bestellt, wo er den beiden jetzt im Besprechungsraum gegenübersaß und sie ausgiebig musterte. Äußerlich mochten sie sich wie ein Ei dem anderen gleichen, innerlich waren sie grundverschieden.

Niemand wusste dies besser als er.

Andrej war der Stratege. Ein analytischer Planer, der im entscheidenden Moment eiskalt handelte und sich auch in Krisensituationen nicht von seinen Emotionen leiten ließ. Sergej dagegen war ein Adrenalinjunkie, der diesen Krisensituationen förmlich entgegenfieberte. Der geborene Anführer, dem seine Männer blind folgten, weil er sich selbst in den gefährlichsten Situationen in die vorderste Frontlinie begab. In Tschetschenien hatten manche behauptet, Andrej sei das Hirn und Sergej der Schlagarm, aber das stimmte nicht – beide verfügten über die gleiche Intelligenz, setzten diese aber unterschiedlich ein.

»Erzähl noch einmal, was die Schlampe am Telefon gesagt hat«, bat Koslow.

»Sie schien erleichtert zu sein, als Born anrief«, erwiderte Andrej, »hat aber keine Ahnung, was er vorhat. Alles, was er ihr anvertraut hat, war, dass er nach Teplice will.«

»Das *Paradiso*?«, fragte Sergej, und Koslow nickte zustimmend, bevor er sich wieder an Andrej wandte. »Was denkst du, wie die Polizistin und Born zueinander stehen?«

Der Zwilling ließ sich mit der Antwort Zeit. »Sie war besorgt«, sagte er dann. »Wirkte aufgebracht, weil er sich länger nicht gemeldet hat, und hat ihm versichert, dass sie auf seiner Seite steht. Ich weiß nicht, ob die beiden etwas miteinander haben, aber auf alle Fälle mag sie ihn. Er ist ihr nicht gleichgültig.«

Koslow griff nach der Kaffeekanne auf dem Tisch und schenkte sich eine Tasse ein. »Bleib weiter an ihr dran, und halt mich über jeden ihrer Schritte auf dem Laufenden. Und du, Sergej, rufst Popow an und sagst ihm, er soll mit zehn seiner besten Männer nach Teplice kommen. Stellt Born eine Falle, aber versucht alles, ihn lebend zu fassen. Ich bin sicher, dass er uns einige interessante Dinge verraten kann.«

»Ich soll ihn nicht töten?«

»Du hast gehört, was ich gesagt habe!«

Sergej nickte, dann wechselte er das Thema. »Popow ist es übrigens gelungen, den Verräter einzukreisen.« Er stand auf und gab Koslow einen Zettel. »Er ist sich sicher, dass es einer dieser drei Männer ist. Sobald die Geschichte in Teplice erledigt ist, nehmen wir sie uns vor.«

Koslow schaute sich die Namen an, bevor er den Zettel kommentarlos einsteckte. Das konnte warten, anderes war jetzt wichtiger. Er war schon lange im Geschäft und hatte Situationen gemeistert, die kritischer gewesen waren als diese, doch er wusste auch, dass Probleme dazu neigten, mit der Zeit immer größer zu werden. Sie glichen einem Schneeball, der einen Hang hinunterrollte und dessen Umfang Meter für Meter zunahm. Und momentan hatte er gleich drei Probleme, die er lösen musste, bevor in wenigen Tagen die nächste Lieferung von Mädchen und Waffen aus Sankt Petersburg eintraf.

Die ersten beiden Probleme waren bei den Zwillingen

in guten Händen: Die Enttarnung des Verräters war nur eine Frage der Zeit und Born nicht mehr als ein Störfaktor, den Sergej schon in den Griff kriegen würde. Am meisten Sorgen bereitete Koslow das dritte Problem, weil es ein dauerhaftes war und mittlerweile sogar eine Bedrohung des Ganzen darstellte.

Der Wanderer.

DER WANDERER

Manchmal lag er nachts wach und dachte an die Toten. Die Frau im Allgäu, die er erschossen hatte. Den Tankwart im Harz. Die elf Männer und Frauen in Tannenstein. Eine Parade aus verwesenden Leichen zog an ihm vorbei und verweigerte ihm den Schlaf, winkte ihm zu und lachte ihn aus.

Er stieß die Decke von sich und setzte sich aufrecht auf die Bettkante. Die Digitalanzeige des Weckers stand schwerelos im Raum: 4.17 Uhr. Vor dem Fenster lag die Nacht, still und sternenlos. Er bewegte sich nicht und hielt den Blick starr nach draußen gerichtet. Ab und zu zogen in der Ferne die Lichter vorbeihuschender Autos entlang, ansonsten passierte nichts.

4.31 Uhr. Auf dem Tischchen neben dem Bett klingelte sein Handy, und der Lichtschein des Displays erhellte die Dunkelheit. Einen Moment lang schaute er zu, wie das Telefon vibrierend und langsam zum Rand des Tisches kroch, dann griff er danach und nahm den Anruf entgegen.

»Ich bin's«, hörte er die Stimme, die er erwartet hatte.

Das Gespräch dauerte sechs Minuten und siebzehn Sekunden, dann stand der Wanderer auf, zog sich im Dunkeln an und ging in den Raum, der ihm als Arbeitszimmer diente. In einer der Ecken stand fest verankert ein mittelgroßer Safe, den er aus der Insolvenzmasse eines Auto-

händlers herausgekauft hatte. Der Safe stand im Halb-
schatten, als wüsste er, dass er nicht mehr das neueste
Modell und wenig ansehnlich war, aber immer noch in
der Lage, seinen Job zuverlässig und gewissenhaft auszu-
führen.

Der Wanderer ging in die Knie und drehte das Rad für
die Zahlenkombination, ohne darüber nachzudenken.
Die Tür öffnete sich wie selbstverständlich und gab den
Blick frei auf die Grabkammer einer Vergangenheit, die
nun wieder zum Leben erweckt war. Sieben Schusswaffen,
eine Kevlar-Weste und knapp dreihunderttausend Euro in
bar lagen darin – alles fein säuberlich aufgereiht wie Be-
weisstücke seiner eigenen Verderbtheit. Er entschied sich
für zwei fünfzehnschüssige Beretta 92 und eine Pumpgun
vom Typ Mossberg 590, die auch von amerikanischen
Polizei- und Militäreinheiten eingesetzt wurde.

Nachdem er einen Kaffee getrunken hatte, verließ er
das Haus und schmeckte die Kühle der Nacht. Im Süden
lagen, noch in Dunkelheit gehüllt, die sanften Hügel des
Spessarts, im Osten zog schon die Morgendämmerung
auf. Eine schmale blaue Naht am Horizont, die ihm den
Weg wies.

Nachdem er vor vier Jahren den Anruf aus Deutschland
erhalten hatte, war er sofort in sein Heimatland zurückgekehrt. Sein erster Weg hatte ihn auf die Intensivstation
geführt, wo Sven lag. Er hatte sich stumm auf das Bett seines Cousins gesetzt, während hilflose Wut in seinen Augen
brannte.

Sven war nie besonders groß oder muskulös gewesen,
aber jetzt wirkte er regelrecht zusammengefallen, schutz-
los wie ein neugeborenes Kind. Ein Schlauch führte durch
seinen Mund in die Luftröhre, damit er den nächsten

Atemzug bekam. Die Apparatur gab gleichförmige Geräusche von sich, von einem Tropf lief eine durchsichtige Flüssigkeit in seinen Arm. Monitore zeigten den Blutdruck und die Herzfrequenz an.

Sven schien zu schlafen, und dennoch war es vollkommen anders. Weit von Schlaf entfernt. Es ging viel tiefer. Der Wanderer hatte in den Krisenherden dieser Welt viel gesehen, aber noch nie einen Menschen, der weiter vom Leben entfernt war, obwohl sein Herz noch schlug. Irgendetwas in ihm zerbrach, als er die Folgen der Schläge sah, die sein Cousin abbekommen hatte. Und warum? Weil er sich um Mädchen gekümmert hatte, die vor Männern geflohen waren, die genau solche Schläge austeilten.

Er versuchte, sich Sven wieder als den Jungen vorzustellen, mit dem er die Sommermonate an der Nordsee verbracht hatte. Borkum, die gemeinsamen Abende der beiden Familien. Er nahm Svens Hand, die, in der keine Schläuche steckten, und streichelte sie. Die Knochen darunter wirkten so zerbrechlich, als stammten sie von einem Vogel.

»Was haben sie dir bloß angetan?«, flüsterte er.

Dabei kannte er die Antwort bereits. Von seinem Onkel wusste er, dass Sven als Sozialarbeiter immer mehr getan hatte, als er tun musste. Ganz sicher auch mehr, als gut für ihn war. Schon immer hatte er ein weiches Herz gehabt, und genau das war ihm jetzt zum Verhängnis geworden. Er hatte sich mit den falschen Leuten angelegt, nachdem eine Rumänin, die er auf dem Straßenstrich kennengelernt hatte, nach Monaten endlich Vertrauen zu ihm fasste und ihm von dem Weg erzählte, der sie nach Deutschland gebracht hatte. Von ihrer Familie in der Heimat, mit der sie unter Druck gesetzt wurde. Von den Männern, die dafür verantwortlich waren. Von den Drahtziehern, die sie nur einmal kurz gesehen hatte, in einem Nachtclub in Teplice.

Und jetzt lag sein Cousin hier, weil er mutig gewesen war. Es war nicht jener Mut gewesen, für den man im Krieg einen Orden bekam, sondern der Mut, der einer Aufwallung von Empörung folgte. Dieser Mut hatte Sven zu dem Haus geführt, in dem die Rumänin neben vielen anderen Prostituierten ohne Pass und ohne Geld untergebracht worden war. Vielleicht hatte Sven gedacht, er könnte die Männer alleine mit Worten überzeugen – es würde zu seinem Charakter passen, zu seiner Vorstellung, dass in jedem Menschen etwas Gutes steckte. Vielleicht hatte er diesen Männern sogar mit der Polizei gedroht, als der Versuch fehlschlug. Ganz sicher jedoch hatten sie nicht so reagiert, wie Sven das erhofft hatte.

Hatten die Angelegenheit auf ihre Art geregelt.

Der Wanderer zog einen Stuhl heran, setzte sich neben seinen Cousin und schloss die Augen. Er schlief nicht, aber seine Körperfunktionen waren so weit heruntergefahren, dass er ebenso gut hätte schlafen können. Jeder Muskel in seinem Körper war entspannt, sein Atem ging langsam und regelmäßig, sein Verstand aber war hellwach. Er raste nicht etwa, arbeitete aber mit jener Intensität, die einem nur dann zuteil wird, wenn einen nichts anderes ablenkt.

Eine Stunde verging, dann eine zweite. Den Wanderer störte diese Zeit der Stille nicht – er hatte in seinem Leben Stunden durchlebt, die weitaus schlimmer gewesen waren. Es war warm, er war nicht verletzt und keiner unmittelbaren Bedrohung ausgesetzt, und so konnte er sich voll auf die Dinge konzentrieren, die vor ihm lagen.

Dann hörte er, wie die Tür aufging. Er drehte sich um und sah Svens Vater Klaus, der ihn stumm anblickte. Das Gesicht seines Onkels war grau geworden, die Hände zitterten. Noch ein gebrochener Mensch, dachte er. Noch jemand, der nur noch dem Schein nach lebendig ist.

»Es ist schön, dass du gekommen bist«, sagte Svens Vater mit tonloser Stimme.

Der Wanderer sagte nichts.

Klaus setzte sich zu seinem Sohn ans Bett und flüsterte: »Bei Gott, ich wollte diese Typen umbringen. Ich habe geglaubt, ich könnte es, und Gott würde mir vergeben, weil sie meinen Jungen kaputt gemacht haben. Sein Gehirn … Es arbeitet nicht mehr, weil sie mit ihren Stiefeln darauf herumgetrampelt sind, als wäre er …« Die Stimme des Alten versagte, während Tränen seine Wangen herabliefen.

»Sprich weiter«, sagte der Wanderer sanft.

Klaus schluckte. »Ich konnte es nicht, verstehst du? Ich habe es wirklich versucht, aber ich konnte es nicht. Dabei … Ich bin doch sein Vater! Sollte ein Vater sein Kind nicht schützen können? Ich war … ich war einfach zu schwach dafür.«

»Jetzt bin ich ja da«, sagte der Wanderer. »Sag mir alles, was du über sie weißt.«

Als er das Krankenhaus Stunden später wieder verließ, lief der Wanderer durch die leeren Straßen des Ortes, in dem er als Kind so oft gewesen war. Mittlerweile war es dunkel geworden, und Straßenlaternen beleuchteten seinen Weg. Er kam an einem Eckladen vorbei, in dem er früher mit Sven zusammen Süßigkeiten und Comics gekauft hatte, und an der alten Kirche mit dem verfallenen Friedhof, von dem sie immer geglaubt hatten, dass es dort spukte.

Die Nacht war kalt und still, und es hatte zu regnen begonnen. Die meisten Menschen, denen er begegnete, waren auf dem Nachhauseweg. Niemand beachtete ihn, außer einem alten Mann, der sich umdrehte und ihm lange nachstarrte.

Vielleicht konnte der Alte den Zorn spüren, der in ihm loderte. Die Wut. Er selbst kannte diese Wut schon seit seiner Kindheit, hatte sie einst nur für Wildheit gehalten, aber heute war das anders. Heute kam sie ihm geschliffen und poliert vor.

Er war ein Killer geworden.

Einen besseren hatte es nie gegeben.

TEPLICE, TSCHECHIEN

Borns Blick fiel auf den leuchtenden Schriftzug des *Paradiso* und auf den um diese Uhrzeit fast noch leeren Parkplatz davor. Er hatte seinen Wagen fünf Querstraßen entfernt abgestellt, die Waffen in einen Rucksack gepackt und sich dem Nachtclub von der Rückseite aus zu Fuß genähert. Schon bei seinem ersten Besuch war ihm der kleine Hügel links des Eingangs aufgefallen, hinter dem zwei Bahngleise und ein halb zerfallenes Industriegelände lagen – ein perfekter Beobachtungsposten, der ihn vor den Blicken anderer schützte.

Es war jetzt kurz vor neun, ein feuchtkalter Herbstabend, und die ersten Gäste trudelten ein. Fünf Autos passierten in der nächsten Viertelstunde das Tor. Vier davon waren nur mit einer Person besetzt, im fünften saßen mehrere Männer. Es war ein Mercedes GLE, eine monströse Mischung aus Geländewagen und Coupé, sündhaft teuer und das genaue Gegenteil von unauffällig. Schwarz glänzender Lack, verspiegelte Fenster, auf Hochglanz polierte 22-Zoll-Felgen. Der Wagen hielt nahe dem Eingang, und drei Männer stiegen aus, in schwarzen Anzügen und mit weißen Hemden, die Haare millimeterkurz rasiert. Sie redeten laut und gestikulierten wild, wobei ihre protzigen Uhren am Handgelenk aufblitzten. Sie wurden vom Türsteher mit einer Umarmung begrüßt, dann betraten sie den Club.

Born entschloss sich, noch etwas zu warten. Er rollte die Schultern, um seine verhärteten Muskeln zu lockern. Mittlerweile hatte es zu nieseln begonnen, und der aus nordöstlicher Richtung wehende Wind trug Musikfetzen herüber. Er fragte sich, was er hier überhaupt machte – schwer bewaffnet auf einem Hügel liegend, den Parkplatz im Auge behaltend. Er sollte ...

In diesem Moment fuhren zwei weitere Autos vor. Ein Chevrolet Suburban, riesig und massiv, und ein Jaguar F-Type, sportlich und elegant. Beide parkten neben dem Mercedes, und die Fahrer, die ihnen entstiegen, ähnelten den letzten Besuchern bis aufs Haar. Auch sie wurden mit einer Umarmung begrüßt, die Tür ging auf, und die Musik wurde für wenige Augenblicke lauter. Bis auf den Türsteher, der unter einem Vordach stand, war der Parkplatz leer.

Zeit, um ein wenig Leben in das Ganze zu bringen.

Born nahm eine der Handgranaten, zog den Sicherungsstift und warf sie in Richtung des Mercedes. Sie landete nicht ganz so dicht neben dem Fahrzeug, wie er gehofft hatte, aber dicht genug. Der Wagen wog zwei Komma drei Tonnen, aber der Sprengkraft der Granate hatte er nichts entgegenzusetzen. Die Wucht der Explosion zerriss die Beifahrerseite, alle Fensterscheiben splitterten, ein Trümmerfeld.

Die zweite Handgranate zerfetzte den Suburban, der Jaguar daneben bekam auch noch genug ab, die Autos fingen Feuer.

Zwei Würfe, zehn Sekunden, dreihunderttausend Euro Schaden.

Born war zufrieden.

Fürs Erste.

Dann griff er nach der Heckler & Koch und entsicherte

sie. Wartete, bis die Tür des Clubs aufgerissen wurde und die Fahrer der Wagen herausrannten. Sie alle hielten Pistolen in den Händen, und zu seinem Bedauern erkannte er, dass die Zwillinge nicht darunter waren.

Er gab einen wohldosierten Feuerstoß auf den erleuchteten Schriftzug des *Paradiso* ab, unter dem die Männer standen. Die Neonröhren implodierten, und scharfkantige Glassplitter fielen herab. Die Russen rannten wie aufgescheuchte Hühner durcheinander und versuchten, ihre Köpfe mit den Händen zu schützen. Es war laut, dichter Qualm zog über den Parkplatz, das Chaos war perfekt.

Einer der Männer schien zu ahnen, wo Born sich aufhielt, und stürmte auf den Hügel zu. Er stoppte ihn mit einer Salve vor die Füße, dann wechselte er seine Position. Schoss jetzt von einer Stelle aus, die dichter am Eingang lag. Die meisten Leute hatten sich mittlerweile wieder in das Innere des Clubs zurückgezogen, um dem Sperrfeuer zu entgehen. Sobald einer von ihnen die Nase herausstreckte, schoss Born – nicht, um sie zu töten, sondern um klarzumachen, dass er es ernst meinte.

Während einer kurzen Feuerpause holte er fünf Postkarten aus seiner Jacke, die er zuvor gekauft hatte. Jede von ihnen glich denen, die der Wanderer verschickt hatte. Er verstreute sie auf dem Hügel, damit den Russen später klar wurde, worum es hier gegangen war.

In der Ferne ertönten Polizeisirenen, und Born beschloss, es für heute gut sein zu lassen. Er rollte sich zur Seite und wollte gerade aufstehen, als Kugeln neben ihm einschlugen. Grasbüschel wurden aus dem Erdreich gerissen, und Born brauchte einen Moment, um festzustellen, dass die Schüsse nicht von vorne, sondern von hinten kamen. Von dort, wo das verlassene Industriegelände lag.

Sein zuvor angedachter Fluchtweg.

Er robbte auf die andere Seite des Hügels und schaute über die Kuppe hinweg. Eine Gruppe von Männern stürmte auf ihn zu, keine zweihundert Meter entfernt. Die neue Position bot ihm zwar kurzfristig Schutz vor ihnen, dafür lag er jetzt mit dem Rücken zum Eingang des Clubs. Sobald die Besitzer der brennenden Fahrzeuge sich wieder heraustrauten, war er eingekesselt, und als Einzelner hatte er keine Chance, einen Zweifrontenkrieg zu überstehen, bei dem der Gegner haushoch überlegen war.

Er wechselte das Magazin der Heckler & Koch und schoss in Richtung des Industriegeländes, woraufhin die anstürmenden Männer hinter Häuserecken Deckung suchten. Dann feuerte er auf den Clubeingang, um sich ein wenig Zeit zu verschaffen, und stürmte los. Der einzige Fluchtweg, der ihm jetzt noch blieb, war der über den Parkplatz, vorbei an den brennenden Autowracks und hin zur Einfahrt.

Seine Füße trommelten über den Boden, während er über die Schulter hinweg Feuerstöße abgab. Seine Umgebung nahm er nur noch durch einen Schleier wahr – der Qualm brannte in den Augen und ließ sie tränen.

Als er etwa fünfzig Meter von der Einfahrt entfernt war, entdeckte er den Mann auf dem Geländemotorrad. Er stand mitten im Weg, starr und regungslos, als wartete er auf ihn. Bekleidet war er mit einer schwarzen Lederkluft und einem Vollvisierhelm, in der Hand eine kurzläufige Maschinenpistole, die Borns eigener glich. Born wusste instinktiv, dass der Motorradfahrer einer der Zwillinge war, und er erkannte in derselben Sekunde, dass er keine Chance hatte, an ihm vorbeizukommen.

Ruckartig stoppte er und schaute sich gehetzt nach einem Fluchtweg um. Wunderte sich kurz, warum der Kerl auf dem Motorrad ihn nicht einfach erledigte, und stürmte dann auf die brennenden Autowracks zu. Hinter ihm hatten die Männer, die vom Industriegelände her kamen, mittlerweile den Hügelkamm erreicht, waren jetzt keine hundert Meter mehr entfernt. Zum Glück hatte sich bislang noch niemand aus dem Club herausgetraut.

Born visierte den Mercedes an, der ihm von allen Fahrzeugen am nächsten stand. Wenn er sowieso sterben musste, wollte er das wenigstens nicht widerstandslos tun. In derselben Sekunde, in der er lossprintete, erwachte auch der Zwilling aus seiner Erstarrung und eröffnete das Feuer. Kugeln zischten wie zornige Hornissen vorbei und schlugen in die Karosserie des Autos ein. Immer ganz dicht, nur wenige Zentimeter entfernt, in gleichbleibendem Abstand. Der Mann musste ein hervorragender Schütze sein.

Warum traf er ihn dann nicht?

Mit einem Satz hechtete Born über die Motorhaube des Mercedes und hoffte, dass der immer noch qualmende Wagen jetzt nicht explodierte. Sein wild schlagendes Herz drohte aus der Brust zu springen, die Angst blockierte seinen Verstand. Dann hörte er, wie der Motor der Geländemaschine aufheulte, und sah, wie die Männer vom Hügel aus näher kamen.

Er zwang sich zur Ruhe, obwohl alles in ihm nach Flucht schrie. Wartete ab, bis die Männer noch dichter herankamen, und warf dann die letzte Handgranate. Sie landete genau vor ihren Füßen, wo sie zum Epizentrum der Verwüstung wurde. Er nahm die Detonation wahr, sah Körper fallen, hörte die Schreie der Verletzten. Einer der Angreifer lag mit dem Gesicht nach unten und ausgestreckten Armen auf dem Boden. Es sah aus, als wollte er durch seine eigene Blutlache kraulen.

Ohne einen Blick zurückzuwerfen, sprang Born auf und

rannte erneut auf die Ausfahrt zu. Zwanzig Meter an dem Motorradfahrer vorbei, der nur die Arme ausbreitete, als wollte er sagen: Hey, wo willst du hin? Das Spiel fängt doch gerade erst an!

Born schoss, verfehlte ihn aber, woraufhin der Motorradfahrer die Verfolgung aufnahm. Wieder flogen Kugeln an ihm vorbei. Eine streifte seinen Oberarm, es fühlte sich an wie ein Peitschenschlag. Scheinbar machte der Killer jetzt ernst, und Born konnte Gott nur danken, dass der Mann auf dem fahrenden Motorrad ein wenig von seiner Treffsicherheit einbüßte.

Er rannte auf die Einfahrt und die zuckenden Polizeilichter zu, die sich schon auf der gegenüberliegenden Häuserwand abzeichneten. Fast zeitgleich mit dem ersten Einsatzfahrzeug erreichte er die Straße. Er feuerte in ihre Richtung, um die Polizisten davon abzuhalten, die Autos zu verlassen, und stürmte dann auf eine kleine Seitenstraße zu.

Hinter sich hörte er das Motorrad rasend schnell näher kommen, dann das Kreischen von Bremsen, hörte, wie der Zwilling kurze Feuerstöße abgab, die vom trockenen Bellen einzelner Pistolen unterbrochen wurden. Wahrscheinlich hatten die Polizisten jetzt eingegriffen, was den Motorradfahrer aufhielt und ihm selbst eine kurze Atempause verschaffte.

Blindlings rannte er in die Seitenstraße hinein, nur um augenblicklich festzustellen, dass dies ein Fehler war. Auf jeder Seite der Straße standen drei Häuser, ganz hinten vier Garagen. Eine Sackgasse. Vorwärts kam er nicht, zurück konnte er nicht.

Er hetzte weiter bis zum mittleren Gebäude auf der rechten Seite – dem einzigen, hinter dessen Fenstern kein Licht brannte. Die letzten Patronen seiner Maschinenpistole feuerte er auf das Türschloss ab, das sich in einer Wolke aus Metall und Holzsplittern auflöste. Dann trat er die Tür auf und stürmte hinein, hinter sich das Motorengeräusch der näher kommenden Geländemaschine.

Während er durch den Flur lief, verstaute er die leer geschossene Heckler & Koch im Rucksack und griff nach einer der beiden Pistolen. Die Glock 17 lag perfekt in der Hand, und er war froh, sie mitgenommen zu haben – auch wenn er die Feuerkraft der Maschinenpistole jetzt schon vermisste.

Er schaute sich im Flur um und ging hinter einem Sideboard in Deckung, das massiv genug aussah, um Projektile abzufangen. Blickte anschließend auf das Rechteck der Türöffnung, welches sich durch die Straßenbeleuchtung hell abzeichnete. Sobald er darin die Kontur des Zwillings ausmachen konnte, würde er ihn abknallen. Ganz einfach, wie auf dem Schießstand.

Aber niemand kam.

Born wartete zehn Sekunden, dann entschloss er sich zur Flucht. Es war nur eine Frage der Zeit, bis die Polizisten hier auftauchten, und er wollte nicht gezwungen sein, einen von ihnen zu verletzen.

Vom Flur aus erreichte er das Wohnzimmer. Sah die bis zur Decke reichende Glasfront und den dahinter liegenden Garten. Mit einem wuchtigen Tritt ließ er das Glas splittern und rannte hinaus.

Wenige Minuten später war er in dem Gewirr aus Gärten, Hinterhöfen und Einfamilienhäusern verschwunden.

BERLIN

Als Koller ihr Büro betrat, erkannte Norah sofort, dass es kein Höflichkeitsbesuch war. Er setzte sich wortlos auf einen Stuhl, zog die Hosenbeine hoch und schaute sie durchdringend an.

»Wann haben Sie das letzte Mal etwas von Born gehört?«, fragte er dann.

Sie antwortete nur ausweichend.

»Ich bin Ihre Ausflüchte leid«, stieß er wütend hervor. »Ich will auf der Stelle wissen, wann Sie ihn das letzte Mal gesehen oder mit ihm gesprochen haben! Wenn Sie mir wieder nur Mist erzählen, leite ich ein Disziplinarverfahren ein, sobald ich diesen Raum verlassen habe. Sie haben nur eine Chance, mir die Wahrheit zu sagen, und die ist genau jetzt!«

Ihre Gedanken rasten, suchten nach einem Ausweg. Wenn Koller sie beschatten ließ, gar ihr Handy abhörte, würde jede weitere Lüge das Ende ihrer Karriere bedeuten. Das Gleiche galt aber auch, wenn sie ihm detailliert sagte, was sie mit Born abgesprochen hatte – ganz abgesehen davon, dass sie Borns Vertrauen auf keinen Fall missbrauchen wollte und weiterhin davon überzeugt war, dass Koller ein falsches Spiel trieb.

Sie entschied sich für einen Mittelweg. Erzählte ihm, wann sie Born gesehen und mit ihm gesprochen hatte, log aber, was den Inhalt der Gespräche anging.

Danach herrschte Stille.

Sie schauten sich abwartend an wie zwei Tänzer, von denen keiner sich traut, den ersten Schritt zu machen, weil keiner eine Ahnung hat, was die Musik spielt.

Anschließend sagte Koller: »Sie haben Urlaub eingereicht, der nächsten Montag beginnt. Ist das richtig?«

Sie nickte.

»Ich will, dass Sie ihn heute schon antreten. Betrachten Sie sich als inoffiziell beurlaubt, und während Sie weg sind, werde ich mir überlegen, wie es mit Ihrer Laufbahn hier weitergeht.«

Wieder nickte sie.

»Sie werden Born weder sehen noch sonst wie Kontakt zu ihm aufnehmen, haben Sie verstanden?«

Ein drittes Nicken.

»Ich will Ihre Antwort hören!«

»Ich habe verstanden«, antwortete sie leise. »Ich werde mich von ihm fernhalten.«

Sie dachte, dass das Gespräch damit beendet wäre, aber dem war nicht so. Koller blieb weiterhin auf dem Stuhl sitzen und rieb sich das Kinn, als würde er über irgendetwas nachdenken.

»Gestern gab es eine Schießerei in Teplice«, sagte er dann. »Irgendein Unbekannter hat einen Nachtclub, der angeblich der Russenmafia gehört, in ein Trümmerfeld verwandelt. Es gab einen Toten und mehrere Verletzte. Außerdem hat der Mann drei Luxuswagen mit Handgranaten hochgejagt – das Ganze muss wie ein Kriegsschauplatz ausgesehen haben.«

Sie versuchte, sich nichts anmerken zu lassen, obwohl ihr Herz stockte. »Ist der unbekannte Angreifer verletzt worden?«, fragte sie.

Koller schaute zum Fenster, als wäre dahinter die Antwort zu finden. »Keine Ahnung«, sagte er dann. »Zumindest konnte der Mann fliehen. Bislang vermutet die tschechische Polizei, dass eine Auseinandersetzung zwischen zwei verfeindeten Verbrecherorganisationen dahintersteckt. Aus den Festgenommenen ist allerdings nichts Konkretes herauszubekommen. Sie seien unschuldig, sagen sie, und könnten sich das Ganze nicht erklären.«

Norah spielte mit einem Kugelschreiber, den sie vom Schreibtisch genommen hatte, und wunderte sich, dass sich der Ton zwischen ihnen innerhalb weniger Momente verändert hatte. Sie konnte sich nicht erinnern, jemals so lange mit Koller über einen Fall gesprochen zu haben.

»Wissen Sie denn, wem der Nachtclub gehört?«, fragte sie dann.

»Zwei aus Russland stammenden Brüdern, Sergej und Andrej Wolkow, die aber wohl beide nicht vor Ort waren. Mehr konnten mir die tschechischen Kollegen nicht verraten. Vielleicht wollten sie es auch nicht, weil ich ihnen nicht zufriedenstellend erklären konnte, warum mich der Vorfall interessiert.«

»Ich frage mich, was der unbekannte Angreifer jetzt wohl macht«, sagte sie. »Vielleicht ist er ja gar kein Mitglied irgendeiner kriminellen Organisation, sondern ein Einzeltäter. Jemand, der auf eigene Faust handelt, um genau solchen Verbrechersyndikaten Einhalt zu gebieten. Wissen Sie ... Früher habe ich immer gedacht, dass man Glück haben muss, um gut zu sein, aber nicht gut sein muss, um Glück zu haben. Vielleicht trifft auf den Angreifer ja beides zu.«

Koller nickte bedächtig. »In dem Fall kann man nur hoffen, dass er Leute hat, denen er vertrauen kann. Die ihr Handy nicht ausschalten, weil sie wissen, dass er ihre

Hilfe braucht. Aber was rede ich da?« Er schenkte ihr ein müdes Lächeln. »Sie haben ja Urlaub – nutzen Sie die Tage!«

ALTENBERG, SACHSEN

Born hatte Jod, Klammerpflaster und Verbandsmaterial gekauft und sich anschließend ein billiges Pensionszimmer genommen, wo er die Folgen des Streifschusses behandelte. Obwohl die Wunde in seinem Oberarm nicht tief war, brannte sie höllisch. Er würde Antibiotika brauchen, wenn er eine Infektion verhindern wollte.

Erschöpft setzte er sich aufs Bett und schaute sich in dem kleinen Zimmer um. Alles war genau so, wie man es von einer Pension in dieser Preisklasse erwarten konnte. Es gab eine knackende Zentralheizung, deren Geräusche einen nachts nicht schlafen ließen, die aber dem Besitzer half, bei den Heizkosten zu sparen. Denselben Zweck erfüllte auch die kalt leuchtende Energiesparlampe unter der Decke. Um den Teppich nicht oft reinigen zu müssen, hatte man sich für eine dunkle und stark gemusterte Variante entschieden, was auch für die Tagesdecke galt. Wenigstens war die Bettwäsche blütenweiß und roch angenehm. Ohne dass Born es ausprobiert hatte, war er sich sicher, dass das Duschwasser eher spärlich fließen und nicht besonders heiß sein würde, die Handtücher dünn waren, die Seife klein und das Shampoo billig – sofern es überhaupt ein Shampoo in der Dusche gab.

Momentan jedoch waren das seine kleinsten Probleme.

Mehr Sorgen bereitete ihm, was in Teplice passiert war. Anfangs war alles noch so gelaufen, wie er es geplant hatte, aber dann waren die Kerle aus dem Industriegebiet aufgetaucht und der Mann auf dem Motorrad. Rückblickend kam es ihm vor, als wären die Russen auf seinen Besuch vorbereitet gewesen, obwohl er sich das nicht erklären konnte. Er hatte – von Norah abgesehen – mit niemandem über sein Vorhaben gesprochen, und auch sie kannte keine Einzelheiten. Außerdem fiel ihm beim besten Willen kein Grund ein, warum ausgerechnet Norah ihn an Koslow verraten haben sollte.

Noch einmal ließ er die Ereignisse des Abends an sich vorbeiziehen. Vor allem ein Punkt ließ ihm keine Ruhe. Der Motorradfahrer hätte ihn auf dem Parkplatz problemlos töten können, hatte das aber nicht getan. Stattdessen hatte er nur versucht, ihn aufzuhalten und zum Aufgeben zu bewegen.

Die große Frage war: Warum?

Ein solches Verhalten passte nicht zu dem, was Born über Koslow und seine Männer wusste. Das waren eiskalte Killer. Keine Menschen, die vor einem Mord zurückschreckten. Gnade war für sie ein Fremdwort, und wenn sie ihn dennoch am Leben ließen, musste es einen Grund dafür geben.

Oder besser: gegeben haben.

Mittlerweile sah dies anders aus. Mehrere Mitglieder des russischen Kartells waren durch seine Handgranate verwundet worden, eventuell sogar getötet – ein Umstand, den Koslow jetzt rächen musste, wenn er nicht an Autorität verlieren wollte. Spätestens jetzt würde er auf dessen Abschussliste stehen, was bedeutete, dass er nicht mehr nach Berlin zurückkehren konnte, wo vielleicht schon ein Killerkommando auf ihn wartete.

Born war kein Amateur. Er hatte eine gute Ausbildung genossen. Er wusste: Wenn das Unerwartete über dich hereinbricht, verschwende keine Zeit. Überlege nicht, warum es passiert ist oder welche Fehler du gemacht hast. Stell keine strategischen Gedankenspiele an, wie du solche Fehler beim nächsten Mal vermeidest. All das konnte er später noch tun, jetzt ging es nur um eins: überleben. Es musste ihm gelingen, Koslow in die Defensive zu zwingen. Ihn dazu zu bringen, nur noch zu reagieren und nicht mehr zu agieren. Nur wie? Er dachte daran, was ihm der SpezNas in Dimitris Restaurant zum Abschied mit auf den Weg gegeben hatte: »Überschätzen Sie Ihre Möglichkeiten nicht. Militärisch betrachtet, sind Sie die kleinstmögliche Einheit. Ein Mann, keine Ressourcen.«

Der SpezNas hatte recht gehabt. Er war allein. Konnte mit seinen Ressourcen nicht so verschwenderisch umgehen und musste Frontalkonfrontationen zukünftig vermeiden. Wenn er es genau betrachtete, gab es sowieso nur zwei Menschen, auf die er sich verlassen konnte: Dimitri und Norah.

Er griff zum Handy und wählte ihre Nummer. »Ich bin's«, sagte er, als sie ranging. »Passt es gerade? Ich muss dir etwas Wichtiges erzählen.«

»Was du in dem Nachtclub in Teplice angerichtet hast? Das hat Koller mir schon erzählt.«

Ihre Antwort ließ ihn stocken. »Woher weiß er davon?«

»Das kann ich dir nicht sagen. Er kam heute früh in mein Büro marschiert und fragte, wann ich das letzte Mal etwas von dir gehört habe. Ich habe ihm ausweichend geantwortet. Dann erzählt er, was in Teplice passiert ist. Ich frage, woher er das weiß, und er sagt, von der tschechischen Polizei. Deinen Namen hat er in dem Zusammenhang nicht erwähnt, aber mir war klar, über wen er da gesprochen hat. Ach ja, noch was: Ab sofort bin ich beurlaubt.«

»Wegen mir?«

Sie zögerte kurz. »Indirekt vielleicht«, sagte sie dann. »Er hat herausgefunden, dass sich jemand in den Polizeirechner gehackt hat, um an Lydias Akte zu kommen, und vermutet jetzt, dass ich das war.«

»Warst du's?«

»Nein, aber ich habe jemanden beauftragt. Fuck, Born – was läuft da eigentlich?«

Er ging auf ihre Frage nicht ein. Wollte stattdessen wissen, was sie entdeckt hatte.

»Über Lydias Tod? Nicht viel. Kollers Verhalten in dem Fall ist seltsam, aber das wussten wir ja schon. Er hat alle Ermittlungen an sich gerissen, die Lydias Hintergrund betreffen, und einige der Zeugen allein vernommen. Ich kenne ihn nicht so gut wie du, aber das passt nicht zu ihm. Bislang ist er mir immer eher – wie soll ich sagen? – *überkorrekt* vorgekommen.«

»War er sauer auf dich?«

Sie lachte. »Das ist es ja gerade. Nachdem er Dampf abgelassen hatte, wirkte er richtig zugänglich, fast schon besorgt. Nicht um mich, um dich. Er hat mich indirekt sogar gebeten, für dich da zu sein, wenn du mich brauchst.«

»Hmm«, Born überlegte. »Vielleicht hat Peter ja gedacht, dich so auf seine Seite zu ziehen.«

»Das glaubst du?«

»Nein, eigentlich nicht. Aber wir sollten die Möglichkeit auch nicht ausschließen.«

»Da ist noch was«, fuhr Norah fort. »Ich habe in den letzten Tagen nach Fällen gesucht, die eine Verbindung zu Koslow aufweisen, und dabei bin ich auf eine Reihe von Morden gestoßen, die quer übers Land verteilt sind. Immer hat es Menschen getroffen, die höchstwahrscheinlich für Koslows Organisation gearbeitet haben. Immer war der Killer ein Einzeltäter, der äußerst kaltblütig und professionell vorgegangen ist. Du weißt, an wen ich denke?«

»Klar.«

»Tannenstein mag der einzige Fall sein, den wir dem Wanderer zuordnen können, aber das heißt ja nicht, dass er nicht auch andernorts zugeschlagen hat. Ich weiß, das wird jetzt für dich merkwürdig klingen, aber könnte es nicht sein, dass er gar nicht in Koslows Auftrag tötet? Dass er überhaupt nicht auf dessen Seite steht?«

»Das ist Schwachsinn!«

»Habe ich am Anfang auch gedacht«, erwiderte sie. »Gerade, nachdem ich auf einen Fall gestoßen bin, wo eine Immobilienmaklerin umgebracht wurde, die für Koslow tätig war und kurz davorstand, gegen ihn auszusagen. Mein erster Gedanke war natürlich: Koslow hat davon erfahren und den Wanderer beauftragt, sie zu töten. Was aber, wenn der Wanderer und Koslow gar nicht auf derselben Seite stehen? Wenn die Maklerin ins Visier des Wanderers geraten ist, weil sie für Koslow gearbeitet hat und der Wanderer von ihrer bevorstehenden Aussage gar nichts wusste? Wenn er sie umgebracht hat, weil er dachte, sie arbeite immer noch für die Russen?«

»Da sage ich noch einmal: Schwachsinn! Der Wanderer ist ein eiskaltes Dreckschwein, das gegen Bezahlung für ein anderes Dreckschwein mordet. Oder wie erklärst du dir sonst, dass er Lydia umgebracht hat?«

»Das kann ich nicht«, gab sie zu. »Aber lass dir den Gedanken wenigstens mal durch den Kopf gehen, bevor du ihn verwirfst. Hast du nicht selbst gesagt, dass wir keine Möglichkeit ausschließen sollen?«

Er konnte darauf nicht antworten. Wollte es auch nicht.

»Es geht dem Ende entgegen, richtig?«, fragte sie in die

Stille hinein. »Du oder Koslow – einer von euch beiden wird auf der Strecke bleiben.«

»Ich kann mich nicht ewig verstecken, Norah. Entweder ich erledige ihn, oder er wird früher oder später mich erledigen. Eine Alternative gibt es nicht.«

»Hast du wenigstens einen Plan, was du jetzt tun willst?«

»Den habe ich. Und ehrlich gesagt wären seine Erfolgschancen größer, wenn du mir bei der Umsetzung hilfst.«

»Was soll ich tun?«

»Zu mir kommen.«

Eine kurze Pause. Dann: »Wohin?«

Andrej fluchte. Dieser verdammte Kombi, der direkt vor seinem Mercedes ausgeschert war, um mit quälend geringem Geschwindigkeitsüberschuss einen Lkw zu überholen, machte gerade seine gesamte Überwachung zunichte. Andrej drängelte und betätigte mehrfach die Lichthupe, was den anderen Fahrer aber nur dazu brachte, noch langsamer zu fahren. Als der Kombi endlich wieder vor dem Lkw auf die rechte Spur zog, war die Bullenschlampe verschwunden.

Sie musste an einer Ausfahrt die Autobahn verlassen haben, genau in der Zeit, die er hinter dem Familienwagen und neben dem Sattelschlepper verbracht hatte. Jetzt kostete es Andrej mehrere Minuten, bis er endlich die nächste Abfahrt erreichte, um zu wenden und zur vorherigen zurückzufahren. Als er dort ankam, war der rote Golf der Polizistin natürlich längst verschwunden. Wenigstens ahnte er, wo sie hinwollte. Er ahnte es eigentlich schon, seit sie Dresden passiert hatten.

Auf dem Seitenstreifen der Landstraße stoppte er den Mercedes, um in Ruhe zu telefonieren. »Sie ist mir entkommen«, sagte er, als Koslow sich meldete. »Bei Bad Gottleuba. Von hier aus sind es nur gut dreißig Kilometer bis Tannenstein.«

»War sie allein?«

»Ja.«

»Hast du darauf geachtet, dass dir kein anderes Auto gefolgt ist?«

Natürlich hatte er das.

»Sie wird sich mit Born treffen«, mutmaßte Koslow dann. »Er kann nicht nach Berlin zurück, und er ist der einzige Grund für sie, in die Gegend zu kommen. Das ist gut. So können wir die beiden direkt in einem Aufwasch erledigen.«

Andrej sah das anders, hielt aber den Mund. Seiner Meinung nach hatten sie andere Optionen gehabt. Bessere. Und hätte Sergej Born bereits in Teplice erledigen dürfen, wäre das Problem längst aus der Welt geschafft. »In drei Tagen erwarten wir die nächste Lieferung von Waffen und Mädchen«, warf er ein. »Wenn Born davon erfährt ...«

»Wir werden alles tun, damit er es erfährt«, unterbrach Koslow ihn. »Ich sage Sergej Bescheid, dass er die Lieferung persönlich begleiten soll, und du fährst weiter nach Teplice. Ich will, dass du bei sämtlichen Männern auf Popows Liste durchblicken lässt, wie wichtig diese Lieferung ist – der Verräter muss es mitbekommen!«

»Aber warum ...«

»Wenn das erledigt ist, treffen wir uns übermorgen in Tannenstein. Born wird da sein, und dieses Mal töten wir ihn. Langsam, verstehst du? Ich werde ihm alles heimzahlen! Jeden Schuss, den er abgegeben hat. Jedes Mal, wenn er meinen Namen in den Mund genommen hat. Ich will den Wichser vor Schmerzen schreien hören!«

Was Koslow da vorhatte, gefiel Andrej nicht. Er hatte sich intensiv mit psychologischer Kriegsführung beschäftigt. Er hatte *Vom Kriege* gelesen, das Hauptwerk des preußischen Generalmajors und Heeresreformers Carl von Clausewitz, ebenso *Die Kunst des Krieges* des chinesischen Generals und Philosophen Sunzi. Er wusste, dass der Sieg sicher war, wenn man mit kühlem Kopf agierte und wenn es einem gelang, den größten Vorteil des Feindes umzukehren und gegen ihn selbst einzusetzen.

Hier war es genau umgekehrt.

Bislang waren Unbeherrschtheit und Rachedurst Borns größte Schwächen gewesen. Jetzt begann Koslow, diesen Fehler zu kopieren. Seine Handlungen waren nicht mehr das Ergebnis strategischer Überlegungen. Sie waren mehr und mehr dem Hass geschuldet, den er Born gegenüber empfand.

Das war nicht souverän.

Eines Königs unwürdig.

Wir sind, was wir sind, dachte er. Wir sind es geworden, weil wir keine Skrupel und keine Furcht kennen. In unserem Leben gibt es keine Moral, gelten die Gesetze der Menschlichkeit nicht. In uns glüht der Hass, und er ist Geschenk und Fluch zugleich. Er lässt uns die Welt anders sehen, durch ihn erheben wir uns über unser angedachtes Schicksal. Doch dieser Hass muss gebändigt werden. Die Disziplin hält ihn in Grenzen, die Disziplin macht den Hass zu einer Waffe. Nach dem Telefonat überlegte Andrej, welche Auswirkungen es auf ihn und seinen Bruder haben konnte, wenn Koslow seinem Hass freien Lauf ließ. Für Andrej war Born nur ein nebensächliches Problem, das man bei passender Gelegenheit erledigte, um sich anschließend wieder den wichtigen Dingen zuzuwenden. Dem Handel. Dem weiteren Aufbau der Organisation. Bohosudov war eine Gelegenheit gewesen, Born loszuwerden, Teplice eine zweite. Beide hatte Koslow ungenutzt verstreichen lassen, weil er sich allmächtig fühlte, unangreifbar. Jetzt, da er merkte, dass dem nicht so war, reagierte er überstürzt und bot Born eine weitere Chance, die Organisation dort zu treffen, wo es wirklich wehtat. Bei der Ware. Dem Geld.

Andrej konnte nur hoffen, dass diese Entscheidung sich nicht rächte.

Nachdenklich startete er den Motor und steuerte über verwinkelte Landstraßen die tschechische Grenze an. Noch war Koslow der Boss, und seine Befehle waren unmissverständlich gewesen, also würde er sie befolgen.

Noch.

Die Landstraße führte Norah immer tiefer ins Osterzgebirge hinein. Beim Anblick der aus Hügeln und Bergen bestehenden Landschaft, die mit altem Baumbestand bewachsen war und durch die sich immer wieder kleine Flüsse und Bäche zogen, fragte sie sich, warum sie bislang noch nie hier gewesen war. Es war eine schöne Gegend, friedlich und abgelegen, in der es nur wenige Orte gab, die mehr als zweitausend Einwohner zählten. Mit gut achttausend Menschen galt Altenberg schon als soziales Zentrum, vielleicht auch, weil im Winter ganze Touristenscharen kamen, die den Ort aufgrund seiner ausgezeichneten Wintersportmöglichkeiten aufsuchten.

Jetzt jedoch, an einem Nachmittag im Spätherbst, wirkten die Straßen Altenbergs wie ausgestorben. Das Grau des Himmels setzte sich im Grau der Straßen fort. Ein paar Frauen mit Einkaufstüten, einige ältere Menschen und auffallend wenige Kinder – mehr sah Norah nicht, als sie den Parkplatz der Pension ansteuerte, die Born ihr genannt hatte.

Die kleine Theke hinter der Eingangstür, auf der ein wenig vollmundig das Wort »Rezeption« stand, war unbesetzt, sodass sie ungehindert in den zweiten Stock kam, wo Borns Zimmer lag.

Auf ihr Klopfen hin öffnete er, und Norah war geschockt, wie fertig er aussah. Dunkle Ringe hatten sich unter seine Augen gegraben, die Haare standen wirr ab, seine Gesichtsfarbe war gräulich. Am meisten Sorgen machte ihr aber der Blutfleck, der sich auf dem linken Oberarm seines T-Shirts ausbreitete.

»Mein Gott – warum hast du nicht gesagt, dass du verwundet bist?«

»Es ist nicht schlimm. Nur eine Fleischwunde.«

»Lass mich einen Blick darauf werfen.«

»Du musst nicht …«

»Was ich muss, entscheiden wir, wenn ich die Wunde gesehen habe!«

Er zog die Augenbrauen hoch und streifte dann sein Shirt über den Kopf, und sie konnte nicht umhin, seinen Oberkörper zu bewundern. Nicht so durchtrainiert wie der eines Modellathleten mit Sixpack, worauf sie eh nicht stand, aber muskulös mit breiten Schultern und schmalen Hüften – ein Mann, dem man die Kraft ansah, die in ihm steckte.

Sie bemühte sich um einen neutralen Gesichtsausdruck und konzentrierte sich auf den Oberarm. Vorsichtig entfernte sie seinen dilettantischen Verband und betrachtete die Wunde, die immer noch leicht blutete und an den Rändern entzündet war.

»Das muss genäht werden«, sagte sie. »Und du brauchst Antibiotika, wenn du dir keine Infektion einhandeln willst.«

»Gleich behauptest du sicher, ich muss zum Arzt, wenn ich den Arm nicht verlieren will.«

»Quatsch! Wenn du dich nicht wie ein Mädchen anstellst, bekommen wir das auch so hin. Ich brauche nur ein wenig Lidocain, eine Nadel und chirurgisches Nahtmaterial. Ein paar Stiche später bist du wieder wie neu.«

Er sah sie erstaunt an. »Woher kennst du dich denn damit aus?«

»Du würdest dich wundern, wenn du wüsstest, wie viele Talente ich auf den unterschiedlichsten Gebieten habe.«

Sie hatte die Worte noch nicht ganz ausgesprochen, als ihr deren Doppeldeutigkeit bewusst wurde. Verdammt, dachte sie, in Zukunft muss ich darauf achten, solche Sätze zu vermeiden.

Er grinste sie an und schien es sich zu verkneifen, mit einer anderen Doppeldeutigkeit zu kontern. »Und wo bekommen wir das Zeug her?«

»Die tschechische Grenze ist nur zehn Kilometer entfernt, und die Apotheken dort nehmen es mit den Bestimmungen wahrscheinlich nicht so genau wie die hiesigen.« Sie zuckte die Schultern. »Verbunden mit meinem Dienstausweis und einer guten Ausrede sollte sich das regeln lassen.«

Zwei Stunden später kam sie zurück, in jeder Hand eine Tüte. Sie warf die größere davon aufs Bett und sagte: »Ich hoffe, ich habe deine Konfektionsgröße richtig eingeschätzt. Du brauchst dringend neue Sachen und vorher eine Dusche. Aber zuerst verarzten wir dich.«

Dann breitete sie den Inhalt der zweiten Tüte aus, die alles beinhaltete, was sie zu seiner Wundversorgung brauchte. Sie zog eine Einwegspritze mit Lidocain auf, injizierte das Mittel in seinen Oberarm und wartete, bis die Betäubung einsetzte. Dann nähte sie die Wunde mit acht Stichen. Zufrieden mit ihrem Werk, brachte sie anschließend ein wasserdichtes und druckminderndes Pflaster an.

»Ich wollte schon immer anderen Menschen helfen«, sagte sie dabei. »Bevor ich zur Polizei gegangen bin, habe ich eine Ausbildung als Notfallsanitäterin gemacht. In der Zeit habe ich etliche Wunden gesehen, und deine ist nichts Dramatisches. Es wird ein paar Tage lang ziehen, vielleicht auch ein wenig wehtun, dann bist du wieder wie neu.«

Er bedankte sich bei ihr, dann ging er unter die Dusche. Sie hörte das Wasser laufen, hörte, wie er sich anschließend umzog. Sie hoffte, dass die Sachen ihm gefielen, die sie gekauft hatte. Ein anthrazitfarbenes Hemd, eine dunkelblaue Jeans, schwarze Socken.

Als er wieder aus der Dusche kam, breitete er die Arme aus und drehte sich im Kreis. »Wie sehe ich aus?«

»Um Welten besser als vor ein paar Stunden. Von dem Geruch ganz zu schweigen.«

Er lächelte. »Danke«, sagte er dann. »Für alles!«

Sie stand neben dem Bett und sah ihn schweigend an.

Er hob die Hand, zögerte dann. Sie ging einen Schritt auf ihn zu, um ihm zu zeigen, dass sie seine Berührung wollte. Er strich über ihre Wange, dann ließ er die Hand über die Seite ihres Halses gleiten und begann, ihren Nacken zu streicheln. Sie blickten sich in die Augen, dann schmiegte sie sich an ihn und hob den Kopf. Sie küssten sich. Die Berührung seiner Lippen versetzte ihr einen

Stromschlag, während sie sich fest an ihn presste und offenbarte, welche Leidenschaft in ihr steckte.

Born zog sie auf das Bett, wo sie sich liebten, und weil es so gut war, taten sie es direkt ein zweites Mal. Anschließend hielten sie sich lange in den Armen, um die Nähe des anderen zu spüren. Sie streichelte ihn und fuhr mit den Fingern seine Konturen nach. Es gab so vieles, das sie ihm gerne gesagt hätte, aber immer noch etwas, das sie davon abhielt.

Ihr ganzes Leben hatte sie versucht, ihrem Dasein einen Sinn zu geben. Immer hatte sie gekämpft, um etwas aus ihrem Leben zu machen, die Regeln eingehalten, auf die es ankam. Jetzt war sie dabei, sämtliche Regeln zu brechen, nur für diesen Mann und die Sache, für die er kämpfte. Obwohl es falsch war, fühlte es sich richtig an. Sie hatte in seine Augen gesehen, seine wahren Augen, und sie fragte sich, ob sie die Leere darin ausfüllen konnte. Zum ersten Mal sah sie einen Sinn in dem, was sie tat, beflügelt durch die Aussicht, die Welt durch ihr Handeln zu einem besseren Ort zu machen.

»Born?«

Er sah sie fragend an.

»Ich könnte ewig so neben dir liegen, aber deshalb sind wir nicht hier. So schön der Moment auch ist: Wir müssen reden! Ich muss wissen, wie es jetzt weitergeht und was du vorhast, ansonsten finde ich keine Ruhe. Verstehst du das?«

Er verstand es. Und redete.

MINSK,
WEISSRUSSLAND

Als Malinowski nach stundenlanger Autofahrt endlich Minsk erreichte, lag schon der Geruch des ersten Schnees in der Luft. Er fröstelte. Nicht nur wegen der Kälte, auch wegen der Aufgabe, die vor ihm lag. Er mochte sie nicht, und er mochte diese Stadt nicht. Seitdem er für Koslow arbeitete, hatte er sämtliche osteuropäischen Hauptstädte kennengelernt, und Minsk war die hässlichste davon. Sie hatte nichts von der Lieblichkeit Prags, nichts von der Grandezza Budapests. Gleichförmig gestaltete Plattenbauten, an deren Betonfassaden der Zerfall nagte, bestimmten das Straßenbild.

Malinowski wusste, dass die Stadt zweihundertvierzigtausend Einwohner gezählt hatte, als die Deutsche Wehrmacht im Zweiten Weltkrieg nach Minsk kam. Eine verheerende Kesselschlacht später war sie nahezu vollständig zerstört gewesen, die Einwohnerzahl auf fünfzigtausend gesunken. Doch damit war der Tiefpunkt noch nicht einmal erreicht. Dieser kam erst nach dem Krieg, mit dem Wiederaufbau. Als die Russen auch noch die letzten Reste der historischen Bauten sprengten, um schachbrettartige Straßenzüge anzulegen, an deren Rändern sie gesichtslose Hochhaussiedlungen in die Höhe zogen. Heute lebten knapp zwei Millionen Menschen hier, deren Dasein meist genau so trostlos war wie die Stadt.

Es gab in Weißrussland keine Reisefreiheit und keine

Marktwirtschaft. Industrie und Landwirtschaft befanden sich größtenteils in staatlicher Hand. Angst und Unterdrückung bestimmten den Alltag, politischer Widerstand war zwecklos. Der seit 1994 regierende Präsident Lukaschenko ließ fortlaufend Oppositionelle verhaften und mit dem Tode bedrohen, und sein Geheimdienst verbreitete mehr Angst und Schrecken, als es der Stasi in der DDR je gelungen war.

Wenn man in Weißrussland lebte, musste einem das Land wie ein Albtraum erscheinen, für Männer wie Koslow hingegen war es ein Traum. Nicht nur wegen des korrupten Systems, das hier herrschte, sondern weil das Land einen Schatz besaß, der mehr Wert hatte als Gold und Edelsteine.

Junge und bildschöne Frauen im Überfluss.

Sie alle wollten raus aus diesem Land. Sie alle wollten in den Westen, der Reichtum und Freiheit versprach, ein Leben in Sicherheit. Sie träumten von einem Job als Verkäuferin oder Servicekraft und von einem Mann, der sie liebte und den sie lieben konnten. Sie sehnten sich nach Reisen, nach Wärme, nach Gleichberechtigung und Geborgenheit. Es waren Träume, wie sie viele junge Mädchen hatten, nur mit dem Unterschied, dass in Minsk auch nahezu jede bereit war, ihr bisheriges Leben für diesen Traum zu opfern.

Und Koslow brachte ihnen die Aussicht darauf.

Später dann, wenn die Mädchen die Wahrheit kannten, träumten sie sich wieder nach Minsk zurück.

In Weißrussland bekam Koslow die Schönsten der Schönen, und Malinowski war der Mann, der sie aussuchte und der ihren Transport nach Deutschland organisierte. Er konnte hier unter Tausenden die Besten auswählen; junge Geschöpfe zumeist, die sich auf der Schwelle zum Frausein befanden. Viele von ihnen waren noch Jungfrauen, was gut war, weil diese das meiste Geld brachten. Formbare Mädchen zudem, denen man beibringen konnte, auf die speziellen Vorlieben einer zahlungskräftigen Kundschaft einzugehen.

So wie die neun Schönheiten, die jetzt hinten in seinem Transporter saßen.

Jede von ihnen war zwischen fünfzehn und siebzehn Jahre alt. Jede von ihnen hatte ein Gesicht, mit dem sie Mannequin hätte werden können, und einen jugendlich straffen Körper, der aber bereits über die nötigen Rundungen verfügte. Insgesamt hatte Malinowski Koslows weißrussischem Handelspartner mehr als zweihundert Mädchen abgenommen, aber diese neun waren die Spitze. So wertvoll, dass Malinowski ihren Transport nach Teplice persönlich übernahm.

Die polnische Grenze stellte für ihn kein Problem dar, eher die zwölfhundert Kilometer lange Fahrtstrecke. Er ging jetzt auf die sechzig zu, und so langsam wurden ihm die Strapazen des Reisens zu viel. Sein Rücken tat weh, die Bandscheibe schmerzte, aber am schlimmsten war etwas, gegen das kein Arzt der Welt ein Mittel kannte: das Wissen um das Schicksal, das den Minderjährigen bevorstand.

Malinowski fiel es von Tour zu Tour schwerer, den Mädchen vorzuspielen, dass sich alle ihre Träume erfüllten. Ihnen die Fahrt über ständig zu versichern, dass sie nur noch ein paar Stunden hinter sich bringen mussten, um in ein freies und selbstbestimmtes Leben zu gelangen, während er gleichzeitig wusste, dass ihre Zukunft darin bestand, wildfremden Männern perverse Wünsche zu erfüllen.

Um nichts anderes ging es.

Noch bevor ein Jahr herum war, würde jede von ihnen tausend Männer in sich gehabt haben. Sie würden erleben, wie diese Männer ihre Schwänze in ihre Scheiden, ihre Münder und ihre Hintern schoben. Sie würden lernen, den Männern vorzuspielen, dass es ihnen gefiel, wenn sie deren Samen schlucken mussten, oder wenn die Kerle sie hart anfassten, während sie sie von hinten rammelten, als wären sie ein gefühlloses Stück Fleisch.

Nicht alle würden dieses erste Jahr überleben, und die, die es schafften, würden mit jedem weiteren Jahr an Wert verlieren. Irgendwann kam der Zeitpunkt, an dem sie nicht mehr als teures Frischfleisch verkauft werden konnten, weil sie zu oft benutzt worden waren, zu abgegriffen aussahen. Dann würde Koslow sie an andere Zuhälter verkaufen, deren Kundschaft nicht ganz so exquisit war. Sie würden anschließend in Saunaclubs anschaffen gehen, in Laufhäusern, ein Weg, der immer weiter nach unten führte und irgendwann drogenbenebelt auf dem Straßenstrich endete.

Früher hatte Malinowski dieses Wissen noch keine schlaflosen Nächte bereitet, das war erst mit dem Alter gekommen. Mit der Erkenntnis, dass er sich nicht von jeder Schuld freisprechen konnte, weil er ja nur für den Transport zuständig war und mit ihrem weiteren Schicksal nichts zu tun hatte.

Er wusste, dass irgendwann der Moment kommen würde, in dem er es nicht mehr ertragen konnte.

Irgendwann.

Nicht jetzt.

Knapp die Hälfte der Strecke nach Teplice war bereits geschafft, als er hinter Warschau einen Rasthof ansteuerte, auf dem bereits einige Lkws standen. Alle Mädchen hatten Hunger, und einige von ihnen mussten zur Toilette.

Sie waren freiwillig in seinen Wagen eingestiegen, um nach Deutschland zu gelangen, also musste er keine besonderen Sicherheitsvorkehrungen treffen. Er gab jeder von ihnen ein wenig Geld und sagte, dass sie sich in einer halben Stunde wieder am Wagen treffen würden. Anschließend steuerte er ebenfalls die Toiletten an, um sich zu erleichtern.

Als er wieder zu dem Transporter kam, wartete dort eines der Mädchen auf ihn. Sie hatte den Rücken gegen die Fahrertür gelehnt, und er wusste, dass sie Nadeschda hieß. Er prägte sich immer ihre Namen ein, um ihnen das Gefühl zu geben, dass sie Menschen waren und keine Ware – das Selbstwertgefühl würden ihnen andere Männer noch früh genug rauben.

»Keinen Hunger?«, fragte er, als er auf sie zutrat.

Nadeschda war hoch aufgewachsen, eine Schönheit. Gewelltes blondes Haar, Augen wie Seen und eine Figur, die gerade im Begriff war, sich zu vollenden.

»Ich will mit dir reden«, sagte sie. »Die anderen denken, du bringst uns nach Deutschland, weil dort ein Job in einem Restaurant oder Hotel auf uns wartet. Ich nicht. Ich weiß, wer ihr seid und was ihr mit uns vorhabt.«

Er schluckte. »Was soll das sein?«

»Glaubst du, ich weiß nicht, warum der Typ in Minsk die Adressen unserer Familien haben wollte? Warum wir einen Vertrag unterschreiben mussten, in dem steht, dass wir sämtliche anfallenden Kosten zurückzahlen müssen? Warum er uns klargemacht hat, dass sie sonst unsere Familien zur Verantwortung ziehen? Hältst du mich wirklich für so blöd, dass du denkst, ich raffe das nicht?«

Er sah den aufmüpfigen Ausdruck in ihrem Gesicht und wunderte sich über ihren Mut und ihre Entschlossenheit. »Wie alt bist du?«, fragte er dann.

»Alt genug, um zu kapieren, was hier läuft!«

»Wie alt?«

Sein Tonfall ließ sie zusammenzucken. »Siebzehn«, sagte sie leise.

»Dann will ich dir jetzt was verraten: Du weißt einen Scheißdreck! Vor allem weißt du nicht, wie gefährlich solche Aussagen sind. Halt den Mund und steig wieder ein, oder pack deine Sachen und renn weg.«

Er wusste nicht, warum er das gesagt hatte. Vielleicht, weil er wenigstens einmal jemanden retten wollte. Wenigstens einmal das Richtige tun.

Aber Nadeschda rannte nicht weg. Sie blieb stehen und sah ihn weiterhin mit tintenblauen Augen an. »Ich mache es«, sagte sie dann. »Ich schlafe mit Männern, ich bin keine Jungfrau mehr. Aber ich will einen gerechten Anteil von dem Geld haben, das ich verdiene. So viel, dass ich in zwei Jahren aufhören und mir eine Boutique kaufen kann.«

Er schaute sie fassungslos an. Was verbarg sich hinter diesem Gesicht voll unschuldiger Sinnlichkeit? Er wusste nicht, was ihn mehr erstaunte: ihr Mut oder ihre grenzenlose Naivität.

»Lauf, Nadeschda. Hau einfach ab und lass das alles hinter dir.«

»Das … Ich kann das nicht machen! Meine Familie hat kein Geld, um für den Schaden aufzukommen. Ich habe drei Geschwister, und in manchen Monaten kann meine Mutter nicht einmal den Strom bezahlen.« Ihre Stimme wurde flehender. »Bitte, ich will das ja tun, und ich verspreche auch, es gut zu machen! Alles, was ich will, ist … Ich brauche nur einen Teil des Geldes für mich und meine Familie, verstehen Sie? Von Anfang an. Können Sie mir das versprechen?«

Er hatte es versucht. Gott wusste, dass er es versucht hatte.

»Ich bin nur der Fahrer«, antwortete er ausweichend. »Ich kann dir gar nichts versprechen.«

»Werde ich die Männer treffen, die das können? Werde ich sie fragen dürfen?«

Die Tränen in ihren Augen brachen ihm fast das Herz. Am liebsten hätte er ihr die Wahrheit gesagt, aber das konnte er nicht. Nicht nur um seinetwillen. Er musste auch an Milena denken. Wenn Koslow oder die Zwillinge von seinem Verrat erfuhren, würden sie ihn erst dann töten, wenn er zugesehen hatte, was sie Milena antaten.

Blut war dicker als Wasser, und Milena war sein Blut. Ein Teil seiner selbst.

»In Tannenstein wirst du Gelegenheit dazu bekommen«, sagte er. »Das verspreche ich dir.«

Sie lächelte unsicher. »Danke«, sagte sie dann und umarmte ihn.

Einen flüchtigen Moment lang konnte er die Wärme ihres Körpers spüren, das Leben in ihr. Sonderbar, dachte er – da sie doch schon so gut wie tot war.

ALTENBERG, SACHSEN

Sie redeten Stunde um Stunde.

Für Born war es das erste Mal seit Jahren, dass er sich einem anderen Menschen öffnete. Er und Norah waren im Bett sämtliche Aspekte des Falls durchgegangen, hatten wie Partner miteinander geredet, auf Augenhöhe, und zeigten sich aufgeschlossen für die Argumente des anderen.

Nur von Norahs Theorie, den Wanderer betreffend, wollte er nichts hören. Selbst wenn sie damit recht hatte, würde das an der Ausgangslage nichts ändern: Der Wanderer hatte Lydia getötet, und dafür musste er bezahlen. Es war die Tat, die er rächen wollte – die Motive dahinter waren ihm egal.

»Du hast mich gefragt, was ich jetzt tun will«, sagte er dann. »Im Prinzip ist es ganz einfach: Ich fahre nach Tannenstein und nehme mir den Wirt vor. Kein elffacher Mord geschieht ohne Vorgeschichte, und es kann nicht sein, dass er davon nichts mitgekriegt hat. Vor einiger Zeit hat mir ein SpezNas gesagt, ich solle in dem Ort dieselben Fragen wie früher stellen, nur mit anderen Mitteln. Und genau das habe ich vor.«

Sie griff nach seiner Hand. »Und was ist mit Koller?«

»Ich weiß nicht, ob er in die Sache verwickelt ist. Ich weiß nur, dass er die Ermittlungsakten über Lydias Tod unter Verschluss hält, sie vielleicht sogar manipuliert hat, und dafür muss es einen Grund geben. Auch den werde ich herausfinden. Wenn es so weit ist, werde ich ihn einfach anrufen und ihm sagen, was ich in Tannenstein vorhabe.«

Sie rückte von ihm weg. »Warum? Willst du unbedingt Selbstmord begehen?«

»Selbstmord wäre es, die Wahrheit nicht zu erfahren. Vergiss nicht, dass ich Peter besser kenne als jeder andere, und wenn er noch der Freund ist, der er früher war, wird er mir helfen.«

»Und wenn nicht?«

»Dann wird er Koslow warnen und über mein Vorhaben informieren. Taucht der Russe anschließend in Tannenstein auf, weiß ich, dass Peter mich verraten hat.«

»Prima – dieses Wissen kannst du dann ja mit ins Grab nehmen!«

Er griff nach ihrem Kinn und drehte ihren Kopf in seine Richtung. »Die direkte Konfrontation mit Koslow ist die einzige Chance, und ich möchte den Ort dafür lieber selbst bestimmen, als überrascht zu werden. Ich kann nicht auf immer und ewig untertauchen, das weißt du, und ich kann nicht noch mehr Menschen mit hineinziehen. Zoran, seine Familie ... sie mussten sterben, weil er mir geholfen hat. Manchmal kommt es mir vor, als hätte ich den Tod an den Händen kleben, und deshalb will ich auch nicht, dass ...«

»Ich bleibe bei dir«, sagte sie entschieden. »Alles andere kannst du dir direkt aus dem Kopf schlagen!«

Er sah die Entschlossenheit in ihren Augen. Den starken Willen in ihrem Blick. Er hatte diese Frau nicht verdient, aber er brauchte sie. Wenn er gegen Koslow und den Wanderer überhaupt eine Chance haben wollte, dann musste er jemanden an seiner Seite haben, der ihm den Rücken frei hielt.

Und während er noch über die sich daraus ergebenden Konsequenzen nachdachte, wechselte sie das Thema.

»Hast du eigentlich mal daran gedacht, dass einer der Zwillinge der Wanderer sein könnte?«

Zugegeben, das hatte er. Das militärische und kaltblütige Vorgehen des Wanderers würde zu den beiden Brüdern passen, seine Beschreibung leider nicht. Ein Mensch konnte die Haarfarbe und einige andere Dinge verändern, mit der Körpergröße sah das anders aus. Die Zeugen waren sich zumindest in dem Punkt einig gewesen, dass der Wanderer um die eins neunzig groß war, was auf die Zwillinge nicht annähernd zutraf. Außerdem waren sie deutlich schmaler, sehniger, nicht so muskulös.

Hyänen.

Er hielt die beiden Brüder für noch gefährlicher als Koslow selbst. Der Mann mochte ein Löwe sein, groß und mächtig, aber sie waren hungriger und beweglicher. Er wusste, wie schnell und präzise sie in Stramskis Club zugeschlagen hatten, und er hatte einen von ihnen in Teplice in Aktion gesehen.

Diese Selbstsicherheit.

Dieses Fehlen von Hektik, selbst als die Kugeln flogen oder die Polizei gekommen war.

Dies waren keine gewöhnlichen Kriminellen, und auch wenn der Wanderer weiterhin in seinem Fokus stand, war er doch davon überzeugt, dass …

Da klopfte es an der Tür.

»Erwartest du jemanden?«, flüsterte Norah.

Er schüttelte den Kopf und griff zu seiner Pistole, die er unter der Matratze versteckt hatte. Auf Zehenspitzen näherte er sich der Tür. Griff nach dem Türknauf, drehte ihn ruckartig und riss sie auf.

Vor ihm stand Peter.

Beide starrten sich an.

Beide hielten eine Waffe in der Hand.

TEPLICE,
TSCHECHIEN

Andrej Wolkow stammte aus Kirow, einer Gebietshauptstadt rund tausend Kilometer östlich von Moskau.

Seine Heimat? Nein.

Sein Elternhaus war lediglich eine Hütte gewesen, immerhin aus Stein gebaut, in der Erinnerung verblassend. Der Vater hatte auf dem Bau geschuftet, um die Familie zu ernähren, was ihm mal besser, mal schlechter gelang. Andrej konnte sich nicht mehr an sein Gesicht erinnern, und wenn er an seine Mutter dachte, hatte er meist nur ihre Fingerkuppen vor Augen, die von der Arbeit in einer Näherei wund und rau waren. Sie war eine gute Frau gewesen, fürsorglich und eine Stärke vorspielend, die sie nicht besaß. Nachts, wenn die Kälte in das zugige Haus drang und er die Decke bis über die Schultern zog, hörte er sie im Nebenzimmer oft weinen.

Mit neun war er dann in einen Schachclub eingetreten, und bald schon gehörte er zu den besten Kindern seiner Jahrgangsstufe. Er wollte russischer Meister werden, anders als Sergej, der nur stark genug werden wollte, um ihren saufenden und gewalttätigen Vater ins Koma zu prügeln.

Alles hatten die Brüder damals geteilt: ihr Essen, ihre Freunde und ihre Ängste. Ihre Handlungsweisen mochten unterschiedlich sein, aber ihre besondere Nähe zueinander war auch für Außenstehende nicht zu übersehen. Sie ging weit über das Maß hinaus, was unter Brüdern, selbst unter Zwillingen, üblich war. Mit zehn verstanden sie sich auch ohne Worte. Keine Telepathie, aber nicht weit davon entfernt. Manchmal wusste der eine schon, was der andere tun würde, bevor er es tat. Sie entwickelten einen siebten Sinn füreinander und passten aufeinander auf.

In manchen Nächten, die besonders grausam waren, kroch Sergej in Andrejs Bett, wo dieser ihn in den Arm nahm und sie sich wie zwei Löffel aneinanderschmiegten. Einmal entdeckte der Vater dies und wurde schrecklich wütend, behauptete, dass dieses Verhalten wider die Natur sei und es jetzt an ihm liege, es ihnen auszutreiben. Die Schläge, die daraufhin folgten, ertrugen sie stumm und mit einem Ausdruck der Verachtung in den Augen.

Kurz vor ihrem fünfzehnten Geburtstag fing Sergej dann an, sich zu verändern. Immer häufiger hing er jetzt mit Kriminellen ab, dummen Idioten, deren Verstand lediglich für dumpfe Gewalttaten ausreichte, die soffen und sich prügelten und stolz darauf waren, wenn ihnen bei ihren Diebstählen ein jämmerliches Kofferradio in die Hände fiel. Andrej redete auf Sergej ein und warnte ihn vor den Folgen seines Umgangs, aber sein Bruder wollte nicht hören. Zum ersten Mal hatte Andrej das Gefühl, dass es eine Seite in Sergej gab, auf die er keinen Einfluss nehmen konnte. Etwas Dunkles, Böses, das sich in dessen Innerem ausbreitete.

Dann wurde Sergej wegen Einbruchs festgenommen, was keine große Sache war. Die Pistole, die er dabeihatte, schon. So sagten es zumindest die Polizisten, bevor sie Sergej abführten und ihn in Haft nahmen, aus der er erst nach zwei Jahren wiederkehrte, verändert an Körper und Seele.

Am Tag darauf kehrten sie ihrem Heimatort Kirow den

Rücken und schlossen sich eine Woche später der Armee an. Sie landeten in einer Kaserne bei Nowgorod, wo man ihnen die Grundausbildung verpasste. Sie dauerte zwei Jahre, und Andrej war begeistert. Es gab jeden Tag Essen und heißes Wasser in den Duschen, die Kaserne war blitzsauber, darauf legten die Vorgesetzten wert. Jeden Tag musste die Stube geputzt werden, die Kleidung musste stets auf Kante liegen, und er stellte fest, dass ihm das gefiel.

Doch am besten gefiel ihm die Ausbildung selbst.

Sie mussten rennen, anfangs nur im Kampfanzug, später mit schwerem Gepäck. Sie machten Kraftsport, absolvierten ein Nahkampftraining, die Schießausbildung mit der Kalaschnikow. Wie sein Bruder gehörte Andrej zu den besten Schützen. Wenn sie anlegten, trafen sie auch. Sie lernten den Umgang mit Sprengstoffen, lernten, wie man Türen aufbekam und was im Häuserkampf wichtig war. Sie bekamen beigebracht, wie man tötet, und sie lernten das Handwerk besser als alle anderen.

In dieser Zeit hörte Andrej auch das erste Mal die Hunde, die in seinem Innersten hausten. Tiefschwarze Kampfmaschinen, die es nach Blut dürstete. Sie lebten dort wie ein Rudel Wölfe, und sie wollten heraus, drängten auf Nahrung, auf die Befriedigung ihrer Gier. Andrej wusste, dass sie von Sergej schon lange Besitz ergriffen hatten, und er ahnte, wie schwer es auch für ihn werden würde, sie dauerhaft im Zaum zu halten.

Dann kam Tschetschenien. Der Krieg dort und die Überstellung in Koslows Einheit.

Er wurde zu ihrem Mentor. Später dann, trotz des geringen Altersunterschieds, zu einer Art Vaterfigur.

Von ihm lernten sie Dinge, die über eine militärische Ausbildung weit hinausgingen. Sie lernten, wie man Menschen unterwarf und wie man Männer führte. Er brachte ihnen bei, wie sie in welchen Situationen vorgehen mussten und wie man mit kleinen Einheiten den größtmöglichen Schaden anrichtete. Sie lernten schnell, und vor allem lernten sie es jetzt in der Praxis, nicht mehr in der Theorie.

Bald schon stellte sich heraus, dass Andrej die verschiedenen Operationen strategischer anging als Sergej – vielleicht wegen der unzähligen Schachpartien, die er als Kind bestritten hatte, vielleicht auch, weil die Hunde in seinem Inneren nicht ganz so stark waren. Sein Bruder dagegen hatte sich ihnen ergeben. Er war Gewalt, Angst und Schrecken. Nicht kopflos handelnd, aber ohne Empathie. Er entwickelte sich zu einem Sadisten, den selbst seine Kameraden fürchteten und der anderen Menschen die grausamsten Dinge antun konnte, ohne dadurch um den Schlaf gebracht zu werden.

Dennoch hörte Andrej nicht auf, ihn zu lieben. Und wahrscheinlich war Andrej auch der einzige Mensch, für den Sergej so etwas wie Liebe empfand.

Und Koslow? In den Jahren in Tschetschenien war er zu ihrem Gott geworden. Eine Macht, die von beiden Brüdern angebetet wurde und der sie bedingungslose Treue schworen, auch über den Krieg hinaus.

Gemeinsam verließen sie die Armee, reich dekoriert, und schlossen sich dem Sankt Petersburger *Tambowskaja*-Kartell an. Die Aufnahmeriten dauerten Tage, Eide wurden abgelegt, Gehorsam geschworen. Man machte sie mit den Regeln vertraut, die für alle galten, vom untersten Soldaten bis zum obersten Boss. Dann knieten sie vor den höchsten *Kriminellen Autoritäten* nieder und traten einem Bund bei, der ihr komplettes Leben lang halten würde.

Immer war Koslow dabei ihr unumstrittener Anführer gewesen. Der, dem sie blind vertrauten und dessen Befehlen sie Folge leisteten. Zumindest, bis er anfing, Fehler zu machen.

Einer davon war gewesen, dass er Sergej verboten hatte, Born in Teplice zu töten. Wenn Born in dieser Nacht gestorben wäre, auf dem Parkplatz eines Nachtclubs, seine Waffen noch in Händen haltend – niemanden hätte es interessiert. Er wäre nur ein weiterer krimineller Ex-Bulle gewesen, der auch nach seiner Haftzeit ein Krimineller geblieben war.

Die Entscheidung, Born am Leben zu lassen, war nicht Koslows erster Fehler gewesen.

Schon gar nicht sein größter.

Den hatte er bereits begangen, als er Tannenstein völlig falsch eingeschätzt hatte. Er hatte gedacht, dass der Wanderer nur der Ausführende war, nicht der eigentliche Kopf. Für Andrej dagegen war von vornherein klar gewesen, dass der Mann Fleisch von ihrem Fleische war, Blut von ihrem Blut, und als Koslow seinen Irrtum irgendwann eingesehen hatte, war es schon zu spät gewesen. Der Schaden war bereits angerichtet, und er war stetig größer geworden. Wie eine Schlange hatte sich der Wanderer in Koslows Organisation geschlichen, Mitstreiter um Mitstreiter beseitigt und sie von innen heraus ausgehöhlt und geschwächt.

Was irgendwann auch den obersten Bossen in Sankt Petersburg aufgefallen war.

Vor sieben Monaten hatten sie Andrej das erste Mal angerufen. Natürlich hatten sie ihr Misstrauen Koslow gegenüber nicht offen ausgesprochen, aber sie hatten Fragen gestellt, eindeutige Fragen. Wollten wissen, wie er, Andrej, die Situation einschätzte und welche Motivation er hinter den Taten des Wanderers vermutete. Dann fragten sie, ob es vielleicht eine Hilfe wäre, wenn sie zwei ehemalige KGB-Agenten schickten, die Koslow bei seiner Suche nach dem Wanderer unterstützen würden. Spezialisten also, die darin geschult waren, Infiltrationen aufzudecken.

Andrej wusste, dass seine Antwort darauf dem Tanz auf einer Rasierklinge glich. Wenn er Koslows Vorgehen zu positiv bewertete, würden sie ihn als potenziellen Nachfolger nicht mehr in Betracht ziehen. Äußerte er sich zu negativ, würde er in Sankt Petersburg als illoyal dastehen.

Also erwiderte er, dass sein Vertrauen in Koslow ungebrochen und er sich sicher sei, dass dieser der Bedrohung durch den Wanderer Herr werden würde.

Werden würde.

Nicht: wurde.

Natürlich hatten ihm die Bosse anschließend versichert, dass sie das genauso sähen. Sie hatten zu laut gelacht und betont, dass es ja jetzt auch keinen Grund mehr gebe, Koslow selbst mit ihren Sorgen zu behelligen, da doch alles geklärt sei. Da Andrej doch gerade bestätigt habe, was sie sowieso die ganze Zeit über dachten.

Er glaubte ihnen kein Wort.

Und verstand genau.

Der letzte dieser Anrufe lag zwei Monate zurück, und seitdem war alles nur noch schlimmer geworden. Erst war es lediglich der Wanderer gewesen, der sie bedrohte, dann war Born dazugekommen. Den letzten Baustein in der Kette aus Gefahren stellte nun der Verräter in den eigenen Reihen dar. Sie alle nahmen Koslows in Jahren aufgebaute Festung unter Beschuss, und wenn die Festung fiel, fiel auch der König.

Vor allem, seitdem Andrej in Teplice erkannt hatte, dass die wenigsten von Koslows Männern noch Krieger waren. Die ursprüngliche Kernmannschaft aus ehemaligen Elitesoldaten war durch Verschleiß und Verhaftungen dezimiert worden, jetzt bestand sie größtenteils aus gewöhnliche Kriminellen. Aus Männern, die satt gefressenen Baronen glichen, die den größten Teil des Tages damit verbrachten, sich im Glanz der eigenen Macht zu sonnen.

Die möglichen Verräter, die auf Popows Liste standen und mit denen Andrej im *Paradiso* gesprochen hatte, waren das beste Beispiel dafür gewesen. Sie alle waren mit sündhaft teuren Limousinen gekommen, protzig und auffällig, und waren ihren Fahrzeugen entstiegen wie Feudalherren ihren Kutschen. Goldene Uhren baumelten an den Handgelenken, die Anzüge waren auf Maß gefertigt, ihr Lachen klang laut und überheblich. Bei einigen sah er zwar noch muskulöse Oberarme, aber um den Bauch herum schwabbelte schon das Fett.

Und warum?

Weil Koslow in den letzten Jahren die Prioritäten falsch gesetzt und die Disziplin innerhalb der Truppe vernachlässigt hatte. Wenn es ihm jetzt nicht gelang, Born und den Wanderer zeitnah auszuschalten, würde er auch das letzte Vertrauen der obersten Autoritäten verlieren. Viel Zeit dafür blieb Koslow nicht.

Natürlich würde Andrej ihn dabei unterstützen, wo er konnte, so, wie er das immer schon getan hatte. Aber er würde Koslows Versagen nicht mehr zu seinem eigenen machen. Wenn dieser aufgrund seiner Verfehlungen stürzte, mussten Sergej und er für die Nachfolge bereitstehen. An Koslows Grab trauern, um sich am Tag darauf dem Aufbau einer neuen und effektiveren Organisation zu widmen.

Am Ende zählten sowieso nur er und sein Bruder.

So war es immer gewesen.

So sollte es bleiben.

TANNENSTEIN

Der Raum roch nach Angst, Anspannung und ungewaschenen Körpern. Sergej hatte die neun Mädchen von seinen Männern um kurz vor Mitternacht in den großen Saal der Gaststätte bringen lassen, nachdem Malinowski ihm am Abend berichtet hatte, was auf der Fahrt vorgefallen war. Dem Wirt hatte Sergej daraufhin gesagt, dass er an diesem Abend nicht öffnen und besser zu Hause bleiben solle.

Das große Deckenlicht war ausgeschaltet, nur kleine Wandlampen warfen ein schummriges Licht. Wortlos schritt er vor den Mädchen auf und ab. »Welche von euch ist Nadeschda?«, wollte er dann wissen.

Die meisten schauten verlegen zu Boden. Dann trat eine langbeinige Blondine vor und sagte: »Ich.«

Sie war vielleicht sechzehn, siebzehn Jahre alt. Ein außergewöhnlich schönes Gesicht, Konfektionsgröße 36. Wenn man sie aus ihrem billigen Winterkleid mit den aufgedruckten Blumen befreite, musste sie perfekt sein.

Es war schade um das viele Geld, das sich mit ihr verdienen ließe, aber Sergej konnte keine Aufmüpfigkeit dulden. Gerade jetzt nicht, da auch die anderen Mädchen erfahren hatten, worum es hier ging.

»Mein Freund Adam«, er deutete auf Malinowski, »hat mir erzählt, dass du mit mir reden willst. Hier stehen wir nun, also rede.«

Mit leiser Stimme wiederholte Nadeschda, was sie auch Malinowski gesagt hatte. Dass sie nur einen fairen Anteil haben wolle und dafür auch bereit sei, zwei Jahre lang als Prostituierte zu arbeiten.

»Das ist alles?«, wollte er wissen und zog fragend die Augenbrauen hoch.

Sie nickte.

Er tat, als würde er darüber nachdenken. Entgegnete dann: »Wenn wir dir – sagen wir mal, fünfzig Prozent – von deinen Einnahmen lassen und die anderen fünfzig Prozent mit deinen Schulden verrechnen, wärst du damit einverstanden? Die Regel würde natürlich auch für alle anderen gelten.«

Nadeschda sah die umstehenden Mädchen an und lächelte. Die meisten lächelten zurück. Die Anspannung nahm deutlich ab, ein paar Worte flogen hin und her, dann sagte sie: »Okay! Damit sind wir einverstanden.«

»Sehr gut«, erwiderte Sergej, während seine Männer im Hintergrund grinsten. »Dann wäre das ja geklärt! Ich meine ... In gewisser Weise sind wir ja jetzt Geschäftspartner, und als solche sollte unter uns ein Vertrauensverhältnis herrschen. Darf ich dir deshalb auch eine Frage stellen, Nadeschda?«

Sie nickte erneut.

»Kannst du dir überhaupt vorstellen, mit fremden Männern Sex zu haben? Bist du dir sicher, dass du das schaffst?«

Einer seiner Männer lachte.

Sergej warf ihm einen zornigen Blick zu. »Findest du das etwa lustig, du Idiot? Du hast doch keine Ahnung – oder hat dich schon mal jemand in den Arsch gefickt?«

Jetzt lachten alle Männer, während die Anspannung unter den Mädchen spürbar zunahm.

Sergej schaute Nadeschda direkt an. »Wie sieht das denn bei dir aus, Süße? Gefällt es dir, einen Schwanz im Arsch zu haben?«

Jetzt nickte sie nicht mehr. Starrte ihn stattdessen aus verängstigten Augen an, in die die ersten Tränen traten.

»Vielleicht magst du das ja gar nicht«, fuhr Sergej fort, während er langsam auf sie zuging. »Vielleicht tun die Kunden dir ja weh, weil sie viel zu grob sind und kein Verständnis dafür haben, dass dein Hintern so eng ist. Hast du darüber mal nachgedacht?«

»Bitte …«, stammelte sie. »Ich …«

»Was denn? Möchtest du mich etwa bitten, dich darauf vorzubereiten? Du musst nicht schüchtern sein – wir helfen unseren Goldstücken doch gerne!«

Sie bekam keine Chance mehr, darauf zu antworten.

Auf Sergejs Nicken hin packten seine Männer sie, rissen ihr das Kleid herunter und pressten sie bäuchlings auf den Tisch.

»Ich ficke dich jetzt als Erster«, sagte Sergej, während er hinter sie trat und seinen Reißverschluss öffnete. »Schön tief und hart. Anschließend sind die anderen dran.«

Nadeschda schrie. Sie schrie so laut, dass es in den Ohren schmerzte. Die anderen Mädchen dachten, man müsste ihre Schreie bis nach Minsk hören.

Sie sagten später, sie würden diese Schreie nie vergessen.

ALTENBERG, SACHSEN

»Du hättest nicht mit der Pistole in der Hand bei mir auftauchen müssen«, sagte Born. »Wie hast du uns überhaupt gefunden?«

»Durch sie«, erwiderte Peter und deutete auf Norah. »Und durch diese kleinen Wunderwerke der Technik, die man unter einem Auto befestigt und die einem dann verraten, wo dieses Auto gerade ist.«

Born blickte durchs Fenster auf die Bäume, die sich im Herbstwind wiegten. Er hatte sich wieder zu Norah aufs Bett gesetzt, um Peter den einzigen Stuhl im Zimmer zu überlassen.

»So einfach?«, fragte er dann.

»Du wirkst dennoch nicht überrascht.«

»Mir war klar, dass du etwas vorhast. Ich meine … Komm schon, deine plötzliche Aufgeschlossenheit Norah gegenüber, ihre spontane Beurlaubung und dein kaum versteckter Vorschlag, dass sie mit mir in Kontakt bleiben solle. Ein bisschen viel auf einmal, findest du nicht?«

»Du hast also nicht geglaubt, dass ich auf der anderen Seite stehe?«

»Kurzzeitig schon«, gab Born zu. »Besonders, nachdem du mit diesem Typen vom Verfassungsschutz bei mir aufgetaucht bist. Aber ich kenne dich, und das hätte einfach nicht zu dir gepasst. Außerdem hättest du mir schon viel früher eine Falle stellen können, wenn Koslow dich wirklich geschmiert hätte. Kurzum: Unsere Freundschaft schien es mir wert zu sein, das Risiko einzugehen.«

Born schaute zu Norah, die der Unterhaltung wortlos folgte. Sie schien zu spüren, dass es hier um eine persönliche Sache zwischen ihm und seinem Ex-Partner ging, und hatte scheinbar beschlossen, sich fürs Erste herauszuhalten.

»Warum bist du überhaupt gekommen?« Er richtete den Blick wieder auf Peter. »Um mir erneut mitzuteilen, dass ich keine Chance habe, den Wanderer zu fassen? Um mir die Jagd auf ihn auszureden? Oder willst du mich davon überzeugen, dass Koslow einfach eine Nummer zu groß ist? Wenn es einer dieser Gründe ist – danke für deinen Besuch und gute Heimfahrt!«

»Du willst wissen, was ich will?« Peter wurde lauter. »Am liebsten würde ich dich verhaften, um dich vor dir selbst zu schützen, und mit dem, was du in Teplice angerichtet hast, hätte ich verdammt gute Gründe dafür! Was glaubst du eigentlich, wer du bist? Rambo?«

»Sie haben …« Weiter kam Norah nicht.

»Stopp!«, fuhr Peter sie an. »An Ihrer Stelle würde ich einfach den Mund halten. Oder soll ich Ihnen kurz die Gründe aufführen, mit denen ich Sie auf der Stelle suspendieren könnte? Wir könnten mit unerlaubtem Aktenzugriff anfangen und wären beim Verrat von Dienstgeheimnissen noch lange nicht fertig! Wie konntest du nur auf den Gedanken kommen, sie da mit reinzuziehen?« Die letzten Worte waren wieder an Born gerichtet.

»Ich habe Norah in gar nichts reingezogen«, sagte der. »Sie hat nur getan, was ihr Gewissen ihr geraten hat. Wann ist dir deines eigentlich abhandengekommen?«

Peter schnaufte. »Ihr seid wirklich ein prächtiges Pärchen – der einsame Rächer und seine übereifrige Helferin!

Und jetzt? Was habt ihr jetzt vor? Ein bisschen Bonnie und Clyde spielen? Mein Gott, Alexander … Sie ist für so etwas nicht ausgebildet, oder, Frau Bernsen? Hatten Sie überhaupt jemals eine Schusswaffe in der Hand? Vom Schießstand mal abgesehen?«

»Ich habe …«

»Er hat recht, Norah.« Born wunderte sich selbst, wie ruhig seine Stimme klang. »Ich brauche dich, das weißt du, aber ich kann dich nicht gebrauchen, wenn ich Koslow oder dem Wanderer gegenüberstehe. Ich habe schon einmal einen Menschen verloren, der mir viel bedeutet hat, und diese Erfahrung möchte ich kein zweites Mal machen. Wenn du mir helfen willst, dann halte mir den Rücken frei. Du musstest noch nie eine bewaffnete Auseinandersetzung führen, und Koslow und der Wanderer sind die falschen Gegner, um damit anzufangen.«

Sie öffnete den Mund, als wollte sie etwas sagen, und schloss ihn wieder.

Eine Welle der Zuneigung durchflutete Born. Sie war ein wunderbarer Mensch, und er hoffte, noch viele Tage und Nächte mit ihr verbringen zu dürfen, aber sie war niemand, den er bei einer Schießerei gerne an seiner Seite gehabt hätte. Nicht, weil er ihren Fähigkeiten nicht vertraute, sondern weil gewisse Bewegungsreflexe bei ihr mangels Erfahrung nicht automatisch abliefen. Wenn es darauf ankam, wenn es wirklich eng wurde, wenn sie aus der Situation heraus handeln musste, würde sie Zweifel bekommen, und die würden sie zögern lassen. Dieses Risiko konnte und wollte er nicht eingehen, und er hatte es auch nie vorgehabt. Er hoffte nur, dass Norah es nicht als Missachtung oder Herabstufung auffasste, sondern dass sie ihn verstand.

Sie tat es, und Born bewunderte sie dafür.

Anschließend stand er auf und ging auf seinen Freund zu. »Nachdem wir uns jetzt alle abreagiert haben, fehlt mir noch eine Erklärung von dir. Du weißt, was ich meine.«

»Lydia.«

Born nickte.

»Am besten setzt du dich wieder.«

TANNENSTEIN

Nachdem sie mit Nadeschda fertig waren, rief Sergej die acht verbliebenen Mädchen erneut in den Gastraum und baute sich mit seinen Männern vor ihnen auf. Er wartete ab, ob ihm eine einen widerspenstigen Blick zuwerfen würde, aber das geschah nicht. Scheinbar hatten sie ihre Lektion gelernt, und das war gut so.

Er führte die Mädchen in den Kellerraum hinunter, in den er Nadeschda nach der Vergewaltigung gebracht hatte. Alles hier war blutverschmiert, die Wände, der Boden. Überall lagen Knochensplitter herum, kleine Gewebeteilchen. Das kam von der wilden Kraft der Kettensäge, die zornig in Nadeschdas Körper gefahren war.

Sergej forderte die unter Schock stehenden Mädchen auf, aus der Gaststätte heißes Wasser und aus dem Lager Lappen und Desinfektionsmittel zu holen. Er sagte ihnen, sie hätten zwei Stunden Zeit, um dafür zu sorgen, dass alle Spuren beseitigt waren und der Keller wieder wie neu aussah, andernfalls würde es Strafen hageln.

Die Mädchen arbeiteten mit vollem Einsatz und wurden kurz vor Ablauf der Frist fertig. Ihr größtes Problem waren die winzigen Ritzen in dem unebenen Boden, in die Blut gesickert war. Sie schrubbten sich die Finger wund und beteten, dass sie keinen Tropfen übersehen hatten. Als eine von ihnen etwas Helles, Zähflüssiges entdeckte, hielt sie kurz inne. Dann realisierte sie, dass es Gehirnmasse war. Sie übergab sich, was dazu führte, dass die anderen noch mehr Arbeit hatten. Aber sie waren pünktlich fertig, und Sergej sagte ihnen, dass sie es gut gemacht hatten.

Er gab ihnen eine weitere Stunde, um auch die Blutspritzer zu entfernen, die im Treppenhaus und auf dem Korridor entstanden waren, als man Nadeschdas Überreste weggeschleppt hatte. Als die Mädchen auch damit fertig waren, mussten sie in dem Kellerraum ein großes Bodenregal leer räumen und zur Seite schieben. Dahinter war eine in der Wand verborgene Tür angebracht, die man nur erkennen konnte, wenn man wusste, wo sie war. Die Backsteine, die Fugen – alles fügte sich nahtlos in die Optik des alten Gewölbekellers ein.

Sergej öffnete die Tür, und sie gab einen schmalen Gang frei, der noch tiefer in die Erde führte. »Rein da«, fuhr er die Mädchen an.

Nach wenigen Metern endete der Gang in einer fast kreisrunden Halle, die ringsum von zellenähnlichen Räumen umgeben war. Zwölf kleine Höhlen, mit massiven Eisengittern versehen, die jetzt jedoch offen standen. Die Luft in der Halle war feucht. Sie roch modrig und nach der Angst, die andere Menschen hier ausgeströmt hatten.

»Heute ist euer Glückstag, Ladys«, sagte Sergej. »Freie Zimmerwahl! Macht es euch aber nicht allzu gemütlich – in zwei Tagen geht es weiter.«

Die Mädchen gingen widerspruchslos in die Zellen. Einige kauerten sich sofort auf den harten Steinboden und legten die Arme um die Knie, andere krochen in die hinterste Ecke und suchten dort Schutz. Die Zellentüren wurden von Popows Männern geschlossen und verriegelt, Proteste gab es keine.

Sergej hatte auch nicht damit gerechnet.

Gebrochene Menschen protestierten nicht.

ALTENBERG,
SACHSEN

Der Mondeo raste durch die Nacht.

Borns Blick war fest auf die Lichtkegel der Scheinwerfer gerichtet, die sich vor ihm durch die Dunkelheit fraßen. Die Tachonadel zeigte über einhundertvierzig Stundenkilometer an, was er nur unterschwellig registrierte. Sein Kopf war leer gebrannt, gleichzeitig überschlugen sich die Gedanken. Die Erinnerung an Lydia vermischte sich mit neuen Bildern, und er hatte keine Ahnung, welchem Teil seines Bewusstseins er noch trauen konnte.

Die Autobahnauffahrt zur A17 nahm er mit quietschenden Reifen. Blaue Straßenschilder huschten vorbei, Ortsnamen und Kilometerangaben.

Berlin.

227 Kilometer.

Vor einer halben Stunde war er aus dem Pensionszimmer gestürmt. Seitdem hatte sein Handy mehrere Male geklingelt, dann hatte er es ausgeschaltet. Er musste jetzt alleine sein, brauchte Ruhe, wenn er nicht durchdrehen wollte.

Und davon war er, weiß Gott, nicht mehr weit entfernt.

Berlin.

162 Kilometer.

Alles fiel ihm wieder ein, als wäre es gestern gewesen. Lydia war wie eine Naturgewalt über ihn gekommen. Von Anfang an hatte alles gepasst: Kopf, Bauch und Bett. Und weil alles gepasst hatte, hatte es auch nichts anderes mehr gegeben. Sie hatten keine Freunde, keinen Austausch und keine Gesprächspartner gebraucht, nur sich selbst. Sie war die eine Hälfte der Welt gewesen, er die andere. Es gab nichts, was sie nicht füreinander getan hätten. Keine Regel, die sie nicht gemeinsam zu brechen bereit gewesen waren. Wenn sie gewollt hätte – er hätte sie vom Fleck weg geheiratet.

Bis dass der Tod euch scheidet.

Der Tod war mit dem Wanderer gekommen, der ihn zuvor schon nach Tannenstein gebracht hatte.

Der Tod ist wie ein dunkles Tor.

Wir gehen hindurch – und sind daheim.

Wer hatte das geschrieben? Er wusste es nicht mehr. Er wusste nur, dass er dieses Tor jetzt öffnen und den Wanderer hindurchstoßen würde. Ihn und Koslow. In der Hölle konnten sie dann diskutieren, wer die größere Schuld auf sich geladen hatte. Die beiden hatten sich gegenseitig verdient und ihn, Born, mit hineingezogen, indem sie den Menschen ausgelöscht hatten, der ihm am nächsten gestanden war.

Jene Frau, die ihn verraten hatte.

Er war mit seiner Trauer nicht alleine, der nächtliche Himmel schien mit ihm zu fühlen. Leichter Nieselregen setzte ein, der sich auf der Windschutzscheibe zu feucht schimmernden Bahnen formte, die er mit den Scheibenwischern entfernte, ohne die Geschwindigkeit zu reduzieren. Als er in den Rückspiegel blickte, sah er die Gischt hinter dem dahinjagenden Fahrzeug aufsteigen. Im Schein der Rücklichter sah es aus, als würde ihn eine Wolke aus Blut verfolgen.

Berlin.

115 Kilometer.

Maximal eine Dreiviertelstunde würde er noch brauchen. Ein paar Minuten mehr vielleicht, bis er Dimitris Restaurant im Stadtteil Köpenick erreichte. Der Gedanke an das Folgende war alles, was ihm noch Trost verschaffte. Bislang hatte er sich stets gesagt, er würde es ausschließlich für Lydia tun, aber nun war das anders. Er tat es nur noch für sich selbst und seinen Seelenfrieden, den er vor langer Zeit verloren hatte und vielleicht niemals wiederfinden würde.

Sein Rachedurst war wie ein wildes Tier, das ihn jahrelang von innen heraus aufzufressen drohte. Morgen würde es endlich Nahrung bekommen. In einem Ausmaß, dass sein Hunger für immer gestillt wurde.

Berlin.

82 Kilometer.

Resigniert legte Norah das Handy weg und sagte: »Er hat sein Telefon ausgeschaltet.«

»Haben Sie etwas anderes erwartet?« Koller schüttelte den Kopf. »Geben Sie Alexander einfach ein bisschen Zeit, um damit klarzukommen. Für ihn muss es ein Schock sein.«

Es war merkwürdig, dass jemand Born Alexander nannte.

»Ich verstehe es immer noch nicht«, sagte sie. »Wie sind Sie auf Lydia gekommen?«

»Nachdem Alexander ... nachdem herausgekommen war, was er damals getan hat, habe ich ihn in der Untersuchungshaft besucht. Ich wusste, dass er Lydia immer bei der medizinischen Versorgung ihres Bruders unterstützt hat, und mir war klar, dass der Grund für sein Handeln darin zu finden war. Indirekt hat er es auch bestätigt. Und wissen Sie was? Ich konnte ihn verstehen! Ich meine, wie oft bekommen wir mit, wie kriminelle Typen auf Kosten anderer ein pompöses Leben führen, in großen Häusern wohnen und dicke Autos fahren? Mit Geld um sich werfen, das sie dem Leid unschuldiger Menschen verdanken? Wir können ihre Taten nicht immer verhindern, aber manchmal können wir den Verursachern das unrechtmäßig gemachte Geld abnehmen, um etwas Gutes zu tun. Um es Menschen zukommen zu lassen, die es dringender brauchen.«

»Das klingt fast so, als würden Sie es gutheißen. Als hätten Sie selbst …«

»Nein.« Peter schüttelte den Kopf. »Ich habe mich nie daran beteiligt. Und verstehen Sie mich nicht falsch, ich will weder gutheißen noch rechtfertigen, was Alexander gemacht hat – aber ich konnte es nachvollziehen. Er hat Lydia aufrichtig geliebt, und er hätte alles getan, um ihr in ihrer Lage beizustehen.«

Norah verspürte einen Stich im Herzen, Eifersucht vielleicht. Eifersucht auf eine Frau, die seit Jahren tot war.

»Und dann?«, fragte sie.

»Zwei Wochen vor ihrem Tod ist Lydia zu mir gekommen und hat insistiert, dass der Täter ein Russe sei, der wahrscheinlich zum Moskauer *Sointsewskaja*-Kartell gehört, das in direkter Konkurrenz zum Tambowskaja-Kartell steht – jener Organisation, für die auch Wladimir Koslow arbeitet, wie wir heute wissen. Allerdings konnte sie dafür keine Beweise liefern, und ihre Argumentation schien mir recht dünn zu sein. Sie hat mich in den Tagen darauf aber so lange bekniet, fast schon angefleht, in diese Richtung weiter ermitteln zu dürfen, dass ich irgendwann eingeknickt bin und es ihr erlaubt habe. Ein paar Tage später war sie tot.«

»Und dieser Mord hat Sie davon überzeugt, dass an

Lydias Verdacht etwas dran ist? Dass der Wanderer ein Russe sein könnte, der für das Moskauer Kartell arbeitet und der sie getötet hat, als sie ihm zu nahe kam?«

Er nickte. »So in etwa. Ich wusste, dass Zoran Hosszú zu Lydias Informanten gehörte und Kontakte zur Russenmafia hatte, also habe ich ihn aufgesucht. Es hat ein wenig Druck gebraucht, aber dann kam er mit einer Aussage heraus, die ich so nicht erwartet hatte. Hosszú behauptete, dass Lydia Koslow kenne. Dass er sie zusammen bei Koslows Anwalt gesehen habe, als er dort eine halbe Stunde zu früh erschien. Ich wusste nicht, ob ich Hosszú glauben konnte, aber ich wusste, was passieren würde, wenn er Alexander davon erzählte. Also habe ich ihm mit deutlichen Worten klargemacht, den Mund zu halten, und selber in der Richtung recherchiert.«

»Vielleicht war das ja nur eine Lüge. Vielleicht wollte er Lydia irgendetwas anhängen.«

»Warum sollte er? Hosszú hatte kein Motiv. Und dann war da ja noch die Sache mit ihrer Personalakte.«

Norah stand auf und nahm zwei Dosen Cola, die sie gestern gekauft hatte, als sie die Medikamente für Born besorgte. »Wollen Sie auch eine?«

Koller nickte.

Norah gab ihm eine der Dosen und setzte sich wieder aufs Bett. »Können Sie mir noch mal erzählen, was genau in der Akte stand?«

»Das habe ich doch gerade.«

»Ich will es einfach noch ein zweites Mal hören. Bitte!«

Koller seufzte. »Eigentlich war es nur ein Punkt, der nicht ins Gesamtbild passte. Ich sagte Ihnen ja bereits, dass Born kriminell wurde, um Lydia das Geld für ihren kranken Bruder zu verschaffen, der in den USA lebte. Laut den Angaben, die sie bei der Einstellung gemacht hat, gab es aber keine lebenden Verwandten. Auch die Frage nach Geschwistern hat sie verneint. Ich habe mich dann bei den amerikanischen Behörden so lange durchtelefoniert, bis ich jemanden an den Apparat bekam, der mir bestätigte, dass kein Mann dieses Namens in den USA lebe – zumindest keiner, der vom Alter her in Betracht komme.«

»Das heißt?«

»Sie hat Born angelogen. Sie hat seine Liebe benutzt, um sich selbst zu bereichern.«

»Haben Sie deshalb alle Akten mit einem Sperrvermerk versehen und nirgends festgehalten, was Sie vermutet haben? Um Lydia zu schützen?«

»Nicht sie – Alexander! Mein Gott, er saß im Gefängnis, seine Geliebte war tot, er war fertig mit der Welt. Hätte ich ihm da noch erzählen sollen, dass Lydias Liebe nur eine Lüge war? Um was zu erreichen? Ihn vollständig zu brechen?«

Nein, ganz gewiss nicht. Sie hätte an seiner Stelle wahrscheinlich nicht anders gehandelt.

Dann nahm sie einen tiefen Schluck aus der Dose und sagte: »Lassen Sie uns mal folgendes Szenario durchspielen: Lydia hat schon seit Jahren für Koslow gearbeitet. Dann hat sie sich Born geangelt – damals immerhin so etwas wie der Superbulle der Berliner Kriminalpolizei. Sie hat ihn anschließend in eine Lage gebracht, in der er angreifbar war. Entweder, um sich selbst zu bereichern oder um Koslow ein Druckmittel gegen ihn in die Hand zu geben. Vielleicht auch beides. Alles hat wunderbar funktioniert, bis der Wanderer aufgetaucht ist. Tannenstein. Die elf Toten. Koslow muss davon ausgegangen sein, dass der Wanderer für ein verfeindetes Kartell arbeitet. Er hat Lydia Druck gemacht, die Ermittlungen in diese Richtung zu lenken. Doch damit konnte sie sich bei Ihnen nicht durchsetzen. Als sie dann keine Ergebnisse lieferte und somit nutzlos wurde, hat Koslow sie umgebracht.«

Sie rechnete damit, dass er ihr widersprach, aber das tat er nicht. Einen Moment lang fragte sie sich, warum erst all diese Dinge passieren mussten, bevor Koller anfing, sie für voll zu nehmen.

»Das ergibt durchaus Sinn«, sagte er dann. »Allerdings nur, wenn man davon ausgeht, dass der Wanderer und Koslow tatsächlich auf zwei unterschiedlichen Seiten stehen. Haben Sie irgendwelche Indizien dafür?«

Sie erzählte ihm von der getöteten Immobilienmaklerin im Allgäu und den anderen Mordopfern, die alle im Verdacht standen, für Koslow gearbeitet zu haben. Jede dieser Taten konnte sie bis ins Detail auf eine Verbindung zu Koslow zurückführen, nur eine nicht.

Den Auslöser. Tannenstein.

Als sie mit ihrer Schilderung fertig war, schwiegen beide einen Moment lang. Nicht bedrückt oder distanziert, sondern wie zwei Menschen, die über die Lösung eines gemeinsamen Problems nachdenken.

»Warum?«, fragte Koller irgendwann. »Warum soll der Wanderer all dies getan haben? Um Koslow zu schaden?«

Sie nickte.

»Vielleicht hatte Lydia am Ende ja doch recht, und er arbeitet für das *Sointsewskaja*-Kartell«, sagte er. »Das würde zumindest erklären, warum er sich ausschließlich auf Koslows Organisation gestürzt hat.«

»Das glaube ich nicht«, erwiderte sie. »Ich denke, er macht es aus demselben Grund, der auch Born antreibt. Er ist auf einem Rachefeldzug.«

»Aber das würde bedeuten …«

»… dass Born gerade auf dem besten Wege ist, zwischen die Fronten zu geraten!«

DER WANDERER

Das *Hotel Lindenhof* war genau so schlicht und solide wie sein Name. Weder einfach noch ungastlich, aber schlicht in dem Sinne, dass es genau wusste, was es war: ein Aufenthaltsort, der mit den internationalen Hotelketten nicht konkurrieren konnte. Hierher kamen in allererster Linie Menschen, die es schätzten, dass ihnen das Hotel das Gefühl gab, zu Hause zu sein.

Laut der Homepage bekam man im *Lindenhof* bequeme Betten in gemütlichen Zimmern sowie ein Restaurant geboten, das sich vor allem auf lokale Gerichte aus dem Erzgebirge spezialisiert hatte. In den kalten Monaten kamen wahrscheinlich viele Wintersportler hierher – jetzt jedoch bestand die Kundschaft meist aus älteren Ehepaaren, die mit Mittelklasseautos und Wanderschuhen im Gepäck anreisten, um die umliegende Landschaft zu Fuß zu erkunden.

Nachdem er eingecheckt und sein Zimmer bezogen hatte, ging der Wanderer ins Restaurant, um eine Kleinigkeit zu essen. Es war angenehm warm, und Menschen wie ihm, die alleine reisten und speisten, stand ein großes Angebot an Tageszeitungen zur Verfügung, um sich die Zeit zu vertreiben, bis das Essen kam. Er griff nach einem Exemplar der *Mitteldeutschen Zeitung*, deren Inhalte er allerdings nur überflog.

Der Salat, der ihm von einer freundlichen Kellnerin um

die vierzig serviert wurde, schmeckte ausgezeichnet. Beim Essen sah er sich immer wieder in dem holzgetäfelten Restaurant um, blickte durch das Fenster nach draußen, sah die wunderschöne Landschaft und fragte sich, wie das Leben wohl für Menschen sein musste, deren Leben vollkommen anders verläuft als sein eigenes. Ruhiger. Friedlicher. Weniger von Albträumen geplagt.

Er wusste es nicht.

Dann fiel sein Blick auf die Hotelbroschüre, die in dem Ständer für Speisekarten klemmte. Darin stand, dass das *Hotel Lindenhof* am Ortsrand von Marienberg lag, mitten im Erzgebirge, südöstlich von Chemnitz. Auch eine kleine Landkarte war auf der Rückseite abgebildet, und ganz am Rand konnte er den Ortsnamen Tannenstein erkennen.

Tannenstein.

Er hatte die Gastwirtschaft dort über Monate hinweg beobachtet. Die Treffen des sogenannten »Kulturvereins«. Der Wirt war nie an den Taten beteiligt gewesen, und irgendwann hatte der Wanderer sich gefragt, ob er überhaupt wusste, was dort im Keller vor sich ging oder ob er nur Koslows Befehl befolgte, der Druck auf ihn ausübte. Ein Strohmann ohne genaue Kenntnisse. Vielleicht nicht vollkommen unschuldig, aber mit einer Schuld beladen, die nicht zwingend den Tod erforderte.

Eine Fünfzig-fünfzig-Entscheidung. So, als ob man eine Münze wirft.

Er selbst hatte damals einen schrecklichen Fehler begangen und den Wirt überleben lassen. Die Gefahr war dadurch nicht restlos ausgemerzt worden, und das sollte sich nach wie vor an den Körpern und Seelen unschuldiger Mädchen rächen. Ihr erlittenes Leid war sein Leid, zumindest kam es ihm so vor, weil er sich dafür verantwortlich fühlte. Und warum? Weil er menschlich gehandelt hatte. Weil er in einer schwachen Minute den Plan infrage gestellt hatte, anstatt ihn konsequent zu befolgen. Seitdem war er damit beschäftigt, die Folgen seines Handelns zu korrigieren. Koslow würde fallen, das war so gut wie sicher, und wenn nicht durch ihn, dann durch den Befehl der Männer, die über dem Russen standen. Wenn der Wanderer weiterhin die Kräfte von Koslows Organisation dezimierte, war es nur eine Frage der Zeit.

Und dann?

War es immer noch nicht vorbei. Vielleicht wäre es auch nie vorbei, weil niemand die Gewalt aufhalten konnte. Sie erneuerte sich ständig selbst, weil sie keine andere Antwort kannte als immer neue Gewalt. Immer rückten nach einem Sturz andere nach, die ein neues Heer aufstellten und es dann in den Krieg um Macht und Geld schickten. Er konnte vielleicht eine Schlacht gewinnen, den Krieg nicht, und es würden neue Schlachten kommen, wieder und wieder, bis er zu alt wurde, zu müde, des Kämpfens überdrüssig.

Oder auf dem Schlachtfeld starb.

Er hatte schon zu viele Kriege geführt. Gegen die Taliban in Afghanistan, gegen die *Narcotraficantes* in Mexiko, jetzt gegen die Menschenhändler der Russenmafia, und keinen davon konnte man gewinnen. Eine Erkenntnis, die lange gebraucht hatte, um in sein Bewusstsein vorzudringen und Gewissheit zu werden.

In einem Buch hatte er mal gelesen, dass in irgendeiner Kultur Feinde hingerichtet wurden, indem man ihnen Steine auf die Brust türmte, bis sie von diesen erdrückt oder erstickt wurden. Genauso fühlte er sich auch. Das wachsende Gewicht der vielen Toten erdrückte ihn und nahm ihm die Luft zum Atmen.

War das sein Leben, sein Schicksal?

Er schaute hinaus auf die Straße, den Wald dahinter. Er war jetzt Ende vierzig und hatte begriffen, dass er einige von den Zielen, die er früher gehabt hatte, nie erreichen würde. Er wird nie in der Fußball-Bundesliga spielen, nie den Mount Everest sehen, nie der Star seines eigenen Films sein. Vielleicht hatten ihm die Talente dafür gefehlt. Das Einzige, was er wirklich gut konnte, war töten.

Was sollte er auch sonst tun, als immer weiterzumachen? Von dem Geld leben, das er angespart hatte? Einer dieser Frührentner werden, die sich jeden Nachmittag auf dem Tennisplatz trafen – weniger, um Tennis zu spielen, sondern um sich gegenseitig zu versichern, welch tolle Kerle sie einst waren? Oder sollte er sich an den See vor seinem Haus setzen und all die Bücher lesen, die man gelesen haben musste? Vor sich hinleben, bis die Krebsdiagnose kam, und in der Zwischenzeit so tun, als hätte er nicht getan, was er getan hatte, als hätte er nicht gesehen, was er gesehen hatte, als wären all seine Albträume reine Fiktion ohne jeden realen Hintergrund gewesen?

Nein.

Vielleicht gab es ja Schlimmeres, als in Tannenstein zu sterben.

Die Kellnerin kam, um den leeren Salatteller abzuräumen, und er bestellte noch einen Kaffee. Während er auf das Getränk wartete, wanderten seine Gedanken zu einem anderen Mann, Alexander Born. Er hatte sich in den letzten Tagen intensiv mit ihm beschäftigt und immer wieder gefragt, von welchen Dämonen Born getrieben war. Fragen, die weniger aus einem persönlichen Interesse heraus resultierten, sondern aus einem professionellen. Warum riskierte dieser Ex-Bulle seit seiner Entlassung Leib und Leben, um Koslow zu schaden oder ihn vielleicht sogar zu töten?

Sicher, sein Informant hatte ihm als Begründung die Ermordung von Borns Partnerin und Geliebten geliefert – ein Verlust, den Born allerdings ihm, dem Wanderer, zuschrieb. Das erklärte einiges, aber nicht alles. Viele Menschen hatten einen derartigen Verlust zu beklagen und hegten daraufhin Rachefantasien, aber nur die wenigsten setzten sie anschließend derart konsequent in die Tat um. Dem Wanderer war klar, dass da noch mehr dahinterstecken musste.

Etwas Tieferes.

Fast kam es ihm vor, als wäre Born eine verwandte Seele.

BERLIN

Es dauerte einen Tag, bis Dimitri ihm beschafft hatte, was er brauchte. In allererster Linie noch mehr Waffen, noch mehr Munition. Born wusste nicht, was in Tannenstein auf ihn zukommen würde, aber er wollte nach der Erfahrung, die er in Teplice gemacht hatte, auf alle Unwägbarkeiten vorbereitet sein.

Er rief Norah am Nachmittag an und sagte ihr, dass er am späten Abend zurückkehren würde. Die aufkommende Diskussion unterband er rigoros. Sein Plan stand, er hatte das Ziel vor Augen, und nichts würde ihn jetzt noch aufhalten. Auch nicht Dimitri, der ihm mit beschwörenden Worten versicherte, dass sein Vorhaben Wahnsinn sei. Als wenn er das nicht selbst wüsste.

Born war seit seinem letzten Besuch in Tannenstein klar, dass Dombrowski der Schlüssel zur Lösung war, und dieses Mal würde er den Wirt zum Reden bringen. Tannenstein war der letzte Baustein in der Kette, der ihm noch fehlte, und Dombrowski das einzige Bindeglied zwischen Vergangenheit und Gegenwart. Wenn Born begriff, worum es damals gegangen war, wusste er auch, wie er Koslow erledigen und den Wanderer aufspüren konnte. Vielleicht brachte er den Wirt sogar dazu, sie nach Tannenstein zu locken. Dann würde er die Sache direkt an Ort und Stelle hinter sich bringen, allem ein Ende machen.

Nachdem er die Waffen in den Kofferraum geladen und

sich mit einer langen Umarmung von Dimitri verabschiedet hatte, folgte er den Straßen Berlins bis zur Autobahn. Der Anblick der umliegenden Häuserschluchten ließ ihn melancholisch werden. Vielleicht würde er die Stadt und ihre Einwohner nie wiedersehen. Die Hipster und die Händler, die Tanzenden und die Träumenden, die Schwulen und die Schönen.

Anschließend gab er Gas.

Die blauen Ziffern der Uhr am Armaturenbrett zeigten 18.47 Uhr an.

Zweieinhalb Stunden bis nach Altenberg.

Er traf Norah auf dem Parkplatz hinter dem Haus, wo er ihr in allen Einzelheiten erzählte, was er vorhatte. Diese Erklärung war er ihr schuldig. Er sagte ihr, dass er jetzt handeln müsse, auch wegen ihr, bevor Koslow herausbekam, dass sie in die Sache verstrickt war. Die Konsequenzen daraus erwähnte er nicht. Er war sich sicher, dass sie ihn auch so verstand und seine Beweggründe akzeptierte.

Leider war dies nicht der Fall. Er sah es in ihren Augen, in ihrem Blick.

»Du hast in deinem Leben Fehler gemacht, aber die waren verzeihlich«, sagte sie. »Für mich zumindest. Wenn du jetzt zum Mörder wirst, ist das eine andere Sache.«

»Findest du? Ich würde auch einen Pakt mit dem Teufel schließen, um Koslow und den Wanderer zu töten.«

»Etwa für Lydia?«, fragte Norah. »Oder für mich? Du verkaufst deine Seele, um mich vor Koslow zu schützen? Darum habe ich dich nicht gebeten, und ich tue es auch jetzt nicht. Es muss doch noch andere Möglichkeiten geben. Ich bitte dich, Born … Komm mit mir nach oben! Lass uns mit Peter sprechen und gemeinsam eine Lösung finden.«

»Dafür ist es jetzt zu spät.«

Ihr Blick wurde trotzig. »Wenn du Rache willst, dann mach das mit dir aus. Benutze aber nicht mich als Vorwand, um Blut zu vergießen.«

»Was willst du denn stattdessen?«

»Ich will, dass es aufhört!«, schrie sie. »Ich will, dass all das Morden endlich endet!«

»Das will ich auch.«

»Dann tu es! Mach Schluss! Wenn du Koslow tötest, nimmt nur ein anderer seinen Platz ein, das weißt du. Ja, du hast recht ... Vielleicht hat er den Tod verdient. Garantiert sogar. Aber du nicht, verstehst du? Du bist kein Killer.«

»Ich muss es tun«, versuchte er, sich zu rechtfertigen. »Dieses eine Mal wenigstens.«

»Dann geh«, sagte sie nach einer kurzen Pause. »Bitte geh und tu, was du glaubst, tun zu müssen. Nur ...«

»Was?«

Sie schaute ihm in die Augen. »Wenn du das tust«, sagte sie. »Wenn du jetzt nach Tannenstein fährst, um die Wahrheit aus dem Wirt herauszuquetschen, und dich dann aufmachst, um Koslow und den Wanderer zu töten, dann weiß ich nicht, ob ich dich anschließend zurückhaben will.«

»Okay.«

»Born ...«

»Nein«, sagte er. »Du hast dich klar ausgedrückt! Ich danke dir für deine Unterstützung, aber ich habe verstanden, dass es nicht dein Krieg ist.«

Sie wollte noch etwas sagen, schloss den Mund dann aber. Trat stattdessen auf ihn zu und küsste ihn. Ein sanfter Druck auf seine Lippen, den er nicht erwiderte.

Dann ging er, um seinen persönlichen Dschihad zu kämpfen.

TANNENSTEIN

Koslow erreichte den Ort gegen 22 Uhr, wo Sergej bereits vor einem der leer stehenden Häuser auf ihn wartete.

»Wie ist es gelaufen?«, fragte Koslow, nachdem der Zwilling auf dem Beifahrersitz des Bentleys Platz genommen hatte.

»Alles bestens. Eines der Mädchen ist anfangs aus der Reihe getanzt, aber das Problem hat sich erledigt. Jetzt tanzt sie nicht mehr.«

Koslow schaute ihn fragend an, worauf Sergej ihn auf den neusten Stand brachte. Er erzählte ihm von Nadeschda und davon, was er vor zwei Tagen mit ihr gemacht hatte. Koslow erhob keine Einwände, ganz im Gegenteil. Solche Bestrafungen waren Teil des Geschäfts und sorgten dafür, dass die überlebenden Dinger anschließend besser funktionierten. Dann wechselte er das Thema. »Sonst ist dir nichts aufgefallen?«

»Was genau meinst du?«

»Hier, in dem Ort. Gab es irgendwelche besonderen Vorkommnisse? Hast du Männer gesehen, die nicht hierhergehören?«

Sergej schüttelte den Kopf. »Alles wie immer.«

»Und Dombrowski?«

»Unverändert. Er tut, was man ihm sagt, und stellt keine Fragen.«

Anschließend blickte Koslow schweigend aus dem Seitenfenster. »Er ist da draußen«, sagte er dann. »Born. Vielleicht beobachtet er uns in diesem Moment. Vielleicht hat er sich vor der Gaststätte versteckt und wartet, bis wir kommen.«

»Ich weiß«, erwiderte Sergej. »Und ich hoffe, dass er die Bullenschlampe gleich mitbringt. Ich habe den Kerl in Teplice in Aktion gesehen, Wladimir – er ist keine Bedrohung! Wenn ich gedurft hätte, hätte ich ihn bereits dort schon erledigt.«

Hörte er da etwa Kritik in Sergejs Worten? Koslow beschloss, nicht darauf einzugehen. Das hatte Zeit, bis die Sache hier ausgestanden war. »Wie war er?«, wollte er stattdessen wissen.

»Born?«

»Nein, Julius Cäsar!«

Sergej lächelte. »Er ist schnell, schießt gut und zögert nicht. Anders als diese Schreibtischhengste, mit denen wir es normalerweise zu tun haben. Als Popows Männer anrückten, ist er nicht in Panik verfallen, sondern hat versucht, das Beste aus der Situation zu machen.«

Koslow schaute ihm in die Augen. »Und dennoch hältst du ihn nicht für eine Gefahr?«

Sergej schüttelte den Kopf. »In Born steckt immer noch ein Bulle. Er ist jemand, der unnötiges Blutvergießen vermeiden will und sich an gewisse Regeln hält. Wäre das anders, hätte er die Handgranate nicht Popows Männer vor die Füße geworfen, sondern in ihre Mitte. Dann hätte er auch nicht auf den Schriftzug des *Paradiso* geballert, sondern auf unsere Männer, die darunterstanden. Glaub mir: Wenn es hart auf hart kommt, wird ihm diese Rücksichtnahme das Genick brechen.«

Koslow fuhr sich mit der Hand durch die Haare. Vielleicht hatte Sergej recht. Vielleicht hatte Born aber auch dazugelernt. Die nächsten Stunden würden es zeigen.

Er griff zu seinem Zigarettenetui, öffnete es, nahm eine Zigarette heraus und hielt es anschließend Sergej hin, der sich ebenfalls bediente. Eine Minute lang rauchten sie schweigend. Bliesen bläuliche Kringel durch die geöffneten Seitenscheiben, die sich in der Kälte der Nacht auflösten, als hätte es sie nie gegeben.

»Entweder ist er schon da, oder er wird bald auftauchen«, sagte Koslow, nachdem sie die Filter auf die Straße geschnippt hatten. »So oder so – wir müssen uns beeilen. Geh zurück ins Haus, und sag den Männern, dass sie sich fertig machen sollen. Du wolltest Born in Teplice töten? Gut! Dieses Mal musst du auf nichts mehr Rücksicht nehmen.«

»Er hat auf meinen Nachtclub geschossen. Er hat mehrere unserer Männer verletzt. In Teplice wollte ich ihn einfach nur erledigen – jetzt will ich, dass er leidet, bevor er stirbt!«

Koslow lächelte seinen Vertrauten an und dachte an Tschetschenien. An das, was Sergej dort mit anderen Männern gemacht hatte. Dank ihm und seinem Bruder war auch Koslows eigener Ruhm angewachsen, sodass er nach dem Ausscheiden aus der Armee eine Führungsposition im *Tambowskaja*-Kartell einnehmen konnte. Er war der Anführer, aber er wusste auch, dass er es ohne die Zwillinge nicht so weit gebracht hätte.

Weil sie seine Ideale teilten.

Seine Vorstellungen.

Seinen Hass.

Norah durchlitt Höllenqualen. Seit einer Stunde kämpfte sie mit sich. Sie fühlte sich hin- und hergerissen zwischen dem Versprechen, das sie Born gegeben hatte, und dem Wunsch, sich Peter anzuvertrauen.

Seit sie in die Pension zurückgekehrt war, hatte er sie unablässig bedrängt, ihm zu verraten, was sein ehemaliger Partner vorhatte. Sie hatte immer nur den Kopf geschüttelt und nichts gesagt, weil sie wusste: Es gab keine vernünftigen Argumente, die sie ihm entgegenhalten konnte, weil ihr selbst klar war, dass das, was Born vorhatte, Wahnsinn war. Alles in ihr drängte danach, sich Peter anzuvertrauen, aber sie war auch ein Mensch, dem ein Versprechen etwas bedeutete, das sie einem geliebten Menschen gegeben hatte.

Sechzig Minuten dauerte ihr innerer Kampf, bis die Sorge um Born übermächtig wurde und sie nachgab. Bis sie Peter alles erzählte, der ihr fassungslos zuhörte.

Der Rest zog an ihr vorbei wie ein unscharfer Film. Peters Anrufe bei der nächsten Polizeidienststelle, seine knappen Anweisungen, die Fragen nach einem mobilen Einsatzkommando. Sie saß die ganze Zeit über auf der Bettkante, mit angezogenen Knien, zur Passivität verdammt. Eine Rolle, von der sie glaubte, sie längst hinter sich gelassen zu haben.

»Ich muss los«, hörte sie ihn dann sagen.

»Ich komme mit!«

»Es ist besser, wenn Sie …«

»Nein«, sagte sie entschieden. »Sie werden jetzt nicht mit mir diskutieren oder versuchen, es mir auszureden! Dieses Mal nicht, verstehen Sie?«

Er zögerte einen Moment, dann nickte er.

»Haben Sie eine Waffe bei sich?«

Sie schüttelte den Kopf.

Er griff erneut zum Telefon. »Ich lasse Ihnen eine mitbringen.«

Born parkte den Mietwagen gut zweihundert Meter von dem Gasthaus entfernt in einer Ecke, die nicht vom Schein der wenigen Straßenlaternen erhellt wurde, und stieg aus. Am Nachthimmel bewegte sich eine gewaltige Wolkenlandschaft voran, nur ab und zu kam silbrig-schwach das Mondlicht durch. Keine Anzeichen von Leben, nirgends. Der gesamte Ort lag wie ausgestorben da, nur die Bäume schienen miteinander in einer Sprache zu flüstern, die niemand verstand.

Er lauschte ihnen kurz, dann verließ er den Gehweg und zwängte sich durch eine kleine Lücke zwischen zwei Wohnhäusern. Ein Hund jaulte, und hinter einem der Fenster schimpfte eine Frau – die ersten Anzeichen, dass in Tannenstein doch noch Menschen wohnten. Anschließend lief er quer durch die Gärten auf die Rückseite der Kneipe zu, sprang über Büsche hinweg und sprintete lautlos über den Rasen, bis er hinter dem Gebäude stand. Dort hielt er inne und schaute sich um. Seine Fußabdrücke verschwanden bereits wieder, Halm für Halm erhob sich das Gras.

Als alles ruhig blieb, riskierte er einen Blick durch das kleine Fenster neben der Hintertür. Der Gastraum war leer, nur der Wirt stand hinter der Theke und hatte den Kopf über irgendwelche Papiere gebeugt. Born zählte bis drei, dann zog er die Waffe und legte die Hand auf den Türgriff. Die Tür öffnete sich Millimeter für Millimeter, und aus dem Inneren schlug ihm die Wärme des Gastraums entgegen.

Jetzt!

Mit einem Schwung riss er die Tür auf und stürmte hinein. Sah Dombrowski herumfahren, sah dessen schreckgeweitete Augen. Dieser Mann hatte ihn über Jahre hinweg angelogen, und Born spürte bei seinem Anblick kalte Wut in sich aufsteigen. Er fühlte sich plötzlich frei, losgelöst von den Fesseln, die ihm als Polizist angelegt waren.

Egal, was Lydia getan hatte – die Russen hatten mit ihrer Ermordung einen Fehler begangen. Sie hatten ihn von einem Zuschauer zu einem Feind werden lassen. Damit hatten sie eine verbotene Tür aufgestoßen, ohne zu wissen, was sich dahinter verbarg.

Er.

Born griff in die Haare des Wirts und schlug den Kopf auf das Holz der Theke. Er scherte sich nicht um die Schreie und wiederholte das Ganze, bis Dombrowskis Gesicht blutbesudelt war. Dann ließ er ihn los und fragte: »Wo ist Koslow?«

»Ich weiß nicht, wovon ...«

Er schoss dem Mann ins Knie.

Dombrowski stürzte zu Boden.

»Die nächste Kugel geht ins andere Bein«, sagte Born, als die Schreie in ein Wimmern übergingen. »Bei der dritten Lüge ist der Kopf dran!«

Er brauchte keine weitere Kugel. Dombrowski erzählte ihm alles, stammelnd zuerst, dann immer flüssiger. Angefangen von dem Pädophilenring, der sich vor Jahren in Tannenstein angesiedelt hatte, bis zu den Russen, die die Kundschaft mit minderjährigen Jungs und Mädchen belieferten.

Es war eine Geschichte voller Elend, voller Gewalt.

Sie drehte sich um Männer, die aus ganz Deutschland nach Tannenstein gezogen waren, um hier ungestört ihren perversen Neigungen nachzugehen. Manche hatten ihre Frauen mitgebracht, andere waren alleine gekommen. Sie waren Unternehmer, Rentner oder Freiberufler gewesen – Männer mit Geld, die bei der Wohnortwahl flexibel waren.

Zuvor hatten sie sich bereits aus Kreisen gekannt, von denen der Durchschnittsbürger hoffte, es würde sie gar nicht geben. Hatten sich hier, in diesem abgelegenen Tal, zusammengefunden, um sich ungestört an Kindern vergehen zu können. Über Wochen, Monate, Jahre hinweg. »Kulturverein«, so hatten sie es genannt – eine Anspielung auf das Päderastentum im alten Griechenland, wo Beziehungen zwischen Männern und Knaben zeitweise sogar als pädagogische Maßnahmen angesehen waren.

Es ekelte ihn an.

»Wo habt ihr die Kinder damals versteckt?«

Dombrowski erklärte es ihm, und Born rammte dem Mann den Pistolengriff hart auf den Hinterkopf. Der Wirt sackte zusammen, vielleicht tot, vielleicht auch nur bewusstlos.

Dann ging er die Stufen hinab, die in den Keller und in einen Raum führten, der mit Bierkisten und anderen Getränken vollgestellt war. Er fand den Lichtschalter, betätigte ihn und sah Regale, in denen neue Aschenbecher und alte Speisekarten lagen, Dekorationsmaterial und eingeschweißte Pakete mit Servietten. Die Wände dahinter waren aus grobem Backstein gefertigt, die Luft roch sonderbar nach Desinfektionsmitteln. Erst jetzt fiel ihm auf, dass der Boden blitzblank geputzt war.

Vor etlichen Jahren hatten er und seine Kollegen diesen Raum bereits durchsucht, aber nichts Auffälliges gefunden. Vielleicht hatten sie damals einfach nicht gründlich genug nachgeschaut, weil der Raum ihnen nicht verdächtig erschien. Der Wanderer war ja durch die Eingangstür gekommen und hatte die Gaststätte auf diesem Weg auch wieder verlassen. Vielleicht aber hätte er auch dieses Mal nichts gefunden, wenn die Beschreibung Dombrowskis nicht so exakt gewesen wäre.

Er orientierte sich, dann ging er auf ein knapp zwei Meter breites Holzregal zu, in dem Serviettenpakete und Pappkartons mit Abrechnungen lagen. Er hob das linke Ende an. Das alte Holz ächzte und stöhnte, brach aber nicht. Nur mit Mühe gelang es ihm, das Regal von der Wand wegzuschieben.

Sie war aus rotbraunen Backsteinen gefertigt, massiv und für die Ewigkeit gebaut. Alles war mit einer dünnen Staubschicht bedeckt, ganz oben befand sich ein Spinnennetz. Selbst jetzt fielen ihm die Unterschiede in den Fugen zwischen den Steinen kaum auf. Keine Frage – es war perfekt, ein Meisterwerk der Tarnung. Nichts deutete darauf hin, dass sich hier eine Tür befand, der sich ein weiterer Gang anschloss, der geradewegs in die Hölle führte.

Born lehnte sich mit seinem ganzen Gewicht dagegen, und ein Teil der Wand gab nach. Die obere Türangel quietschte, die untere kreischte, zusammen klang es wie der Schrei einer Wahnsinnigen. Zentimeter für Zentimeter öffnete die Tür sich und gab den Blick auf den dahinterliegenden dunklen Gang frei. Born schaltete die mitgebrachte Taschenlampe ein und tastete sich langsam vorwärts.

Schritt für Schritt.

Nach unten.

Sie kamen zu sechst, etwa zehn Minuten später. Koslow, Sergej und vier Männer, die zu Popow gehörten.

Das Erste, was Koslow auffiel, war, dass die Eingangstür der Gastwirtschaft nicht abgeschlossen war. Er gab Sergej ein Zeichen, der daraufhin seine halb automatische Waffe zog, und machte Popows Männern klar, dass sie draußen warten sollten.

Wenn er das Lokal betrat, wollte Koslow nur Sergej an seiner Seite haben. Keine schießwütigen Idioten, die wahrscheinlich blindlings losballerten und ihn nachher noch mit einem Querschläger erwischten. Das war ein Job für Spezialisten. Nur er und Sergej, mehr war nicht nötig. Er warf dem Zwilling einen Blick zu und sah dessen erwartungsfrohes Grinsen. Dann traten sie ein.

Der Gastraum lag in einem diffusen Halbdunkel, einzig erhellt von der Leuchtreklame einer Brauerei. Vorsichtig ging Koslow darauf zu, während Sergej die Flanken sicherte. So, wie sie es gelernt hatten. So, wie es ihnen in Fleisch und Blut übergegangen war.

Als die Theke noch sieben Meter entfernt war, stoppte Koslow. Er hob den Kopf und nahm Witterung auf, wie ein Tier. Ein vertrauter Geruch hing in der Luft, eine Mischung aus Angstschweiß und Blut. Ein Blick zur Seite zeigte ihm, dass Sergej ihn ebenfalls wahrgenommen hatte.

Die beiden fächerten auseinander, um ein weiter verstreutes Ziel abzugeben. Nur wenige Schritte trennten sie jetzt noch vom Bartresen, und mit jedem wurde der metallene Geruch intensiver. Bis auf ihre eigenen Atemgeräusche war es still in dem Raum.

Zu still.

Koslow schlich vorsichtig weiter. Er orientierte sich zum linken Ende hin, da, wo die Zapfhähne waren, während Sergej sich von rechts näherte. Fast zeitgleich spähten sie hinter die Theke. Ein schneller Blick nur, der aber ausreichte, um zu zeigen, dass von dort keine Gefahr drohte.

Dombrowski lag seitlich auf dem Boden, sein Gesicht war blutverschmiert. Das eine Bein hatte er angewinkelt, das andere war im Bereich des Knies verletzt. Wahrscheinlich durch eine Schusswunde.

Koslow ging auf ihn zu und beugte sich hinunter, um nach dem Puls zu fühlen. Er schlug flach, aber regelmäßig. Mit einer fast schon zärtlichen Geste griff er nach dem Kopf des Wirtes, hob ihn an und riss ihn in einer schnellen Aufwärtsbewegung zur Seite. Es klang, als würde ein trockener Ast brechen.

Koslow war jetzt wieder im Krieg, irgendwo in Tschetschenien, wo sie ganze Dörfer mit Aufständischen eingenommen hatten. Damals wie heute wusste Sergej auch ohne Worte, was Koslow von ihm wollte. Sie verstanden sich blind, blickten im selben Moment auf die offen stehende Tür, die in den Keller führte. Sahen das Licht dort unten.

Der Zwilling bewegte sich auf die Tür zu, um das Terrain zu erkunden, während Koslow selbst den Raum sicherte.

Vier Minuten später war Sergej zurück. Er signalisierte Koslow, dass er im Keller einen einzelnen Mann gesehen hatte. Bewaffnet. Koslow zog fragend die Augenbrauen hoch, und Sergejs Lippen formten das Wort »Born«.

Das war der Moment, auf den Koslow gewartet hatte. Die Situation, die er sich erhofft hatte. Nur eine Treppe führte nach unten, keine andere hinaus. Sie hatten alle Vorteile auf ihrer Seite. Die höhere Feuerkraft, die bessere Ausbildung, das Überraschungsmoment.

Flüsternd teilte er Sergej mit, was er vorhatte. In einer knappen, präzisen Sprache, die keine Diskussionen zuließ. Dann gingen sie los. Schlichen die Kellertreppe hinunter, ohne einen Ton zu erzeugen, und achteten darauf, sich mit dem Rücken dicht an der Wand zu halten.

Auf der letzten Stufe stoppten sie.

Sergej richtete den Lauf seiner Beretta in den Kellerraum, um ihm gegebenenfalls Feuerschutz zu geben, während Koslow vorsichtig um die Ecke spähte. Er sah, dass das alte Holzregal zur Seite geschoben war und die ins Verlies führende Tür offen stand. Mit dem Zeigefinger der freien Hand stieß Sergej zweimal nach vorne – das Zeichen, dass er Born bei der Erkundung erst in dem Raum dahinter gesehen hatte.

Dort, wo die Mädchen waren.

Der mit leichtem Gefälle abwärts führende Gang war mit Betonbröckchen bedeckt, die im Laufe der Jahre von der Decke gerieselt waren, und sie mussten achtgeben, dass keines der Steinchen unter ihren Schuhsohlen knirschte. Für die knapp zwanzig Meter brauchten sie zwei Minuten, dann hatten sie das Ende erreicht. Koslow sah in den Raum hinein, sah, wie Born vor einer der Zellen stand und auf die Frau darin mit beruhigenden Worten einredete. Er sah dessen breiten Rücken und die Waffe, die hinten im Hosenbund steckte. Er konnte sein Glück kaum fassen – der Idiot machte es ihm so einfach, dass er fast lachen musste.

Ein Kinderspiel.

Er hob die Pistole und visierte Borns Rücken an. Dann sagte er: »Hände hinter den Kopf und hinknien!«

Der Ex-Bulle schnellte herum. In seinen Augen erkannte Koslow, dass Born sofort begriff, dass er verloren hatte. Dass er keine Chance mehr hatte, die eigene Waffe zu ziehen.

Das war der Moment, dem er seit Wochen entgegenfieberte.

Er beschloss, ihn in vollen Zügen auszukosten.

Zuzusehen, was Sergej mit Born anstellte.

DER WANDERER

Der Wanderer kauerte hinter einem Busch, von wo aus er die Gastwirtschaft gut im Blick hatte. Es regnete leicht, und der Regen kam ihm wie eine Taufe vor. Auch der Wind sprach zu ihm. Er trug die Stimmen der Toten mit sich. Sie machten ihm Versprechungen und schworen ihn ein. Sie sprachen leise und ruhig, es waren die Stimmen von Geistern, die alle Zeit der Welt hatten und der Last des Irdischen nicht mehr ausgesetzt waren.

Anders als er.

Sein Blick blieb auf den vier Männern haften, die sich in Zweiergruppen links und rechts der Eingangstür postiert hatten. Dann griff er zu der Zweiundzwanziger. Ein kleines Kaliber, das auch ohne den Schalldämpfer, den er jetzt aufschraubte, nicht weit zu hören war. Seine Entscheidung für diese Waffe resultierte aus dem Wissen, dass die kleinen Projektile keine große Durchschlagskraft besaßen, was ihn in engen Räumen vor Querschlägern schützte. Sie drangen in Köpfe ein, durchschlugen diese aber meist nicht, sondern schossen im Inneren der Schädel umher wie Flipperkugeln.

Mit einer fließenden Bewegung erhob er sich und ging auf das Lokal zu. Nicht leise, sondern wie ein nächtlicher Spaziergänger, der darauf hoffte, noch einen Absacker zu sich nehmen zu können.

Als er noch fünfzehn Meter entfernt war, nahm die

linke Gruppe ihn zuerst wahr. Der Kopf des einen Mannes fuhr herum, sein Mund formte ein stummes O. Während sein Gehirn noch versuchte, die Situation einzuordnen, schoss der Wanderer ihm zweimal ins Gesicht, dann erledigte er dessen Partner ebenfalls mit zwei Schüssen, von denen einer den Hals des Mannes traf. Der Kerl drehte sich zuckend um die eigene Achse, wie ein Rasensprenger, der Blut verspritzt.

An der Reaktion des anderen Teams erkannte er, dass auch sie keine ausgebildeten Profis waren. Sie standen einen Sekundenbruchteil zu lang wie paralysiert da, bevor sie an ihren Anzügen nestelten, um an die Waffen zu kommen.

Ein Fehler, den der Wanderer umgehend bestrafte.

Der erste Mann starb, bevor seine Finger den Pistolengriff erreicht hatten. Der zweite war einen Tick schneller und konnte noch einen Schuss abgeben, der sich jedoch wirkungslos in den Nachthimmel bohrte, dann erledigte der Wanderer auch ihn.

Vier Tote, keine zehn Sekunden.

Er spähte durch das Fenster in das Innere der Gaststätte. Auf den ersten Blick wirkte sie leer, kein Laut, keine Bewegung. Er näherte sich der Tür, wobei er den Rücken gegen die Fassade gepresst hielt. Zu viele gottverdammte Türen hatte er in seinem Leben schon durchquert. Zu viele Tote gesehen. Familien. Kinder. Eine Karawane aus toten Seelen.

Er schob ein neues Magazin in seine Zweiundzwanziger und öffnete die Tür. Der Gastraum lag schwach beleuchtet vor ihm. Menschenleer. Er ging auf den Bartresen zu und spähte vorsichtig dahinter, wo er den Toten sah und die offen stehende Tür, die in den Keller führte.

Die Stimmen der Männer klangen von unten wie aus

weiter Ferne zu ihm. Dumpf und seltsam hohl klingend. Er verstand die einzelnen Wörter nicht, aber er wusste, wer sie sprach.

Die Stimme in seinem eigenen Kopf dagegen war klar. Eindringlich und fest.

Ein letztes Mal erinnerte sie ihn an die Sommerabende auf Borkum. An die umherfliegenden Glühwürmchen und an Svens Lachen, als dieser ihm erzählte, es seien die Geister längst Verstorbener, die sie zu einem vor langer Zeit vergrabenen Schatz führen würden. Beide waren alt genug, um zu wissen, dass dies nicht stimmte, aber der Gedanke war schön. Leuchtend schön wie die Tage damals.

Jetzt war es Nacht, und er folgte anderen Stimmen in die Dunkelheit, um sie ein für alle Mal zum Schweigen zu bringen.

Augenblicklich war Born sich des Fehlers bewusst, den er begangen hatte. Zu viel Mitleid, zu viel Empathie. Er hatte den eingesperrten Frauen klarmachen wollen, dass er hier war, um sie zu befreien, und dabei den Teil des Raumes, aus dem die größte Gefahr drohte, aus den Augen verloren.

Den Gang.

Ein Versäumnis, das er nun nicht mehr wiedergutmachen konnte. Nicht mit zwei auf ihn gerichteten Waffen und nicht bei den Männern, die sie in Händen hielten. Seine Gedanken rasten. Suchten verzweifelt nach einem Ausweg, den es nicht gab.

»Können Sie sich erinnern, was ich Ihnen in Bohosudov gesagt habe?«, fragte Koslow, während er näher kam. »Ich habe Ihnen gesagt, dass Sie sterben werden, wenn wir uns das nächste Mal begegnen. Dieser Tag ist nun gekommen.«

»Dann tun Sie, was Sie tun müssen!«

»Nicht so schnell, mein Freund«, sagte Koslow und lächelte. »Sie werden sterben, aber Sie haben es in der Hand, wie lange es dauern wird. Ich will wissen, wer der Verräter in meiner Organisation ist, und ich gehe davon aus, dass Sie ihn kennen. Verraten Sie mir den Namen, erledige ich Sie mit einem schnellen Kopfschuss. Kein Leid, keine Schmerzen. Sagen Sie ihn mir nicht, darf Sergej sich mit Ihnen beschäftigen, und ich kann mir nicht vorstellen, dass Sie das wollen – zumal er immer noch wütend ist, weil er Sie nicht schon in Teplice erledigen durfte.«

Der Zwilling lächelte ihn an, und dieses Lächeln war schlimmer als Koslows Drohung. Einen Moment lang wollte Born sich in sein Schicksal ergeben.

Dann nicht mehr.

Weil er leben wollte.

Sein Lebenswille war stärker als je zuvor. Das Leben war gut, wusste er, die Luft da draußen herrlich, es gab noch so viel zu tun. Er wollte gute Musik und Norahs Lachen hören, wollte noch eine Zigarette, ein gutes Essen genießen. Er wollte sogar an Gott glauben, aber nicht mit ihm gehen, noch nicht. Es gab noch so viel zu tun, er musste kämpfen.

Er stürmte auf Koslow los, es waren nur ein paar Meter. Er stellte sich vor, wie er dessen Waffe packte, sie ihm entriss und gegen ihn richtete, alles in dem Bruchteil, unfassbar schnell. Und trotzdem zu langsam.

Der Schuss erwischte ihn an der Hüfte. Er taumelte, kam aus dem Gleichgewicht und fiel. Schlug hart auf dem Boden auf, der Schmerz war höllisch. Blut lief das Bein herab. Einen Moment lang bedauerte er, sich nicht zuerst

350

auf den Zwilling gestürzt zu haben – als wenn das etwas geändert hätte.

Dann wurde es dunkel.

Leider nur kurz.

Als er die Augen aufschlug, fesselte Sergej seine Hände gerade mit Kabelbinder. Er versuchte, den Zwilling mit einem Tritt zu erwischen, scheiterte aber kläglich. Im Gegenzug fing er sich einen Faustschlag ein.

Dann.

Ende.

Lautlos folgte der Wanderer der Treppe abwärts und gelangte in den Keller, wo er einen Moment lang stehen blieb, innehielt, lauschte. Er hörte die Wörter jetzt deutlicher, die aus dem Gang zu ihm drangen. Roch das Testosteron der Männer, spürte ihre Aggressivität. Versuchte, sich ein Bild davon zu machen, was ihn im nächsten Raum erwartete.

Es waren zwei Männer, die Russisch miteinander sprachen. Zu schnell, um mit seinen geringen Kenntnissen der Sprache irgendetwas zu verstehen. Das Einzige, was er zweifelsfrei mitbekam, war ein Name. Born. Dann lachten sie, satt und zufrieden, wie Sportler es taten, wenn sie gerade einen Sieg errungen hatten.

Der Wanderer zwängte sich zwischen dem Regal und der Wand auf die offen stehende Tür zu. Alles war genauso, wie Malinowski es ihm gesagt hatte. Jede Einzelheit stimmte, und er bedauerte, dem Polen nie gesagt zu haben, wie wichtig seine Informationen gewesen waren. Aber Malinowski war nicht dumm, er würde es selbst wissen.

351

Hoffte er.

Er trat in das Dunkel. Langsam fiel der Boden unter seinen Füßen ab. Fünf Meter, zehn, dann sah er das Licht am Ende des Tunnels. Er bewegte sich vorsichtig, um ja kein Geräusch zu erzeugen. Langsam. Mehr als drei Jahre hatte seine Jagd gedauert, und es gab keinen Grund, jetzt zum Ende hin irgendetwas zu überstürzen.

Koslow stand neben einem der Zwillinge, laut Malinowski musste es Sergej sein. Die beiden waren ins Gespräch vertieft und wandten ihm den Rücken zu. Er nutzte die Zeit, um sich genauer in dem kreisförmigen Gewölbe umzuschauen. Sah die verschlossenen Zellen und einen dritten Mann, der gefesselt und benommen am Boden lag.

Born.

Der Wanderer trat in den Raum, die Waffe im Anschlag. Vielleicht hatte er dabei ein Geräusch erzeugt, vielleicht sprangen die Sinne Koslows von alleine an – der Russe schnellte herum und riss gleichzeitig seine Pistole hoch. Keine Schrecksekunde, kein Zögern. Koslow reagierte blitzartig wie eine Kobra, aber nicht schnell genug. Der Wanderer schoss zweimal. Ein perfekter Doppelschuss, beide Schüsse in den Oberkörper. Während Koslow fiel, schwenkte der Wanderer den Lauf der Waffe bereits auf Sergej, der im Moment des Abdrückens jedoch zur Seite sprang.

Der Schuss verfehlte ihn.

Noch im Sprung hob der Zwilling seine Pistole und erwiderte das Feuer. Eine Kugel schlug dicht über dem Wanderer ein und ließ Brocken aus Putz niedergehen, eine zweite streifte seinen Oberarm. Der Wanderer hechtete zur Seite und suchte hinter einem Stützpfeiler Schutz, sein Herz pumpte.

In all den Kriegsjahren hatte er viele gute Kämpfer gesehen. Männer, die blitzschnell handelten und auch in Lebensgefahr eiskalt blieben. Es waren hervorragend ausgebildete Männer gewesen, aber dieser Zwilling übertraf sie alle. Nie zuvor hatte der Wanderer eine solche Reaktionsfähigkeit und Treffsicherheit erlebt. Es gab Dinge, die konnte man nicht trainieren, die waren angeboren. Zum ersten Mal kam ihm der Gedanke, dass er diesen Kampf verlieren konnte.

Er spähte an dem Pfeiler vorbei auf den nächsten, hinter dem sich der Russe in Sicherheit gebracht hatte. Eine Pattsituation. Keiner kam an den anderen ran, wenn er seine eigene Deckung nicht aufgeben wollte.

Fieberhaft suchte er nach einer Lösung, aber ihm fiel keine ein. Sein größter Vorteil war das Überraschungsmoment gewesen, aber das hatte er verloren. Wenn er jetzt noch ...

»Du bist der, den sie ›den Wanderer‹ nennen, stimmt's?« Die Stimme des Zwillings. »Es war dumm von Koslow, dich so lange zu unterschätzen. Ich und mein Bruder haben das nie getan. Uns war von Anfang an klar, dass du einer von uns bist. Für wen arbeitest du?«

Er ließ sich mit der Antwort Zeit. Sagte dann: »Das würdest du nicht verstehen.«

»Komm schon, sag es mir«, rief Sergej, und es klang, als lächelte er. »Für die Moskauer? Für die Albaner? Arbeite für mich, hörst du? Koslow ist tot, Vergangenheit, aber ich und mein Bruder sind noch da, und wir würden dich besser bezahlen als alle anderen. Hey, zusammen können wir Großes erreichen! Was meinst du?«

Er ging darauf ein, um Zeit zu gewinnen. »Du bist nicht sauer wegen deinem Boss?«

»Koslow?« Sergej lachte. »Er war ein großer Mann, mächtig und bedeutend, und er hat uns vieles beigebracht.

Aber dann hat er angefangen, Fehler zu machen, und jetzt ist er tot. Wir müssen nicht mehr über ihn reden. Niemand wird mehr über ihn reden.«

Sergej mochte herausragende Qualitäten haben, ein guter Lügner war er nicht – vielleicht, weil er es nie nötig gehabt hatte. Selbst ein bedeutend naiverer Mensch als der Wanderer hätte ihm dieses Schauspiel nicht abgenommen. Dass Sergej es überhaupt in Betracht zog, zeigte auch seine größte Schwäche: Überheblichkeit.

»Ich würde dein Angebot gerne annehmen, aber ich fürchte, das kann ich nicht. Du wirst in diesem Raum sterben, Sergej. Direkt nach Born.«

Ob es die Nennung von Sergejs Namens war oder die Ankündigung, Born in diesem Moment zu töten, wusste der Wanderer nicht. Einen Sekundenbruchteil war Sergej abgelenkt, und genau diesen nutzte er jetzt. Er war zuvor schon in die Hocke gegangen, und jetzt warf er sich, knapp über den Boden segelnd, in den Raum. Die Kugel des Zwillings strich nur Millimeter über ihn hinweg, im selben Moment feuerte er selbst.

Das Projektil drang frontal in Sergejs Schädel ein, der in einer blassroten Wolke explodierte. Der Zwilling stürzte, als wäre er mit einer Axt gefällt worden. Er schlug direkt neben Born auf den Boden und zuckte noch einmal. Dann blieb er regungslos liegen, halb auf der Seite, die geöffneten Handflächen nach oben.

Die beiden Russen waren erledigt, einer tot, der andere außer Gefecht. Nur Born war noch übrig.

Der Wanderer ging auf ihn zu, um die Sache zu Ende zu bringen.

Einen Sekundenbruchteil lang wunderte sich Born, wie viele Dinge in einem einzigen Moment passieren konnten. Er war erst wieder zu sich gekommen, als Koslow getroffen wurde. Die anschließende Unterhaltung drang kaum an sein Bewusstsein, erst die nachfolgenden Schüsse rissen ihn wieder in die Realität zurück.

Dann traf etwas Helles, Warmes sein Gesicht.

Er brauchte einen Moment, um zu realisieren, dass es Teile von Sergejs Gehirn waren.

Gleichzeitig zuckten mehrere Fragen wie Blitze durch seinen Kopf. Ohne ihn je gesehen zu haben, wusste er, dass der Fremde der Wanderer war. Er sah es in seinen Augen, die so kalt und grau waren wie eine hart gefrorene Eisdecke auf einem Wintersee. In seinem Gesicht, in dem keine Spur von Zweifel stand. Aber warum hatte der Wanderer Koslow und den Zwilling erledigt? Warum hatte es sich angehört, als würden sie nicht auf der gleichen Seite stehen?

Born fühlte sich hilflos, fassungslos. Ein Blick zur Seite. Koslow und der Zwilling lagen wie weggeworfen auf dem Boden. Lebloses Fleisch, reglose Körper, und jetzt war er dran. Es gab keinen Ausweg, und er machte sich bereit, das Unvermeidliche hinzunehmen. Ein kurzer Moment nur, dann würde er erlöst sein.

Als der Wanderer keinen Meter mehr entfernt war, blieb er stehen und ging in die Hocke. »Wir müssen reden!«

Born starrte ihn an, während sein Gehirn versuchte, in dem Ganzen eine Ordnung herzustellen.

Es gelang ihm nicht.

Der Mann vor ihm schien alle Zeit der Welt zu haben. Keine Spur von Nervosität, obwohl er gerade zwei Menschen getötet hatte. Er schaute Born einfach nur an, als versuchte er zu ergründen, was in ihm vorging. Dann beugte er sich herunter, zog ein Messer, durchtrennte die Kabelbinder und setzte sich ihm gegenüber auf den Boden.

Trotz seiner Schmerzen rutschte Born ein Stück nach hinten, um seinen Rücken an der Wand abzustützen. Seine Hüftwunde blutete immer noch, seine Hände waren taub. Alles, was er jetzt noch tun konnte, war, Zeit zu gewinnen.

»Worüber wollen Sie reden?«, fragte er also.

»Das wissen Sie!«

Am liebsten hätte er dem Wanderer seine ganze Verachtung ins Gesicht geschrien. Hätte ihn angeklagt und wegen Lydias Tod zur Rechenschaft gezogen. Aber das ging nicht. Nicht, wenn er überleben wollte. Sprich mit ihm, dachte er. Hol alles aus ihm raus. »Wie heißen Sie?«

»Andreas Wagner.«

Das ist es also, dachte Born. So einfach und erschreckend unspektakulär.

»Ich bin der, den Sie den Wanderer nennen«, fuhr Wagner fort. »Ich weiß, wer Sie sind, und ich weiß, dass Sie mich töten wollten. Sie brauchen darauf nicht zu antworten … Ich missbillige Ihr Vorhaben nicht.«

Trotz seiner Schmerzen musste Born lachen. »Ich glaube nicht, dass Sie moralisch in der Position sind, irgendetwas zu missbilligen.«

Wagner hob die Augenbrauen. »Es ist interessant, dass gerade Sie das sagen! Sie haben als Polizist mehrfach gegen das Gesetz verstoßen. Sie haben sich durch Straftaten persönlich bereichert. Sie wollten Selbstjustiz verüben, um eine Geliebte zu rächen, die für die Russenmafia gearbeitet hat. Ich frage Sie ernsthaft: Halten Sie sich wirklich für moralisch überlegen?«

Born schwieg.

»Die Sache ist die«, redete der Wanderer weiter. »Sie haben Falsches getan, aber aus der richtigen Motivation heraus, denn machen wir uns nichts vor ... Wir wissen beide, dass es eine Gerechtigkeit gibt, die man nicht der Justiz überlassen darf, weil diese nicht in der Lage ist, sie durchzusetzen. Die Gründe dafür kennen Sie besser als ich: Machtlosigkeit, Inkompetenz, die Errungenschaften einer gewachsenen Demokratie. All dies sorgt dafür, dass Schwerverbrecher nicht immer so bestraft werden, wie es das Gerechtigkeitsempfinden verlangt. Schlimmer noch: Hierdurch werden viele Verbrechen erst ermöglicht.«

»Sie haben Lydia getötet – erzählen Sie mir nichts von Gerechtigkeit!«

»In diesem Punkt irren Sie sich.«

»Sie lügen!«

»Warum sollte ich? Meine Aufgabe ist erledigt, ich habe mein Ziel erreicht. Außerdem bin ich es, der eine Waffe in der Hand hält. Kommen Sie, Born! Welchen Grund hätte ich, Sie in dieser Situation anzulügen?«

Bevor Born antworten konnte, hörte er Koslow hinter sich stöhnen. Er drehte sich um und sah, wie der Russe sich bewegte. Seine Hände hatte er auf die Bauchdecke gepresst, dennoch kam Blut zwischen den Fingern hervor, das in starkem Kontrast zu der Blässe in seinem Gesicht stand.

»Scheinbar sind Sie doch nicht so perfekt, wie Sie glauben«, sagte Born in Wagners Richtung.

»Wenn ich gewollt hätte, dass er stirbt, wäre er jetzt tot. Aber das wollte ich nicht. Ich schenke ihn Ihnen.«

Born sah ihn irritiert an. »Warum?«

»Wissen Sie, wie Scharfschützen arbeiten?«

»Mir ist egal, wie ...«

»Die kleinste Einheit muss aus mindestens zwei Per-

357

sonen bestehen, damit sie erfolgreich operieren kann. Ein Späher und ein Schütze. Der Späher geht voraus, analysiert die Lage und bestimmt die Zielobjekte, dann folgt der Schütze und erledigt den Rest. Je gründlicher der Späher arbeitet und je mehr Informationen er liefert, desto effektiver kann der Schütze vorgehen. Verstehen Sie das?«

»So kompliziert ist das ja nicht, aber …«

»Koslow war mein Ziel, so wie ich das Ihre war. Was wäre passiert, wenn Sie nicht versagt hätten? Hätten Sie mich getötet?«

Born musste nicht lange überlegen. »Ja.«

»Warum?«

»Weil Sie ein Schwein sind! Weil Sie den Tod verdient haben.«

Der Wanderer deutete auf Koslow. »Glauben Sie, dass dieser Mann den Tod ebenfalls verdient hat?«

Ein kurzes Zögern, dann: »Wahrscheinlich.«

»Warum diese Abstufung?«

»Das wissen Sie. Sie sind ein Killer. Sie haben Lydia getötet!«

»Ich verstehe … Ich habe den Tod verdient, weil Sie denken, dass ich eine Frau umgebracht habe, die Sie liebten. Dieser Mann aber darf weiterleben, obwohl er Hunderten Frauen, die von Hunderten Familien geliebt wurden, deutlich Schlimmeres angetan hat. Ist das Ihre Vorstellung von Gerechtigkeit?«

Born wusste keine Antwort darauf, und das sagte er ihm auch.

»Als ich das Vorhaben fasste, Koslow zu eliminieren und seine Organisation empfindlich zu schwächen, tat ich es aus Motiven, die den Ihren recht ähnlich waren«, fuhr Wagner fort. »Es waren ausschließlich … nun ja … fast könnte man sagen, *familiäre* Gründe. Doch je dichter ich

358

Koslow kam, je mehr ich über seine Verbrechen erfuhr, desto bewusster wurde mir, dass sein Tod noch mehr bewirken konnte: Er würde nicht nur der Bestrafung eines vergangenen Verbrechens dienen, sondern auch der Verhinderung von zukünftigen. Denn diese Männer hören nicht auf, Born. Sie machen weiter und weiter. Quälen, foltern, vergewaltigen und töten. Es gibt kaum Anklagen gegen sie, geschweige denn Verurteilungen. Es gibt nur Männer wie Sie und mich. Sicher, Sie haben recht: Ich habe viele Menschen getötet, aber keiner davon war unschuldig. Jede meiner Taten hat andere Verbrechen verhindert, die diese Personen in der Folge zwangsläufig begangen hätten. Verbrechen, die wesentlich grausamer gewesen wären als der Tod durch einen aufgesetzten Kopfschuss. Ich halte mich deswegen nicht für einen Helden, keine Sorge. Ich bin nur jemand, der tut, was getan werden muss.«

Born schwieg.

»Kommen Sie, Born ... Gehen Sie zu den Zellen dort hinten, und schauen Sie sich die Mädchen an. Wenn Sie wirklich finden, dass deren Schicksal bedeutungsloser ist als das der Frau, die Sie geliebt haben, sagen Sie es mir. Dann überlasse ich Koslow der Justiz!«

Ein kurzes Zögern, dann: »Das kann ich nicht.«

»Was dann? Soll ich ihn töten?«

Born schwieg.

Der Wanderer lächelte. »Ja, das ist schwer zu entscheiden, wenn das persönliche Motiv fehlt, nicht wahr? Emotionalität macht vieles leichter, aber kaum etwas besser. Rache – das ist das Zauberwort! Sie macht uns blind gegenüber der Logik, sie schaltet unser klares Denken aus, sie färbt alles rot und lässt uns nach ihr hecheln wie ein Junkie auf Entzug. Sie wissen, dass Koslow ein Psychopath ist, der

359

ausschließlich an sich selbst denkt und für den seine Mitmenschen lediglich ein Mittel zum Zweck darstellen. Glauben Sie ernsthaft, dieser Typ würde eine Sekunde zögern, wenn die Situation umgekehrt wäre? Oder seine Taten eingestehen, Buße tun und die Strafe annehmen? Sie haben vorhin von Moral gesprochen, von Moral und Gerechtigkeit. Wäre es tatsächlich moralischer und gerechter, wenn wir ihn weitermachen ließen, nur, weil wir uns selbst nicht die Finger schmutzig machen wollen?«

In Borns Kopf drehte sich alles. Vielleicht durch den Blutverlust, vielleicht auch aufgrund der Schwere der Entscheidung: Einen Menschen zu töten, den man hasste und der einen bedrohte, war das eine. Einen Verwundeten umzubringen, der hilflos vor einem lag, etwas völlig anderes.

Mit einem Mal verstand er, was der SpezNas ihm in Dimitris Restaurant hatte klarmachen wollen. Es gab jetzt kein Richtig und kein Falsch mehr, kein Gut und kein Böse. Es gab bloß diese eine Situation, diese eine Entscheidung.

Als der Wanderer wieder etwas sagte, war es nur ein einziger Satz. »Was soll ich tun?«

Born öffnete den Mund und schloss ihn wieder. Öffnete ihn erneut und sagte: »Töten Sie ihn!«

»Sind Sie sicher?«

»Ja«, erwiderte er. »Koslow ist Abschaum, der anderen Menschen nichts als Leid und Schmerz bringt. Er hat den Tod verdient.«

Die darauf folgende Stille durchbrach leise ein neues Geräusch. Polizeisirenen. Sie drangen von weit herüber, wie vom gegenüberliegenden Ufer eines Sees aus, der im Nebel liegt. Aber sie näherten sich. Rasch.

»Wir haben nicht mehr viel Zeit«, sagte der Wanderer. »Und bevor die Polizei hier ist, muss ich Ihnen noch etwas sagen. Etwas, das darüber entscheiden kann, wie Ihr weiteres Leben aussieht. Und etwas über Ihre tote Partnerin.«

»Wie steckt ...«

»Ich habe Ihnen bereits gesagt, wie Spezialkommandos arbeiten. Mein Späher in Koslows Organisation heißt Adam Malinowski. Ein Pole, der für die Logistik zuständig ist. Er bringt Waffen und Mädchen über die Grenze, er kennt die komplette Struktur der Organisation und das Netzwerk. Und was das Wichtigste ist: Koslow vertraut ihm.«

Wagner legte eine kurze Pause ein, als würde er auf eine Zwischenfrage warten. Als diese ausblieb, redete er weiter: »Ich habe Adam bereits vor vielen Jahren kennengelernt, als ich im Irak für ein russisches Unternehmen gearbeitet habe, für das er die Transporte übernahm. Er ist kein schlechter Kerl, kein Mensch ohne Gewissen, wenn Sie verstehen, was ich meine. Im Laufe der Zeit hat er mehr über Koslows Verbrechen erfahren, als er ertragen konnte. Wir haben oft darüber gesprochen, nächtelang, unter sternenklarem Himmel. Ich habe ihn dann gefragt, warum er nicht einfach aussteigt oder zur Polizei geht, und er sagte mir, warum das nicht gehe. Wir diskutierten das alles eher auf einer – wie soll ich sagen? – theoretischen Ebene. Es berührte mich nicht sonderlich, weil es zu weit weg war von dem Leben, das ich führte. Das änderte sich jedoch, als ich wieder nach Deutschland kam und erfuhr, was diese Menschen jemandem angetan hatten, der mir näherstand als ein Bruder. Ich kontaktierte Malinowski erneut und verriet ihm, was ich vorhatte. Er versprach, mir zu helfen – vielleicht als Form der Buße, vielleicht auch, weil es für ihn der einzige Ausweg war. Von ihm erfuhr ich, wer für Koslow wichtig war, und nahm mir einen nach dem anderen vor. Ich tötete seine finanzkräftigsten und grausamsten

Kunden, seine Geldwäscherin, seine brutalsten Bordell-betreiber. Ich zog die Kreise immer enger, bis ich ihn na-hezu vollständig isoliert hatte. Aber auch wenn Koslow jetzt stirbt, ist es nicht vorbei. Andere werden ihm folgen. Männer, die genauso schlimm sind wie er.«

Jede Erkenntnis warf für Born neue Fragen auf, doch eine stand über allen anderen: »Was habe ich damit zu tun?«

»Sie haben bei der Jagd versagt, weil Sie keinen Späher hatten. Wenn Sie morgen wieder in Berlin sind, werden Sie Adams Telefonnummer in Ihrem Briefkasten finden. Rufen Sie ihn an, reden Sie mit ihm. Er wird Ihnen auch sagen können, wer der Mann war, der Lydia erschossen hat. Wahrscheinlich einer der Zwillinge.«

»Warum?«

Wagner zuckte die Schultern. »Laut Malinowski hat Ihre Geliebte schon lange für die Russen gearbeitet – schon als Sie sie kennengelernt haben. In allererster Linie hat sie Koslow wohl Informationen verkauft. Sie hat ihm die Termine von Razzien verraten oder Adressen von Zeu-gen, die gegen ihn aussagen wollten. Aber irgendwann konnte sie seine Erwartungen nicht mehr erfüllen. Sie hat es nicht geschafft, ihre Vorgesetzten davon zu überzeugen, dass der Wanderer – also ich – das Mitglied einer mit Koslow verfeindeten Organisation ist. Gleichzeitig wurde sie immer gieriger, weil Sie als Einkommensquelle durch Ihre Verhaftung weggefallen sind. Was dann letzten Endes der Auslöser war, sie beseitigen zu lassen, weiß ich nicht. Wenn Sie Details wissen wollen, müssen Sie Adam fragen. Ich habe ihm gesagt, dass Sie ihn kontaktieren werden.«

»Was macht Sie da so sicher?«

»Sie, Born! Ihr ganzes Wesen. Habe ich es Ihnen nicht gesagt? Es ist noch nicht vorbei.«

Born schaute zu Koslow hinüber, der ihn hasserfüllt anstarrte. Dann sagte der Russe irgendwas, das Born nicht verstand, und spuckte aus. Es wirkte wie eine letzte Bestätigung von Wagners Worten.

Aber auch so wusste Born, dass der Wanderer recht hatte. Hatte es schon in dem Moment gewusst, in dem er Lydias falsche Angaben in der Personalakte mit Peters Ermittlungserkenntnissen in Verbindung brachte – alles passte. Die Wahrheit zerriss ihm das Herz, ließ sich aber nicht leugnen: Lydias Liebe war eine Lüge gewesen, ihr Verhalten ein Verrat.

Und der Mann, der für all dies verantwortlich war, lag jetzt vor ihm. Er hörte Koslows schweren Atem, hörte die Rufe der Frauen in den Zellen. Einige von ihnen hatten ihre Gesichter gegen die Gitterstäbe gepresst. Auch wenn sie die Sprache nicht verstanden, hatten sie doch mitbekommen, was in dem Kellergewölbe vor sich ging. In den Blicken, mit denen sie ihn bedachten, lag keine Abscheu, keine Anklage, nur eine ebenso stumme wie eindringliche Aufforderung.

Wahrscheinlich würden sie keine Sekunde zögern, wenn sie an seiner Stelle wären.

Born hielt den Atem an, als die Polizeisirenen verstummten. Dann hörte er eine Stimme durch ein Megaphon, die Aufforderungen rief, Peter vielleicht.

Er schaute Wagner an. »Sie wissen, dass Sie hier nicht mehr lebend herauskommen, wenn Sie nicht aufgeben.«

»Das ist mir klar.«

»Warum sind Sie dann nicht abgehauen, als es noch möglich war?«

»Vielleicht bin ich des Weglaufens und Versteckens müde. Vielleicht ist meine Aufgabe erledigt. Machen Sie sich darüber keine Gedanken – im Prinzip gibt es mich schon nicht mehr. Das Einzige, was jetzt noch wichtig ist, ist die Antwort auf die Frage: Was für ein Mensch sind Sie, Born?«

Mit diesen Worten erhob er sich und ging auf den Ausgang zu.

Born wusste, dass es sinnlos war, ihn aufzuhalten. Er sah, wie Wagner im Gehen eine kurzläufige Maschinenpistole unter der Jacke hervorzog und durchlud. Dann blieb Wagner plötzlich stehen und drehte sich um. Lächelte ihn an und hob die Zweiundzwanziger. Feuerte mehrmals in die gegenüberliegende Wand und legte die Pistole anschließend auf den Boden. »Im Magazin ist noch eine Kugel. Eine einzige. Machen Sie das Richtige damit!«

Dann war er weg. Verschwunden wie eine Erinnerung, die sich langsam im Nebel auflöst.

Born schaute auf die Stelle, auf der der Wanderer gerade noch gestanden hatte. Wahrscheinlich nur Sekunden, die ihm aber wie eine Ewigkeit vorkamen. Stöhnend erhob er sich und ging auf die Waffe zu. Bückte sich und hob sie auf, wobei er darauf achtete, keine Fingerabdrücke zu hinterlassen. Drehte sich anschließend zu Koslow um und dachte an Lydia, an die Frauen in den Zellen, an all das Leid.

Der Russe schaute ihn ebenfalls an, dann begann er zu lachen. Er lachte und hustete gleichzeitig, während rosafarbener Schaum aus seinem Mundwinkel lief. »Du doch nicht, du Idiot«, sagte er und hustete erneut. »Das bringst du nicht!«

Born dachte daran, dass es im Leben Momente gab, in denen sich alles ineinanderfügte. Momente, in denen der Weg klar und deutlich vor einem lag.

Dies war einer davon.

Mit erhobenen Händen verließ er wenige Minuten später die Gaststätte. Es war eine wundervolle Nacht, klirrend kalt und sternenklar, und all dies machte ihm auf eine fast schon schmerzliche Art und Weise die Schönheit der eigenen Existenz bewusst. Er schloss die Augen, nahm die Schritte und Rufe der Beamten nicht mehr wahr und konzentrierte sich nur noch auf die Stimme aus seinem Innersten. Aber da war nichts.

Sein Gewissen schwieg.

Er hatte gerade kaltblütig einen Menschen getötet, und eigentlich sollte diese Tat Spuren hinterlassen, ihn belasten oder irgendwie verändern, aber das tat sie nicht. Es fühlte sich gut an, rein und klar.

Als er Norahs Stimme hörte, öffnete er wieder die Augen.

»Koslow ist tot, nicht wahr?«

Er nickte.

»Mir war, als hätte ich aus dem Keller noch einen Schuss gehört, keine fünf Sekunden, bevor der Wanderer aus der Tür gestürmt kam. Seltsam, nicht wahr?«

»Seltsam«, bestätigte er.

»Aber da muss ich mich wohl geirrt haben. Ich denke, wenn die Kollegen die Waffe untersuchen, mit der Koslow erschossen wurde, werden sie darauf nur die Fingerabdrücke des Wanderers finden.«

»So wird es wohl sein.«

Norah schwieg einen Moment. Dann sagte sie: »Er kam aus der Tür gerannt, eine Maschinenpistole in der Hand. Er hat geschossen, aber viel zu hoch gezielt, und einer der Beamten hat ihn dann erwischt. Es sah fast so aus, als hätte der Wanderer es genau so gewollt.«

Er schaute sie an, und ihre Augen waren blau und tief wie das Meer. Er hatte keine Ahnung, welche Gedanken sich unter der Oberfläche verbargen, und er konnte nur hoffen, dass sie anders war als die Frau, die er zuvor geliebt hatte.

Er legte ihr die Hand auf die Schulter. »Nenn ihn nicht mehr den Wanderer. Sein Name ist Wagner. Andreas Wagner.«

Dann ging er, um sich auf die Vernehmungen vorzubereiten.

TEPLICE,
TSCHECHIEN

Andrej schrie.

Der Schmerz war nicht schleichend gekommen, nicht leise.

Er kam wie ein Orkan.

Wie eine tosende Sturmflut, die sämtliche Dämme zum Einsturz brachte, das Land überflutete und alles unter sich begrub. Jedes weitere Gefühl, jede Regung. Sein Bruder war tot, sein geliebter Sergej, und der Schmerz machte ihn schier wahnsinnig.

Plötzlich waren auch die Hunde wieder da. Sie tobten. Sie knurrten und bellten, zerrten an den Ketten, riefen nach ihm. Fletschten die Zähne, während zähflüssiger Schleim von ihren Lefzen tropfte. Pakete aus Muskeln, Fleisch und Knochen. Wenn er sie jetzt von der Kette ließ, würden sie losstürmen, schwarz glänzende Berserker, und sich auf alles stürzen, was sich bewegte. Sie würden …

»Andrej?«

Erst jetzt wurde ihm bewusst, dass er noch immer schrie. Es kostete ihn enorme Anstrengung, sich zur Ruhe zu zwingen. Dann richtete er den Blick auf Malinowski, der ihn über Sergejs Tod unterrichtet hatte.

»Brauchst du etwas?«, fragte der Pole besorgt. »Soll ich dir etwas zu trinken holen?«

Er schüttelte den Kopf. »Erzähl mir nur, was passiert ist. So genau wie möglich.«

»Ich kenne keine Einzelheiten«, sagte Malinowski bedauernd. »Alles, was ich weiß, ist: Dein Bruder und Koslow sind mit Popows Männern zur Gaststätte gefahren, um die Mädchen zu holen, während ich beim Transporter gewartet habe. Später, als sie nicht zurückgekommen sind, bin ich hingelaufen, um nachzuschauen, wo sie bleiben. Überall waren Polizei und Schaulustige und Reporter. Ich habe nur ein paar Dinge aufschnappen können. Einer der Polizisten hat mich dann gefragt, was ich da mache. Ich habe mich rausgeredet und zugesehen, dass ich wegkomme. Ich bin aber sicher, dass Sergej und Koslow bis zum letzten Moment ...«

»Was ist mit dem Wanderer?«

»Er ist tot«, sagte Malinowski. »Die Polizisten haben ihn erschossen, als er aus der Kneipe stürmte.«

»Ganz sicher?«

Malinowski nickte.

»War sonst noch wer dabei?«

»Born, glaube ich. Sergej und Koslow hatten ihn gerade überwältigt und gefesselt, als der Wanderer kam. Zumindest hat das einer der Reporter gesagt, als er mit seiner Redaktion telefonierte.«

Andrej schloss die Augen. Der Schmerz zerriss ihn fast, aber solange Malinowski noch da war, musste er ihn zurückhalten. Er musste jetzt Stärke und Ruhe beweisen, dem Polen gegenüber und den Bossen in Sankt Petersburg, die er gleich informieren würde.

Aber in seinem Inneren?

Sah es anders aus.

Der Wanderer mochte tot sein, nicht aber die Männer, für die er gearbeitet hatte. Sie lebten noch, irgendwo da draußen. Fühlten sich sicher und überlegen angesichts ihres Triumphs. Er stellte sich vor, wie sie gerade zusammensaßen, Wodka tranken und es nicht fassen konnten, wie gut alles gelaufen war. Koslow war tot, Sergej ebenfalls, und ihr eigener Killer konnte nicht mehr auspacken – fast glaubte er, ihr dröhnendes Lachen zu hören. Sie mussten sich vorkommen wie Feldherren, denen sich nichts mehr in den Weg stellen konnte, und vergaßen darüber den alles entscheidenden Faktor.

Ihn.

Er würde sie sich holen. Mann für Mann, Stück für Stück. Erst wenn jeder von ihnen tot war, würde er wieder atmen können.

Doch zuerst musste er die Kontrolle über Koslows Organisation übernehmen. Neue und fähigere Männer anheuern, seine eigene Position in Russland stärken. Erst dann konnte er die Bluthunde von der Leine lassen, und bei Gott, das würde er. Schließlich war er der Schachspieler, der wusste, dass bereits die Ausgangslage auf dem Brett über Sieg und Niederlage entschied, noch bevor die ersten Figuren geschlagen waren. Wenn er erst einmal über eine eigene Armee verfügte, diese in Position gebracht hatte und sie die wichtigsten Stellungen hielt, würde der Tag des Jüngsten Gerichts kommen, und er würde ihn bis ins Letzte auskosten.

Keine Gnade.

Für niemanden.

Er riss sich von dem Gedanken los und schaute aus dem Fenster, vor dem sich dunkelgraue Wolken wie die Zinnen und Türme einer mittelalterlichen Festung aufbauten. »Geh jetzt«, sagte er dann. »Und halte dich bereit. Kann ich auf dich zählen, wie Koslow es konnte?«

Malinowski sah ihm in die Augen. »Das kannst du.«

DRESDEN

Norah hatte sich bei den Vernehmungen an das gehalten, was sie mit Koller abgesprochen hatte. Im Wesentlichen an den Versuch, Borns und ihre eigene Rolle in dem Geschehen möglichst klein zu halten.

Ein Ex-Polizist, den ein alter Fall nicht loslässt. Der auf eigene Faust weiterermittelt, um herauszufinden, wer seine Geliebte getötet hat. Der von einem später ermordeten Informanten den Tipp erhält, sich nochmals intensiver mit Tannenstein zu beschäftigen, mit einem Russen namens Wladimir Koslow. Der dann in den Ort nahe der tschechischen Grenze aufbricht und seinen ehemaligen Partner erst kurz vor der Abreise informiert. Der per Zufall zwischen die Fronten gerät, überwältigt wird und ansehen muss, wie der Wanderer Koslow und einen seiner Leibwächter erledigt.

So in etwa.

Die Dresdner Kollegen schauten sie zweifelnd an und baten sie, das Ganze noch einmal zu erzählen. Dann ein drittes Mal. Sie stellten Zwischenfragen, die sie allesamt möglichst vage beantwortete, und gaben es dann irgendwann auf. Vielleicht auch, weil Koller ihre Version in allen Punkten bestätigte und diese sich weitestgehend mit der von Born deckte.

Bei der Verabschiedung dankten die Kollegen ihr für ihre Unterstützung und betonten gleichzeitig, dass sie sich für eventuell auftauchende weitere Fragen bereithalten sollte. Sie lächelten dabei nicht, und in ihrem Blick lag deutliches Misstrauen.

Norah nahm es ihnen nicht übel. Es waren gute und erfahrene Kollegen, die instinktiv spürten, dass etwas nicht stimmte, denen aber die Beweise fehlten.

Norah wusste, dass sie diese Beweise niemals finden würden.

Sie verließ das Dresdner Polizeipräsidium und ging zu ihrem Golf, den ein Abschleppdienst in Altenberg abgeholt und auf dem Parkplatz für Dienstfahrzeuge abgestellt hatte. Als sie hinter dem Steuer saß, kam der Zusammenbruch. Zuerst eine unfassbare Müdigkeit, dann die Tränen und die Erinnerung an die letzten Tage.

Sie wusste, dass Born Koslow erschossen hatte, was ihn faktisch zu einem Mörder machte. Eigentlich müsste sie jetzt Abscheu gegen den Mann empfinden, aber da war nichts. Koslow war tot, und in gewisser Weise kam ihr diese Nachricht erlösend vor. In den letzten Wochen hatte sie zu viel über den Russen erfahren, um sich der Illusion hinzugeben, man hätte ihn auch mit rechtsstaatlichen Mitteln überführen können.

Was Born anging, herrschte in ihr das reinste Gefühlschaos. Einerseits hätte sie ihn ohrfeigen und anschreien können, andererseits sehnte sie sich danach, mit ihm zu reden und in seinen Armen zu liegen. Ihr letztes Gespräch auf dem Parkplatz vor der Pension war sonderbar verlaufen, und sie hatte keine Ahnung, wo sie jetzt standen.

Er kam ihr nicht wie ein Mann vor, mit dem sie etwas Flüchtiges gehabt und von dem sie sich dann schnell wieder getrennt hatte. Die vergangenen Tage waren eher wie eine Erinnerung, die Stück für Stück verblasste, weil der rationale Teil ihres Gehirns sie nicht guthieß und sie davor schützen wollte.

Sie konnte nicht an Born denken, ohne gleichzeitig die Bilder der Toten vor Augen zu haben. In den letzten Wochen hatte sie Dinge gesehen, die sie zuvor für unmöglich gehalten hatte. Sie hatte von Schrecken erfahren, von denen sie nicht gedacht hatte, dass ein Mensch sie einem anderen antun kann. Sie war in eine Welt vorgedrungen, in der es nichts gab, was gut und rein und schön war. Ein kleiner Teil ihrer selbst war in dieser Welt gestorben, und vielleicht war es das, was sie am meisten schmerzte.

Sie wusste, dass sie jetzt Abstand zu allem brauchte, und hoffte, dass es ihr irgendwann gelingen würde, die Dinge richtig einzuordnen. Dass sie nicht an dem Gedanken verzweifelte, dass es da draußen noch viele dieser dunklen Welten gab, die von Menschen beherrscht wurden, denen alles egal war, was für andere das Leben erst lebenswert machte.

Vielleicht war es gar nicht der Schlafmangel der letzten Tage, der sie so unendlich müde machte. Vielleicht waren es die Menschen.

BERLIN

Drei Tage später schloss Born die Haustür ab, stieg in seinen Wagen und machte sich auf den Weg. Er fuhr durch die Hauptstadt ohne Ziel, bis der Abend begann, in die Nacht überzugehen. Auf dem Ku'damm überquerten junge Mädchen die Straße, die aussahen wie Models einer billigen Modekette. Männer standen vor den Kreuzberger Clubs, diskutierten und lachten, gefangen in dem kleinen Universum ihres eigenen Lebens. Das Zwielicht verwandelte sich in Dunkelheit, die Zeit schritt voran.

Er kam am Messegelände vorbei, fuhr in den Westen der Stadt und bog dann in Richtung Grunewald ab. Sah Neonlichter, Eigenheime, kleine Wohnhaussiedlungen. Er dachte, dass er schon einen Weg finden würde, wenn er nur lange genug fuhr.

Er durchquerte Berlin, und Berlin war eine fantastische Stadt. Sie räkelte sich vor ihm wie eine Geliebte.

Allein ihre schiere Größe schien ihre Einwohner zu schützen. So viele Straßen, so viele Gassen. Mehr als dreieinhalb Millionen Herzen schlugen hier, und wie groß war da die Gefahr, dass die nächste vergewaltigte Frau deine Schwester war, das nächste entführte Kind dein Sohn?

Verschwindend gering.

Es passierte immer den anderen.

Der Einzelne konnte sich in der Metropole sicher fühlen, und sollte dennoch etwas passieren, würde die Polizei die Sache schon regeln, die Bösen fassen und einsperren, damit die Guten wieder vor ihnen geschützt waren.

Und wenn nicht?

Es war diese eine Frage, die ihm keine Ruhe ließ.

Auf einem abgelegenen Parkplatz im Grunewald stoppte er, stieg aus und lief gut zwanzig Minuten den Weg zum Teufelsberg hoch. Eine ehemalige US-amerikanische Abhöreinrichtung aus Zeiten des Kalten Krieges, die über einem Berg aus Schutt errichtet wurde, der in den Zeiten eines heißen Krieges entstanden war.

Ruhig war es dort oben. Und dunkel. Endlos weit von der Stadt entfernt, obwohl der Ort mittendrin lag. Die kühle Nachtluft streichelte seine Arme, es roch nach Laub und Erde. Keine Menschen, keine Ablenkung.

Ein aufgeschrecktes Eichhörnchen lief weg und auf ein Gebüsch zu, stoppte dann und sah ihn aus kreisrunden Augen an. Er war müde, desillusioniert und dachte, dass er besser nach Hause fahren sollte, als hier ewig durch das Unterholz zu streifen. Sein zielloses Umherirren ergab sowieso keinen Sinn. Sollten doch andere die Welt retten.

Dann sah er es.

Den Glanz der sich unter ihm ausbreitenden Stadt. Das Lichtermeer der Straßenzüge. Die pulsierenden Rücklichter der dicht an dicht fahrenden Autos. Ihm war, als spürte er all die Hoffnungen und Sehnsüchte, die von diesem Ort ausgingen, die Erwartungen und Träume. Gute Menschen lebten dort. Normale Menschen. Menschen, die Tag für Tag einer geregelten Arbeit nachgingen und weitermachten, um die Gesellschaft am Leben zu halten. Sie alle hatten ihre Träume und Wünsche. Kleine Dinge, große Dinge. Viele davon würden sich nie erfüllen, und dennoch schafften es die meisten Menschen, irgendwie glücklich zu werden.

Doch das Böse forderte seinen Tribut, selbst hier. Vielleicht hier noch mehr als anderswo.

Komisch, wie schnell der Blick auf eine Stadt den Blick auf die Dinge verändern konnte. Komisch, wie sicher er plötzlich wusste, was er zu tun hatte. Vor mehr als drei Jahren war die Frau getötet worden, die er geliebt und doch kaum gekannt hatte. Zwei Dutzend Menschen waren gestorben, aber wahrscheinlich hatte der, der sie getötet hatte, unzählige andere dadurch gerettet.

Aber auch dieser Mann war tot.

Er selbst hatte nur um Haaresbreite überlebt, und nun saß er hier, mitten in Berlin, mit einem Eichhörnchen an seiner Seite, das sich dicht an ihn herangetraut hatte. In seinem Inneren hatte sich vor Jahren eine große Leere gebildet, und lange hatte er nicht gewusst, wie er diese wieder füllen konnte. Mittlerweile war ihm klar geworden, dass der wahre Feind weder Koslow noch der Wanderer gewesen war, sondern ein brutales Wesen, welches in vielen Menschen hauste und nur auf den passenden Moment lauerte, um auszubrechen und all seine Wut auszutoben.

Manchmal gelang es Polizei und Justiz, diesem Wesen Herr zu werden. Manchmal versagten sie kläglich, und manchmal mussten andere eingreifen, damit die Welt nicht vollends aus dem Gleichgewicht geriet.

Dann erhob er sich und ging den Berg wieder hinunter. Stieg in seinen Wagen, schaltete das Radio ein und machte es sich bequem. Er musste nachdenken, aber er musste nicht länger umherfahren, um das Ziel zu erkennen. Einen Ort, der jenseits von Begriffen wie richtig oder falsch lag.

Tannenstein war nicht das Ende, es war der Anfang.
Genau dort stand er jetzt.
Der Wanderer.

ENDE

NACHWORT UND DANKSAGUNG

Tannenstein ist kein moralisches Buch, aber eines über Moral. Vor allem aber ist es das Buch, das ich dringender schreiben wollte als alle anderen. Zum einen, weil es genau jener Art von Thrillern entspricht, die ich selber gerne lese, zum anderen, weil mich das Thema fasziniert, das sich wie ein roter Faden durch die Geschichte zieht: Welche Handlungen sind noch erlaubt, bevor die Guten zu den Bösen werden? Einige Menschen suchen die Antwort darauf in Gesetzestexten, andere in ihrem eigenen Wertesystem. Ich habe sie in beiden gesucht und nirgends gefunden, am ehesten vielleicht noch in der Netflix-Serie *Narcos*.

Selbstjustiz ist ein ebenso schwieriges wie komplexes Thema. In vielen Fällen kann man den Wunsch dazu nachvollziehen, nicht jedoch die Handlung an sich gutheißen. Rechtsprechung sollte dem Zusammenspiel aus Legislative, Exekutive und Judikative vorbehalten bleiben, der sogenannten Gewaltenteilung, die in einem Rechtsstaat aus gutem Grund nicht in einer einzigen Hand liegt.

Dennoch entsteht bei vielen von uns eine gewisse Faszination, wenn ein Außenstehender durch sein Handeln versucht, Gerechtigkeit zu erzwingen. Unzählige Comichefte und Verfilmungen basieren darauf: angefangen von *Batman* und *Superman* bis hin zu Blockbustern wie *Payback*, *96 Hours* oder *Auftrag Rache*.

Auch in der Literatur wird das Thema gerne bearbeitet: Ich denke hier beispielsweise an den fantastischen Roman *L. A. Confidential* von James Ellroy oder an das nicht minder fesselnde *Mystic River* von Dennis Lehane. Zwei Werke, die anschließend übrigens auch hervorragend verfilmt wurden.

Ein Teil der Faszination, die wir beim Thema Selbstjustiz empfinden, erklärt sich auch aus der Motivation der Person, die sich selbst zum Richter macht. Wenn ein Polizist Kriminelle jagt, tut er das beruflich, quasi gegen Bezahlung, was dem Ganzen ein wenig die Romantik raubt. Ein einsamer Rächer jedoch, der aus rein persönlichen Motiven handelt, ist etwas anderes. Seine Motivation geht tiefer, sein Tun wirkt archaischer. Letztgenannter Punkt ist vielleicht auch der Grund, warum solche Handlungen meist mit Männern assoziiert werden, obwohl die Realität zeigt, dass auch Frauen zu Selbstjustiz greifen. Der Fall der Marianne Bachmeier, die 1981 in einem Lübecker Gerichtssaal den mutmaßlichen Mörder ihrer Tochter erschoss, ist nur ein Beispiel von vielen.

Als das Manuskript von *Tannenstein* an die Verlage ging, gab es wahrlich nicht nur positive Stimmen. »Zu männlich«, sagten die einen, »moralisch fragwürdig«, die anderen. Außerdem gebe es in dem Stoff keine Figur, die durch und durch positiv besetzt sei, noch nicht einmal Norah Bernsen: Sie erliegt der Faszination zwar nicht, ist aber auch nicht vollständig vor ihr gefeit.

Ich weiß nicht, wie wichtig eindimensionale Figuren für den Erfolg eines Buches sind. Aber meine Meinung ist auch unbedeutend – ich kann den Text nur so schreiben, wie ich ihn für richtig halte, über alles Weitere entscheiden sowieso Sie.

Kein Buch schreibt sich von alleine, auch dieses nicht. Viele Menschen haben daran mitgewirkt, manchmal nur mit einem Gedanken, manchmal besonders tatkräftig. Ihnen dafür zu danken, ist deshalb keine Pflichterfüllung, sondern etwas, das aus tiefstem Herzen kommt.

Der erste Dank geht deshalb an meine Literaturagentur Copywrite und insbesondere an die fantastische Caterina Kirsten, die mir jederzeit den Rücken gestärkt hat und die mir immer mit Rat und Tat zur Seite steht. An meine wunderbare Lektorin Hannelore Hartmann bei dtv, die schon nach den ersten Seiten von dem Manuskript überzeugt war und sich fortan mit großem Einsatz für das Buch engagiert hat. An all die anderen tollen Frauen und Männer im Verlag, die in den Bereichen Marketing, Presse und Vertrieb arbeiten – leider sind es zu viele, um sie alle namentlich zu nennen.

Ich möchte meinen Freunden danken, die sämtliche Launen während des Schreibprozesses (und davon gab es viele!) mit stoischer Gelassenheit ertragen haben, und Karla Paul, die als Erste davon überzeugt war, dass dieses Buch unbedingt erscheinen muss – ich weiß nicht, ob ich jemals einem Menschen begegnet bin, der mehr Begeisterung für Literatur entfachen kann!

Danken möchte ich auch »Igor«, den ich während der Recherche kennengelernt habe und der mir aus eigener Erfahrung viel über den Tschetschenienkrieg und das Vorgehen der SpezNas verraten hat. Der fiktive Igor, den Born in Dimitris Restaurant trifft, ist seinem realen Vorbild schon recht ähnlich.

Der letzte und vielleicht wichtigste Dank geht an Sie, die Leserinnen und Leser. An all jene, die zu meinen Lesungen kommen oder mich auf meiner Facebook-Autorenseite an ihren Gedanken teilhaben lassen. Die ihre Zeit opfern, um dieses Buch zu lesen oder um es anschließend auf diversen Plattformen zu besprechen. Ihr seid großartig, jeder Einzelne von euch!